Sie möchten keine Neuerscheinung verpassen?
Dann tragen Sie sich jetzt für unseren Newsletter ein!

Aus dem Englischen von
Kati Krüger

Susan X Meagher

Liebe auf Fire Island

Danksagung

Ich hatte das Privileg, viele meiner Sommerwochenenden in Cherry Grove verbringen zu dürfen. Es gibt nur wenige Orte, die besser geeignet sind, um einen warmen, sonnigen Tag zu verleben. Es ist der Ort, nach dem sich jeder LGBT-Jugendliche sehnt – und es gibt keine Altersbegrenzung!

Dieses Buch und mein Leben sind Carrie gewidmet, meiner Partnerin bei allem, was ich tue.

Fire Island ist eine lange, schmale Insel, etwa fünf Meilen vor der Südküste von Long Island gelegen. Sie ist fast dreißig Meilen lang und weniger als eine Meile breit. Weniger als 500 Menschen haben dort ihren ständigen Wohnsitz, aber im Sommer wächst die Bevölkerung dramatisch an.

Es gibt dort viele kleine Gemeinden, eine davon ist Cherry Grove. Drei Fährverbindungen von Long Island bringen Passagiere und Vorräte auf Fire Island.

1

Ich habe in meinem Leben einige dumme Dinge getan, aber was ich nun vorhatte, übertraf alles. Ich stand vor dem Fenster mit Blick auf den Ozean, meine Haut kribbelte vor Angst. Ein tintenblauer Himmel traf auf das Meer, das in eine unergründliche Dunkelheit überging. Es war so still, dass es fast unheimlich war. Ich öffnete die Tür ein wenig, um einen Laut hereinzulassen, der meinen dröhnenden Herzschlag übertönte. Normalerweise beruhigte mich das unerbittliche Rauschen der Wellen, aber heute Abend schien das Meer bedrohlich.

Hör auf damit! Das ist doch lächerlich! Menschen verabreden sich ständig. Hast du jemals davon gehört, dass jemand bei einem Date umgekommen ist? Nein!

Ich schloss die Tür wieder und verriegelte sie, unfähig, die kalte, nasse Brise länger zu ertragen. Nach Fire Island zu kommen hatte aus praktischen Überlegungen heraus durchaus Sinn ergeben. Aber es fühlte sich nicht gut an. Alles, woran ich denken konnte, war, wie wenig Leute auf der Insel waren. Fast alle Geschäfte waren geschlossen. Als ich letzte Woche ankam, sah ich, dass der kleine Lebensmittelladen, die Lebensader des Dorfes, nur sechs Stunden am Tag geöffnet hatte. Wenn selbst der belebteste Ort nur zwischen zehn und vier Uhr öffnet, ist man wirklich sehr weit weg von allem.

Warum fühlte ich mich so verletzlich? Sollte die Tatsache, dass nicht mehr als fünfzig Leute vor Ort waren, mich nicht sicherer machen? Zu Hause musste ich damit rechnen, jeden Tag Vergewaltigern, Dieben und Mördern zu begegnen. Aber hier, wo ich fast allein war, hatte ich das Gefühl, dass jedes Geräusch eine Bedrohung darstellte.

Obwohl ich wusste, wie lächerlich das war, konnte ich meine Ängstlichkeit die ganze Woche über nicht ablegen. Ich war Lärm gewohnt, lebte mit dem ständigen Krach von Menschen, Autos, Lastwagen und U-Bahnen, sodass die Stille ohrenbetäubend war.

Ich sehnte mich nach menschlichen Kontakten. Es war mir gar nicht in den Sinn gekommen, dass mein Handy einen so schlechten Empfang haben könnte. Zum Glück gab es einen Festnetzanschluss im Haus, aber ich musste jeden Anruf extra bezahlen, und das machte das Geplauder mit meinen Freunden zu einem Luxus. Wenn einem menschlicher Kontakt schon als Geldverschwendung erscheint, ist man wirklich geizig.

Aber meine Einsamkeit durfte keine Entschuldigung sein für das, was ich getan habe. Es war so völlig untypisch für mich, als hätte ich neben mir gestanden. Ich wusste nicht warum, aber ich hatte nicht gezögert, als Gina … ich *glaube* … nein, ich bin sicher, so hieß sie … als Gina vorschlug, dass wir uns heute Abend treffen könnten.

Sie hatte einen ganz eigentümlichen Akzent. Ich weiß nicht, wie ich ihn beschreiben soll, aber sie machte etwas Komisches mit den Endungen der Worte. Ich bin keine Linguistin und ich muss zugeben, dass ich mich nicht darauf konzentriert habe, was sie sagte oder wie sie es sagte, aber da war etwas. Ich hätte es vielleicht erkennen können, wenn ich mich nicht nur auf ihren Mund konzentriert hätte. Und auf ihre Lippen. Und auf ihre großen, dunklen, tief liegenden Augen. Mein Gott, diese Augen!

Ich ging in mein Schlafzimmer, nahm einen Block und einen Stift. Schnell schrieb ich eine Notiz an meine Mitbewohnerinnen.

Wenn Ihr kommt und ich nicht mehr hier bin, dann geschah das nicht freiwillig.

Um Himmels willen, das klang melodramatisch. Ich riss die Seite heraus und fing von vorne an.

Ich habe mich für Mittwoch, den 4. Mai, mit der Frau von der Fähre verabredet. Sie heißt Gina. Ich hatte keine Gelegenheit, jemandem zu davon zu erzählen. Wenn ich also nicht hier bin, wenn Ihr kommt, dann fragt sie, wo ihr mich finden könnt.

War das deutlich? Ach Mist, wen interessiert das schon? Ich werde tot sein und mein Foto wird die Titelseite der *New York Post* schmücken. Wie effekthascherisch wird die Schlagzeile sein? Ich nehme an, das hängt davon ab, ob sie meine Leiche finden. »Lesbische Professorin vermisst.« Das sollte reichen. Vielleicht sollte ich das dazuschreiben, damit ich sicher sein kann, mit einem Paukenschlag zu enden.

Ärgerlich über mich selbst nahm ich den Zettel und legte ihn in den Kühlschrank, da ich wusste, dass meine Mitbewohnerinnen zuerst die Einkäufe und den Wein kaltstellen würden, bevor sie überhaupt bemerkten, dass ich nicht zu Hause war. Das Blatt passte genau unter die Butterdose.

Vielleicht sollte ich auch meiner Mutter eine Nachricht hinterlassen, aber dann würde sie denken, ich *wüsste,* dass ich mit einer Mörderin ausgehe, und das würde sie nie verstehen können. Ich öffnete den Kühlschrank und holte den Zettel heraus, um noch schnell einen Satz dazu zu kritzeln.

Zeigt diese Notiz bitte niemandem, aber sagt allen, auch der Polizei, dass ich angerufen habe, um zu sagen, dass ich ausgehe.

Ich ließ es gut sein und schlug die Kühlschranktür wieder zu, da ich wusste, dass mein Nachtrag noch dümmer war als die ganze Nachricht.

Vielleicht sollte ich eine Freundin oder meine Schwester anrufen, um ihr zu sagen, dass ich jemanden treffe, dem ich auf der Insel begegnet bin. Aber dann müsste ich in die Einzelheiten gehen und zugeben, dass ich sie nicht kannte. Dass wir insgesamt vielleicht zwanzig Worte miteinander gewechselt hatten. Ich müsste gestehen, wie besonders ich mich fühlte, weil mich eine so reizende Frau bemerkt und, mehr noch, um ein Date gebeten hatte.

Aber ich konnte mich nicht dazu durchringen. Wenn Gina kommt, um mich zu töten, würde es nichts ändern, jemandem gesagt zu haben, dass sie kommt. Das Letzte, was ich brauchte, war noch mehr Angst, und genau das würde passieren, wenn ich mit meiner Schwester sprach.

Ein lautes Klopfen an die Haustür ließ mich aufspringen. Ich holte tief Luft und machte mich auf den Weg, wobei ich mir die feuchten Hände an meinen Khakis abwischte.

Der warme, bernsteinfarbene Schein des Verandalichts auf ihrer Olivenhaut machte sie noch schöner. »Hallo«, sagte ich. Ich wusste, meine Stimme würde zittern, und ich hatte beschlossen, so wenig wie möglich zu sagen.

»Hallo.« Ihre Stimme war tief und ein wenig rau. O Gott, ich hoffe, sie raucht nicht! Sie schlüpfte an mir vorbei und ging ins Wohnzimmer. »Ein sehr schönes Haus.« Sie sah sich im Zimmer um und ich konnte sehen, wie sie den Raum und die

Einrichtung abschätzte. Vielleicht dachte sie, das Haus gehöre mir, und rechnete aus, wie viel Lösegeld sie bekommen könnte.

»Ich bin erst seit einer Woche hier«, sagte ich, obwohl ich sicher bin, dass sie es wusste. Gina sah aus wie eine Frau, die sich an Menschen erinnert. Und da die Fähre die einzig praktikable Möglichkeit war, nach Fire Island zu kommen, wusste sie wahrscheinlich so gut wie über alles Bescheid.

»Du wohnst nicht alleine hier, richtig?«

»O ja.« Ich lachte nervös. »Das kann ich mir nicht leisten.«

»Wie viele Mitbewohner hast du?«

Aus irgendeinem Grund sagte ich spontan »fünf«, obwohl es nur drei waren. Vermutlich wollte ich nicht, dass sie denkt, ich könnte mir ein Viertel eines so großen Hauses am Strand leisten. Ich wollte nicht selbst das Zünglein an der Waage sein, falls sie noch unentschieden war, ob sie mich entführen oder töten sollte.

»Hast du ein eigenes Schlafzimmer?«

»Nein«, sagte ich, obwohl das nicht stimmte. »Ich muss eines teilen.«

Auffallend enttäuscht fragte sie: »Ist deine Zimmergenossin auf der Insel?«

»Ja.« Ich war stolz auf diese Lüge, aber Gina sah ausgesprochen unglücklich aus.

»Wann wird sie nach Hause kommen?«

Ich blickte auf meine Uhr. Es war halb neun. »Gegen Mitternacht.« Gina hob fragend die Augenbrauen und ging auf mich zu. Sie legte eine Hand auf meine Taille. »Dann sollten wir besser zur Sache kommen.«

»Wir sollten … was?«

Ihre Hand glitt über meinen Rücken und ohne zu zögern zog sie mich an sich. Sie roch nach Meer und frischer Luft und … nach sich selbst. Ich sah ihr in die Augen und wollte gerade etwas sagen, als sie ihren Kopf neigte und ihre Lippen auf meine legte.

Ich tastete nach ihrer Schulter und drückte sie ganz leicht. Sie hielt mich fester und küsste mich inniger. Ich spürte, wie mein Körper zu reagieren begann, und sofort packte mich die Angst. Ich fühlte, wie die Situation außer Kontrolle geriet. Sofort ließ ich los und schob sie von mir weg. »Puh!« Ich strich mir die Haare aus den Augen, während ich einen Schritt rückwärts taumelte. »Das ist ein bisschen … ich bin noch nicht … ich bin noch nicht so weit …«, ich deutete mit der Hand vage in ihre Richtung »… dafür.«

Gina sah mich aufmerksam mit ihren dunklen Augen an. »Du bist noch nicht bereit für was? Wir haben nicht viel Zeit, oder? Also, kommen wir zum angenehmen Teil.« Sie lächelte und mein Herz schlug schneller. Mein Gott, wie viele Zähne hat sie? Vierzig?

Ihr Lächeln, auch wenn es wunderschön war, wirkte ein wenig aufgesetzt, nicht ganz authentisch, und ich merkte, dass sie nicht glücklich mit mir war. Ich ging zum Sofa und setzte mich. »Ich bin es nicht gewohnt, so schnell zur Sache zu kommen. Ich dachte, wir würden uns erst einmal, du weißt schon, kennenlernen.«

Sie setzte sich auf die Armlehne des Sofas und presste ihr warmes Bein an meinen Arm. »Ich bin Gina. Ich finde dich attraktiv. Ich dachte, du wolltest dich mit mir treffen.«

»Das wollte ich auch! Ich bin nur …«

»Nur noch nicht so weit«, sagte sie. Gina drehte sich zu mir und schaute mich direkt an. »Wie oft lädst du völlig Fremde zu dir nach Hause ein?«

Errötend stammelte ich: »Eigentlich nie.«

»Was an mir hat dich dazu gebracht, mich treffen zu wollen?«, fragte sie und starrte mich ausdruckslos an. »Mein Sinn für Humor? Mein Verstand? Meine Liebe zu Kätzchen und Welpen? Was?«

»Ich weiß es nicht«, sagte ich irritiert. »Ich fand dich attraktiv.«

»Richtig.« Sie nickte. »Das denke ich auch von dir, Hayley.«

»Hayden«, korrigierte ich sie leicht verstimmt.

»Richtig. Hayden.« Sie neigte ihren Kopf zur Seite und schien noch intensiver zu starren. »Ich werde dir die Wahrheit sagen.« Sie wartete einen Moment, wie um sicherzugehen, dass ich auch zuhörte. »Es ist mir egal, ob du eine nette Person bist. Es ist mir egal, ob du klug oder dumm bist. Es ist mir egal, ob du Robbenbabys zu Pelzmänteln verarbeitest. Ich bin nur an deinem Arsch interessiert.«

Ich sprang auf und starrte sie an, aber ich spürte, wie es zwischen meinen Beinen zu kribbeln begann. »Das ist vulgär!«

»Nein. Das ist ehrlich. Ich kam, um Sex zu haben. Wenn du in einem Café sitzen und über die Börse oder Immobilien oder was immer dich interessiert reden willst, nur zu. Aber darauf stehe ich nicht.«

»Was? Du unterhältst dich nicht mit Frauen? Du hast nur Sex mit ihnen?«

Sie lächelte wieder und dieses Mal sah es aufrichtig aus. Ihre Augen lächelten zusammen mit ihren Lippen, und in den Augenwinkeln bildeten sich winzige Fältchen. Ihre Stimme nahm einen weicheren, wärmeren Ausdruck an. »Ich rede mit ihnen. Und wenn ich eine Frau näher kenne, rede ich sogar viel. Hättest du mir einen Korb gegeben, als ich sagte, ich möchte zu dir kommen, hätte ich vielleicht einen Kaffee mit dir getrunken. Wir hätten uns kennengelernt. Aber das hast du nicht. Du wolltest, dass wir ein Date haben, so tun, als wollten wir alles übereinander erfahren, und *dann* erst Sex haben. Liege ich richtig?«

Ich schluckte. »Wahrscheinlich so etwas in der Art.«

»Das ist cool. Wenn du dein Leben so lebst, nur zu. Aber ich tue das nicht. Du wirst wahrscheinlich nur für ein paar Wochenenden hier sein, und ich möchte nicht zu viel Zeit investieren, nur um herauszufinden, dass du nicht gut im Bett bist.« Sie stand auf und streckte sich. »Nichts für ungut.« Ohne zu zögern ging sie zur Tür.

Ich sprang auf und rannte ihr hinterher, bevor ich einen Moment Zeit zum Nachdenken hatte. »Warte, Gina, komm schon, warte.«

Sie drehte sich um und lehnte sich an die Haustür, sah gelangweilt und ein wenig müde aus. »Was?«

»Ich werde den ganzen Sommer über hier sein. Nicht nur an den Wochenenden. Es ist also genug Zeit, sich gegenseitig kennenzulernen.«

Das brachte mir ein weiteres Lächeln ein und ich fühlte einen kleinen Schauer im Nacken.

»Das freut mich. Vielleicht werden wir das auch tun. Aber ich hatte einen langen Tag. Ich hätte gerne guten Sex und möchte dann gut schlafen. Aber deine Mitbewohnerin kommt irgendwann nach Hause, und bis wir zur Sache kommen, fällt dir wahrscheinlich noch eine weitere fadenscheinige Ausrede ein, warum du es doch nicht tun willst. Ich sehe schon, dass du nicht drauf stehst, also wird das nicht funktionieren.«

»Sie kommt nicht nach Hause«, gestand ich und zuckte schuldbewusst mit den Schultern.

Sie wartete eine Sekunde, bevor sie antwortete, und sie sah dabei … enttäuscht aus. »Ich weiß. Es gibt keine einzige Frau, die ich nicht auf die Insel gebracht habe. Ich weiß, wo jede einzelne von ihnen ist.« Sie hob den Kopf. »Warum die Lüge?«

»Ich dachte, du könntest mich zum Sex drängen, und ich wollte eine Ausrede haben.«

Nachdenklich runzelte sie die Stirn und zog ihre Augenbrauen zusammen. »In meiner Welt sagen wir einfach: *Ich will keinen Sex haben.*«

»Ich glaube, wir kommen aus verschiedenen Welten. Tatsächlich bin ich mir dessen sogar sehr sicher.«

»Ich auch.« Der scharfe Tonfall in ihrer Stimme traf mich. Sie griff nach dem Türknauf. Ich legte meine Hand auf ihre und hielt sie fest.

»Deine Welt klingt interessant. Erzähl mir mehr darüber.«

Sie drehte sich zu mir um, ihre warme, große Hand umfasste meine Wange, und sie hob mein Gesicht gerade so weit an, dass wir Augenkontakt hatten. Der Blick in ihren Augen sagte mir, dass sie es ernst meinte. »Nach dem Sex.«

Ich atmete langsam aus und schloss kurz meine Augen. »Okay. Aber wie wäre es mit etwas Wein? Einem Bier? Ich glaube, ich möchte zuerst etwas trinken.«

Sie hielt mich an der Gürtelschlaufe fest, bevor ich auch nur einen Schritt machen konnte. »Wenn du vorher trinken musst, lassen wir es besser sein.«

»Nein. Ich will nicht, dass du gehst. Ich bin nur nicht …«

»Daran gewöhnt, dass es so schnell geht«, vervollständigte sie ein weiteres Mal mehr meinen Satz.

Ich legte meine Hand auf ihren Arm und hielt sie für einen Moment fest. Dann, als ob sie wüsste, was ich brauchte, legte sie ihre Arme um mich. »Mach dir darüber keine Sorgen. Vielleicht laufen wir uns ja wieder über den Weg.« Dann küsste sie mich auf den Scheitel. »Vielleicht können wir sogar Kaffee trinken und reden. Machen wir es auf deine Art.«

Ich drückte mein Gesicht in ihren Hals und roch wieder ihren Körper. Sie hatte sich entspannt. Fast so, als wäre sie erleichtert, dass wir keinen Sex haben würden. Ihr Körper war weich und warm und es fühlte sich wunderbar an. Ich merkte, dass ich jetzt kein bisschen Angst mehr vor ihr hatte. Ich fühlte mich ehrlich gesagt sicherer denn je, seit ich auf die Insel gekommen war. Ich versuchte ganz bewusst, die kritische Stimme zum Schweigen zu bringen, die mich so oft davon abhält, das zu tun, was ich will. Als ich merkte, wie Ginas Hände auf meinen Hintern wanderten und mich drückten, wurde mir bewusst, dass sie auf meine Hände reagierte, die unter ihrem Shirt ihren muskulösen Rücken streichelten.

Ich nahm meinen Kopf hoch und sie küsste mich sanft. »Wir sehen uns dann, okay?«

Zu meiner eigenen Überraschung legte ich meine Hände auf ihren Hintern und zog sie näher heran. »Geh nicht.«

»Hast du deine Meinung geändert?«

»Ich hasse es, Zeit zu verschwenden«, sagte ich lächelnd.

Ihre Arme umklammerten meine Taille. Es fühlte sich so verdammt gut an, wie sie mich festhielt. Obwohl sie nur ein oder zwei Zentimeter größer und vielleicht zehn oder fünfzehn Pfund schwerer war als ich, fühlte ich mich behütet, so behaglich, dass ich ein wenig überrascht war, als sie anfing, mich zu küssen, als ob sie in Flammen stünde.

Dieser Wechsel war so dramatisch, dass ich eine Sekunde lang nicht reagieren konnte. Aber es gelang mir, die Stimme auszuschalten, die mir sagte, es sei falsch, sich einer Fremden gegenüber angreifbar zu machen. Ich bemühte mich, einfach mitzuhalten.

Ihre Lippen waren so weich, so sinnlich, dass ich Staatsgeheimnisse dafür verraten hätte, um sie weiter auf meinen zu spüren. Nach wenigen Augenblicken fühlten sich meine Knie wackelig an und ich versuchte, sie zurück zum Sofa zu schieben. Aber sie folgte nicht. Sie drehte mich nur ein wenig um und drückte mich gegen die Wand.

Gina presste sich an mich und ihre Hände glitten von meiner Taille zu meinen Brüsten. Ihre Berührung war nicht grob, aber fest und entschlossen. Ihr Selbstvertrauen und ihre Stärke erlaubten es mir, mich zu entspannen und mich ihr hinzugeben. Ich legte meine Arme um ihren Hals und begann, sie mit all meinem aufgestauten Verlangen zu küssen, um ihr zu zeigen, wie sehr ich sie wollte. Es war über ein Jahr her, dass ich Sex gehabt hatte, und ich hatte vergessen, wie absolut fantastisch es sich anfühlte, wenn mich eine Frau berührte, die mich haben wollte.

Und es bestand kein Zweifel, dass Gina mich haben würde. Auf jede Weise, die sie wollte. Ich konnte mir nicht vorstellen, sie abzuweisen, selbst wenn sie die Tür geöffnet und ein Dutzend Zirkusclowns zu Hilfe geholt hätte. Und ich hasse Clowns.

Ihre Küsse wurden immer heißer und nasser, und obwohl ihre Zunge sicher in meinem Mund unterwegs war, dachten meine Brustwarzen, sie seien lange und hart geleckt worden. Alles, was ich wollte, war, dass sie mir die Kleider auszieht und mich ins Bett begleitet.

Aber Gina machte keinerlei Anstalten in diese Richtung. Sie griff meine Hände, breitete meine Arme aus und drückte mich an die Wand, während sie sich noch fester an mich presste. Es war schwierig, Luft zu holen, aber ich war mir nicht sicher, ob das daran lag, dass sie meine Lungen zusammendrückte oder ich so sehr keuchte. Sie schob ihr Knie zwischen meine Beine und drückte hart zu, was mich aufschreien ließ.

»Komm schon«, stöhnte ich. »Gehen wir ins Bett.«

Sie nahm ihren Mund nur für einen Atemzug lang von meinem. »Später«, flüsterte sie und konzentrierte sich dann wieder ganz darauf, mich verrückt zu machen. Meine Beine zitterten vor Verlangen. Wenn sie mich nicht so festgehalten hätte, wäre ich auf den Boden gefallen. Aber sie hielt mich. Hart und fest. Ihre Hände drückten meine Brüste mit solcher Kraft, dass sie mir den Atem raubte. Aber gerade als der Schmerz zu stark wurde, schoss ein Stromstoß durch meine Klitoris. Sie wusste offensichtlich genau, wie viel ich aushalten konnte.

Ich schob meine Hüften nach vorne und versuchte, mich an ihr zu reiben. Sie machte eine Bewegung mit dem Bein und ich hörte, wie ein Gegenstand über den Boden kratzte. Dann packte sie mich an der Taille, hob mich hoch und setzte mich auf ihr Bein. Ich schaute nach unten und sah, dass ihr Fuß auf einem eisernen Türstopper stand, der mir vorher nie aufgefallen war. Ich verschwendete keine Zeit mehr damit, über die Dekoration nachzudenken, da ich nun genau das hatte, was ich brauchte. Ein schönes, festes Bein, um darauf zu reiten.

Um die Wahrheit zu sagen, ich war nie besonders gut beim Sex. Ich habe immer eine talentierte Hand oder einen talentierten Mund gebraucht, um mich richtig in Fahrt zu bringen. Aber unter Ginas sicheren, festen Händen und ihrem heißen Mund wäre ich fast in Flammen aufgegangen. Stöhnend vor Lust legte ich meine Arme um ihren Hals und begann, meine Hüften kreisen zu lassen.

Sie knurrte, tief und sexy, und schob ihre Hände unter mein Hemd. Gina drückte meine Brustwarzen stärker, als ich dachte ertragen zu können, aber es war genau das, was ich brauchte.

Ich hielt mich mit all meiner Kraft an ihr fest, während ich an ihrem Bein entlangglitt und fühlte, wie die Naht meiner Hose an meiner Klitoris rieb.

Wir stöhnten und keuchten, tauschten hastige Küsse, während es zwischen unseren Beinen nur so pulsierte und immer feuchter wurde. Sie griff meinen Hintern, hob mich etwas an und kippte mich gerade so weit, dass meine empfindlichste Stelle noch stärker gegen ihr Bein gedrückt wurde.

Ich warf meinen Kopf in den Nacken und schlug so hart gegen die Wand, dass ich Sterne sah. Mein Orgasmus schien sich durch meinen ganzen Körper zu ziehen. Alles kribbelte und pulsierte im Einklang, während ich wimmerte und jede Stelle küsste, die meine Lippen erreichen konnten.

Sie erwiderte den Kuss, ihre Berührung war so sanft und süß, dass es sich unschuldig und fast zaghaft anfühlte. Dann ließ sie mich auf den Boden gleiten, legte sich neben mich und hielt meinen Kopf an ihre Brust gedrückt. Gina küsste meine Haare und mein Gesicht, während ich mich erholte.

Ich merkte, dass ihre Aufmerksamkeit kurz nachließ, als sie sich ein wenig bewegte. Dann stieß sie einen tiefen Seufzer aus und drängte sie sich wieder eng an mich. Ich hob den Kopf und sah, dass sie eine Hand in ihre offene Jeans geschoben hatte, und sich selbst berührte.

Verwirrt und ein wenig verletzt drehte ich mich zu ihr und sah sie an. Sie schaute so unschuldig und spielerisch, dass ich nichts anderes tun konnte, als sie zu küssen.

Sie umspielte meine Zunge mit ihrer und saugte daran, als sie sich wieder schneller zu bewegen begann.

Ich legte meine Hand auf ihre Brust und spielte durch ihre Kleidung hindurch mit ihrer harten Brustwarze.

Es dauerte nicht lange, bis sie schwer zu atmen begann und zitternd einen Höhepunkt erlebte. »Ich konnte nicht warten«, sagte sie und küsste mich wieder. »Ich war so erregt, dass mir die Muschi wehtat.« Ich wollte meine Hand in ihre Jeans stecken, aber sie hielt mich davon ab. »Noch nicht. Gib mir noch eine Minute.«

»Ich wollte nur sichergehen, dass sie nicht mehr wehtut. Ich könnte sie küssen, damit es ihr wieder besser geht.«

»Dafür«, sagte sie mit einem satten Lächeln, »gehen wir besser ins Bett.«

Normalerweise wache ich auf, trinke eine Tasse Kaffee und habe bereits vor sieben Uhr die Zeitung gelesen. Heute Morgen wachte ich auf, tastete nach Gina, merkte, dass ihre Seite des Bettes kalt war, stand auf, ging auf die Toilette und schlief dann bis elf Uhr. Ich hatte vergessen, wie sehr mich guter Sex entspannt. Anscheinend macht er mich komatös.

Gähnend und die Bissspur reibend, die Gina auf meiner Schulter hinterlassen hatte, schlurfte ich in die Küche, erfreut, einen Zettel auf dem Tisch zu finden. Meine Freude dauerte einen Satz lang.

Ich wollte dir einen Kaffee machen, also habe ich in den Kühlschrank geschaut, um sicherzustellen, dass du Milch hast, falls du sie brauchst. Ich weiß, dass deine Freundin, das Arschloch, mich für einen dummen Itaker hält, aber nach der letzten Nacht dachte ich, dass du anders bist.

Es war wirklich dumm von dir, mich einzuladen, ohne mich zu kennen. Aber wenn du dachtest, ich würde dich umbringen, bist du dümmer als deine Freundin und ich zusammen.

Ich bin kein Mitglied der Mafia. Aber wenn ich es wäre, würde ich dich töten lassen. Das ist kein Witz.

Gütiger Gott! Sie hätte diesen Zettel nicht sehen sollen! Mein Magen drehte sich so schnell um, dass ich das Gefühl hatte, ich müsste mich gleich übergeben. Ich trank ein halbes Glas Wasser und rief die einzige Person an, von der ich wusste, dass sie mir beim Überlegen helfen konnte.

Ich atmete erleichtert auf, als sie ans Telefon ging. »Dana, ich bin's. Hast du Zeit?«

»Ja klar. Was gibt's, Süße?«

»Ich habe gestern Abend etwas sehr Dummes getan, und ich weiß nicht, wie ich es wieder gutmachen kann.«

»Hayden, du klingst, als würdest du gleich hyperventilieren. Jetzt beruhige dich erst einmal und sag mir, was los ist. Fang am besten von vorne an, Baby.«

Allein ihre Stimme zu hören entspannte mich schon ein wenig. »Okay. Folgendes ist passiert. Am Freitag bin ich mit der Fähre zur Insel gefahren. Elaine war bei mir.«

»Du Glückspilz«, sagte Dana trocken.

»Ich weiß, du magst sie nicht, aber sie ist diejenige, die alles organisiert hat. Ohne Elaine hätte ich das nicht geschafft.«

»Es ist egal, was *ich* von ihr halte, Baby. *Ich* habe *nicht* mit ihr geschlafen.«

»Eines Tages werde ich eine Idiotin finden, mit der du geschlafen hast, und mich rächen.«

»Wird nicht passieren. Ich habe einen sehr, sehr guten Geschmack.«

»Danke für das Kompliment.« Ich holte tief Luft, während Dana leise lachte. »Weiter im Text. Da war eine gut aussehende Frau, die die Fähre steuerte. Groß, dunkel, wirklich auffallend.«

»Dunkel wie ich oder dunkel wie eine weiße Frau mit gebräunter Haut?«

»Sie ist weiß, Schatz«, sagte ich, wobei mein Lachen die Spannung noch etwas mehr löste. »Wie es scheint ist sie Italienerin. Jedenfalls sah Elaine, wie ich ihr nachschaute, und machte einen Witz über sie.«

Dana liebte es, Dinge über Elaine zu hören, die ihre Abneigung gegen sie noch verstärkten. »Was für einen Witz?«, fragte sie scharf.

»Ich kann mich nicht genau daran erinnern, was sie sagte, aber es war nichts Nettes. Ich erinnere mich nur, dass ich ihr sagte, sie solle damit aufhören.«

»Hat die Frau sie gehört?«

»Nein. Zumindest dachte ich, dass sie es nicht getan hat. Das ist das Seltsame daran. Sie saß in dem kleinen Führerstand. Selbst eine Fledermaus hätte Elaine nicht gehört.«

»Also, was ist das Problem?«

»Die Notiz, die sie mir hinterlassen hat, lässt stark darauf schließen, dass sie Elaines Kommentar doch mitbekommen hat.«

»Welche Notiz? Elaine hat auf der Fähre eine Frau beleidigt, und die Frau hat *dir* geschrieben?«

Ich suchte nach einem Weg, die Situation im bestmöglichen Licht darzustellen, erkannte aber schnell, dass das nicht möglich war. »Ich, äh, war gestern Nachmittag in der Stadt und da sah ich die Frau wieder. Ihr Name ist Gina.«

»Und da gab sie dir die Notiz?«

»Nein! Lass mich doch mal ausreden!« Ich wollte, dass Dana mich verstand und meine Gefühle nachvollziehen konnte. Aber ich wusste, dass das nicht klug war. Man muss immer ein wenig vorsichtig sein, wenn man mit seiner Ex spricht. Immer. »Ich habe ein paar Minuten mit ihr geredet und ihr gesagt, dass es in Ordnung wäre, wenn sie am Abend zu mir nach Hause kommt.«

»Sie kam also zu dir und hat dich für das, was Elaine gesagt hat, beschimpft? Das klingt seltsam.«

»Es gibt ein zusätzliches Detail. Ich hatte Sex mit ihr.«

»Entschuldigung?« Es war schwer, Dana zu schockieren, aber ich war mir sicher, dass ich es geschafft hatte.

»Du hast richtig gehört. Ich hatte Sex mit ihr. Aber bevor sie kam, schrieb ich meinen Mitbewohnern einen Zettel und teilte ihnen mit, dass Gina vorbeikommen würde. Ich legte ihn in den Kühlschrank.«

Ich schwieg und konnte fast hören, wie die Zahnräder in Danas Kopf knirschen. »Hast du Drogen genommen, Hayden? Das ist mein Ernst. Bist du high?«

»Nein, Dana, ich bin nicht high. Ich fand Gina heiß und sie muss dasselbe von mir gedacht haben. Wir verstanden uns gut und hatten Sex.«

»Beim ersten Date. Du, Hayden Chandler, hattest am ersten Abend Sex mit einer Frau.«

»Es war nicht wirklich ein Date. Gina hat das deutlich gesagt. Sie kam zu mir nach Haus, um Sex zu haben. Sonst nichts.«

»Ich habe einen Monat gebraucht, um dich ins Bett zu kriegen!«

Zuerst dachte ich, Dana wollte mich damit aufziehen, aber dann wurde mir klar, dass sie es völlig ernst meinte. Verdammt! Ich wollte sie nicht verärgern. »Liebling, ich war damals unreif. Ich war erst dreiundzwanzig.«

»Und jetzt bist du erst dreißig, Hayden.« Sie klang wütend und verletzt und ich konnte nichts tun, um sie zu beruhigen. »Stehst du jetzt auf Sex mit Fremden?«

»Nein! Nun, ich denke, gestern Abend schon. Aber das war das erste Mal, dass ich so etwas gemacht habe. Du weißt, dass ich nicht so bin. Gina war einfach so … Ich finde kaum Worte, um sie zu beschreiben. Sie war so entschlossen, fast schon autoritär. Und sie hatte dieses hinreißend süße Lächeln, das mir das Gefühl gab …«

»Ich verstehe schon«, sagte Dana knapp. »Also, was willst du von mir?«

»Ich möchte, dass du nicht böse auf mich bist. Ich hätte dich nicht anrufen sollen. Es ist nicht fair, mit dir über solche Dinge zu reden.«

Wir waren beide für einige Augenblicke still und ich konnte mir ihren Gesichtsausdruck vorstellen. Das Kinn ein wenig nach vorne geschoben, würde sie ins Leere starren. Sie könnte die Lippen geschürzt haben oder nachdenklich an einem Stift kauen, den sie gerade in der Hand gehabt hatte. »Es ist in Ordnung«, sagte sie schließlich. »Wir sind Freunde. Ich möchte offen zu dir sein, was mein Leben betrifft, also muss ich auch in der Lage sein, mit der Wahrheit über dein Leben umzugehen.«

Ein dicker Kloß steckte in meiner Kehle. Dana war so eine gute Frau. »Danke, Schatz. Ich bin sehr froh, dass du meine Freundin bist.«

»Das werde ich immer sein«, sagte sie, und klang schon wieder sehr viel milder.

»Das weiß ich«, sagte ich und erkannte, dass es die Wahrheit war. Eine Sekunde lang dachte ich an die Bindung denken, die wir immer haben würden, und dann fragte ich: »Was soll ich jetzt tun?«

»Zunächst habe ich noch eine ganz einfache Frage: Warum in aller Welt hast deine Nachricht in den Kühlschrank gelegt?«

»Eine einfache Frage. Aber die Antwort ist nicht so einfach. Ich kann nur sagen, dass ich in einer seltsamen Gemütsverfassung war.«

»Wie seltsam?«

»Nun, was könnte mich wohl dazu bringen, einen Zettel zu hinterlassen, auf dem steht, dass Gina die Hauptverdächtige sein würde, wenn ich als vermisst gemeldet werden sollte?«

Dana war nur eine Sekunde lang still, aber ich konnte an ihren Atemgeräuschen erkennen, dass sie kurz davor war, die Beherrschung zu verlieren. »Hattest du wirklich Angst vor ihr? Wenn ja …«

»Nein, hatte ich nicht. Ich meine, ich hatte Angst, aber nur in dem Sinne, dass mein Verstand Überstunden machte. Ich habe zu viele Kriminalromane gelesen.«

Dana atmete tief aus. »Diese ganze Sache klingt so gar nicht nach dir, Hayden. Und ich meine *alles* daran. Ich denke, du solltest das als einen momentanen Anfall von Wahnsinn verbuchen und es gut sein lassen.«

»Nein. Nein«, sagte ich, nun etwas lauter. »Das will ich nicht.«

Ich konnte hören, wie sie mit den Zähnen knirschte. Ich neckte sie immer damit, dass sie eines Tages ihre Backenzähne abgeschliffen haben würde, wenn sie sie immer so misshandelt. »Es ist ziemlich offensichtlich, was du tun musst. Geh zu ihr und entschuldige dich. Wenn du sie wiedersehen willst, falle vor ihr auf die Knie, während du dich entschuldigst.«

»Du hast recht. Natürlich hast du recht. Ich bin einfach durchgedreht, als ich heute Morgen ihre Notiz sah. Sie klang so verletzt.«

»Wärst du das nicht auch?«

»Ich weiß es nicht«, sagte ich, weil ich es nicht wusste. »Ich würde vielleicht denken, dass da eine Frau sehr vorsichtig ist. Ich hätte es möglicherweise nicht persönlich genommen.«

»Sie offensichtlich schon.«

»Ja. Das hat sie. In ihrer Notiz bezeichnete sie sich selbst als ›dummer Itaker‹.«

»Das ist nicht gut. Klingt, als sei sie wegen ihrer Herkunft sehr dünnhäutig. Wenn das so ist, könnte sie zu verletzt sein, um deine Entschuldigung anzunehmen. Ich würde mir keine großen Hoffnungen machen.«

»Habe ich auch nicht«, sagte ich. »Höchstens verdammt kleine.«

Kurz nach Mittag machte ich mich auf den Weg zum Fährhafen. Es ist etwas mühselig, über die leicht erhöhten Holzstege zu gehen, die auf der Insel als Straßen gelten. Eines der bezauberndsten Dinge an Fire Island – und vor allem an Cherry Grove, meiner direkten Nachbarschaft – ist, dass es keine Straßen gibt. Daher gibt es auch keine Autos. Die schmalen Promenaden ziehen sich kreuz und quer durch den Ort, und die einzigen Fahrzeuge sind Handwagen, wobei der rote Radio Flyer der Beste ist. Alle meine Sachen mit einem kleinen Karren, der für ein Kind und seine Puppen gebaut worden war, ins Haus zu bringen, war nicht einfach, es machte den Einzug zu einem kleinen Abenteuer. Und da alle sozusagen im selben Karren sitzen, boten etliche Leute ihre Hilfe an. Das ist eine weitere großartige Sache an Cherry Grove. Fast alle sind freundlich und hilfsbereit. Aber ich hatte das Gefühl, dass eine bestimmte Fährbootkapitänin nicht zu den freundlichen gehören würde, und mein Magen krampfte sich zusammen.

Ich wusste nicht, ob Gina überhaupt arbeitete, aber ich hatte keine andere Möglichkeit, um mit ihr in Kontakt zu treten. Ich machte mir in Gedanken eine Notiz, mir die vollständigen Namen und Telefonnummern aller Fremden zu merken, mit denen ich in Zukunft schlafen würde. Zum Glück hatte ich das nur einmal gemacht. Es ist nicht so einfach, einfach zu sein.

Die Fähre kam pünktlich an, aber es war ein viel kleineres Boot als das, das ich genommen hatte. Ich dachte, vielleicht gibt es noch eine andere Gesellschaft, die die Insel bedient, aber dann entdeckte ich sie in dem … wie auch immer man das nennt, wo das Steuerrad ist. Hm, vielleicht ein Steuerhaus? Oder ist das mit Mark Twain ausgestorben?

Die Insel ist bis zum Memorial Day ziemlich menschenleer und die Überfahrt am Donnerstagmittag findet offensichtlich nicht viel Anklang. Weniger als ein Dutzend Menschen stiegen aus, aber keine Gina. Ein eher unappetitlich aussehender Bursche half den wenigen Leuten beim Ausladen ihrer Sachen, winkte dann in Ginas Richtung und ging hinüber zum Grove Café. Sie stand allein neben ihrer kleinen Kabine und bis zur Rückfahrt nach Sayville dauerte es keine zehn Minuten mehr.

Leider hatte ich keine Zeit zu verlieren, also ging ich den Pier hinunter und sprang an Bord. Das Steuerhaus, oder wie auch immer das heißt, befand sich oben auf dem zweiten Deck, ganz vorne auf dem Boot. Als ich die Treppe hochkam, saß sie auf einer der Bänke hinter dem Steuerhaus. Sie drehte sich nicht um, obwohl ich wusste, dass sie mich heraufkommen gehört hatte.

Ihr Haar war vom Wind zerzaust und sah ein wenig kraus aus. Es war ein nebliger, feuchter Tag, und sie trug eine Fleecejacke und Jeans. Ihre Füße hatte sie auf eine offene Kiste mit Rettungswesten gelegt und aus irgendeinem Grund fand ich ihre gelben Gummistiefel unglaublich sexy.

Ich stand da und betrachtete sie einen Moment lang von der Seite. Ihre Jacke war leuchtend orange und eng tailliert, mit marineblauen Streifen an den Seiten, und sie sah sehr schlank und rank darin aus. Darunter trug sie ein weiches, marineblaues T-Shirt mit französischem Schnitt und dem Namen der Fährgesellschaft auf der Brust. Obwohl ihre Haut oliv und ihre Augen dunkel waren, stand das Blau ihr fabelhaft. Und wer auch immer die Shirts besorgte, wollte offensichtlich, dass Gina in ihrem gut aussah, denn es saß wie angegossen. Ihre Jeans, die ihre Oberschenkel eng umschlossen, steckten in den wadenhohen Stiefeln und sie wirkte ein wenig wie ein Mädchen, das darauf wartete, in eine große Pfütze zu springen. Aber sie sah auch wie die sexy, aggressive, dominante Frau aus, die meine Welt erschüttert hatte.

Ich war überrascht, dass sie nicht hörte, wie mein Herz in meiner Brust schlug, aber sie drehte sich erst zu mir um, als ich mich neben sie setzte. »Hallo«, sagte ich und meine Stimme zitterte.

Sie sah mich an und ihre dunklen Augen verrieten nicht das Geringste. Keine Überraschung, keine Wut, nicht einmal ein Wiedererkennen. »Was?« Sie klang gelangweilt und leicht verärgert.

»Ich wollte mich für die Nachricht entschuldigen, die ich meinen Mitbewohnern hinterlassen habe. Ich weiß, es sah aus, als hätte ich dir misstraut …«

»Nein.« Sie klappte das dicke Buch zu, in dem sie gelesen hatte, und warf es neben sich. »Die meisten Leute hinterlassen ihren nächsten Angehörigen eine Nachricht, wenn ich sie besuchen komme.« Sie stand auf und ging zum Steuerhaus, wobei sie ein metallenes Gitter hinter sich verriegelte. Sie stand jetzt zwei Meter von mir entfernt, und jeder, der einstieg, konnte mich hören, aber ich versuchte, nicht an mögliche Peinlichkeiten zu denken.

»Gina, bitte lass es mich erklären.«

»Deine Notiz sagte alles, was ich hören musste. Du und deine Freundin, das Arschloch, ihr denkt offensichtlich, dass es Spaß macht, mit dem Gesindel zu spielen, aber dein kleines Oberschichten-Gewissen hat sich durchgesetzt. Du wolltest eigentlich niemandem erzählen, dass du einen minderwertigen Itaker zu Besuch hattest, nur für den Fall, dass dir etwas passiert und du verschwindest, wolltest du andere nette Mädchen vor dem gleichen Schicksal bewahren.«

Verdammt, das konnte ich nicht ganz abstreiten. Sie war viel zu nahe an der Wahrheit. Ich hielt sie zwar nicht für einen Itaker, aber das war ein schwacher Trost. »Meine Freundin und ich sind uns nicht ähnlich, Gina. Ich fühlte mich zu dir hingezogen. Nicht, weil ich dich für Gesindel oder einen Itaker oder so etwas halte. Ich finde dich unglaublich hübsch und sexy. Ich habe noch nie eine so reizende Frau wie dich getroffen, die sich für mich interessiert hat, und ich fühlte mich über alle Maßen geschmeichelt.«

Sie fixierte mich mit einem kalten Blick. »Fühl dich nicht zu geschmeichelt. Zu dieser Jahreszeit gibt es nicht viele Frauen auf der Insel.«

Ich weiß nicht warum, aber es war mir nicht in den Sinn gekommen, dass sie grausam sein könnte. Nachdem wir in meinem Bett Sex gehabt hatten, hatte sie mein

Gesicht gestreichelt und zärtlich meine Wange geküsst. Ihr Körper hatte so geglüht, dass sie das Laken abgeworfen hatte und nackt dalag, ihre Haut glitzerte vom Schweiß. Kurz bevor sie die Augen schloss, hatte sie meine Hand genommen, geküsst und auf ihr Herz gelegt. Dann war sie eingeschlafen. Wie konnte eine Frau, die gestern Abend so sanft war, heute Nachmittag so berechnend grausam sein?

Ich brachte kein Wort mehr heraus und wollte ihr nicht die Genugtuung geben, mich weinen zu sehen. Unter Wahrung aller Würde, die ich aufbringen konnte, stand ich auf und ging die Treppe hinunter. Die Tränen begannen zu fließen, sobald meine Füße die letzte Stufe erreichten. Mein Pech setzte sich fort und der Bootsjunge kam ausgerechnet in dem Moment zurück zur Fähre, als ich versuchte auszusteigen. Ein großer Kabinenkreuzer war gerade angekommen, und die Wellen ließen die Fähre schwanken. Er streckte seine Hand aus, um mir beim Aussteigen zu helfen, und sagte: »Was ist los, Lady?«

»Nichts«, sagte ich und ging so schnell ich konnte davon. »Überhaupt nichts.«

Den größten Teil des Tages verbrachte ich mit Weinen und Trübsal blasen im Haus. Ich liebte es, auf der Insel zu sein, aber ich brauchte länger als ich dachte, um mich an die Ruhe und die Isolation zu gewöhnen. Zu Hause hatte ich ein Dutzend verschiedener Möglichkeiten, um einzukaufen, zu plaudern oder ein wenig zu essen. Hier konnte ich entweder allein in meinem großen Haus sitzen oder ins Café, in den Eisenwarenladen oder in eine von zwei Bars gehen. Nichts von allem gefiel mir heute, und es regnete zu stark, um am Strand spazieren zu gehen. Also starrte ich auf meinen Computer. Der blinkende Cursor auf der leeren Bildschirmseite erinnerte mich mit unerbittlicher Beharrlichkeit daran, dass ich verdammt noch mal nichts geschafft hatte.

Als das Telefon klingelte, wäre ich fast losgerannt. Ich konnte mich nicht erinnern, Gina diese Nummer gegeben zu haben, aber sie war ein kluges Mädchen. Vielleicht kannte sie die Besitzer des Hauses. Ich war schwer enttäuscht, die Stimme meiner Schwester zu hören. »Hallo. Ich wollte mich bei dir melden und hören, wann du wieder einmal nach Hause kommst. Es ist schon Wochen her und Dad scheint ziemlich niedergeschlagen zu sein. Dich zu sehen heitert ihn immer auf.«

Der Gedanke daran, besser nicht ans Telefon gegangen zu sein, schoss mir durch den Kopf, aber jetzt war es zu spät. »Ich habe noch nicht darüber nachgedacht, Karen. Ich bin noch nicht einmal eine Woche hier.«

»Ich weiß, aber du warst seit Ostern nicht mehr hier.«

»Ostern war vor drei Wochen. Das ist nicht sehr lange.«

»Das ist es aber doch, wenn man keinen Besuch bekommt. Du weißt nicht, wie es für ihn ist. Du siehst ihn nicht oft genug, um zu merken, wie traurig er wirklich ist ...«

Ich blendete Karen aus und ließ sie Dampf ablassen. Ich habe gelernt, dass ein gut getimtes – oder sogar ein schlecht getimtes – »hmhm« durchaus reicht, damit sie das Gefühl hat, mich ordentlich gescholten zu haben. Ich respektiere und liebe meine Schwester, aber ich lasse nicht zu, dass sie mir ein schlechtes Gewissen einredet. Sie ist die selbst ernannte Vormundin und Beschützerin unseres Vaters, der das, soweit ich das beurteilen kann, weder braucht noch will. Es stimmt, Vater ist offensichtlich klinisch depressiv und er braucht Medikamente. Aber er ist neunundfünfzig Jahre alt und will keine Hilfe. Er stellt weder für sich noch für andere eine Gefahr dar, also können wir nicht viel tun. Aber das hält Karen nicht auf. Seit unsere Mutter und er vor vierzehn Jahren geschieden wurden, hat sie versucht, für Mom einzuspringen. Sie hört nicht auf meine feste Überzeugung, dass sie eine Rolle übernimmt, die ihr nicht zusteht. Ich würde es vielleicht anders sehen, wenn Vater wollte, dass sie sich die ganze Zeit um ihn kümmert. Aber es scheint ihn wirklich nicht zu interessieren.

»Hayden?«

»Ja? Entschuldige, Karen, jemand hat mir gerade eine Nachricht geschickt und ich habe kurz auf meinen Computer geschaut.« Diese Ausrede funktionierte fast immer, wenn sie mich dabei erwischte, dass ich nicht aufpasste. Gott sei Dank war sie von ihrem Computer genauso abhängig wie ich von meinem.

»Wirst du dieses Wochenende kommen? Larry sagte, er will Dads Grill aus der Garage holen, damit wir ein Barbecue veranstalten können. Bitte ...«

Junge, sie muss auf dem Kriegspfad gewesen sein, damit Larry zustimmt, zu Dad zu gehen. Mein Schwager war ein begeisterter Golfspieler, und er hasste es, seine Wochenendrunde zu verpassen. »Sicher. Ich werde da sein. Ich komme am Samstagmorgen, aber ich muss Sonntagabend zurück sein.«

»Das ist in Ordnung. Es ist nicht so lange, wie ich es gerne hätte, aber es wird reichen.«

Wenn ich glaubte, meine Anwesenheit würde Dad aus seiner Depression befreien, würde ich zurück nach Philadelphia ziehen. Aber das wird nicht geschehen, so sehr sich Karen das auch wünscht.

2

Ich hatte das Gefühl, den ganzen Tag in dem einen oder anderen Zug gesessen zu haben. Die Fahrt von Philadelphia nach New York dauerte zwei Stunden. Danach musste ich an der Penn Station fast eine Stunde auf den Anschluss nach Sayville warten, was eine weitere zweistündige Fahrt mit der *Long Island Rail Road* bedeutete. Gott sei Dank hatte ich meinen iPod.

Die Schlange am Fahrkartenschalter für die Sonntagabend-Fähre zurück zur Insel war kurz, aber es gab eine Verzögerung. Großartig. Es geht nichts über eine Panne, wenn man fünf Stunden unterwegs ist, um hundert Meilen zurückzulegen.

Eine Frau in einem motorisierten Rollstuhl wollte eine Fahrkarte kaufen, aber die Frau am Schalter sagte, das Boot könne sie nicht aufnehmen. Uns trennte nur eine Person in der Schlange, und so konnte ich hören, wie die Frau im Rollstuhl erklärte, dass sie extra die Fährgesellschaft angerufen hatte, bevor sie die Reise plante. Sie war kurz davor, in Tränen auszubrechen, und ihre Begleiterin begann, die Beherrschung zu verlieren. Die Frau am Schalter war frustriert, aber sie wiederholte offensichtlich nur, was ihr gesagt worden war – dass die Fähre keine Rollstuhlfahrer aufnehmen könne.

Die Ticketverkäuferin nahm schließlich ein Walkie-Talkie und rief das Boot. Ich hörte Ginas Stimme über den Lautsprecher knistern. »Was ist los?«, fragte sie.

»Hier ist eine Frau im Rollstuhl, die sagt, jemand von der Firma habe ihr gesagt, sie könne mit der Fähre fahren. Aber mir wurde gesagt, dass das nicht erlaubt ist.«

Von Ginas Seite gab es eine kleine Pause. Dann knurrte sie: »Ich kümmere mich darum. Bin in zwei Minuten da.«

Die Frau und ihre Freundin machten Platz und wir anderen kauften unsere Tickets. Die Fähre legte an, und sobald der Motor abgestellt war, sprang Gina von Bord. Ich trat einen Schritt auf die Seite und zum Glück sah sie mich nicht. Sie ging direkt auf die Frau im Rollstuhl zu und ihr strenger Gesichtsausdruck verwandelte sich in ein warmes Lächeln.

»Hallo, ich bin Gina. Wollen Sie zum Grove?«

Ich konnte die Erleichterung auf dem Gesicht der Frau sehen. Aus irgendeinem Grund lief mir ein Schauer über den Rücken.

»Ja«, sagte sie. »Ich habe viel Geld dafür ausgegeben. Wenn es sein muss, setze ich mit einem Floß über.«

»Nicht nötig«, sagte Gina. Sie war so ruhig und zuversichtlich, ich wusste, dass sie das Problem auf die ein oder andere Weise lösen würde. Sie warf einen Blick auf die Menschen, die sich in der Nähe des Bootes versammelt hatten, und sagte: »Würden jetzt bitte alle an Bord gehen?«

Wir folgten ihrer Anweisung. Dann kamen Gina, die Rollstuhlfahrerin und ihre Freundin, und ich hörte sie fragen: »Macht es Ihnen etwas aus, hochgehoben zu werden?«

Die Frau sah sowohl perplex als auch enttäuscht aus. »Sie können meinen Stuhl nicht anheben, wenn er leer ist, ganz zu schweigen davon, dass ich drinsitze.«

»Ich habe nicht gefragt, ob Sie glauben, dass wir Sie hochheben können«, sagte Gina. Sie hatte sich ein wenig umgedreht, sodass ich ihr gelassenes, beruhigendes Lächeln sehen konnte. »Ich fragte nur, ob es Sie stört.«

»Nun, ich denke nicht. Aber mich hat noch nie jemand getragen. Ich mache mir schon Sorgen …«

Gina hockte sich neben sie und flüsterte ihr etwas ins Ohr. Die Frau sah sie an und lächelte. »Dann machen Sie nur weiter. Aber ich werde Sie daran erinnern.«

Als sie Ginas schrillen Pfiff hörten, kamen zwei junge Männer an Land. Sie waren beide groß und schlaksig, aber keiner von beiden sah besonders stark aus. »Wir werden diese Dame auf die Fähre heben.« Sie gab den Jungen ausdrückliche Anweisungen, die sie zu verstehen schienen, denn sie legten sofort ihre Hände an die Stellen, wohin sie deutete. Sie hob den Kopf, schaute in Richtung Boot und sagte: »Hayden, kommst du mal her?«

Fassungslos stand ich auf und sprang von der Fähre und sah in diese großen, braunen Augen.

»Stell dich bitte vor uns und sag, wann wir uns der Kante des Piers nähern. Wir sind zwar ziemlich trittsicher, aber es ist gut, noch eine andere Perspektive zu haben.«

»Sicher«, sagte ich und war immer noch erstaunt, dass sie mich nicht nur gesehen hatte, sondern mir auch vertraute.

Die Freundin der Frau sagte: »Das kann ich doch machen.«

Gina lächelte sie an und sagte: »Ich bin sicher, dass Sie das können, aber Hayden ist eine Angestellte. Sie ist durch unsere Versicherung gedeckt.«

»Oh, ich verstehe.«

Ich war ein wenig überrascht über diese Entwicklung, aber ich versuchte, es mir nicht anmerken zu lassen.

»Okay, Jungs, ich zähle bis drei. Eins …zwei …drei.«

Sie hoben die Frau und den Rollstuhl an. Es war nicht leicht. Zwar war es nur eine kurze Strecke, aber das Boot schwankte ein wenig. »Jetzt seid ihr genau am Rand«, sagte ich. Ich sprang auf das Boot, um die Frau abzulenken, die verängstigt aussah. »Die machen so etwas andauernd«, sagte ich. »Ich habe gesehen, wie sie einen beladenen Kühlschrank an Bord getragen haben, und kein Ei ist dabei zerbrochen.«

Meine lächerliche Bemerkung veranlasste sie, mich zweifelnd anzusehen, und als sie wieder nach vorne blickte, war sie bereits sicher auf dem Deck. Gina und die beiden Jungen sahen aus, als hätten sie sich einen Bruch gehoben, also begleitete ich die Frau und ihre Freundin auf die andere Seite des Bootes, während die Besatzung durchatmete. »Ist das in Ordnung?«, fragte ich. »Oder möchten Sie, dass Gina Sie nach oben bringt?«

Die Frau schaute auf die steile Treppe und lachte. Gina kam zu uns hinüber, ihre Wangen schimmerten rosa trotz der Bräune und große Schweißperlen standen ihr auf der Stirn. »Alles in Ordnung? Sollen wir Ihren Stuhl festbinden?«

»Nein, er steht sicher«, sagte die Frau. »Wie Sie gemerkt haben, ist er gewichtig genug.«

»Ja«, sagte Gina, »das habe ich gemerkt. Wie oft werden Sie die Insel verlassen? Wir besorgen eine Rampe …«

Die Frau schüttelte den Kopf. »Wenn Sie mich im Oktober noch einmal auf das Boot heben könnten? Mehr ist nicht nötig. Ich werde zwischendurch nirgendwo hingehen.«

Gina griff in ihre Tasche und holte ihre Visitenkarte heraus: »Rufen Sie mich an, wann immer Sie von der Insel herunter wollen. Das ist kein Problem. Wir brauchen auf jeden Fall eine Rampe. Sie wird im Oktober auf Sie warten.«

»Ich werde anrufen«, sagte die Frau. Sie winkte mit dem Finger, Gina beugte sich vor und bekam einen Kuss auf die Wange. »Du bist eine tolle Frau.«

»Nicht doch«, sagte Gina. Ihre Wangen wurden noch tiefer rot, aber sie sah immer noch cool und ruhig aus. »Gehört alles zum Job.« Dann drehte sie sich um und sprang die Treppe hinauf. Ich sah das Wort »KAPITÄN« in großen blauen Buchstaben auf dem Rücken ihres engen, knallorangen T-Shirts stehen und sagte mir, ich solle besser auf meine Nomenklatur achten. Es wäre nicht gut, wenn ein Angestellter sie als Fahrer bezeichnen würde.

Da ich nicht wusste, was meine Aufgabe war, abgesehen davon, wie ein Angestellter auszusehen, tat ich, was die Jungs taten – ich ging nach oben, sobald wir den Pier verließen. Währenddessen dachte ich über diese ziemlich bemerkenswerte Kette von Ereignissen nach. Ich war zwar noch verletzt und wütend, aber ich wollte nicht den ganzen Sommer lang eine Fehde mit der Frau führen, die offensichtlich *immer* das verdammte Boot steuerte. Ich hasste es auch, Menschen aus dem Weg zu gehen. Es fühlte sich zu sehr nach der fünften Klasse an. Aber ich war nervös, als ich oben ankam und Gina zu den beiden Jungen sagte: »Geht bitte nach unten und sorgt dafür, dass unsere Passagierin stabil steht.« Der ältere der beiden warf ihr einen verwirrten Blick zu, aber sie gingen ohne weiteren Kommentar. »Komm rein«, sagte sie, während sie das Tor aufhielt.

Ich tippte auf das kleine Schild am Gitter, auf dem »Keine Passagiere« stand. »Wie hoch ist mein Stundenlohn?«

Sie sah ein wenig erleichtert aus, auch wenn sie das Meer keinen Moment aus den Augen ließ. »Nun, wir sind in der Gewerkschaft, also ist er ziemlich hoch. Ich gebe dir sofort einen Vorschuss.« Sie griff nach einem mit Gummi überzogenen Buch und blätterte darin, ohne den Blick zu senken. Als sie fand, was sie suchte, reichte sie mir zwei Blätter, auf denen jeweils stand: »Rundreise Freifahrt«.

Ich war kurz versucht abzulehnen, dachte dann aber, das könnte unhöflich sein. »Danke«, sagte ich und steckte sie in meine Tasche.

»Ich habe nach dem Anlegen ein paar Minuten Zeit. Lust auf einen schnellen Drink?«

Ich starrte sie an und versuchte mich daran zu erinnern, wie zärtlich sie im Bett gewesen war. Vielleicht war der Arschlochteil nur ein kleiner Ausschnitt ihrer Persönlichkeit. Sie war ohne Zweifel die attraktivste Frau, mit der ich je ausgegangen bin. Auch wenn wir nicht wirklich ausgegangen waren oder uns einander mit vollem Namen vorgestellt hatten, zählte ich den Abend dennoch als ein Date. Vielleicht hatte sie neben ihrem Aussehen und ihren fantastischen Fähigkeiten im Bett noch andere Reize. Und wenn nicht, waren schon diese beiden nicht zu unterschätzen. »Okay. Du bezahlst.«

»Das hatte ich auch vor.« Sie hatte ihren Kopf immer noch nicht bewegt, aber ihre Lippen verzogen sich zu einem kleinen, zufriedenen Grinsen.

Bis wir die Frau im Rollstuhl vom Boot geholt hatten, war der größte Teil von Ginas Pause bereits vorbei. Sie bekam einen weiteren Kuss und schien glücklich und entspannt, als wir zur Bar am Ende des Piers gingen.

»Warum hast du mich vorhin um Hilfe gebeten? Ihre Freundin hätte leicht das tun können, was ich getan habe.«

»Vielleicht. Aber ich vertraue Fremden nicht, wenn es um Sicherheit geht. Ich wusste, dass ich mich auf dich verlassen kann.«

Ich blinzelte überrascht. »Vor vier Tagen wolltest du mich noch töten!«

Sie drehte sich zu mir um und zeigte ein überraschend scheues Lächeln. »Nicht weil du inkompetent bist. Ich wusste, dass du besonnen bist und nicht herumalbern würdest. Das bedeutet mir sehr viel.«

»Also arbeitest du lieber mit jemandem zusammen, den du töten willst, als mit einer total nett aussehenden Fremden?«

Sie lächelte, ihr Blick begann an meinem Kinn und bewegte sich langsam nach oben, bis sich unsere Augen trafen. Mein ganzer Körper fühlte sich ein paar Grad wärmer an, als ich in diese dunkelbraunen Augen sah. »Ich habe nicht gesagt, dass es logisch ist. Bei mir ergibt nicht immer alles einen Sinn.« Sie schaute weg und steckte die Hände in ihre Taschen. »Ich kann unüberlegt sein. Besonders, wenn meine Gefühle verletzt sind.«

Wir gingen in die Bar und die Barkeeperin winkte Gina zu. Sie kam schnell zu uns herüber und sagte: »Ich weiß, Ihr habt gerade noch Zeit für eine Tasse koffeinfreien Kaffee.«

»Du kennst meinen Zeitplan besser als ich«, sagte Gina und lächelte sie mit einer sanften Offenheit an, die ich noch nicht gesehen hatte.

»Mach zwei daraus«, sagte ich.

Sie nickte und ging zurück zur Theke. Obwohl wir nur wenige Minuten Zeit hatten, sprach keine von uns, während wir warteten. Nachdem die Frau unseren Kaffee gebracht hatte, sah ich Gina an, bis sie meinen Blick erwiderte. »War das eine Entschuldigung?«

»Was? Sagen, dass ich Temperament habe?«

»Ja.«

Sie goss etwas Sahne in ihren Kaffee und rührte ihn langsam und nachdenklich um. »Irgendwie. Schätze ich.«

»In meiner Welt sagen wir Dinge wie *Es tut mir leid* oder *Ich hatte unrecht.*«

Langsam erschien ein sexy Grinsen auf ihrem Gesicht und Gina sagte: »Wir leben nicht in der gleichen Welt, schon vergessen?«

»Nein, ich schätze das tun wir nicht.«

Ich starrte auf ihren Scheitel, da sie anscheinend sehr von der Sahne fasziniert war, die noch immer in ihrer Tasse herumwirbelte. Ich dachte eigentlich, dass sie sich entschuldigen würde, aber mir wurde klar, dass ich darauf würde lange warten müssen. »Ich entschuldigte mich bei dir, Gina. Ich hatte mich auf den Weg zu dir gemacht, um dir zu sagen, dass ich mich schlecht fühle. Ich wollte dich nicht verletzen. Du bist mir schier an die Gurgel gesprungen.«

»Ich weiß«, sagte sie leise und schaute immer noch nach unten. »Und ich fühlte mich schlecht. Ich habe jeden Tag an dich gedacht. Ich habe ständig Ausschau gehalten, ob du auf das Schiff kommst, in der Hoffnung, dass wir die Dinge zwischen uns in Ordnung bringen können.«

»Ich musste am Freitag die Insel verlassen, aber ich ging zu Fuß hinunter nach Pines, um eine andere Fähre zu nehmen. Aber heute Abend war ich zu müde dazu.«

Sie nickte und sah ein wenig verletzt aus. »Ich hab mich schon gefragt, wie du von der Insel heruntergekommen bist, ohne dass ich es gemerkt habe.«

»Du hättest bei mir vorbeikommen können«, sagte ich. Sie nickte wieder und hob immer noch nicht den Kopf. »Also, hier ist deine Chance. Bring es in Ordnung. Ich möchte, dass du dich entschuldigst.«

Sie schien sich so unwohl zu fühlen, dass ich es ihr fast erlassen hätte, aber es war mir wichtig. Schließlich sah sie mir in die Augen und sagte: »Ich war gemein. Absichtlich. Das hast du nicht verdient. Du hast mich verletzt, aber ich glaube nicht, dass du es absichtlich getan hast.«

»Danke«, sagte ich. Ich hatte ein einfaches »Es tut mir leid« erwartet, aber ich begriff, dass Gina nicht immer das tat, was man von ihr erwartete.

Sie schaute auf die Uhr und sagte: »Ich muss gehen.« Sie stand auf, griff nach ihrer Brieftasche und nahm einen Fünf-Dollar-Schein heraus. »Willst du mich wiedersehen? Für … ein Date?«

Ich lehnte mich zurück und schenkte ihr ein Lächeln, das wahrscheinlich eher wie ein Grinsen aussah. »Ein echtes Date? Wo wir reden und uns kennenlernen?«

»Ja. Reden, Wein trinken, uns fragen, ob wir uns genug mögen, um herumzualbern.«

»Sicher. Das wäre schön.« Ich stand ebenfalls auf und beugte mich näher zu ihr. »Aber ich weiß, dass ich dich genug mag. Warum kommst du nicht später vorbei?«

Sie betrachtete mich mit einem überraschten, aber auch sehr zufriedenen Lächeln, griff wieder in ihre Brieftasche und zog eine Visitenkarte heraus. »Mein vollständiger Name und meine Mobiltelefonnummer. Die Polizei liebt es, solche Kleinigkeiten an einem Tatort vorzufinden. Das steigert den Nervenkitzel.«

Ich ignorierte ihre kleine Spitze während ich versuchte, ihren Namen auszusprechen. »Skog-na –«

»Sco-nya-mee-yo«, sagte sie. »Es ist nicht der einfachste Name der Welt, aber er gefällt mir.«

»Mir gefällt er auch«, sagte ich. Ich zog meine eigene Brieftasche heraus und fand eine meiner Karten.

Gina nahm sie und rollte mit den Augen, nachdem sie sie gescannt hatte. »Eine Professorin?«

»Assistenzprofessorin«, sagte ich. »Viel weiter unten in der Nahrungskette.«

»Zumindest kann ich deinen Namen aussprechen«, sagte sie lächelnd. Sie berührte mich am Ellbogen und wir gingen nach draußen. »Wenn du mehr über mich wissen willst, kannst du jeden fragen, der auf der Insel arbeitet. Jeden«, betonte sie.

Ich nahm ihren Arm und drückte ihn. »Ich glaube, ich weiß die wichtigsten Dinge schon. Und ich erfahre den Rest lieber von dir selbst als von Fremden.«

Sie legte ihre Hand auf meinen Hinterkopf und zog mich zu sich heran. Als unsere Gesichter nur noch ein paar Zentimeter voneinander entfernt waren, sagte sie: »Wir sehen uns in ein paar Stunden.« Ihr Atem war warm und ich merkte, dass sie keinen Schluck von ihrem Kaffee getrunken hatte. Sie roch nach Bubblegum und ich lächelte, als sie mich sanft küsste. »Wir werden aufbleiben und reden.«

»Wir werden sehen«, sagte ich und erwiderte den kurzen Kuss. »Ich bin mir immer noch nicht sicher, ob du ein richtiges Date verdienst. Vielleicht möchte ich mich einfach mit dir vergnügen und dich dann zum Teufel jagen.«

Gina tätschelte meine Wange ohne ein Wort zu sagen. Aber ich merkte, dass es ihr nichts ausmachte, wenn ich sie etwas aufzog. »Bis später.« Sie drehte sich um und ging davon, ihre Hüften schwangen in einer Weise, dass ich mir wünschte, die letzte Tour der Fähre würde in wenigen Minuten und nicht erst in Stunden enden.

Zum Glück fuhr die Fähre zu dieser Jahreszeit nicht so lange am Tag. Kurz nach acht klopfte Gina an meine Tür. Ich hatte geduscht, meine Beine rasiert, Zahnseide benutzt, mir zweimal die Zähne geputzt, meine Nägel geschnitten und gesäubert und meine Augenbrauen ein wenig gezupft. Sie würde keinen einzigen Schmutzfleck an mir finden, aber mir machte es nichts aus, wenn sie direkt von der Arbeit käme. Ich war überrascht zu sehen, dass es ihr auch wichtig war, wie sie aussah. Entweder war sie noch kurz nach Hause gegangen oder hatte auf der Fähre Ersatzkleidung dabei, denn sie trug schwarze Jeans und einen kürbisfarbenen Fleecepullover. Dieser saß zwar nicht so gut wie der orangefarbene, aber er sah an ihr fantastisch aus. Die Farbe passte perfekt zu ihrem Hautton und das Material machte Lust, sie zu umarmen. »Hallo«, sagte sie mit einem breiten Lächeln.

»Komm rein.« Ich nahm ihre Hand und führte sie ins Wohnzimmer. »Du siehst gut aus«, sagte ich. »Hattest du genug Zeit, um noch nach Hause zu gehen?«

»Eigentlich nicht. Aber ich musste. Ich hatte etwas Benzin auf meine Schuhe verspritzt und konnte den Geruch selbst nicht ertragen.«

»Wein?«

»Ah …« Sie sah sich um, vielleicht versuchte sie, die Flasche zu sehen. »Was hast du da?«

»Roten. Ist das okay?«

Ihr Lächeln war undurchschaubar, aber sie nickte. »Rot ist meine Lieblingsfarbe.«

Ich ging in die Küche, um einzuschenken, und sie folgte mir. Als ich die Flasche abstellte, warf sie einen Blick auf das Etikett. »Ist er in Ordnung?«, fragte ich.

»Hm?« Sie stellte die Flasche wieder auf den Tresen. »Sicher. Gut.« Sie nahm einen Schluck und ich dachte, ich sehe ein kleines Zucken, aber sie lächelte und stieß mit ihrem Glas an meines. »Auf die ersten Dates.«

»Schön«, sagte ich. »Auf die ersten Dates.«

Wir gingen zurück ins Wohnzimmer und sie setzte sich ans eine Ende des Sofas. Ich nahm das andere Ende, lehnte mich aber mit dem Rücken an die Armlehne, sodass ich meine Beine hochlegen und näher bei ihr sein konnte. »Wie bist du überhaupt hierher gekommen?«, fragte ich.

»Mit dem Taxi.« Sie hob das Glas, nahm einen tiefen Schluck und stellte das Glas dann auf dem Couchtisch ab. »Also, Professor, erzähl mir etwas von dir. Du kannst anfangen mit … sagen wir 1981 oder 82?«

Ich wollte ihrer Nicht-Antwort auf die Frage, wie sie auf die Insel gekommen war, nachgehen, entschied mich aber, es sein zu lassen. Offensichtlich behielt sie Dinge gern für sich, und ich bezweifelte, dass ich sie davon abhalten könnte. »Ich bin eigentlich 1978 geboren, es sei denn, du möchtest nichts über meine Vorschulzeit hören.«

»Nein, nein. Ich will alles hören. Du siehst nur aus, als wärst du erst Mitte zwanzig.«

»Danke. Früher war ich das auch einmal, aber ich gehe auf die Dreißig zu.«

»Das ist nicht so schlimm«, sagte sie und warf mir einen ermutigenden Blick zu.

»Ich gebe dir lieber eine kurze Version meiner Geschichte, um dich nicht zu Tode zu langweilen. Ich bin in Philadelphia geboren. Ich habe eine ältere Schwester, Karen. Mein Vater unterrichtet Chemie an einer Privatschule und meine Mutter ist jetzt mit einem netten Typen verheiratet, der Dekan an der Penn ist.«

»Hast du eben gesagt, dass er ein Pfarrer ist?« Ihre Augen funkelten vor guter Laune und ich schüttelte den Kopf.

»Nein, er ist der Direktor, aber einen Geistlichen in der Familie zu haben, könnte aufregend sein. Wie auch immer, ich ging in die Schule, an der mein Vater unterrichtet, und danach auf das College an der Brown.«

»Du gingst auf eine Farbe?«

Ich fand es nicht immer einfach zu erkennen, ob sie mich gerade neckte oder nicht, also schenkte ich ihr ein halbes Lächeln und sagte: »Es ist eine Schule in Rhode Island.«

»Nie davon gehört.«

»Nun, es gibt sie. Ich bin mir fast sicher.«

»Du musst es wissen«, stimmte Gina zu. »Dann hast du angefangen zu unterrichten?«

»Nein. Ich musste erst noch studieren.« Sie sah interessiert aus und ich war mir jetzt sicher, dass sie nicht scherzte. Die Frau wusste nicht, dass man einen Hochschulabschluss haben muss, um an einer Universität zu unterrichten! »Ich ging nach Dartmouth an die Hochschule, und als ich fertig war, bekam ich den Job an der NYU. Das war vor drei Jahren.«

»Wow. Du bist fast dreißig und hast erst vor drei Jahren angefangen zu arbeiten?«

Ich nickte. »Klingt irgendwie alt, wenn man es so ausdrückt.«

»Es ist alt«, sagte sie und lachte heftiger, als es mir angemessen schien. »Ich hab mit acht Jahren angefangen zu arbeiten.«

»Nein!«

»Doch«, sagte sie und nickte begeistert. »Ich habe Autos gewaschen, Büros geputzt, alles Mögliche gemacht. Ich könnte die ganze Nacht davon erzählen, aber ich möchte mehr über dich erfahren. Erzähl mir von deiner Familie.«

»Es gibt nicht viel zu erzählen. Mein Vater wohnt in dem Haus, in dem ich aufgewachsen bin, und meine Mutter und mein Stiefvater wohnen in der Nähe der Uni.«

»Wo er arbeitet.«

»Ja. An der Penn, der Universität von Pennsylvania.« Ich wollte ihr nicht zu nahe treten, aber sie schien keine Ahnung von Universitäten zu haben. Viele Leute haben noch nie etwas von der Brown gehört, aber die Penn ist ziemlich bekannt.

»Kenn ich. Die haben ein gutes Footballteam. Joe Paterno hat dort einige großartige Mannschaften trainiert.«

»Nein, das ist Penn State im State College. Die Penn ist in Philadelphia.«

»Mhm.« Sie nahm ihr Glas und leerte es. »Colleges sind nicht mein Ding.«

»Warst du auf einem?«

»College?«

»Ja.«

»Nein. Ich wusste bereits bei meinem Highschool-Abschluss alles, was ich wissen musste, um meinen Job zu machen. Ich wollte anfangen zu arbeiten.«

Das war eine klare Aussage. Ich kenne nicht viele Leute, die mit achtzehn schon alles wissen, was sie wissen müssen. »Ich denke, es gibt keinen Grund aufs College zu gehen, wenn man nicht daran interessiert ist.«

»Genau. Meine Mutter wollte es zwar, aber sie wusste, dass bei mir jedes Wort verschwendet war. Sie zwang meinen ältesten Bruder aufs College und er machte auch einen Abschluss, aber meinte, es wäre es nicht wert.«

»Wo war er?«

»Suffolk.«

»Ist das in New York?«

»Klar. Du kennst es nicht?«

»Nein, ich glaube nicht, dass ich mal davon gehört habe.«

»Hah! Ich schätze, ich weiß *doch* ein wenig über Colleges Bescheid. Ich kenne eines, das du nicht kennst.«

Ich konnte ihrem Lächeln nicht widerstehen. »Ich bin sicher, es gibt Tausende von Colleges, die ich nicht kenne.«

»Er sagte, er habe im Grunde zwei Jahre seines Lebens verschwendet. Warum sich die Mühe machen?«

»Zwei Jahre? Er hat in zwei Jahren seinen Abschluss gemacht?« War das überhaupt möglich? Man müsste jedes Semester übermäßig viel leisten, auch im Sommer.

»Ja. Es ist eine zweijährige Schule. Er hat sie auch in zwei Jahren beendet. Die meisten Leute tun das nicht.«

Ach Gott! Sie kennt den Unterschied zwischen einer Universität und einem Community College nicht. Ich hoffte, dass ich nicht zu fassungslos aussah, zumindest bemühte ich mich nach Kräften.

Gina fuhr fort. »Ich war nie gut darin, in einem Klassenzimmer zu sitzen und jemandem zuzuhören, der sich über etwas auslässt, das mich nicht interessiert.« Sie muss gemerkt haben, was sie da gerade gesagt hatte, denn sie verzog das Gesicht und fügte hinzu: »Ich bin sicher, du bist richtig gut im Unterrichten. Was sind deine Fächer?«

»Geschichte.«

Ihre Augen leuchteten auf. »Mein Lieblingsthema. Ich wäre aufs College gegangen, wenn ich nur Geschichtsbücher hätte lesen können.«

Ich streckte die Hand aus und drückte ihr Knie. »Du hättest auf ein Graduiertencollege gehen sollen. Das habe ich auch getan.«

»Verdammt, das *wäre* schön gewesen. Welche Art von Geschichte unterrichtest du?«

»Europäische. Alteuropäische.«

»Nein!« Sie schlug sich auf die Oberschenkel. »Ich liebe alte Geschichte.«

Ich war mir nicht sicher, ob sie mich auf den Arm nahm oder nicht, also habe ich ein wenig nachgeforscht. »Was gefällt dir daran?«

»Die Römer, definitiv die Zeit der Römer, aber die Griechen sind auch okay. Ich meine, man muss schon anerkennen, was sie alles ins Rollen gebracht haben, oder?«

»Richtig«, sagte ich und war überrascht und erfreut, dass sie sich wirklich für mein Fachgebiet interessierte. Natürlich konnte ich mir nicht vorstellen, dass sie tiefer eingedrungen war. Das tun nicht viele Leute, selbst die mit einem Abschluss nicht. Alte Geschichte ist wohl einer der am wenigsten populären Studiengänge des Landes. »Wir müssen uns über unsere Lieblingsbücher austauschen.«

»Cool.« Sie war so glücklich, dass sie kaum still sitzen konnte. »Ich interessiere mich sehr für die italienische Geschichte ab dem fünfzehnten Jahrhundert, und ich habe einige Bücher darüber gelesen. Ich hatte das Gefühl, dass ich eine gute Grundlage brauche, also habe ich mit den Klassikern angefangen.«

»Ganz allein?«

Sie warf mir einen Blick zu, der fast ein wenig unverschämt daherkam. »Wer sollte sonst für mich lesen?«

»Gutes Argument.« Sie war empfindlich, was die Schule betraf. So viel war klar. Vielleicht konnte sie es sich nicht leisten oder war an keine anständige gekommen.

Ohne große Überleitung wechselte sie das Thema. »Erzähl mir mehr über deine Familie. Was macht deine Schwester?«

»Sie unterrichtet auch. Am Gymnasium. Ihr Mann ist Verkaufsleiter in einem Pharmaunternehmen. Er reist viel.«

»Das würde mir nicht gefallen«, sagte sie ohne zu zögern. »Ich würde keinen Partner wollen, der ständig unterwegs ist. Wäre nichts für mich.«

»Ich glaube, mir würde es nichts ausmachen«, sagte ich. »Ich bin so sehr mit den Seminaren beschäftigt, dass es vielleicht schön wäre, ein paar Abende allein zu verbringen, um Dinge nachzuholen.«

»Wir können uns darauf einigen, uneins zu sein«, sagte sie und nickte entschlossen. »Das war's also? Das ist deine ganze Familie?«

»Ja. Sie leben alle in Philadelphia und ich bin ganz allein in New York.«

»Wo wohnst du?«

»Im East Village.«

»In der Stadt?«

»Ja«, sagte ich und fragte mich, wo sie wohl lebt, da sie davon noch nichts gehört hatte. »Was ist mit dir?«

»Auf der Insel.«

»Du wohnst hier?«

Sie blinzelte und lachte dann. »Nein. Auf *der Insel.*« Als ich nicht reagierte, fügte sie langsam hinzu: »Lawn Guyland.«

»Oh!« Jetzt hab ich's! Sie hatte einen Long Island-Akzent. Es war mir peinlich, es zuzugeben, aber ich konnte einen Brooklyn-Akzent nicht von dem aus der Bronx, aus Queens oder von Long Island unterscheiden, aber jetzt, wo ich Gina gehört hatte, wurde mir klar, dass einige meiner Studenten genauso sprachen wie sie. Es war kein besonders lyrischer Akzent, aber er passte irgendwie zu ihr. »Ich kenne niemanden, der auf Long Island lebt.«

Sie schenkte mir ein Lächeln und gab zu: »Ich kenne niemanden, der in der Stadt lebt.«

Bevor ich mich bremsen konnte rief ich: »Nein!«

»Aber ja«, sagte sie und sah ziemlich stolz aus. »Alle, die ich kenne, leben auf der Insel.«

»Fast alle, die ich kenne, leben in Manhattan oder Brooklyn. Die Welt ist doch nicht so klein, oder?«

»Ich glaube nicht. Aber es passt. Ich meine, wer würde schon in die Stadt fahren wollen, nur um abzuhängen? Ich gehe nicht gerne raus aus Suffolk County, wenn ich nicht muss.«

»Das ist der Bezirk, zu dem Long Island gehört?«

»Es sind vier«, sagte sie und prüfte scheinbar, ob ich scherze. »Kings, Queens, Nassau und Suffolk. Aber die meisten von uns betrachten nur Nassau und Suffolk als die eigentliche Insel. Brooklyn und Queens ignorieren wir irgendwie. Aber sag es nicht weiter«, fügte sie sotto voce hinzu.

»Ich war nur zweimal dort«, gab ich zu. Mir schwirrte der Kopf, während ich versuchte herauszufinden, wovon sie sprach. »Nur um zur Fähre zu kommen.«

»Nun, ich muss dich irgendwann einmal herumführen. Was du auf Long Island nicht finden kannst, brauchst du nicht.«

Ich hatte meine Zweifel, aber ich wollte nicht streiten. Ich wollte auch nicht zugeben, dass ich über Long Island nicht mehr wusste, als dass es eine lange Insel neben New York City war. Tatsächlich könnte sie zu New York City gehören. Und ich hatte keine Ahnung, warum sie Brooklyn und Queens mit ins Spiel brachte. Aber ich hatte nicht vor, Gina noch mehr Fragen über diese ganze Angelegenheit zu stellen. Sie war offensichtlich ein wenig empfindlich, wenn es um ihre Stadt ging – wenn es denn eine Stadt war. »Kommst du jemals in die City?«

»Oh, sicher. Ich bin schon oft dort gewesen. Ich habe dort etwa sechs Monate lang gearbeitet.«

»Wirklich? Hat es dir gefallen?«

»Ich habe gearbeitet und ging nach Hause sowie ich fertig war. Ich hasste es, dass der Weg zur Arbeit so weit war. Also nein, es hat mir nicht gefallen. Ich habe gekündigt, sobald sie jemanden gefunden hatten, um mich zu ersetzen.«

»Aber was ist mit Besuchen?«

»Nur zu Besuch? Wahrscheinlich sechs, vielleicht sieben Mal.«

»Im ganzen Leben?«

»Ja. Ich war schon oft am JFK. Zählt das auch?«

»Nein, ich meinte, nach Manhattan gehen, um etwas zu tun. Zum Beispiel ins Theater oder in ein Museum.«

»Als Kind war ich ein paar Mal in der Radio City für die Weihnachtsshow. Und ein paar Freunde nahmen mich mit zum Times Square zum Millennium-Jahreswechsel. Als ich noch in der Schule war, bin ich mit meiner Klasse in ein paar Museen gegangen. Ja, da war ich schon mal.« Sie schob ihr Kinn nach vorne und sagte: »Ich war schon öfter in der Stadt als du auf Long Island.«

Sie hatte mich erwischt. »Punkt an dich. Ich gehöre zu den Menschen, die in New York aufgewachsen sind und in New York leben wollen. Ich habe New York immer mit Manhattan gleichgesetzt.«

»Wir haben hier draußen eine hundert Meilen lange Insel.«

»Hundert Meilen? Das kann nicht dein Ernst sein.«

»Doch, ist es. Es ist eine lange, lange Insel. Wir haben schöne Orte, hässliche Orte, Villen, Slums, Meerblick, Blick auf die Schlafzimmer deiner Nachbarn. Was du auch willst, wir haben es.«

»Ist Long Island eine Stadt oder ein Teil von …«

»Verdammt«, sagte sie lachend. »Du hast doch überhaupt keine Ahnung. Wie kannst du eine so große Insel ignorieren, der direkt neben dir liegt?«

»Ich weiß nicht. Ich schätze, für mich ist es wie New Jersey.«

Sie machte eine wegwerfende Handbewegung, als wolle sie eine Fliege verscheuchen. »Ich weiß nichts über Jersey.«

»Nun, es ist groß«, sagte ich ein wenig spöttisch. »Und es ist ein Bundesstaat. Und es liegt direkt neben New York.«

Ihr Lächeln war so schön, dass ich sie kaum sagen hörte: »Das ist wahr.« Obwohl sie erst seit fünfzehn Minuten da war, fand ich, dass wir lange genug geredet hatten. Ich wollte diese schönen, starken Hände auf meinem Körper spüren. Ich rutschte auf dem Sofa näher an sie heran, bis sie ihren Arm ausstreckte und ich mich an sie lehnen konnte. »Auf Long Island gibt es dich. Das ist eine Menge.« Es gab nur eine Sache, die ich klären musste, bevor ich wieder intim mit ihr sein konnte. »Gina?«

»Hmm?«

»Du hast dich nicht wirklich deswegen mit mir getroffen, weil es nicht viele andere Frauen auf der Insel gibt, oder?«

»Nein. Definitiv nicht«, sagte sie. Sie drückte mich sanft und küsste mich auf die Wange. »Um ehrlich zu sein stehe ich normalerweise mehr auf italienische Mädchen. Ich war noch nie mit jemandem mit blauen Augen oder so hellem Haar zusammen. Aber ich bin wirklich froh über diese Abwechslung. Du bist etwas Besonderes, Hayden. Wirklich etwas Besonderes.«

Ich kuschelte mich an sie und fühlte, wie sich ihre Brust beim Atmen hob und senkte. »Ich weiß nicht, was dich dazu bewogen hat, hierher zu mir zu kommen, aber ich bin verdammt froh, dass du es getan hast.«

Wir haben das Haus nicht so zum Beben gebracht wie beim ersten Mal, aber ich glaube, dass ich den Sex mit Gina dieses Mal noch mehr genossen habe. Wir waren jetzt auf Augenhöhe, und sie schien mehr daran interessiert zu sein, mir nahe zu sein, als mir einfach nur Orgasmen zu verschaffen. Es war fast zwei Uhr morgens, als wir uns schlafen legten, und es schien mir, als wäre ich gerade erst eingenickt, als ich den Wecker ihrer Armbanduhr hörte. Das nervige Geräusch sorgte dafür, dass ich laut aufstöhnte, und ich war völlig verwirrt, als Gina sanft meinen Kopf anhob und ihren Arm unter mir wegzog, um das nervige Piepsen abzustellen. »Schlaf weiter«, flüsterte sie mir zu.

Ich streckte die Hand aus, zog sie zu mir und begann, sie zu küssen. »Verlass mich nicht«, murmelte ich zwischen den Küssen.

»Ich muss«, sagte sie. Sie gab mir einen letzten Kuss und stieg dann aus dem Bett.

»Bist du die einzige Angestellte? Gibt es nicht eine Art Gesetz, das verhindert, dass du dich zu Tode arbeitest?«

»Das klingt ein wenig sehr dramatisch«, sagte sie, ihre Stimme rau von zu wenig Schlaf. »Nach dem Memorial Day wird es ruhiger.«

Ich setzte mich auf und rieb mir die Augen. »Du arbeitest weniger, wenn die Insel voller wird?«

»Ja. Dann kommen die zusätzlichen Mitarbeiter für den Sommer. Ich mache nach dem Memorial Day nur die Frühschicht.«

»Und jetzt?«

»Jetzt bin ich die einzige Kapitänin. Ich arbeite von der ersten bis zur letzten Fahrt.«

»Jeden Tag?«

»Ja. Jeden Tag.«

»Gina, so viele Stunden kann man nicht arbeiten. Du wirst vor Erschöpfung umfallen.«

Sie fand ihre Kleidung und ich wachte vollständig auf, während ich ihr beim Anziehen zusah. Ich hatte mich mit Körperpflege auf ihren Besuch vorbereitet, aber Gina hatte Zeit damit verbracht, sexy Unterwäsche auszusuchen. Ich weiß nicht, wie lange sie dafür gebraucht hatte, aber es war keine einzige Sekunde vergeudet worden. Jede Wette, dass keine andere Kapitänin einer Fähre einen melonenfarbenen BH trug, der ihre Brüste so aussehen ließ, als würden sie kurz davor stehen, sich aus ihrer hauchdünnen Enge zu befreien. Ich hätte sabbern können, als sie in ihr dazu passendes Höschen und ihre ausgebleichten Jeans schlüpfte. »Das ist überhaupt nicht schlimm«, sagte sie und riss mich aus meinen Gedanken. »Ich mache an den Wochentagen nur vier Fahrten. Es ist nur die frühe Tour, die wehtut. Ich bekomme zwar nur fünf oder sechs Stunden Schlaf, aber ich kann zwischendurch ein Nickerchen machen, wenn ich es brauche.«

Ich deckte mich mit dem Laken zu, da sich das Bett ohne sie so kalt anfühlte. »Ich mache mir Sorgen um dich. Bist du sicher, dass du wach genug bist, um das große Boot zu fahren?«

Sie zog sich fertig an und ging zu mir hinüber. Sie fühlte sich so warm und weich an, als ihr Fleece meine Haut berührte. »Ich nehme nicht das Große. Das Kleine ist ein Kinderspiel für den Kapitän. Wann kann ich dich wiedersehen?«

Es gefiel mir, dass sie keinen Zweifel an meinem Interesse zu haben schien. »Wann immer du willst. Ich bin fast die ganze Zeit hier.«

»Kann ich dich anrufen?«

»Sicher, meine Handynummer steht auf der Karte, die ich dir gegeben habe, aber ich muss runter zum Pier gehen, um einen anständigen Empfang zu haben. Hinterlass mir eine Nummer, unter der ich dich zurückrufen kann. Und ruf mich bald an, okay?«

»Abgemacht.« Sie küsste mich zärtlich und fuhr mir dabei mit den Händen über den Rücken. »Und jetzt schlaf weiter. Es ist noch nicht einmal hell.«

Sie ließ mich los und ich fiel zurück auf das Bett. »Kein Widerspruch. Versprich mir nur, dass du später ein Nickerchen machen wirst, okay?«

»Versprochen.« Noch ein Kuss und weg war sie. Ich lag im Bett und vermisste sie ganze zwei Minuten lang, bevor mich der Schlaf wieder übermannte.

3

Es war Freitagmorgen, ich lag im Bett und konnte nicht schlafen. Die Frau, die neben mir lag, hatte meinen Körper gründlich entspannt, aber ich war nicht in der Lage, meine rasenden Gedanken abzustellen. Gina sah so bezaubernd unschuldig aus, wenn sie schlief. Wie jedes Mal, wenn wir miteinander geschlafen hatten, hielt sie meine Hand. Diese kleine Geste fühlte sich noch liebevoller an, als wenn sie mich mit ihrem ganzen Körper umfing.

Sie war eine sehr ruhige, sehr stille Schläferin. Ihr Mund war immer geschlossen, etwas, von dem ich wünschte, ich könnte es auch. Ich wachte immer mit Speichel auf meinem Kissen auf und ich konnte mir nur vorstellen, wie attraktiv es für eine Bettgenossin war, mich sabbern zu sehen. Aber Gina kam nichts über die Lippen. Kein Sabbern, kein schweres Atmen, kein Schnarchen. Sie schloss die Augen, zappelte ein paar Augenblicke lang herum und schlief dann wie betäubt ein.

Wir hatten uns viermal getroffen, und jedes Mal, wenn wir uns unterhielten, gefiel sie mir besser. Zweifellos hatte ich noch nie besseren Sex gehabt, aber das war es nicht, weshalb ich mich auf ihre Besuche freute. Sie besser kennenzulernen hatte den Sex als meinen Lieblingsteil des Abends abgelöst, und damit hatte ich nicht gerechnet. Wir hatten uns zwar jeweils nur etwa eine Stunde lang unterhalten können, bevor wir im Bett landeten, aber das reichte, um mein Interesse zu wecken.

Während unserer ersten gemeinsamen Nacht hatte ich damit gerechnet, dass sie mitten in der Nacht aufsteht und geht und nie wieder auftaucht. Aber ich fand sie viel komplexer und unterhaltsamer, als ich erwartet hatte. Meine Schuldgefühle nahmen also weiter zu, während ich ihr beim Schlafen zusah. Denn egal, wie aufgeschlossen ich mich auch gab, ich wollte nicht, dass meine Mitbewohnerinnen sie kennenlernten. Ich fühlte mich deswegen schlecht, aber selbst die Vorträge, die ich mir über meine moralische Charakterschwäche hielt, änderten nichts an meinen Gefühlen. Meine Mitbewohnerinnen würden am späten Nachmittag mit der Fähre ankommen, und ich wollte Gina erst wieder einladen, wenn sie weg waren. Ich wusste, dass ich ein Miststück war, aber ich wusste auch, dass ich meine Meinung nicht ändern würde.

Ich weiß nicht, wie sie es schaffte, aber Gina schlüpfte aus dem Bett, duschte, föhnte sich die Haare und zog die frischen Kleider an, die sie am Abend zuvor mitgebracht hatte – alles, bevor ich mich rühren konnte. Sie saß neben mir auf dem Bett und streichelte sanft meinen Arm. Ich konnte ihr Gewicht auf der Matratze spüren und roch meine Seife und mein Shampoo. Ich öffnete meine Augen nicht, aber ich spitzte meine Lippen und sie lachte leise, als sie sich bückte, um mich zu küssen.

»Spielst du Opossum?«

»Nein. Ich bin wirklich noch im Halbschlaf. Ich weiß nicht, wie du das machst.«

»Übung. Hast du Haarpflegeprodukte?«

Ich hatte ein Auge halb geöffnet. »Du riechst nach Shampoo, also musst du es gefunden haben.«

»Nein, kein Shampoo. Gel oder Haarspray oder etwas in der Art.«

»Oh.« Ich schloss mein Auge wieder. »Nein, ich habe noch nie etwas verwendet, um mein Haar besser aussehen zu lassen. Warum sich die Mühe machen?«

Sie schwieg einen Moment lang und dann sagte sie: »Übrigens, ich glaube nicht, dass ich dieses Wochenende Zeit haben werde, dich zu sehen.«

Ich riss die Augen auf. »Wirklich?«

»Ja. An den Wochenenden arbeite ich wie eine Wahnsinnige. Es würde keinen Spaß machen.«

Ich streichelte ihren Arm und verweilte auf ihrem wohldefinierten Bizeps. »Pass auf dich auf, okay? Ich will nicht, dass du am Steuer einschläfst.«

»Ich schaffe das schon. Ich rufe dich nächste Woche an, okay?«

»Sicher. Jederzeit.«

Sie stand auf und sah mich an. »Wirst du wirklich den ganzen Sommer über hier sein?«

»Ja. Jeden Tag. Die Miete muss sich rentieren.«

Sie lachte. »Du musst nicht an der Sommerschule unterrichten oder so?«

»Dieses Jahr nicht. Ich arbeite an einem Projekt und ich dachte, dies wäre ein guter Ort, um ohne meine üblichen Ablenkungen zu schreiben.«

»Du schreibst?«

»Ich habe gerade erst angefangen. Seit ich hier bin, habe ich noch Arbeiten benotet. Das wird mich lehren, Arbeiten in drei Kursen schreiben zu lassen.«

»Schreibst du über alte Geschichte? Wenn ja, will ich es lesen.«

»Du bist dabei«, sagte ich. »Du kannst mir sagen, ob ich mein Zielpublikum treffe.«

»Wer ist das? Fährschiffkapitäne?« Sie lächelte, aber in ihren Augen lag ein Hauch von Unsicherheit.

»Nein. Ich schreibe für den allgemeinen Sachbuchmarkt. Durchschnittliche Leute, die wahrscheinlich nicht viel über alte Geschichte wissen, wenn überhaupt.«

Ich hätte mir gewünscht, dass ihr Lächeln nicht so gezwungen ausgesehen hätte. »Ich bin dein Markt. Ich bin so durchschnittlich wie eine Frau nur sein kann.« Sie schaute auf ihre Uhr. »Ich muss gehen. Ich bekomme sonst meinen Kaffee nicht.«

Ich setzte mich auf und wartete auf einen Abschiedskuss, aber er kam nicht. »Gina?«

Sie sah mich an, als sie zur Tür ging. »Hm?«

»Schönes Wochenende.«

»Danke. Dir auch. Bis dann.«

Wenige Sekunden später schloss sich leise die Eingangstür. Ich hatte nur ein paar Stunden geschlafen und die Sonne würde erst in einer halben Stunde aufgehen, aber ich stand trotzdem auf. Ich ging zur Haustür, in der Hoffnung, sie noch einmal kurz zu sehen, aber sie war zu schnell gewesen. Ich konnte nicht einmal ihre Schritte auf dem hölzernen Fußweg hören. Die Insel war still bis auf das sanfte, ruhige Rauschen der Wellen.

Am späten Nachmittag kam ich gerade vom Markt und war wohl nahe genug am Pier, denn tatsächlich klingelte mein Mobiltelefon. Ich war zuerst ein wenig enttäuscht, als ich sah, dass es nicht Gina war, aber schon in der nächsten Sekunde freute ich mich wie immer, Danas Stimme zu hören. »Hi. Was gibt's?«

»Vor allem will ich erst einmal hören, wie es mit der Frau von der Fähre lief.«

»O verdammt. Kaum zu glauben, dass ich mich noch nicht mit einem Update gemeldet habe. Ich bin ein Faulpelz.«

»Scheint, als wäre alles wieder in Ordnung.« Sie klang nicht so erfreut, wie ich dachte. Aber ich hatte ihr noch gar nicht erzählt, wie cool Gina war, also konnte ich es ihr kaum verübeln.

»Ja, das ist es. Am Ende hat sie meine Entschuldigung angenommen und auch selbst um Verzeihung gebeten. Obwohl es ihr nicht leichtgefallen ist, aber ich habe ich sie so lange bedrängt, bis sie sich richtig entschuldigt hatte.«

»Du kannst stolz auf dich sein«, neckte Dana. »Eine erzwungene Entschuldigung ist immer sehr befriedigend.«

»Das war es. Ich konnte sehen, dass sie sich schlecht fühlte. Sie bittet wohl nicht sehr oft um Verzeihung. Aber das sollte man wirklich können, deshalb habe ich das Gefühl, dass ich ihr ein Geschenk gemacht habe.«

»Wo steht ihr jetzt?«

»Es scheint alles in Ordnung zu sein. Wir haben uns ein paarmal getroffen und ich finde sie ziemlich cool.«

»Das ist großartig. Vielleicht kann ich sie mal kennenlernen.«

Ah, ich wusste, Dana würde mich unterstützen. »Ich würde mich sehr freuen, wenn du mich besuchen kommst. Aber ich dachte, du hättest keine Zeit, weil du so beschäftigt bist.«

»Bin ich auch. Aber ich habe ein kleines Forschungsstipendium von der New York Public Library erhalten. Es ist nicht viel, aber es reicht, um nach New York zu fahren und meine Mahlzeiten und ein günstiges Hotel für eine Woche zu finanzieren.«

»Nimm doch meine Wohnung.«

»Deine Wohnung? Mensch, daran habe ich gar nicht gedacht. Was für ein Glück, dass ich angerufen habe, bevor ich nach Hotels gesucht habe.«

»Gott sei Dank. Du weißt, ich wäre echt sauer, wenn du Geld für ein Hotel ausgibst – ob ich nun zu Hause bin oder nicht. Ich habe nur nichts, worauf das Baby schlafen könnte.«

»Oh, ich komme allein. Es wäre schön, wenn wir einen Familienurlaub machen könnten, aber Renée möchte das Baby nicht ohne mich durch die Stadt schleppen müssen. Wir kommen zusammen, wenn wir beide etwas Freizeit haben.«

»Renée und Maya könnten hier bei mir sein. Es ist ein bisschen kalt, aber Maya würde den Strand lieben.«

»Vielleicht später im Sommer, wenn ich mit diesem Zeitschriftenartikel Fortschritte mache. Ich möchte nicht den Moment verpassen, wenn mein Mädchen zum ersten Mal ins Meer geht.«

»Ich hoffe, dir ist klar, dass ich dich erwürgen werde, wenn du nicht mindestens einen Nachmittag lang hierher nach Fire Island kommst. Das ist mein Preis für die Wohnung. Nicht verhandelbar.«

»Vielleicht hätte ich doch mit der Hotelsuche anfangen sollen«, sagte Dana. Der leichtherzige Ton ihrer Stimme verriet mir, dass sie scherzte.

»Komm schon. Ich vermisse dich, und wenn du meine Freundin bist, vermisst du mich auch.«

»Ich bin sogar eine verdammt gute Freundin, Chandler. Ich werde kommen und mir deinen traurigen Hintern ansehen. Sag mir einfach, wann es passt.«

»Jederzeit. Abgesehen von der einen Stunde, in der Gina und ich plaudern, bevor wir Sex haben, habe ich keine anderen Ablenkungen. Komm früh und bleib lange.«

»Ich denke, ich werde nächsten Montag nach New York fliegen. Kannst du mir die Schlüssel schicken?«

»Klar. Ich rufe auch den Portier an und sage ihm, dass du kommst.«

»Großartig. Ich werde dann wahrscheinlich Ende der Woche auf die Insel rauskommen und von dort aus nach Hause fahren.«

»Du willst mit dem Wagen kommen?«

»Ja, es sind nur vier Stunden.«

»Dann fahr am Sonntagnachmittag los. Du bleibst über Nacht hier und fährst am Montag nach der Rushhour zurück nach Manhattan. Am Freitagnachmittag willst du nicht auf dem LIE unterwegs sein.«

»Was ist der LIE?«

»Der Long Island Expressway. Der führt nach Manhattan.«

»Na, bist du jetzt zu einer Miss Alleswisserin über Long Island geworden? Du hast nicht einmal ein Auto. Interessierst du dich jetzt für Straßen, weil du da draußen bist?«

»Nein, aber seit ich in New York lebe, höre ich immer wieder in den Verkehrsnachrichten davon. Jetzt weiß ich wo er ist und wohin er führt.«

»Verstehe. Ich denke, Renée wird mit diesen Plänen einverstanden sein. Kannst mir eine Wegbeschreibung schicken?«

»Klar. Und ich schicke dir auch ein Fährticket. Ich habe eine Gratisfahrkarte bekommen, weil ich mit der Kapitänin geschlafen habe.«

»Nun, du steigst wirklich auf in der Welt, nicht wahr?«

»Spotte nicht, sonst bekommst du die Fahrkarte nicht. Und ich weiß, dass du vierzehn Dollar nicht liegen lassen würdest.«

»Ich würde vierzehn Cent nicht liegen lassen.«

»Ich freue mich so, dich zu sehen, Dana. Ich werde sogar kochen.«

»Wow. Du vermisst mich *wirklich*.«

»Ja, das tue ich«, sagte ich. Ich wusste, dass sie die Einsamkeit in meiner Stimme hören konnte, also fügte ich hinzu: »Aber ich vermisse auch meine Mitbewohner unter der Woche, also fühl dich nicht zu geschmeichelt.« Verdammt, jetzt klang ich schon wie Gina. Der Unterschied war, dass Dana wusste, dass ich sie liebte.

Gina kam am Donnerstagabend zu mir, wir hatten uns eine Woche lang nicht gesehen. Ich hatte mich nicht bei ihr gemeldet und sie hatte mich erst am späten Nachmittag angerufen. Ich hatte mir Sorgen gemacht, dass sie meiner überdrüssig geworden war oder dass ich sie in irgendeiner Weise beleidigt hatte, aber als ich die Tür öffnete, sah sie glücklich aus, mich zu sehen. Sie nahm mich in ihre Arme und küsste mich, bevor sie das Haus betrat.

Ich legte meine Hand auf ihre Schulter und drückte mich an sie. »Hast du mich vermisst?«

»Ja. Ich hab alles an dir vermisst.« Sie küsste mich noch einmal und legte ihre Hand auf meinen Hintern, während ihre Zunge mit meiner spielte. Sie wusste genau, wie sie mich in Fahrt bringen konnte. »Lass uns die verlorene Zeit nachholen.«

Mit flinken Fingern begann sie, meine Bluse aufzuknöpfen, während sie mich ins Haus schob. Als ich mit den Waden gegen das Sofa stieß, hatte sie mir schon meine Bluse ausgezogen und den BH von den Schultern geschoben. Ich wollte noch schwach protestieren, entschied dann aber, dass das Ledersofa die Belastung schon würde aushalten können.

Nachdem sie den Reißverschluss meiner Hose geöffnet und sie zusammen mit meinem Slip heruntergeschoben hatte, drückte sie mich nach unten auf die Sitzfläche. Ich beschwerte mich etwas, als meine nackte Haut das kalte Leder berührte. Gina stand vor mir und zog sich aus, ließ jedes einzelne ihrer Kleidungsstücke zu Boden fallen und grinste mich an wie der Teufel selbst. Sie schob mit dem Fuß meine Hose zur Seite und ließ sie auf dem Boden liegen. Dann bedeutet sie mir, mich auf den Rücken zu legen. Sie legte sich sanft teils auf mich und teils auf das Sofa. »Lass mich dir zeigen, wie sehr du mir gefehlt hast«, murmelte sie und küsste alle verirrten Gedanken aus meinem nebligen Gehirn.

Wir gingen ins Bett, während mein ganzer Körper noch von meinem letzten Orgasmus pulsierte. »Du warst so heiß heute Abend«, sagte ich. Ich lag neben ihr und wartete darauf, dass sie mir einen Gutenachtkuss gab und meine Hand nahm. Aber sie rollte sich auf den Bauch und seufzte tief.

»Ich habe dir gesagt, dass du mir fehlst«, sagte sie. Sie schenkte mir ein lüsternes Lächeln und legte dann ihre Hand auf meine Schulter.

Ich streichelte ihre Seite, eine meiner Lieblingsstellen ihres Körpers. Ihre Taille war nicht so schlank, wie es ihre Kleidung vermuten ließ, ein Trick der Modeindustrie, den ich nie verstanden hatte. Sie war fast knabenhaft, aber die entzückende Kurve ihres Hinterns schrie eindeutig »Frau«. Ich liebte es, mit meiner Hand über ihre Haut zu streichen, die Muskeln zu spüren, die sie in jahrelanger körperlicher Arbeit entwickelt hatte, und dann meine Hand die steile Kurve ihrer Gesäßbacken hinuntergleiten zu lassen. Jedes Mal musste ich mich über sie beugen und diese schöne Stelle küssen, in der Senke auf beiden Seiten ihres Hintern verweilen. Ich war gerade dabei, mich von ihr zu lösen, nachdem ich einen sanften Kuss auf ihre seidige Haut gedrückt hatte, als mir etwas einfiel. »Hey«, sagte ich, als ich sah, dass sie am Einschlafen war. »Kannst du dir am Montagmorgen etwas Zeit nehmen?«

»Hm?« Sie öffnete leicht die Augen. »Ich habe … mmm … eine Stunde … Das ist nicht genug Zeit, um …« Sie drehte sich um und tätschelte meinen Hintern, wobei sie ihre Hand dort ruhen ließ.

»Nein, nein«, sagte ich. »Ich will nicht, dass du hierher kommst. Ich dachte, ich könnte dich im Café treffen, wenn du eine Pause machst. Eine meiner engsten Freundinnen besucht mich und ich würde mich freuen, wenn ihr euch kennenlernt.«

Gina rollte sich auf die Seite und starrte mich eine Sekunde lang an. Ich konnte nicht sagen, was ihr durch den Kopf ging, aber sie sah sowohl zufrieden als auch verwirrt aus. »Ja, das ginge. Erzähl mir von ihr.«

»Sie ist Assistenzprofessorin an der Harvard … in Boston«, fügte ich hinzu, nur für den Fall, dass Gina es nicht wusste. »Sie heißt Dana, und ich bin die Patin ihrer kleinen Tochter Maya.« Ich stand auf, ging zu meiner Kommode und brachte ein Fotoalbum zurück ins Bett. Gina setzte sich auf und schenkte mir ihre volle Aufmerksamkeit. »Das bin ich mit Maya am Tag ihrer Taufe. Ist sie nicht ein süßes Püppchen?«

»Ihr beide seid süß.« Gina sah mich an mit … Ich weiß nicht einmal genau, was es war, aber mein Herz schlug wie wild.

Sie nahm mir das Album ab, legte es auf das Bett und nahm mich in ihre Arme. Als sie sich für einen Moment zurücklehnte, sah sie mich an, ihre Augen suchten in meinen nach etwas. Wir küssten uns, während wir langsam auf die Matratze sanken, und dann küssten wir uns weiter, bis mein Herz sich anfühlte, als ob es zerspringen müsste. Ich war mir nicht sicher, was da vor sich ging, aber ich fühlte mich so überaus geliebt, als sie mich hielt. Sie betrachtete mich mit diesen schönen dunklen Augen und küsste mich noch einmal. Dann legte sie sich auf den Rücken, rückte an meine Seite, griff meine Hand, küsste sie zärtlich und legte sie auf ihre Brust. Ihre warme Hand bedeckte meine und ich konnte fühlen, wie rasch ihr Herz schlug.

Ich kuschelte mich an sie, fühlte mich warm und geschützt und schläfrig. Bevor ich noch darüber nachdenken konnte, was gerade zwischen uns passiert war, schlief ich tief und fest.

Am Montagmorgen saßen Dana und ich in einer Nische im Café und warteten auf die Ankunft der Fähre. Ich war nervös, aber ich konnte nicht genau sagen, was an dem Treffen mich so kribbelig machte. Entweder war es die Sorge darüber, was Dana von Gina denken würde oder was Gina von Dana denken würde. Vielleicht machte ich mir um beide Sorgen. Das schien am wahrscheinlichsten, denn mein Magen fühlte sich an, als hätte ich Feuerzeugbenzin getrunken.

Dana nippte unbekümmert an einer Tasse Kaffee und ahnte nicht, welche Purzelbäume mein Bauch schlagen konnte. Als das Horn der Fähre ertönte, machte ich mir praktisch in die Hose, aber Dana blickte nur aus dem Fenster. »Sie steuert das Boot sehr souverän. Wie lange macht sie das schon?«

»Ähm …« Ich starrte sie einen Moment lang an und zuckte dann mit den Schultern. »Ich habe keine Ahnung. Sie erzählte mir, dass sie seit ihrem siebten oder achten Lebensjahr arbeitet. Ich hatte irgendwie Angst davor, noch mehr Fragen zu stellen. Sie ist so süß, dass ich den Gedanken nicht ertragen konnte zu hören, dass sie in einem Ausbeuterbetrieb angestellt war, obwohl sie eigentlich in die Schule hätte gehen sollen.«

»Willst du mich verarschen?«

»Nein. Sie erzählte mir, dass sie seit ihrer Kindheit arbeitet. Aber sonst weiß ich ehrlich gesagt nicht viel über ihren Werdegang.«

Dana studierte mich einen Moment lang. »Es ist schwer, sich dich mit einer Frau aus der Arbeiterklasse vorzustellen.«

»Danke!« Ich weiß, dass ich hart geklungen habe, aber ich war getroffen. »Was soll das heißen? Bin ich zu elitär, um mich mit Plebejern einzulassen?«

Dana versuchte erfolglos, ihr Lächeln zu verbergen. »Das war nicht das, woran ich gedacht hatte, bis zu dieser plebejischen Bemerkung.«

Ich streckte die Zunge heraus, nur um zu zeigen, dass ich ein ganz normaler Mensch war.

»Ich hab nur daran gedacht, dass du noch nie mit jemandem außerhalb des akademischen Betriebs ausgegangen bist. Das bedeutet nicht, dass du elitär bist. Es bedeutet nur, dass du dich immer zu Menschen hingezogen gefühlt hast, die wie du sind.«

»Das klingt immer noch sehr beleidigend«, sagte ich. »Wo soll ich Frauen treffen? In der Bodega ums Eck? Im Waschsalon? Und mit wie vielen Pommesbudenköchinnen warst du schon aus?«

»Keiner. Ich bin auch noch nie mit jemandem ausgegangen, der nicht im akademischen Bereich tätig war.« Sie griff über den Tisch und nahm meine Hand. »Hey. Das war keine Kritik. Nur eine Beobachtung.«

Als ich in ihre großen, braunen Augen sah, wusste ich, dass ich überreagiert hatte. Aber gerade als ich anfing, mich zu entschuldigen, rutschte Gina auf den Sitz neben mir. »Hallo«, sagte sie. Sie küsste mich auf die Wange und streckte Dana ihre Hand entgegen. »Ich bin Gina Scognamiglio.«

»Dana Little. Freut mich, dich kennenzulernen. Obwohl ich dich gestern auf der Hinreise schon gesehen habe.«

»O ja? Ich habe mich doch hoffentlich nicht gekratzt oder etwas anderes Peinliches getan?«

Dana lachte. »Nein. Du standest da oben im Steuerhaus und hast ganz geschäftsmäßig ausgesehen. Wenn du dich gekratzt hast, habe ich es zumindest nicht bemerkt.«

Ich konnte sehen, dass sie sich bei Gina wohlfühlte. Manchmal war Dana ein wenig steif im Umgang mit Fremden, sogar formell, aber nicht heute. Ich begann, mich etwas zu entspannen, aber in meinem Magen rumorte es immer noch.

»Bleibst du länger?«, fragte Gina. Sie nickte, als die Kellnerin fragend eine Kanne Kaffee hochhielt.

»Nein. Ich werde ein paar Tage in Haydens Bude in der Stadt verbringen. Ich fahre in Kürze mit nach Sayville zurück.«

Gina stieß mich mit ihrer Schulter an. »Haydens Bude? Klingt nach einem tollen Reiseziel?«

»Du hast es offensichtlich noch nicht gesehen«, sagte Dana, kurz bevor sie aufjaulte und sich das Schienbein rieb. »Tritt mich nicht!«

»Beleidige mich nicht«, sagte ich.

Gina legte ihren Arm um meine Schultern. Ich mochte es, dass sie sich mir gegenüber ein wenig beschützend verhielt. »Ihr beide müsst euch schon eine ganze Weile kennen. Mich hat Hayden noch nie getreten.«

»Wir trafen uns … verdammt, ich schätze, es ist sieben Jahre her, oder?«, sagte Dana.

»Ja, das kommt hin. Ich war nur ein einsames Mädchen, das sich in New Hampshire den Hintern abfror, als Dana mir anbot, mich aufzuwärmen.«

Gina machte große Augen, ihr Blick wanderte von mir zu Dana und wieder zurück. »Du … du bist … ich meine, du warst …«

O Scheiße! Ich konnte fast sehen, wie Danas Nackenhaare sich aufstellten. Sie ärgert sich immer, wenn die Leute überrascht darauf reagieren, dass wir ein Liebespaar waren. Ich nehme ihr das nicht übel, denn es passiert sehr häufig, dass jemand es seltsam findet, eine weiße Frau mit einer schwarzen Frau zu sehen. Ich hoffte um alles in der Welt, dass das auf Gina nicht zutrifft. Aber ich kannte sie nicht gut genug, um zu wissen, was sie für Schwarze empfand. »Dana und ich waren auf dem College ein Liebespaar. Wir trennten uns, als sie nach Boston zog.« Ich fügte nicht hinzu, dass sie den Job bekommen hatte, für den ich getötet hätte. Ich erwähnte auch nicht, dass sie ein Angebot von der Columbia erhielt, sodass sie bei mir in New York hätte bleiben können. Dana starrte Gina an, die ihr Unbehagen nicht bemerkte.

»Das ist etwas, das ich nie verstehen werde. Es ist einfach nicht natürlich«, sagte Gina. Ihr Kaffee war gerade gekommen und sie goss etwas Milch hinein. Ich überlegte noch, wie ich ganz schnell aus dem Café verschwinden könnte, als sie fortfuhr: »Wie schafft ihr es, nach der Trennung noch Freundinnen zu sein?«

Sie sah mich an und ich stieß einen stillen Seufzer der Erleichterung aus. »Am Anfang war es nicht leicht.« Ich warf Dana einen Blick zu und sah, dass auch sie erleichtert war. »Wir liebten uns immer noch. Aber es machte einfach keinen Sinn zusammenzubleiben, wo wir doch wussten, dass wir für lange Zeit – vielleicht während unserer ganzen Karriere – getrennt sein würden.«

Gina sagte kein Wort mehr, aber ich konnte sehen, dass sie mit meiner Antwort nicht zufrieden war.

»Die Dinge haben sich entwickelt«, fügte ich hinzu. »Dana lernte eine großartige Frau kennen, und sie hatten dieses bezaubernde Baby, dessen Bild ich dir gezeigt habe.«

»Dein Baby ist so süß«, sagte Gina. »Ich wette, du vermisst sie.«

Dana lächelte das halbe Grinsen, das sie immer machte, wenn sie im Begriff war, etwas Sarkastisches zu sagen. »Ich werde das Füttern um drei Uhr morgens nicht vermissen. Oder das Weinen ohne irgendeinen Grund. Aber ja, ich vermisse meine Mädchen schon jetzt, und es ist erst einen Tag her.«

»Was machst du in New York?«, fragte Gina.

»Ich forsche. Die New York Public Library verfügt über einige großartige Quellen über Harlem.«

»Bist du auch Historikerin?«

»Ja, ich bin auf amerikanische Geschichte spezialisiert, im Gegensatz zu unserer Freundin hier, die Menschen studiert, die vor Jesus lebten.«

»Ich mag Geschichte«, sagte Gina, und jetzt konnte ich spüren, wie sie sich anspannte, als Dana ihr einen zweifelnden Blick zuwarf.

»Gina ist ein Fan der italienischen Geschichte«, sagte ich etwas defensiv. »Meine Jungs waren Hunderte von Jahren tot, bevor ihre Jungs geboren wurden. Aber wir werden mal abgleichen und sehen, ob wir irgendwelche Lieblingsbücher gemeinsam haben.«

»Ich glaube nicht, dass Hayden und ich jemals dasselbe Buch gelesen haben«, sagte Dana, während sie mich anlächelte. »Wir hatten nicht den gleichen Geschmack. Ich schätze, Gegensätze ziehen sich an.«

»Ähnlichkeiten können auch anziehend wirken«, sagte Gina. Sie wirkte nicht defensiv oder verkrampft, aber es lag eine gewisse Herausforderung in ihrer Aussage. »Ich freue mich wirklich darauf, über einige meiner Lieblingsrömer zu sprechen. Sobald ich etwas mehr freie Zeit habe, werden wir ein gutes, langes Gespräch führen.« Ihre Hand lag auf meiner Schulter und sie drückte sanft zu. Plötzlich hatte ich das Gefühl, als ob die beiden um mich kämpften! Das verblüffte mich, denn Dana hatte kein Recht auf eine Meinung darüber, mit wem ich schlief, und ich kannte Gina noch nicht so gut, dass sie mich für ihr Eigentum halten durfte.

»Wo hast du Geschichte studiert, Gina? Vielleicht warst du auf einer Schule gewesen, wo die nicht wussten, wie sie dich an die interessanten Sachen heranführen sollten.«

Jetzt wurde ich wütend. Ich war mir sicher … ziemlich sicher … dass ich Dana erzählt hatte, dass Gina nicht aufs College gegangen war. Und wenn sie versuchte, sie bloßzustellen, würde ich mehr tun, als sie nur unter dem Tisch zu treten.

»Ich ging auf die Bay Shore High«, sagte Gina und sie hob ihren Kopf an, was, wie ich wusste, ein Zeichen dafür war, dass sie sich herausgefordert fühlte. »Da gab es keinen, der einen an etwas herangeführt hätte. Ich lese Geschichtsbücher, weil es mir gefällt. Ich habe nie jemanden gebraucht, der mir sagt, was ich lesen oder was ich worüber denken soll. Das College hat mich nicht interessiert.« Sie warf mir einen Seitenblick zu. »Aber wenn ich eine Lehrerin wie Hayden gehabt hätte, hätte ich mich vielleicht wirklich an einigen Schulen beworben.«

»Du hast dich nicht einmal beworben?« Was zum Teufel machte Dana? Ich hatte sie noch nie … so seltsam erlebt. »Wie lief es bei den Qualifikationstests?«

Gina zog ihren Arm zurück und ich konnte fühlen, wie sie sich aufrichtete. »Die habe ich nicht gemacht. Ich wollte nicht aufs College gehen, warum also das Geld verschwenden?«

»Haben deine Eltern dir nicht das Leben schwer gemacht? Wollten sie nicht, dass du …«

»Was?« Ginas Augen funkelten vor Wut und ich hatte Angst, sie könnte … nun, ich wusste nicht, was sie tun könnte, aber ich wollte es auch nicht erfahren.

Dana schaute sie ernst an. »Meine Eltern haben kein College besucht. Aber seit ich ein Kind war, haben sie gespart und geplant und gearbeitet, damit ich es konnte. Es war ihnen wichtig, dass ich nicht so hart arbeiten musste, wie sie es getan hatten, nur um die Familie am Leben zu erhalten.«

Jetzt verstand ich! Dana identifizierte sich auf seltsame Weise mit Gina. Beide kamen aus Arbeiterfamilien und so weiter. Aber sie war auf dem Holzweg, wenn sie glaubte, dass sie und Gina beim Thema Hochschulbildung auf einer Wellenlänge lägen.

»Meine Eltern waren auch nicht auf dem College«, sagte Gina. »Aber mein Vater musste meine Mutter nie verlassen, um einen besseren Job zu bekommen. Man kann in jedem Job zu hart oder zu wenig arbeiten.« Sie legte wieder ihren Arm um mich und dieses Mal zog sie mich fest an sich. Ich mochte es nicht, instrumentalisiert zu werden, aber diesmal machte ich eine Ausnahme. Gina hatte Dana auf frischer Tat ertappt und ich muss zugeben, dass ich stolz auf sie war. Nicht viele Leute haben Dr. Little so leicht aus dem Lot gebracht.

»Ich habe nicht … ich habe unsere Situationen nicht gleichgesetzt«, sagte Dana. »Ich gehe nur davon aus, dass die meisten Eltern ein besseres Leben für ihre Kinder wollen.«

Gina schenkte ihr ein bitteres Lächeln. »Ich glaube, gute Eltern tun das. Aber einen Titel oder einen schicken Job zu haben bedeutet nicht, dass man ein besseres Leben hat. Außerdem, wenn jeder einen College-Abschluss hätte, wäre es genau wie ein Highschool-Abschluss.« Sie kicherte, ein leises Geräusch, das in meinen Ohren fast wie Spott wirkte.

»Ein College-Abschluss *ist* jetzt wie ein Highschool-Diplom«, sagte Dana. Ein Tritt, der sie zum Heulen hätte bringen sollen, hielt sie nicht davon ab, weiterzumachen. »Um in der Menge hervorzustechen, braucht man einen höheren Abschluss.«

Gina lachte leise und sagte: »Du hast dich mit den falschen Leuten abgegeben, Dana. Die meisten haben keinen Abschluss.«

»Ich wette 25 Prozent der Menschen sehr wohl.«

»Im ganzen Land?« Ginas Augen funkelten jetzt und es war klar, dass sie Spaß hatte. »Glaubst du, dass 25 Prozent des ganzen Landes einen Hochschulabschluss haben?«

»Mindestens.« Dana hatte die Augen zusammengekniffen und ich wusste, dass sie ihre Hypothekenzahlung verwetten würde, wenn Gina darauf eingehen würde.

»Fünfzig Mäuse«, sagte Gina. Sie griff in ihre Jeans und holte ihre Geldbörse heraus. Sie nahm zwei Zwanziger und einen Zehner heraus und reichte sie mir. »Hayden schaut nach und zahlt den Gewinn aus.«

Ich konnte an Danas Atmung sehen, wie sie mit sich kämpfte. Sie hasste es, Geld zu verschwenden. Gewöhnlich wettete sie nicht, nicht einmal bei der gemeinschaftlichen Football-Wette der Abteilung, aber wenn man sie drängte, vergaß sie, wie sehr sie es hasste, Geld zu verlieren. »Gut«, knurrte sie. Sie nahm den entsprechenden Betrag aus ihrer Tasche und schob ihn in meine Richtung. Ich wusste, dass es wahrscheinlich der Großteil ihres Bargelds war, da sie nie viel bei sich trug.

»Mädels«, sagte ich, »macht das nicht. Das ist es nicht wert, um fünfzig Dollar zu riskieren.«

»Doch, das ist es«, sagten sie unisono.

Ich kannte Gina nicht gut genug, um ihre Entschlossenheit beurteilen zu können, aber ich kannte Dana sehr gut. Sie war dabei. »Gut«, sagte ich. »Ich werde im Internet recherchieren.«

»Sieh zu, dass du die Zahlen des Statistischen Bundesamtes findest«, sagte Dana mit finsterem Blick.

»Das werde ich. Ich habe mehrere Kurse über Forschungsmethoden besucht«, sagte ich. »Ich bin nicht irgendein Neuling, der glaubt, dass alles im Internet wahr ist.«

»Dann ist das also geklärt.« Gina stand auf und deutete mit dem Kopf in Richtung der Fähre. »Zeit zu gehen.« Sie sah mich an und sagte: »Warum kommst du nicht mit uns, Hayden? Du könntest auf der Hinfahrt Dana und auf der Rückfahrt mich unterhalten.« Sie schenkte mir wieder dieses lüsterne Grinsen und ich antwortete freundlich, ohne nachzudenken.

»Okay. Ich hätte gerne noch ein paar Minuten mit Dana.« Um sie zu windelweich zu prügeln, fügte ich für mich hinzu.

»In Ordnung. Das Boot legt in fünf Minuten ab.« Sie legte ihren Arm um mich und sagte: »Du fährst umsonst mit, Hayden.« Ich schwor, dass ich hörte, wie Dana einen Würgelaut von sich gab, aber ich drehte mich nicht um. Auf der Fähre wäre genügend Zeit, ihr den Hals umzudrehen.

Gina verließ uns, nachdem wir an Bord gegangen waren. Es war kühl und sehr windig, was uns eine perfekte Ausrede bot, um auf dem Hauptdeck zu bleiben. Es waren weniger als dreißig Leute auf dem Boot, sodass Dana und ich Gelegenheit hatten, uns unter vier Augen zu unterhalten. »Was zum Teufel ist los mit dir?«

»Was?« Sie schaute mich mit ihrem »Was habe ich getan?«-Blick an, der bei mir nie funktioniert hatte. Für eine kluge Frau lernte sie nicht sehr schnell.

»Du weißt genau, was ich meine!« Ich starrte sie an, was immer funktioniert hatte. Dana gehörte zu den Menschen, die es hassten, in Schwierigkeiten zu stecken. Sie würde fast alles tun, um da herauszukommen. Aus lauter Angst, mich zu verärgern, sagte sie die Wahrheit. »Ich mag sie nicht. Warum ist das so eine große Sache? Du kannst es nicht ernst mit ihr meinen.«

Ich fühlte mich erneut beleidigt und fragte: »Und warum kann ich das nicht? Gibt es eine Regel, dass ich fantastisch aussehende Frauen meiden muss?« Ich sah, wie sie zusammenzuckte, und fügte hinzu: »Anwesende ausgenommen.«

Dana murmelte etwas, das ich nicht ganz verstehen konnte. »Es geht nicht darum, wie sie aussieht.«

»Sie sieht toll aus, nicht wahr?«, fragte ich wie ein Kind, das sich die Zustimmung seiner Altersgenossen für eine neue Puppe wünscht.

»Sie ist nicht schlecht. Ein bisschen zu sehr butch für meinen Geschmack, aber nicht schlecht.«

Ich zwickte sie rechts oberhalb des Knies an einer Stelle, an der sie sowohl empfindlich als auch kitzlig war. »Sie ist überhaupt nicht butch, und das weißt du. Sie hat nur einen Job, den du als traditionell männlich ansiehst. Du Frauenrechtlerin. Und sie ist viel hübscher als ›nicht schlecht‹. Gib's zu.«

»Hayden, ich mag die Tussi nicht, okay? Wenn ich sie mögen würde, wäre sie viel attraktiver. Aber sie hat mich auf dem falschen Fuß erwischt, und das färbt ab. Ich sehe nur diesen frechen Mund und diese spöttischen Augen.«

»Und ihr schönes, dickes, dunkles Haar.«

»Sie hat schöne Haare«, sagte sie und der Punkt ging an mich. »Und einen tollen Schnitt. Aber es ist schwer, das mit dem vorlauten Mund zu bemerken.«

Das führte alles zu nichts und die Fähre kam sehr schnell voran. Ich schätzte meine Freundschaft und meine Liebe zu Dana zu sehr, als dass ich sie im Zorn gehen lassen mochte. Sanft berührte ich ihr Bein genau dort, wo ich sie gezwickt hatte. »Kannst du mir sagen, warum du sie nicht magst? Ich will nicht mit einem Arschloch ausgehen und ich gebe zu, dass mein Urteilsvermögen etwas getrübt ist.« Ich schenkte ihr ein dämliches Lächeln und ich konnte sehen, wie sie aufzutauen begann.

»Ich bin mir nicht sicher«, sagte sie nachdenklich. »Zuerst mochte ich sie, aber sie ist so hart. Sie tut so, als wüsste sie alles. Als ob man sie von nichts überzeugen könnte, wenn sie nicht von Natur aus daran glaubt. Sie wirkt wie eine Republikanerin. Wahrscheinlich eine rechtsgerichtete Republikanerin.«

»Nein!«

»Ja, das ist es.« Sie lächelte vergnügt. »Sie scheint die Art von Mensch zu sein, die die Republikaner wählt, damit sie ihren Job als Fahrerin dieses schädlichen, qualmenden Bootes behalten kann.« Sie deutete in Richtung der zugegebenermaßen schädlichen Abgase. »Können wir uns woanders hinsetzen? Ich werde gleich ohnmächtig.«

Ich stand auf und folgte ihr bis vor das Hauptdeck. Es war kälter dort, aber die Luft war schwer vor Feuchtigkeit und fühlte sich sauber an. »Ich glaube nicht, dass sie so ist, aber wenn sie so ist, will ich es nicht wissen.«

»Die Unterschicht ist ihr offensichtlich egal«, sagte Dana triumphierend.

»Was?«

»Hast du nicht ihre Umhängetasche bemerkt? Es ist eine, wie sie sie in Chinatown verkaufen.«

Ich starrte sie eine Sekunde lang an und fragte mich, wie Ginas Tasche in die Diskussion passte. »Also, sie hat eine chinesische Umhängetasche und dein Punkt ist …?«

»Nein, nein.« Sie schüttelte den Kopf, eindeutig verärgert. »Sie hat eine dieser Fälschungen. Ein Imitat.«

»Sie hat also ein Imitat. Na und?«

»Hayden, hast du keine Ahnung, worauf ich hinaus will?«

»Nein. Ich habe keinen blassen Dunst.«

»Okay«, sagte sie, jetzt ruhig. »Es gibt einen Milliarden-Dollar-Handel mit Designer-Abzocke. Viele der gefälschten Geldbörsen und Brieftaschen, Sonnenbrillen und Uhren werden in China hergestellt. Gina hat eine große Prada-Tasche und sie hat sich mit Sicherheit keine echte leisten können. Zum Teufel, sie ist eine Idiotin, wenn die Tasche echt ist, aber sie ist eine Ausbeuterin, wenn sie gefälscht ist.«

»Und warum ist das so?«

»Weil«, sagte sie wieder mit ärgerlicher Stimme, »es den legitimen Herstellern schadet, den Menschen in den Ausbeuterbetrieben schadet, die die Imitate herstellen, und unserer Wirtschaft schadet, weil das Zeug nicht besteuert wird und keine Einfuhrzölle gezahlt werden. Es schafft einen Schwarzmarkt, auf dem Menschen leicht ausgebeutet werden können … Es ist in jeder Hinsicht falsch.«

»Gut«, sagte ich, jetzt gereizt wegen ihres Vortrags, »sie ist eine schreckliche Person, die Menschen ausbeutet, indem sie eine Tasche kauft. Ich glaube, damit kann ich leben.«

Dana verzog missbilligend ihr Gesicht. »Sie kauft nicht einfach eine Handtasche. Sie kauft eine große, auffällige Prada-Tasche. Niemand glaubt, dass sie echt ist. Ich hasse Leute, die so tun müssen, als hätten sie das Geld, um diese lächerlich extravaganten Dinge zu kaufen. Das ist ein völlig beklopptes Konsumverhalten.«

»Dana«, sagte ich und versuchte, Geduld mit ihr zu haben. »Ich werde nicht aufhören, mit einer hinreißenden, netten Frau zu schlafen, nur weil sie eine auffällige Tasche hat. Es ist mir egal, ob sie eine Kette aus Glasmurmeln trägt und sagt, es seien Diamanten.«

Sie atmete tief aus. »Also ist das nur ein Sommerflirt?« Ihr Gesichtsausdruck verriet die Hoffnung, dass es nicht mehr war.

»Was sonst? Ich suche nach Jobs in Princeton, Yale und Harvard. Mit etwas Glück bin ich im September nicht mehr hier.«

»Ich aktiviere mein Netzwerk«, sagte Dana, jetzt ernsthaft und eindeutig aufrichtig. »Wir hätten dich gerne in Boston und ich weiß, du würdest es lieben.«

»Ich weiß, das würde ich«, sagte ich, obwohl ich mir nicht sicher war, ob Renée wollte, dass ich gleich nebenan wohne. Dana und ich hatten unseren Frieden geschlossen, aber eine neue Freundin war nie so glücklich über die Versöhnung wie die Ex-Geliebten.

Dana legte ihren Arm um mich und küsste mich auf die Wange. »Es tut mir leid, dass ich so ein Arsch war. Ich weiß auch nicht, was da passiert ist, aber ich wollte ihr schon nach zehn Minuten den Kopf umdrehen.«

»Vergiss es. Du wirst sie wahrscheinlich nie wieder sehen. Und das nächste Mal werde ich mehr von der Frau wissen, bevor ich sie dir vorstelle. Dann wirst du nett sein müssen.«

Dana knurrte ihr Einverständnis und wir sahen zu, wie sich das Land schneller näherte, als mir an Ginas Stelle lieb gewesen wäre. Diese Frau wusste wirklich, wie man ein Boot steuert.

Gina verließ das Steuerhaus nicht, nachdem wir in Sayville angelegt hatten, sodass es uns allen erspart blieb, höflich sein zu müssen. Ich ging von Bord und begleitete Dana zum Parkplatz.

Die Situation war etwas angespannt, aber wir hielten uns gut, als ich ihr einen Abschiedskuss gab. Es ist schon komisch, wie viel etwas so Einfaches wie ein Kuss über eine Beziehung aussagen kann. Ich hatte wahrscheinlich ein paar Dutzend Stunden damit verbracht, diese sinnlichen, warmen Lippen zu küssen, und ich kannte sie besser als jedes andere Lippenpaar auf der Welt. Aber kurz bevor meine ihre Lippen berührten, drehte sie ihren Kopf – nicht viel – gerade genug, sodas ich nur zur Hälfte auf ihren landete. Es fühlte sich seltsam und beunruhigend an, sie mit weniger Intimität zu küssen, als alle meine anderen Freunde. Ich hatte bestimmt nicht vor, ihr einen Zungenkuss zu geben, und es tat mir weh, dass sie zurückgezuckt war.

Wenn Renée in der Nähe war, umarmten Dana und ich uns zum Abschied nur. Wir hatten nie darüber gesprochen, aber wir wussten beide, dass wir in ihrer Gegenwart nicht allzu freundschaftlich erscheinen durften. Aber Dana hatte mich immer auf die

Lippen geküsst, wenn wir allein waren. Es war ohne sexuelle Hintergedanken, aber immer tröstlich. Ich fragte mich, warum sie heute ihr Verhalten geändert hatte, aber ich hatte das Gefühl, dass es mit Gina zu tun hatte.

»Ich rufe dich heute Abend an, wenn ich mich eingelebt habe, okay?« Sie sah mir dabei nicht direkt in die Augen und auch das fühlte sich seltsam an.

»Ja. Sicher. Melde dich jederzeit.«

»Wird Gina bei dir sein?«

O Gott, wird das jetzt unser Thema werden? »Ich bin mir nicht sicher. Wir haben keine Pläne.«

»Ich wollte nur nicht stören, du weißt schon.«

Ich lächelte, auch wenn es wahrscheinlich mehr nach einer Magenverstimmung aussah. »Wenn wir gerade miteinander ficken, gehe ich einfach nicht ran, okay?«

»Hey!« Sie packte meinen Arm und sah mich an, die Verletzung in ihren Augen war nicht zu übersehen. »Was war das denn?«

»Nichts«, sagte ich. »Das ist mir einfach unangenehm. Aber wir werden es überstehen.« Mein Lächeln war fast wieder normal, aber ich wusste, dass ich Dana nicht täuschen konnte.

»Ja.« Sie nickte. »Das werden wir.« Sie umarmte mich schnell und stieg dann in ihr Auto. »Ich melde mich.«

»Okay. Grüß Renée und Maya von mir.«

»Mache ich. Bis später.«

Sie schloss die Tür und fuhr davon, bevor ich mich abwandte. Als ich zur Fähre zurückging, sah ich eine reizende Frau, die am Kai auf mich wartete. Ginas schönes Gesicht strahlte, als sich unsere Blicke trafen, und ich spürte, wie all mein Unbehagen über Dana aus meinem Körper wich.

»Wie wär's mit einer Freifahrt nach Cherry Grove?« Es sah sehr bequem aus, wie sie da auf dem Ende eines großen Baumstammes saß.

Ich legte meinen Arm um ihre Taille und lehnte mich an sie. »Nichts ist umsonst. Alles hat seinen Preis.«

»Warum komme ich nicht heute Abend vorbei und wir verhandeln?« Sie küsste mich, und obwohl die sanfte Berührung kein bisschen Leidenschaft ausstrahlte, erinnerte sie mich daran, was mir gefehlt hatte, seit Dana mich verlassen hatte. Der Trost eines zärtlichen Kusses … einfach so.

»Aber dann wirst du mich schon mitgenommen haben. Das bringt dich in keine sehr gute Verhandlungsposition.«

Nun legte sie ihren Arm um meine Taille und drückte mich wie eine Puppe an sich. »Du wärst überrascht über einige meiner … Positionen.«

»Nein, ich glaube nicht«, sagte ich. »Nichts an dir überrascht mich mehr.« Ich sah auf ihre Tasche und dachte, dass sie gar nicht so protzig war, wie Dana gesagt hatte. Ich fand sie tatsächlich geschmackvoll und unaufdringlich. »Ich mag deine Tasche«, sagte ich und deutete mit dem Kopf darauf.

Sie lächelte und hob sie auf. »Es ist irgendwie albern, aber sie hat mir gefallen und ich habe einen sehr guten Preis aushandeln können.«

»Wo hast du sie her?«

Sie unterstrich spielerisch das Wort »Milano«, das direkt unter »Prada« aufgedruckt war.

»Oh, Milano«, sagte ich, wobei ich meinen zugegebenermaßen schrecklichen italienischen Akzent benutzte. »Wenn du das nächste Mal in Mailand bist, besorgst du mir bitte auch eine.«

Ihre Augenbrauen schossen nach oben. »Du willst so eine Tasche?«

»Ja.« Ich schaute mir ihre noch mal genau an. »Ich nehme schwarz, da du braun hast.«

Ginas Hände umfassten meine Taille und sie schob mich zurück, bis ich aufrecht stand. »Ich werde sehen, was ich tun kann. Los geht's. Ich muss einen Zeitplan einhalten.«

Ich folgte ihr an Bord und wurde von dem älteren Matrosen mit einem Nicken begrüßt. Wir gingen zum Steuerhaus hinauf und Gina ließ mich mit ihr hineingehen. »Es ist gegen die Vorschriften, jemanden hier drin mitzunehmen, also halt deinen Kopf unten, okay? Ich bin sicher, dass niemand die Küstenwache auf mich hetzt, aber ich bettle nicht gerne um Ärger.«

»Bist du sicher? Ich kann mich unten hinsetzen.«

»Ich weiß. Aber ich will dich hier bei mir haben.« Sie legte ihre Hand auf meine Wange und strich mit dem Daumen über meine Haut.

Auf dem Boden stand ein großer Metallkasten, auf den ich mich setzte. Mein Kopf war auf der Höhe von Ginas Oberschenkeln, und das war für mich in Ordnung.

»Du kannst dich auch auf meinen Stuhl setzen«, sagte sie.

»Nein. Da sitzt du. Du arbeitest zu hart.«

Sie lächelte und schüttelte den Kopf, aber sie setzte sich. Sie startete die Motoren und gab dem Matrosen durch ein Fenster ein Zeichen. Innerhalb von Sekunden waren wir auf Reisegeschwindigkeit und ich beschloss, dass mir mein Sitz und meine Begleiterin gefielen.

»Ich dachte, du bist vielleicht sauer auf mich«, sagte sie. Wie immer, wenn sie am Steuer saß, scannte sie aufmerksam das schiefergraue Wasser.

»Ich bin nicht böse auf dich. Warum sollte ich? Ich bin ein bisschen sauer auf Dana.«

Gina trug eine sehr dunkle Sonnenbrille, aber ich konnte immer noch die niedlichen Fältchen in den Augenwinkeln sehen, wenn sie lächelte. »Sie ist nicht immer so patzig, oder?«

»Natürlich nicht. Ich habe noch nie erlebt, dass sie sich so benimmt. Ich kann mir immer noch nicht vorstellen, was da passiert ist.«

»Das war ein Scherz, richtig?«

»Hm? Nein, ich mache keine Witze. Was habe ich verpasst?«

»Ach nee!« Sie klang wie ein Teenager, aber es war liebenswert.

»Was denn?«

»Sie will nicht, dass du eine Freundin hast. Das ist doch ganz offensichtlich.«

»Was? Das glaub ich nicht! Sie ist verheiratet, um Himmels willen. Rechtmäßig verheiratet. Und sie und Renée haben ein Baby. Sie ist über mich hinweg. Zum Teufel, sie war schon längst über mich hinweg, bevor ich über sie hinweg war.« Ich lachte kläglich. »Miststück.«

»Das Miststück mag über dich hinweg sein, aber sie will immer noch nicht, dass du eine Freundin hast. Ich sage nicht, dass es Sinn ergibt. Aber genau das ist es.«

»Vielleicht mochte sie dich einfach nicht«, sagte ich. Ich strich mit der Fingerspitze über ihren nackten Oberschenkel und lächelte, als eine Gänsehaut erschien.

»Vielleicht. Aber sie will auch nicht, dass du eine Freundin findest. Und du wirst mich nicht vom Gegenteil überzeugen.«

Dieser Satz drehte mir den Magen um. Ich wusste, ich sollte nicht fragen, aber ich tat es. »Bist du … bist du … wo stehst du eigentlich politisch?«

»Was?«

»Du weißt schon, Demokrat oder Republikaner?«

Sie lockerte ihre Schultern und sagte: »Das ist eine ziemlich persönliche Frage, nicht wahr?«

»Ja. Aber wir stehen auch ziemlich persönlich zueinander. Doch du musst nicht antworten, wenn du nicht willst.«

»Wirklich? Es ist kein Test, den ich bestehen muss?«

Das war es zwar, aber ich kam mir dumm vor, es zuzugeben. Ich wusste, dass ich sehr engstirnig war, was Politik betraf, aber ich konnte mir nicht vorstellen, mit einer Republikanerin zu schlafen. Ich hoffte, wir würden das Thema fallen lassen, damit ich nicht aufhören musste, sie zu treffen. »Ich hätte nicht fragen sollen. Vergiss es.«

»Nein, nein, wenn du es wissen willst, werde ich es dir sagen.« Ich zitterte, während ich wartete. »Ich bin eine registrierte Unabhängige. Ich stimme über Themen ab, nicht über Parteilinien.«

Erleichterung überflutete mich. »Cool. Das ist cool.«

»Was ist mit dir?«

»Oh … ich bin Demokratin.«

»Schon immer?«

»Ja, ich denke schon. Ich habe noch nie einen Republikaner für ein nationales Amt gewählt.«

»Ich habe das«, sagte sie nachdenklich. »Und ich werde es auch wieder tun, sobald eine sozial gemäßigte Republikanerin, die nicht im Arsch der Evangelikalen steckt, kandidiert.« Sie kicherte eine Sekunde lang. »Sie scheinen in Ihren politischen Ansichten ziemlich engstirnig zu sein, Frau Professor.«

Ich dachte eine Weile über ihren Kommentar nach, bevor ich antwortete. Schließlich sagte ich: »Das bin ich wohl in vielerlei Hinsicht. Ich werde mal in mich gehen müssen.«

»Was hättest du gesagt, wenn ich für Bush und Trump gestimmt hätte?«

»Ich hätte mir gewünscht, nie gefragt zu haben, und dann hätte ich versucht, mir einzureden, es wäre besser, dich nicht mehr zu sehen.«

Eine Zeit lang war sie still. »Hätte das Erfolg gehabt?«

»Das bezweifle ich.« Ich weiß nicht, warum ich das gesagt habe, aber ich wusste, dass es die Wahrheit war.

4

Um fünf Uhr klopfte es an meiner Tür. Ich schaltete das Licht auf der Veranda ein und war überrascht, Gina zu sehen, die mir zuwinkte. Ich öffnete die Tür und sagte: »Hallo. Warum so früh?«

Sie kam herein und deutete über ihre Schulter. »Der Nebel. Normalerweise bin ich nicht glücklich, wenn ich hier strande, aber heute Abend …«

»Wirklich?« Ich warf einen Blick nach draußen und stellte fest, dass nicht einmal mehr die Bäume zu sehen waren, die den Weg säumten. »Ist es so schnell zugezogen?«

»Nun, um ehrlich zu sein, nein.« Sie sah mich mit diesem bezaubernden, kindlichen Lächeln an und sagte: »Ich hätte nicht herkommen sollen. Es gab nur zwei Passagiere und ich wusste, dass ich nicht mehr würde zurückfahren können. Aber ich wollte dich sehen.«

Ich freute mich sehr über ihren Eifer, aber ich konnte nicht umhin zu sagen: »Fahr das große Boot nicht, wenn es nicht sicher ist.«

»Ich hatte nicht die große Fähre. Ich habe die Kleinste genommen, aber ich bin immer noch ziemlich leicht zu erkennen. Jedes andere kleine Boot hätte seinen Hintern schon vor einer Stunde im Hafen in Sicherheit bringen müssen. Ich bin im offenen Wasser mit halber Geschwindigkeit gefahren und als ich mich der Insel genähert habe, bin ich geschlichen. Wenn ich jemanden angefahren habe, hat er zumindest keinen Laut von sich gegeben.«

Ich schlang meine Arme um sie und drückte sie. »Du bist ein böses Mädchen. Aber ich bin froh, dass du hier bist.«

»Ich auch. Hast du etwas zu essen? Ich bin am Verhungern.«

Ich ging in die Küche, Gina folgte mir auf den Fersen. Ich öffnete den Schrank und stöberte herum, suchte nach etwas. »Es gibt nicht viel«, gab ich zu. »Ich habe leider kein Brot, sonst würde ich dir ein Thunfisch-Sandwich machen.«

Sie langte um mich herum. »Ich könnte uns Nudeln machen. Hast du schon gegessen?«

»Nein. Ich wollte mir einen Salat machen, aber ich habe nicht viel, was ich reintun kann.«

»Du hast alles, was ich brauche, um Pasta zu machen.«

»Aber ich habe keine Nudelsoße.«

Sie holte eine Packung italienischer Tomaten heraus und griff nach einer Zwiebel auf der Theke. »Es ist alles da. Hast du Kräuter?«

»Ja. Frisches Basilikum.«

»Wir haben es geschafft. Schenk mir ein Glas Wein ein und werde hungrig.«

Gina zwang mich, noch schnell in den Ort zu gehen, um Brot zu holen, sie sagte, das sei eine Voraussetzung. Der Nebel war so dicht, dass ich vorsichtig einen Fuß vor den anderen setzte, um mir nicht den Hals zu brechen. Der kleine Lebensmittelladen hatte normalerweise eine ordentliche Auswahl an Brot, aber heute gab es dort nur noch geschnittenes Sandwichbrot und tiefgefrorenes italienisches Brot zum Aufbacken. Ich kaufte die beiden Laibe und malte mir aus, wie Gina mich damit schlagen würde.

»Was ist das?«, fragte sie mit entsetztem Blick, als ob sie Zeuge eines schrecklichen Unfalls geworden wäre.

Ich nahm ihr das Paket ab und las: »Chef Mario's Italian Loaves. Backen Sie bei 375 Grad zwanzig Minuten lang und Sie werden sich wie in Rom fühlen.«

»In Rome, New York vielleicht. War das wirklich das Beste, was sie hatten?«

»Sie sagten, du hättest heute Morgen eine Kiste Baguettes vorbeigebracht, aber die waren um drei Uhr ausverkauft.«

Sie nahm mir die gefrorenen Brote ab und klopfte mir damit spielerisch auf den Kopf. »Stirati und Pane Pugliese von der Bäckerei in der Neunten Straße. Es tut weh, wenn die den Unterschied zwischen einem Baguette und einer großen Scheibe pane pugliese nicht erkennen können.«

»Ich kenne mich mit Brot aus«, sagte ich und war froh, dass ich das wirklich tat. »Und ich wusste, es würde dir nicht gefallen. Aber immer noch besser als Sandwichbrot.«

Sie drückte den gefrorenen Klotz an ihre Brust. »Das hast du gut gemacht.«

»Ich wohne in der Nähe der Bäckerei in der Neunten Straße«, sagte ich. »Ich gehe samstagmorgens manchmal dorthin, um Brot zu kaufen, solange es noch warm ist. Mmm.«

»Vielleicht ist Manhattan gar nicht so weit weg«, sagte sie und lächelte mich an, was der Frage, ob wir Sex haben könnten, so nahekam wie jede verbale Anfrage.

Wir setzten uns um sieben Uhr zum Abendessen. Gina hatte eine fabelhafte Soße gemacht, indem sie einfach die Zwiebel halbierte und mit den Tomaten köchelte. Kurz bevor sie fertig war, fügte sie das Basilikum hinzu. Das Brot war nicht großartig, aber es war warm und weich und saugte Butter und Soße auf, sodass ich glücklich war. »Du bist eine verdammt gute Köchin.«

Sie sah in mein strahlendes Gesicht und sagte: »Du siehst aus, als würdest du gerne essen.«

»Das tue ich. Vor allem, wenn jemand für mich kocht.«

»Bist du mit hausgemachten Mahlzeiten aufgewachsen?«

Ich nickte, da mein Mund voll war. Ich zeigte mit der Gabel auf Gina und hob die Augenbrauen.

»Ja, ich auch. Meine Mutter kochte jeden Tag. Auch große Mahlzeiten. Ich weiß nicht, wie sie noch die Zeit für anderes fand.«

Sie sah ein wenig wehmütig aus. Ich schluckte und fragte: »Ist sie … tot?«

Ein Nicken. »Sie starb im Jahr 2000. Hatte kaum den Jahrtausendwechsel geschafft.«

»Oh, Gina, es tut mir so leid, das zu hören.«

»Es war wirklich scheiße. Lungenkrebs. Weniger als ein Jahr nach der Diagnose.«

»Mist«, murmelte ich. »Das muss schrecklich für dich und die ganze Familie gewesen sein.« Ich wusste, dass sie zwei oder drei Brüder hatte, aber ich konnte mich nicht an ihre Namen erinnern.

»Ja, natürlich. Meine Großmutter kocht jetzt, aber es ist nicht dasselbe. Es kommt mir einfach wie Essen vor, wenn ich zu ihr rübergehe. Als meine Mutter kochte, fühlte es sich wie Liebe an.«

Ihre Augen füllten sich mit Tränen und ich erhob mich und stellte mich neben sie. Auch meine Augen waren feucht und ich drückte ihren Kopf gegen meine Brust, während ich ihren Rücken streichelte. »Armes Häschen.«

Sie hob den Kopf und sah mich einen Moment lang an. »Häschen?«

Ich zuckte die Achseln. »Das hat meine Mutter immer gesagt, um mich zu trösten. Das war nur ein Reflex.«

Sie legte ihre Arme um mich. »Das gefällt mir«, murmelte sie.

Wir hielten uns noch etwa eine Minute lang gegenseitig fest und dann ging ich zurück auf meinen Platz. »Lebt deine Großmutter bei dir?«

»Sie und mein Großvater wohnen in dem Haus. Ich nicht mehr. Ich habe jetzt meine eigene Wohnung.«

»Die Eltern deiner Mutter?«

»Nein. Sie sind beide tot. Die Eltern meines Vaters sind bei uns seit … hm, ich schätze, seit ich etwa fünf Jahre alt war. Sie haben in eine kleine Einliegerwohnung, die mein Vater und meine Brüder für sie im Hinterhof angebaut haben. Sie könnten auch in dem Haus wohnen, aber sie mögen ihr kleines Reich. Es gibt dort keine Treppe.«

Ich hatte diese Vorstellung von einem Schuppen aus Sperrholz und Teerpappe, aber ich versuchte, den Gedanken zu verbannen. »Womit beschäftigen sie sich?«

»Sie haben einen großen Garten. Allerdings nicht am Haus.«

»Was? Sie haben einen Garten bei jemand anderem?«

Sie lachte und Fältchen erschienen um ihre Augen. »Nein. Es gibt einen großen öffentlichen Garten und sie haben dort ein paar Grundstücke. Wir haben bei uns zu Hause keinen Platz.«

»Oh.« Mir wusste nicht, was ich sagen sollte. Ihr Grundstück war so klein, dass die kleine Teerpappenhütte den ganzen Hof einnahm.

Gina schien nicht zu bemerken, dass ich keine vernünftige Antwort gab. »Mein Großvater kümmert sich um den Garten und meine Großmutter ist dafür zuständig, alles, was wir im Sommer nicht essen, einzukochen und aufzubewahren.« Sie lächelte und sah so hübsch aus, dass ich sie küssen wollte. »Das ist wie ein Bauernmarkt. Ich sage meinem Großvater immer wieder, er solle einen Stand an der Straße eröffnen, aber er hortet alles. Meine Brüder müssen darum betteln, dass er ihnen etwas Zuckermais abgibt.«

Gott, wo wohnen sie, dass sie einen Verkaufsstand vor ihrem Haus stehen haben könnten? Ich nehme an, sie wohnen auf Long Island, aber vom Zug aus sieht es nicht sehr ländlich aus. »Wir hatten nie einen Garten. Ich gehe aber gern auf den Markt am Tompkins Square. Es ist schön, frisches Gemüse zu haben.«

»Ich werde mal etwas von dem guten Zeug stehlen, wenn mein Großvater ein Nickerchen macht«, versprach sie. »Ich könnte einen Scheffel Tomaten klauen und er würde es nicht merken«, versprach sie.

»Ein Scheffel scheint ein wenig viel zu sein. Wie wäre es mit zwei?«

Sie hielt zwei Finger hoch. »Nur zwei Tomaten?« Auf mein Nicken hin stand Gina auf und ging zu mir hinüber. Mein Teller war leer, also machte es mir nichts aus, aufzustehen, als sie meine Hand nahm. Sie neigte den Kopf und küsste mich wieder. »Ich glaube, ich könnte zwei abgreifen.« Wir standen am Tisch und küssten uns lange Zeit. Ich liebte es, wie das Basilikum in ihrem Atem roch. Es war duftete sehr frisch und fast süß. Schließlich zog sie sich zurück und tätschelte meinen Bauch. »Platz für den Nachtisch?«

Ich lächelte mein verführerischstes Lächeln und begann, sie in Richtung Schlafzimmer zu schieben. »Immer.«

Sie hielt mich fest und sagte: »Nein, ich meine es wirklich so. Ich brauche etwas Süßes.«

»Bin ich nicht süß?« Mit einem weiteren Kuss versicherte sie mir, dass ich es bin. Aber sie ging sofort zurück in die Küche, um nach mehr Essbarem zu suchen. »Isst du immer so viel?«, fragte ich und versuchte nicht einmal, zartfühlend zu sein.

»Nein. Aber ich hatte heute nur Kaffee und einen halben Bagel. Für Mittagessen hatte ich keine Zeit. Es ist sind lange Stunden zwischen fünf Uhr morgens und dem Abendessen.«

»Kein Wunder, dass du immer noch hungrig bist. Du hättest etwas sagen sollen, dann hätte ich den Nachtisch aus dem Laden mitgebracht.«

Sie winkte ab. »Mach dich nicht zum Sklaven des Lebensmittelladens. Wir finden etwas.« Sie suchte gründlich, musste aber schließlich zugeben, dass nicht viel da war. Mit einer Schachtel Puderzucker in der Hand sagte sie: »Ich könnte einfach davon ein paar Löffel essen.«

»Ich wusste gar nicht, dass ich Puderzucker gekauft habe«, gab ich zu. »Aber ich habe ihn trotzdem verwendet.«

Ginas Augen leuchteten auf. »Hast du Speiseöl?«

»Sicher.« Ich nahm das Olivenöl wieder heraus.

»Nein, nein, Raps oder Sonnenblumen oder Erdnuss.«

»Nein. Ich koche nur mit Olivenöl.«

»Verdammt.« Sie ging zur Tür und zog ihre Schuhe an. »Ich bin gleich wieder da. Und lass den Teig da liegen.«

Bevor ich protestieren konnte, war sie weg. Offensichtlich ließ sich Gina, wenn sie etwas wollte, nicht aufhalten. Als sie zurückkam, hatte ich die Küche aufgeräumt und den aufgetauten Brotteig pflichtbewusst auf dem Tresen liegen lassen. Sie stellte eine kleine Dose Pflanzenfett dazu und nahm dann einen schweren Topf aus dem Schrank. »Ich hoffe, du bist eine Naschkatze«, sagte sie, »denn das wird ein Reinfall, wenn ich die einzige bin, die so etwas mag.«

»Ich liebe Desserts«, sagte ich, aber ich hatte das Gefühl, dass ich sie nicht so sehr mochte wie Gina.

Sie erhitzte das gesamte Pflanzenfett in dem Topf, während sie den aufgetauten Brotteig in Stücke schnitt und durchknetete. Zufrieden nickte sie vor sich hin. »Dafür ist dieses Zeug großartig.«

»Was machst du da?«

»Meine Mutter nannte sie italienische Donuts, aber man sagt auch gebratener Teig oder Zeppole dazu. Hängt alles davon ab, wo man herkommt. Unsere werden komisch aussehen, denn sie sollten eigentlich rund wie ein Tennisball sein. Aber sie werden gut schmecken.«

»Wenn sie so gut sind wie die Nudeln, lasse ich … nun ja … dir die Wahl, wie du entlohnt werden möchtest.«

Ihr listiges Lächeln machte mich ein wenig schwindlig. Ich stand hinter ihr und hielt sie, während sie ein großes Stück Teig in das heiße Öl fallen ließ. Es machte einen höllischen Lärm, beruhigte sich aber bald wieder. Gina drehte das Teigstück und vergewisserte sich, dass es auf allen Seiten braun wurde. Nach einer kurzen Weile hob sie es aus dem Öl und legte es auf ein paar Papiertücher. Sie stäubte so viel Zucker darüber, dass es fast weiß war, aber als sie es mir vor den Mund hielt und ich einen zaghaften Bissen nahm, fiel ich fast in Ohnmacht. »Unglaublich!«

Ihre Augen leuchteten wie Sterne. »Ich weiß!« Sie nahm selbst einen großen Bissen und rollte mit den Augen, während sie sich wie ein glücklicher Hund schüttelte. »Das ist verdammt gut. Hier! Iss den hier, ich mache gleich noch einen.«

Dieses Angebot konnte ich unmöglich ablehnen. Als sie fertig war, trugen wir unsere Teigteile ins Wohnzimmer und nahmen jede Menge Geschirrtücher mit, um die Möbel und uns selbst zu schützen. Es war schwer, alles aufzuessen, da Gina die Teigballen in der Größe von Lehrbüchern gemacht hatte, aber ich schaffte es. Gina aß vorsichtig und achtete darauf, dass sie mit jedem Bissen etwas von dem knusprigen Rand und etwas von der zarteren Mitte abbekam. Als sie fertig war, wischte sie sich den Mund ab und sagte: »Das war gut!«

Ich schlang meine Arme um sie und zog sie auf mich. Wir brauchten eine Minute, uns auf unsere vollen Bäuche einzustellen, und dann küsste ich sie. Ich leckte ein kleines Stückchen Zucker von ihren Lippen und küsste sie noch einmal. Sie fühlte sich so weich und warm und kuschelig in meinen Armen an, dass ich mich vollkommen damit begnügte, sie für den Rest der Nacht zu küssen. Sie schien sich so sehr zu amüsieren wie ich und keine von uns versuchte, weiterzugehen. Ich war so satt und glücklich, dass ich …

Stunden später wachte ich auf. Mein Arm war fest eingeschlafen, und Gina fühlte sich an, als ob sie siebenhundert Pfund wiegen würde. Warum sieht es im Kino immer so lustig aus, wenn jemand auf einem Sofa schläft? Ich stupste meine schwere Freundin an und sie wachte langsam auf und konzentrierte sich schließlich auf mich. »Wo sind wir?«

»Im Wohnzimmer. Lass uns ins Bett gehen.«

Sie kam auf die Füße, ergriff meine Hand und führte mich in den abgedunkelten Raum. Als sie die Decke zurückschlug, fiel sie aufs Bett und nahm mich mit. Mit einem Grunzen deckte sie uns zu und schlief dann sofort wieder ein, bevor ich sie daran erinnern konnte, dass wir noch vollständig angezogen waren. Ich freute mich insgeheim, dass wir keinen Sex gehabt hatten. Es war sehr schön zu wissen, dass Gina mich nicht nur für den Sex mochte. Jetzt wusste ich, dass sie mich für Essen *und* Sex mochte.

Ich wachte auf, weil ich Ginas Stimme hörte. Ich nahm an, sie sei am Telefon, und blieb für einige Augenblicke im Bett liegen und wartete darauf, dass sie auflegte. Es regnete so stark, dass der Lärm mich daran hinderte zu verstehen, was sie sagte, aber ich hoffte, dass sie aufgrund des Wetters einen freien Tag hatte.

Eine Minute später betrat sie das Schlafzimmer – jetzt nackt, immer noch schön. Ihr Haar war zerzaust und sie schielte ein wenig, aber für mich sah sie fabelhaft aus. »Ein schöner Tag«, sagte sie. Dann sprang sie auf das Bett und packte mich, wobei sie sich so heftig drehte, dass sich das Laken löste und wir bald darin eingewickelt wurden. »Ich muss nicht zur Arbeit gehen!«

Ich musste erst zu Atem kommen, bevor ich antworten konnte. »Nebel?«

»Nein, nur Regen. Aber eine Menge davon. Niemand wird auf die Insel kommen oder gehen wollen, wenn es nicht unbedingt notwendig ist.«

»Also machst du einfach … blau?«

Sie lachte. »Nein, ich hab den Sohn meines Cousins gebeten, für mich einzuspringen. Er wird am Memorial-Day-Wochenende anfangen, Vollzeit zu arbeiten, aber da er heute nichts Schönes tun kann, dachte ich, dass er vielleicht gerne arbeiten würde.«

»Ähm, ich erinnere dich nur ungern daran, aber die Fähre ist hier.« Gina schlang ihre Arme um mich und zog mich auf sich. Wir lagen Aug in Aug und aus irgendeinem Grund streckte sie ihre Zunge heraus und leckte mir das Gesicht ab. Ich versuchte, mir die Nase abzuwischen, aber ich konnte meine Arme nicht aus dem Durcheinander, das wir mit den Laken angerichtet hatten, befreien. »Hilfe!«

»Ach, sei doch nicht so ein Baby. Es macht dir doch sonst nichts aus, meine Zunge überall zu haben.«

»Ich weiß, aber Spucke ist eklig.«

Sie rollte mich auf den Rücken und entwirrte uns dann methodisch. Mit einem Zipfel des Betttuches wischte sie sanft über mein Gesicht. »Schon besser.« Sie legte ihren Arm um mich und zog mich auf die Seite. »Ich weiß, dass das Boot hier ist, Klugscheißer. Ich habe es nie aus den Augen verloren.«

»Wie wird er zur Fähre kommen?«

»Er wird in einem kleineren Boot übersetzen. Keine große Sache. Er kennt die Spielregeln. Er arbeitet als Schiffsjunge, seit er sechzehn ist.«

»Wer ist dieser Cousin? Ist er einer von denen, die an Bord waren, als die Frau im Rollstuhl unter den Passagieren war?«

»Nein, du hast Case noch nicht gesehen. Er ist ein netter Junge. Er hat erst seit ein paar Monaten seinen Führerschein und es juckt ihn schon in den Fingern, zur Arbeit zu kommen.«

»Er will das hauptberuflich machen?« Verdammt, sollte er nicht in der Schule sein?

»Ja. Er hat in einer Burger-Bude in der Nähe seines Hauses gearbeitet. Er hat es so satt, ich glaube, er wird ein paar Jahre lang den Anblick von Hamburgern nicht ertragen können. Als er seinen Gewerkschaftsausweis bekam, hat er ihn geküsst.«

»Hast du ihm geholfen, reinzukommen?«

»Sicher. Die italienische Form der positiven Diskriminierung. Auch bekannt als Vetternwirtschaft. Ich wette, 75 Prozent der Leute in der Gewerkschaft kamen über einen Verwandten rein. Es ist eine Schande, wenn man nicht angeschlossen ist, aber es war schon immer so. Ich werde nicht diejenige sein, die aufhört, wenn mein Cousin einsteigen will.«

»Case wollte nicht aufs College gehen?«

»Oh, er ging, aber er fiel durch. Ich glaube, er wäre sowieso rausgeflogen. Er hat ihnen den Ärger erspart, ihn rauszuschmeißen.« Sie lachte und hielt es offenbar für witzig, dass auch die nächste Generation ihrer Familie nicht versuchte, eine bessere Ausbildung zu bekommen. Ich biss mir auf die Zunge, um nichts zu sagen. Wenn sie glücklich waren, ging mich das wirklich nichts an. Es kam mir nur so seltsam vor, da alle, die ich in der Highschool kannte, aufs College gegangen waren.

»Hey, stehen wir jetzt auf? Denn ich brauche eine Menge Kaffee, wenn wir aufstehen.«

»Lass uns noch eine Stunde schlafen. Ich habe seit über einem Monat nicht länger als bis zum Morgengrauen geschlafen.«

»Einverstanden. Kuschel dich an mich. Es gibt nichts, was ich lieber mag, als an einem regnerischen Tag im Bett zu kuscheln.«

Als wir in Position gingen, murmelte sie: »Mir gefällt es auch. Besonders mit dir.« Sie streckte den Arm aus, um meine Hüfte zu berühren, und sagte: »Du bist ja noch angezogen!«

»Ich weiß.«

»Warum ich nicht?«

»Ich habe keine Ahnung. Du must dich im Schlaf ausgezogen haben. Du bist sehr talentiert darin.«

»Ich kann mich nicht daran erinnern, vielleicht warst du es ja auch.« Sie grinste mich frech an und versuchte wieder, mir über das Gesicht zu lecken.

Ich drehte mich aber schnell zu Seite, sodass Gina nur meine Haare in den Mund bekam. Während sie versuchte, sich ein paar Haare aus dem Mund zu ziehen, zog ich meine Kleider aus und ging zurück ins Bett. »Das wird dir eine Lehre sein, mich zu lecken.«

»Ha.« Sie legte ihre Arme um mich und umarmte mich fest. »Ich prophezeie dir, dass du am Ende des Tages um eine Leckerei betteln wirst.«

Ich steckte mein Gesicht in ihre Nackenbeuge und flüsterte: »Würde ich so dumm sein und hoffen, dass du dich irrst?«

Ich hätte noch länger schlafen können, aber Gina begann, meinen Nacken zu küssen, als es noch dunkel war. Ich drehte mich ein wenig, um ihr einen besseren Zugang zu meinem Hals zu ermöglichen, und öffnete meine Augen gerade so weit, dass ich meine Uhr ablesen konnte. »Warum ist es immer noch dunkel?«, murmelte ich. »Es ist sieben Uhr.«

»Es regnet und ist bewölkt. Hast du das vergessen?«

»Nein. Du bist immer noch bei mir. Wie könnte ich das vergessen?« Ich schob meinen Arm unter sie und rollte sie auf mich. Sie war schwer, aber es war überraschend bequem, als ihr Gewicht mich in das Bett drückte. Ich schaute ihr in die Augen und sah, dass sie hellwach und glücklich war. »Ich mag dich.«

Nach einem zärtlichen Kuss blickte sie mich für einige Augenblicke an. »Ich mag dich auch. Und zwar sehr.«

Ich bin mir nicht sicher, wie sie es gemacht hat, aber sie setzte sich auf und ich lag plötzlich ausgestreckt auf ihrem Schoß. Neckisch klatschte sie mir auf den Hintern und sagte: »Gehen wir.«

»Gehen? Ich dachte, wir würden den Tag vertrödeln.«

»Das ist der schönste Teil des Tages.« Sie half mir auf die Beine und umarmte mich dann. Ihr Gesicht fühlte sich so gut an meinem nackten Bauch an. Ich versuchte, sie zurück ins Bett zu schieben, aber sie machte nicht mit. »Später, Schatz. Wir haben den ganzen Tag Zeit.«

Sie stand auf und wirkte plötzlich unsicher. »Ist das in Ordnung? Ich habe nicht einmal gefragt, ob du den Tag mit mir verbringen willst.«

»Natürlich ist das in okay. Das ist viel besser als okay.« Ich legte meine Arme um ihre Taille und saugte ihre Wärme und die verlockende Zartheit ihrer Haut auf. Ich hatte das Bedürfnis nach ein wenig Zeit zu zweit, aber sie hatte ebenso dringend das Bedürfnis, den Tag zu beginnen. Ich spürte bei ihr keinen Funken von sexuellem Interesse, also beschloss ich, sie nicht zu drängen. »Was steht auf der Tagesordnung?«

»Frühstück. Dann möchte ich alles über dein Fachgebiet hören, was du lehrst, wofür du dich interessierst und was dein Projekt für den Sommer ist. Ich weiß, dass wir uns erst seit ein paar Wochen treffen, aber ich sollte diese Dinge inzwischen wissen.«

Ich nahm ihre Hand, um sie in die Küche zu führen. »Du bist diejenige, die sich nicht verabreden wollte. Hätten wir die Dates gehabt, bevor wir miteinander ins Bett gegangen sind, wüsstest du alles Mögliche über mich.«

»Nun, wenn du mir geschworen hättest, dass du gut im Bett bist, hätte ich mich erst mit dir verabredet. Du hast dich nicht genug angepriesen.«

Ich schlug ein wenig härter nach ihr, als sie zuvor nach mir. »Meine Mutter wäre nicht glücklich über unsere Reihenfolge. Versprich mir, dass du es ihr nie verraten wirst.«

»Verdammt!« Sie schnippte mit den Fingern. »Ich wusste, ich hätte die E-Mail nicht schicken sollen.«

Sie quiekte vergnügt, als ich sie zwickte. »Kannst du Kaffee kochen?«, fragte ich. »Ich brauche eine Dusche, bevor ich wach genug bin, um all meine Geheimnisse zu enthüllen.«

»Geh nur. Es sei denn du willst, dass wir gemeinsam duschen.«

»Das würde ich gerne, aber wenn wir zusammen unter die Dusche gehen, muss es mir jemand besorgen.«

Gina legte ihre Hand auf meine Schulter und sagte: »Wenn du wirklich wieder ins Bett gehen willst, werde ich mitkommen.«

»Nein. Es macht mehr Spaß, wenn wir beide in der Stimmung sind. Vielleicht benutze ich meine Massagebrause, um den Kopf freizubekommen.«

»Du bist viel verspielter als ich dachte«, sagte sie und lächelte mich glücklich an.

Etwas an ihrem Kommentar erwischte mich kalt. »Wenn das ein Kompliment ist, danke … Aber wenn du meinst, dass ich wie eine verklemmte alte Jungfer wirkte, wundert es mich, dass du mich überhaupt treffen wolltest.«

Zum ersten Mal, seit wir uns kennengelernt haben, sah sie aus, als würde sie in die Defensive geraten. »Nein, nein, das habe ich nicht gedacht. Ich dachte nur, du wärst … nicht, dass du anders wärst, aber … ich weiß nicht. Ich dachte nur, du wärst ein wenig zurückhaltend. Das ist alles. Zurückhaltend.«

»Und deshalb bist du zu mir gekommen und hast gleich Sex gewollt? Weil du dachtest, ich wäre zurückhaltend?« Mir gefiel ihr Gesichtsausdruck nicht und mir gefiel nicht, wie ich mich bei diesem Gespräch fühlte.

»Ich habe keinen Sex verlangt!« Sie schien jetzt wirklich betroffen. »Aber ich wollte schon herausfinden, ob du mehr auf ein Date oder auf Sex aus warst. Wie ich schon sagte, ich dachte, du wärst nur an den Wochenenden hier.«

»Und du wolltest sicherstellen, dass du jemanden für den ganzen Sommer hast, richtig?«

»Nein!« Sie kniff ihre Lippen zusammen und verschränkte ihre Arme über der Brust. »So bin ich nicht.«

»Könnte mich auch täuschen.«

Ich konnte sehen, dass ich sie verletzt hatte, aber ich hatte nicht erwartet, dass ihr Tränen in die Augen steigen würden.

»Ich bin nicht so, Hayden. Das bin ich wirklich nicht.«

Ich war mir nicht ganz sicher, was ich gesagt hatte, abgesehen davon, dass ich das, was zwischen uns passiert war, ganz genau beschrieben hatte. Ich wollte ihr nicht wehtun, auch wenn sie es aushalten musste, dass man ihr Verhalten ansprach. »Es tut mir leid«, sagte ich. Ich zog sie an mich und streichelte ihren Rücken. »Es geht mich nichts an, wie du mit anderen Frauen umgehst. Du warst sehr lieb zu mir. Das ist es, was zählt.«

Sie schob mich zurück und starrte mir direkt in die Augen. »Ich bin nicht die Art Frau, die ein Mädchen erst anmacht und dann wegstößt, wenn sie nicht die Richtige ist«, sagte sie, und ihr Ernst berührte mich.

»Okay«, sagte ich. »Es ist okay. Wirklich. Es tut mir leid, dass ich dir das vorgeworfen habe.«

Sie küsste mich, ihre Zärtlichkeit berührte mein Herz. »So bin ich nicht«, flüsterte sie. »Glaub mir.«

Ich nickte und küsste sie. »Es ist alles in Ordnung«, sagte ich. »Es ist alles in Ordnung.«

Sie hielt mich noch einige Sekunden lang fest und blickte mir in die Augen, wobei sie offensichtlich zu erkennen versuchte, ob ich es ehrlich meinte. »Okay. Geh unter die Dusche, und wenn du zurückkommst, wird der Kaffee fertig sein.«

Ich lächelte sie an und ging. Ich konnte nicht verstehen, warum sie so stark auf das reagiert hatte, was eindeutig die Wahrheit war. Sie hatte mir damals selbst gesagt, dass sie nur an meinem Hintern interessiert war. Wie viel deutlicher konnte eine Frau sein?

Ich ging ins Badezimmer und begann, mir die Zähne zu putzen. Dann traf es mich wie ein Blitzschlag. Ich ging zurück in die Küche, packte sie an der Schulter und drehte sie zu mir um. »Einer der Bootsjungen hat dir erzählt, was Elaine über dich gesagt hat!«

Sie blinzelte überrascht und sah erst aus, als wolle sie es abstreiten, aber dann nickte sie. »Meine Neffen haben an den Wochenenden gearbeitet. Nette Jungs, aber sie tratschen herum wie alte Damen.«

Ich legte meine Hand auf ihre Taille und schaute ihr in die Augen. »Warum haben sie das getan? Sie mussten wissen, dass es dich verletzen würde.«

Mit einem leisen Seufzen schüttelte sie den Kopf. »Du kennst Teenager nicht. Es kam ihnen gar nicht in den Sinn, dass meine Gefühle verletzt werden könnten. Sie wollten euch einen Denkzettel verpassen und euch ein Bein stellen, wenn ihr von Bord geht. Sie hatten alle möglichen Pläne gemacht.«

Ich starrte tief in ihre schönen Augen. »Aber du warst nur verletzt.«

»Ja. Ich war nur verletzt.«

Ich umarmte sie und spürte ihr Herz schlagen. »Es tut mir so leid. Wirklich sehr leid.«

»Es ist okay. Außerdem war es Elaine, die über mich hergezogen ist. Die Jungs haben auch nur Elaine verpfiffen.«

»Vielleicht hättest du sie lassen sollen. Elaine könnte mal eine Abreibung vertragen«, sagte ich und lächelte sie an.

»Aber du teilst dir ein Haus mit ihr«, sagte sie und sah mich neugierig an. »Warum, wenn du sie nicht magst?«

»Das ist eine lange Geschichte. Nach dem Kaffee.« Ich umarmte sie noch einmal und ging ins Badezimmer.

Als ich aus der Dusche kam, hatte Gina eines meiner T-Shirts angezogen, stand vor dem Kamin und sah zu, wie das Holz Feuer fing.

»Das kannst du gut«, sagte ich.

Sie zuckte zusammen und wirbelte herum, als hätte sie Angst, dass ich sie schlagen könnte. Merkwürdig. Vielleicht mag sie es nicht, wenn jemand hinter ihr auftaucht.

»Es ist nicht so einfach, wie es aussieht«, sagte sie. Ihre Stimme klang etwas angestrengt.» Gut, dass ich bei den Pfadfinderinnen das Lagerfeuerabzeichen gemacht habe.«

Sie reichte mir eine Tasse Kaffee und ich nahm einen Schluck, froh darüber, dass sie an den Zucker gedacht hatte. »Köstlich«, sagte ich. Nach einem weiteren Schluck fügte ich hinzu: »Wirklich köstlich. Bei dir schmeckt er besser als bei mir.«

Sie begann sich zu entspannen und sah wieder wie sie selbst aus. »Die Dinge schmecken immer besser, wenn jemand anders sie macht«, sagte sie. Sie setzte sich auf das Sofa und deutete auf den Platz neben sich. Ich gesellte mich zu ihr und wir saßen ein paar Minuten lang still da, tranken unseren Kaffee und sahen zu, wie das Holz brannte. »Ein Feuer hat etwas sehr Beruhigendes, nicht wahr? Vor allem eines, das so schön knistert.« Sie stieß mich sanft mit ihrer Schulter an. »Wie viel hat dieser schicke Holzklotz mit den Soundeffekten gekostet?«

»Zu viel. Ich habe auch in meiner Wohnung einen Kamin, aber ich weigere mich, Geld für das Feuerholz auszugeben. Wenn ich dann mal ein richtiges Feuer mache, genieße ich die Abendunterhaltung.«

Gina legte ihren Arm um mich und fragte: »Was machst du, wenn du zu Hause bist? Erzähl mir von deinem Alltag.«

»Der ist nicht aufregend, aber wenn du möchtest.« Ich legte meinen Kopf auf die Armlehne des Sofas und meine Füße in ihren Schoß. »Meine Füße sind kalt. Kannst du sie wärmen?«

»Mit Vergnügen.«

Sie legte ihre warmen Hände auf meine Füße und ich sagte: »Ich verbringe viel Zeit in der Uni. Ich unterrichte zwei oder drei Fächer pro Semester und das nimmt viel Zeit in Anspruch.«

»Ja?«

Ich blinzelte ihr zu, aber dann merkte ich, dass sie mit den Studienplänen der Universität nicht vertraut war. »Jedes Fach bedeutet zwei- bis dreimal pro Woche Unterricht zu geben und dazu kommen noch die Bürozeiten.«

»Bürozeiten?«

»Ja. Die Stunden, in denen ich in meinem Büro bin, damit die Studenten mit mir sprechen können.«

»Tun sie das?«

»Was? Mit mir sprechen?« Sie nickte. »Klar. Die ganze Zeit.«

»Worüber?«

Ich lachte und dachte an den häufigsten Grund. »Meistens versuchen sie, mich zu überreden, dass sie eine Hausarbeit später abgeben dürfen oder einen Test wiederholen können oder so etwas. Den meisten geht es nur darum, eine gute Note zu bekommen.«

»Was ist mit den anderen? *Gibt* es noch andere?«

»Ja, schon. Allerdings nicht viele«, musste ich zugeben. »Normalerweise habe ich eine kleine Gruppe von Leuten, die Altphilologie oder Geschichte als Hauptfach studieren wollen. Die nehmen einen Großteil meiner Zeit in Anspruch. Sie wollen eine Beziehung zu mir aufbauen, damit ich ihnen ein Empfehlungsschreiben für die Masterstudiengänge gebe.«

Gina lächelte mich an. »Klingt nach einer Menge Arschkriecherei.«

Ich wollte ihr nicht zustimmen, aber mir fiel kein vernünftiges Gegenargument ein. »Ich schätze, davon gibt es eine Menge im akademischen Bereich, aber einige der Kids sind wirklich richtig gut. Es macht Spaß, mit ihnen zu reden.«

»Welche Fächer unterrichtest du?«

»Ich habe sechs Fächer, die ich unterrichten kann. Sie variieren von Semester zu Semester. In diesem waren es ein Grundkurs Latein, die griechische Welt von Alexander bis Augustus und die Geschichte des Römischen Reiches.«

»Latein? Die Sprache?«

»Ja. Man muss Griechisch und Latein können, um die Klassiker zu unterrichten.«

»Das ist so cool! Sag mal was auf Latein.«

»Ähm … tempus fugit.«

Sie zog einen meiner Füße an ihren Mund und leckte den Rist ab, was mich wie ein Kind kichern ließ.

»Das kennt jeder. Mich würde interessieren, ob mir mein Italienisch dabei hilft, Latein zu verstehen.«

»Du sprichst Italienisch?«

»Ja.«

»Cool. Wirst du mir etwas auf Italienisch zuflüstern, wenn wir uns lieben?« Was hatte ich da gerade gesagt?

Sie hatte bemerkt, dass ich von lieben gesprochen hatte. Ich merkte, dass sie es bemerkte, aber sie ließ es sich nicht anmerken. »Sicher. Aber dann must du auf Latein antworten.«

»Das ist eine tote Sprache«, sagte ich. »Sie ist ein wenig dürftig, was Sexgeflüster angeht.« Sie wischte meinen Fuß mit dem Saum des T-Shirts trocken. »Aber ich werde es versuchen«, fügte ich hinzu. »Hast du zu Hause Italienisch gelernt?«

»Nein. Ich hatte ein wenig in der Grundschule und es hat mir gefallen. Also habe ich es in der Highschool gewählt. Nach vier Jahren konnte ich es immer noch nicht annähernd fließend sprechen. Die Highschool war lahm.«

»Deshalb gehen die Leute aufs College«, sagte ich und wackelte mit den Zehen.

»Ich habe mich dann entschieden, eine Sprachschule zu besuchen«, sagte sie und ignorierte meinen Kommentar. »Ohne Noten. Ich nahm zwei Jahre lang Unterricht. Jetzt bin ich verdammt gut. Mein Akzent ist nicht einmal schlecht.«

»Das ist sehr beeindruckend«, sagte ich. »Die meisten Menschen haben nicht die nötige Geduld dafür.«

»Ich habe genug Geduld für die ganze Nachbarschaft, wenn ich an etwas interessiert bin.«

»Erzähl mir von deinem Interesse an der Geschichte.«

»Das fing bei mir spät an«, sagte sie. »Ich ging etwa ein oder zwei Jahre, nachdem ich die Highschool verlassen hatte, nach Italien. Wir hatten einige entfernte Cousins, die ich sehr bewunderte, und sie bestanden darauf, dass ich bei ihnen bleibe.« Sie lächelte breit. »Das war cool. Ein paar lebten in Florenz und ich blieb zwei Wochen lang bei ihnen. Sie nahmen mich zwar nicht überall mit hin, aber sie gaben mir viele Tipps. Und abends aß ich mit ihnen zu Abend und wir sprachen über die Dinge, die ich gesehen hatte. Mein Italienisch war damals ziemlich gut und in den zwei Wochen wurde es noch viel besser.«

»Das ist faszinierend. Du hast so ein Glück, Verwandte zu haben, bei denen du bleiben kannst.«

»Ja, ich war jedes Jahr da. Ich habe meine Cousins in Bologna und eine Großtante in Palermo kennengelernt. Jetzt muss ich sie immer alle besuchen, sonst sind sie gleich beleidigt. Italiener eben.« Sie machte eine Geste, indem sie ihre flache Hand vor den Bauch hielt und sie auf und ab bewegte, während sie eine gekränkte Grimasse machte. »Che barba!«

»Du bist bezaubernd«, sagte ich. »Absolut hinreißend.«

Sie tat so, als hätte sie das Kompliment nicht gehört, aber sie lächelte mich an. »Also, eine meiner Cousinen ist Lehrerin an einer Schule, die unserer Highschool entspricht. Sie weckte in mir die Liebe zur italienischen Geschichte.«

Ich hoffte, ich sah nicht so erstaunt aus wie ich war. Gina reiste viel, war zweisprachig und arbeitete bemerkenswert hart. Wie konnte sie sich die Reisen mit ihrem Gehalt leisten? Ich vermutete, dass die Fährgesellschaft gut zahlt … oder ihre Verwandten hatten die Kosten übernommen, während sie dort war. Die Flüge allein wären wohl nicht so teuer. Hoppla! Jetzt war ich einen Moment lang abgelenkt. »Welche Zeit magst du besonders?«

»Es ist schwer, gegen die Renaissance anzukommen«, sagte sie nachdenklich. »Aber in letzter Zeit habe ich einiges über die Stadtstaaten des elften Jahrhunderts gelesen.«

»Das geht in meine Richtung«, sagte ich. »Pass besser auf, sonst beschäftigst du dich auch bald mit Typen in Sandalen.«

»Oh, ich interessiere mich für alles. Am härtesten war es, die Klassiker durchzuarbeiten.«

»Wen hast du gelesen?«

Sie atmete tief aus und machte dabei ein komisches Geräusch mit ihren Lippen. »Mal sehen … Gibbon natürlich.«

Verfall und Untergang des Römischen Reiches. Das ist nichts für Warmduscher.

»Edith Hamilton. *The Greek Way* gefiel mir von ihren Sachen am besten.«

Gina hat nicht geblufft. Sie las Bücher auf College-Niveau.

»Ich habe auch eines von Werner Jaegers Büchern durchgearbeitet, aber es hat eine Weile gedauert«, sagte sie kichernd.

»Das ist aber auch schwere Kost.«

Sie sah ein wenig verletzt aus, fuhr aber fort. »Ich habe Theodor Mommsens *Römische Geschichte* gelesen. Der Typ konnte schreiben. Und ich stimme ihm zu, dass die Oligarchie eine schlechte Idee war. Es ist eine Schande, dass er nicht über die Kaiserzeit schreiben konnte. Ich meine, die Republik ist verdammt interessant, aber ich würde gerne seine Gedanken über die Kaiserzeit hören.«

Ich hoffte, dass mein Mund nicht offen stand. Gina las Texte, durch die sich Studenten im Hauptstudium quälten. Ich war fassungslos, aber ich durfte mir das nicht anmerken lassen. »Wenn jemand etwas so Fantastisches schreibt, etwas, das hundert oder zweihundert Jahre nach Erscheinen immer noch unterhaltsam ist, dann wünscht man sich einfach, er hätte ein paar Jahrzehnte mehr gehabt, nicht wahr?«

»Aber sicher«, sagte sie und nickte. »Ich habe es mit Thomas Tyrwhitt versucht, aber ich kam nicht weiter. Zu schwer für mich.«

»Er ist für jeden zu hart«, lachte ich. »Er hat nicht viele Fans in klassischen Kreisen. Du hast nichts verpasst.«

Mit einem strahlenden Lächeln sagte sie: »Danke. Ich weiß nie, ob ich die richtigen Sachen lese. Ich folge den Empfehlungen im Internet oder Autoren, die andere Autoren loben. Wenn sich alle einig sind, dass jemand großartig ist, versuche ich, die Lektüre durchzustehen, egal wie lange ich dafür brauche. Aber wie ich schon sagte, es ist Zufall. Ich könnte auch totalen Mist lesen.«

Ich konnte meine Gefühle nicht länger zurückhalten. »Gina, ich kann gar nicht sagen, wie beeindruckt ich von dem bin, was du schon alles gelesen hast. Du hast einige bemerkenswert schwierige Autoren in Angriff genommen. Ich bewundere sehr, dass du dich ohne Führung und ohne Anleitung darauf eingelassen hast.«

Sie wirkte zufrieden, aber auch ein wenig trotzig. »Wenn ich mit dem Löffel gefüttert werden wollte, hätte ich aufs College gehen können. Ich denke gerne für mich selbst.«

Sie war eine echte Solipsistin, was das College betraf, aber ich sollte besser nicht versuchen, sie davon zu überzeugen, dass sie sich irrte. Abgesehen davon, dass ich daran zweifelte es zu können, wollte ich nicht als Expertin erscheinen. »Was liest du gerade?«

Ihre Augen strahlten vor Freude. »Ein wirklich interessantes Buch von Charles Pellegrino.«

»Ich glaube, ich habe noch nie von ihm gehört.«

Sie vergewisserte sich, dass ich es ernst meinte. »Das musst du lesen, Hayden. Es heißt *Ghosts of Vesuvius*.«

Ich hoffte, es sei kein historischer Roman. Diese Dinge machen mich verrückt. Sie vereinfachen alles, ihr Fokus ist so schwach und sie bleiben immer an der Oberfläche. »Erzähl mir davon.«

»Der Typ ist cool. Er interessiert sich für Physik und forensische Anthropologie und er ist auch Vulkanologe. Er ist ein großer Denker. Verstehst du, was ich meine?«

»Nein, nicht ganz.«

»Aber sicher doch. Er ist nicht auf eine Sache beschränkt, nicht auf ein Feld. Ich bin gerade an der Stelle, wo er über 9/11 spricht und darüber, wie solche katastrophalen Ereignisse Gesellschaften formen. Das bringt mich wirklich zum Nachdenken«, sagte sie und sah dabei sehr glücklich aus. »Ich lese ein oder zwei Absätze und muss eine Pause machen, um darüber nachzudenken, was er gesagt hat. Das ist mir die liebste Art von Buch.«

»Meine auch«, sagte ich und teilte ihr Lächeln.

»Hast du *Pompeji* gelesen?«

Ich schluckte. Ich hatte es gelesen, und es *war* interessant – für einen historischen Roman. Ich musste es lesen, weil alle meine Studenten im Grundstudium der klassischen Literatur stolz darauf waren, ein Buch gelesen zu haben, das im Unterricht nicht vorgesehen war. Es kommt selten vor, dass ein Klassik-Freak ein Buch aus seinem Fachgebiet auf der Bestsellerliste findet. »Ja, ich habe es gelesen«, sagte ich und lächelte ermutigend, in der Hoffnung, dass sie nicht weiter darauf eingehen würde.

Das klappte nicht. Gina schaute leicht finster drein. »Hat es dir nicht gefallen?«

»Doch, doch, es war gut. Sehr unterhaltsam.«

Sie zog kritisch ihre Augenbrauen zusammen, bis sie sich fast berührten. »Das klingt jetzt aber abwertend.«

»Na ja«, ich fuhr mir mit den Händen durchs Haar und fand das Band, das ich normalerweise am Handgelenk trug. Ich band mein Haar zu einem Pferdeschwanz zusammen und versuchte mir zu überlegen, wie ich mich aus dieser Diskussion befreien könnte. »Ich meine es genau so. Es war ein unterhaltsames Buch.«

»Du magst es nicht, unterhalten zu werden?« Eine Augenbraue ging nach oben.

»Natürlich, doch.« Kein Ausweg. Ich musste es aussprechen. »Ich ziehe Bücher vor, die sich mehr auf die Wissenschaft konzentrieren. Für einen Journalisten hat er einen guten Job gemacht. Aber am Ende war es vor allem eine unterhaltsame Geschichte über Dinge, die ich bereits wusste. Er musste die Geschehnisse vereinfachen, um die Geschichte voranzubringen.«

Gina sah mich an, als ob ich ein sehr seltsames Wesen wäre. »So ein Buch würde ich auch nicht lesen, wenn ich Detailwissen über Pompeji suche. Aber für jemanden wie mich – jemanden, der das große Ganze wissen will – war es großartig.«

Ich legte meine Hand auf ihren Arm und streichelte sie. »Das ist völlig in Ordnung«, sagte ich ernsthaft. »Das ist nur einfach nicht mein Ding. Ich mag keine historischen Romane.«

Sie sah etwas verärgert aus, aber sie zuckte die Schultern und sagte: »Und was liest du zum Spaß?«

Ich zog eine Grimasse. »Ich gebe es nur ungern zu, aber ich mag Krimis.«

»Kriminalromane?«

»Hmhm.«

»Interessant. Und was lernst du dabei?«

»Nichts. Es ist nur eine Möglichkeit, mich zu entspannen.«

»Ist ein historischer Roman keine Möglichkeit zur Entspannung? Was ist so schlimm daran, wenn man etwas liest, das einem ein wenig Geschichte näher bringt, während es einen unterhält?«

»Nun, so gesehen …«

»Du trägst den Kopf sehr hoch, Hayden.«

»Was?« *Sie lächelte mich an!*

Gina sah mir in die Augen. »Du bist ziemlich voreingenommen.«

»Bin ich nicht. Wieso auch?«

Sie nahm meine Hand und drückte sie. »Reg dich nicht auf. Ich will dich nicht beleidigen oder so.«

»Tust du aber.«

»Das will ich nicht.« Sie sah mich so liebevoll an mit ihren wunderschönen Augen, dass ich nicht wütend sein konnte. »Ich denke nur, dass man sich locker machen und nicht die Nase über Dinge rümpfen sollte, die einem nicht gut genug erscheinen.«

»Mache ich nicht …«

»Doch, das tust du. Das tust du wirklich.«

Ich hatte meine Lippen so fest zusammengepresst, dass sie anfingen, taub zu werden. Gina war kurz davor loszulachen, und das machte mich nur noch wütender. Aber wenn ich ehrlich war, musste ich zugeben, dass sie nicht ganz unrecht hatte.

»Okay«, sagte ich. »Ich fände es auch nicht gut, wenn die Leute auf meine Krimis herabsehen würden. Ich weiß, dass sie meinen Horizont nicht erweitern, aber nach den ganzen Fachzeitschriften und akademischen Abhandlungen und studentischen Arbeiten möchte ich mein Gehirn auf Eis legen und dabei etwas über einen ganz normalen, alltäglichen, grausamen Mord lesen.«

Sie legte sich neben mir auf das Sofa. »Kann ich verstehen. Ich lese ja auch nicht die Vorschriften der Küstenwache, wenn ich nach Hause komme.«

»Ich bin versunken in die Geschichte«, sagte ich. »Ich unterrichte sie den ganzen Tag und ich muss auf die Qualität der Dinge, die ich lese, achten. Es bleibt nicht genug Zeit für alle wichtigen Bücher.«

Sie lächelte. »Ich lasse das mit den ›wichtigen Büchern‹ mal auf sich beruhen. Aber du hast recht. Ich muss bei meinem Job nicht viel denken, also kann ich mein Gehirn in meiner Freizeit arbeiten lassen.«

»Oh, sag das nicht. Du musst sehr wohl denken, um deine Arbeit zu tun.«

»Nein«, sagte sie fröhlich. »Ich muss aufpassen und aufmerksam sein und mich an gewisse Dinge erinnern und nett sein und all das, aber ich muss nicht viel nachdenken. Sobald man weiß, was man tut, ist es nur noch eine Wiederholung.«

»Gefällt es dir?«

»Ja«, sagte sie. »Ich liebe das Wasser und ich bin gerne unter Menschen. Ich setze mich in das Steuerhaus und denke über jede Menge Dinge nach. Ich habe viele Pausen, in denen ich lesen kann. Es stimmt alles. Ich bin glücklich.«

»Und das ist alles, was zählt.« Als ich das sagte, glaubte ich es von ganzem Herzen.

Ich hatte nicht annähernd genug Nahrungsmittel im Haus, um Ginas Frühstückshunger zu stillen, also gingen wir ins Café. Ich war nur zweimal dort gewesen, beide Male mit Gina. Es war ziemlich deutlich, dass sie viel höhere Ansprüche hatte als ich, was die

Ernährung betraf. Ich achtete schon darauf, was ich aß, aber es ging mir hauptsächlich um die Kalorien. Ich kaufte viele kalorienarme Tiefkühlgerichte und warf sie in der Uni oder zu Hause in die Mikrowelle. Sie waren billig, einfach und schnell zuzubereiten, alles Dinge, die Gina nicht als positiv betrachtete, wenn es ums Essen ging.

Als wir im Café ankamen, ging sie mit strahlendem Gesicht auf eine sehr große schwarze Frau zu, die wirklich stark geschminkt war. Das Make-up war zwar geschmackvoll und professionell aufgetragen, aber es war acht Uhr morgens an einem regnerischen Tag auf einer fast menschenleeren Insel, und sie und die Köchin waren die einzigen Menschen vor Ort.

Gina umarmte die Frau und es wurde deutlich, wie groß sie war, sicherlich 1,80 Meter, und ihre hohen Absätze machten sie noch einige Zentimeter größer. Neben ihr wirkte Gina wie ein Kind, und Gina war etwa 1,80 Meter groß.

Sie riss mich aus meinen Träumereien, als sie sagte: »Hayden, das ist meine alte Busenfreundin Ruby.«

Ich streckte meine Hand aus, aber Ruby lachte und schob sie weg, bevor sie mich in eine feste Umarmung zog. Ich war ein wenig verblüfft, als ich mich von ihr löste und erkannte, dass Ruby ein Mann war. Sie hatte einen auffälligen Adamsapfel und ihre Schminke konnte die Andeutung eines Bartschattens nicht ganz verbergen.

»Ich habe gar nicht damit gerechnet, dass du schon auftauchen würdest«, sagte Gina zu ihrer Freundin. »Normalerweise kommst du erst Anfang Mai.«

»Mädchen, ich hatte *große* Pläne«, sagte sie lachend. Ihre Stimme war sanft und moduliert wie die einer Frau, aber etwas zu tief, um die Leute zu täuschen. »Ich kann kaum erklären, wie es dazu kam, aber ich landete in Paris.«

»Paris?« Gina machte große Augen. »Was hast du da gemacht?«

»Oh, dies und das. Dies und das.« Ruby klopfte Gina auf die Schulter und lächelte. Sie wollte offensichtlich keine Details verraten, aber Gina schien das nicht zu stören.

»Ich bin sicher, du hattest eine tolle Zeit«, sagte Gina.

»Die habe ich immer«, stimmte Ruby zu und lachte wieder. Ihr Lachen war so wohlklingend, so angenehm ansteckend, dass ich mich sofort in sie verliebte.

»Wir brauchen ein Frühstück«, sagte Gina. »Kannst du uns was Schönes zaubern?«

»Aber sicher kann ich das.« Ruby stützte eine Hand auf ihre Hüfte und studierte mich eine Sekunde lang. »Bist du gegen irgendwas allergisch, Süße?«

»Nein, nicht dass ich wüsste.«

»Dann setzt euch. Wir bringen euch schon wieder auf Vordermann.«

Gina nahm meine Hand und führte mich zu einem Tisch mit Blick auf das Meer. Es war ein scheußlicher Tag, stürmisch und kühl, und die Wellen schlugen mit einer beängstigenden Wucht gegen das Land. Aber ich hatte mich daran gewöhnt, dass alle Gebäude auf Pfählen ruhten, und ich wusste, dass wir sicher waren.

»Ruby ist schon was Besonderes, nicht wahr?«, fragte Gina und grinste mich an.

»Das ist mal sicher. Ist sie transsexuell?«

Gina lehnte sich zurück und schüttelte den Kopf. »Die meiste Zeit des Jahres ist sie ein Mann. Aber sie kommt jeden Sommer hierher, um ›in Schwung zu kommen‹, wie sie es nennt. Ich weiß nicht, wie sie wirklich heißt oder was sie den Rest des Jahres macht, aber hier draußen ist sie Ruby.«

»Faszinierend«, sagte ich, als ich mich vorbeugte, um mehr zu erfahren. Aber Ruby schwebte auf ihren Absätzen durch das Café und brachte uns einen Teller mit etwas darauf, zusammen mit kleinen Tellern.

»Die sehen toll aus«, sagte Gina. »Blaubeere?«

»Wie du sie magst«, sagte Ruby und beugte sich vor, um Gina einen Kuss auf den Kopf zu geben.

»Du bist mein Mädchen«, sagte Gina und schenkte mir ihr bezauberndes Lächeln.

»Ich wünschte, so wäre es«, sagte Ruby theatralisch, bevor sie ihren wohlgeformten Hintern schwingend wegging.

»Was ist das?«, fragte ich und stieß meine Gabel in kleine, goldene Kissen aus Teig. »Und ist sie hetero oder schwul?«

»Blinis«, sagte Gina. »Blaubeere. Mein Favorit.«

Ich nahm einen Bissen und musste unwillkürlich lächeln. »Die sind fabelhaft.«

»Mmh, das sind sie.« Gina sah so glücklich aus wie immer, wenn wir Sex hatten, und mir dämmerte, dass gutes Essen und Sex für sie fast auf einer Ebene lagen.

Sie nahm noch einen Bissen und kaute langsam und gründlich. »Ich weiß nicht, wie sie es schafft, dass sie so leicht sind. Ich wünschte, sie würde mir ihr Geheimnis verraten.«

»Ist sie die Köchin?«

»Normalerweise nicht. Aber sie kocht großartig. Nur verdient sie mehr Geld als Kellnerin.« Sie nahm einen weiteren schnellen Bissen und sagte: »Ich bin mir nicht sicher, mit wem sie sich verabredet. Ich glaube, sie ist schwul, aber sie flirtet mit Männern und Frauen gleichermaßen. Ich versuche erst gar nicht, aus ihr schlau zu werden. Ich flirte einfach mit.« Sie lächelte schelmisch.

»Du flirtest gut, du solltest deine Talente nicht verschwenden.«

»Findest du?«, fragte sie etwas schüchtern.

»O ja. Ich glaube, du flirtest, ohne es überhaupt zu merken. Ich glaube, es ist Teil deiner Persönlichkeit.«

»Ich bin nur freundlich«, sagte sie. »Ich mag Menschen.«

»Du bist viel freundlicher als ich. Ich bin nicht unfreundlich …«

»Du bist reserviert«, sagte Gina. »Vielleicht sogar schüchtern.«

»Nein, nicht schüchtern. Aber ich bin ziemlich zurückhaltend. Das sind die meisten Menschen in meiner Familie.«

»Warte, bis du meine kennenlernst«, sagte sie lachend. »Du wirst kämpfen müssen, um auch nur einen Satz loszuwerden.«

5

Später am Nachmittag schlug Gina vor, zum Mittagessen in die Stadt zu fahren.

»Oh, hatte ich fast vergessen.« Ich rannte in mein Zimmer und kam mit 100 Dollar zurück. »Du hattest Glück«, sagte ich und strich ihr mit den Scheinen über die Wangen. »24,5 Prozent der Amerikaner haben einen College-Abschluss.«

»Fuck!« Sie nahm das Geld und sagte: »Ich hätte nicht gedacht, dass es mehr als zehn Prozent sind. Gut, dass Dana die Zahl vorgegeben hat.«

»Sie war echt sauer«, sagte ich, obwohl ich wusste, dass ich sie nicht verpetzen durfte. »Sie hasst es, Wetten zu verlieren.«

»Wer tut das nicht?« Sie sah mich an, als ob ich verrückt wäre.

Gegen zwei Uhr nahmen wir die Fähre und fuhren nach Sayville auf Long Island. Ich lernte Case kennen, er schien wirklich ein netter Junge zu sein. Und süß. Gina sah jemanden auf dem Kai stehen und winkte ihm zu. »Hey, George!«

Er drehte sich um und winkte zurück. »Was machst du an Land?«

»Ich will in die Stadt. Bringst du uns zur Main Street?«

»Sicher. Steigt ein.«

Wir stiegen in seinen Kleinbus, einen von der Flotte, mit der er die Passagiere von der Long Island Rail Road zur Fähre und zurückbrachte. Es roch so stark nach Zigaretten, dass ich mir sicher war, irgendwo würden drei oder vier Päckchen vor sich hin schwelend herumliegen. Dabei rauchte er im Moment nicht. Abgesehen von dem Aroma klapperte der Wagen so stark, dass man kaum etwas verstehen konnte. Gina saß vorne und sie und George unterhielten sich über die kommende Saison. Es regnete zwar immer noch, aber nicht mehr so stark, und als wir in die Stadt kamen, musste George kaum noch seine Scheibenwischer laufen lassen. Gina bestand darauf, für die Fahrt zu bezahlen, aber er wollte ihr Geld nicht nehmen. Als der Bus wegfuhr, warf sie zehn Dollar durch das offene Fenster und lachte, als der Wagen fast auf den Bürgersteig fuhr, weil George versuchte, den Schein zurückzuwerfen. »Hab ich dich!«, rief Gina. »Komm uns in zwei Stunden holen!« Immer noch lächelnd nahm sie meine Hand und sagte: »Tut mir leid, dass ich nicht versucht habe, dich in das Gespräch einzubeziehen. Aber ich wusste, dass du vorhin nichts hören konntest.«

»Oh, das ist in Ordnung. Außerdem habe ich versucht, nicht zu atmen. Beim Reden hätte ich zu viel Luft holen müssen.«

»Du hasst Zigaretten?«

»Ja. Und zwar sehr. Und du?«

»Ich habe früher geraucht«, sagte sie mit traurigem und wehmütigem Blick. »Alle, die ich kannte, haben geraucht. Aber ich hörte an dem Tag auf, an dem ich vom Lungenkrebs meiner Mutter erfuhr. Ich war so verdammt wütend auf die Zigaretten, dass ich es nicht ertragen konnte, jemals wieder eine anzuzünden.«

»Es ist lustig, wie du das sagst. Du warst wütend auf die Zigaretten und nicht auf die Tabakindustrie?«

»Ja. Ich weiß, es ist dumm, auf leblose Objekte wütend zu sein, aber ich hasse die kleinen Stinker.«

Ich nahm ihre Hand und drückte sie. »Es tut mir so leid wegen deiner Mutter.«

Sie schaute auf den Bürgersteig. »Ich weiß. Danke.«

»Was hältst du von den Leuten, die die Tabakkonzerne verklagen?«

Gina zuckte die Achseln. »Man muss verrückt sein, wenn man denkt, dass Zigaretten einem nicht schaden. Hast du schon einmal geraucht?«

»Nein. Niemals.«

»Wenn man damit anfängt, bekommt man Kopfweh, der Bauch fängt an zu rumoren und einem wird schwindelig. Man hat eine Schwere in der Lunge, die nie wieder vergeht. Wenn man viel raucht, hustet man jeden Morgen allen möglichen Mist aus. Selbst wenn jeder auf der Welt sagen würde, dass Zigaretten dir nicht schaden, würdest du es besser wissen. Es scheint mir nicht fair zu sein, Milliarden von Dollar zu verlangen, obwohl es die eigene Dummheit ist. Ich habe geraucht, weil ich dachte, es wäre cool. Selber schuld.«

»Aber die Tabakkonzerne zielen mit ihren Anzeigen auf junge Leute ab.«

»Und? Es liegt nicht an den Anzeigen, Hayden, sondern daran, dass deine Freunde rauchen. Und deine Freunde rauchen, weil es cool ist, etwas Gefährliches zu tun. Wenn Zigaretten nicht Menschen töten würden, wären die Kids nicht interessiert.«

»Aber Zigaretten machen süchtig. Die Leute sagen, es sei genauso schwer, wie mit Heroin aufzuhören.«

Sie schenkte mir ein müdes Lächeln. »Ich habe das Gefühl, dass wir beide in vielen Dingen nicht einer Meinung sind. Ich glaube, du bist ein liberaler Gutmensch.«

»Und was bist du? Eine konservative Böse?«

»Nein. Ich bin eher eine Libertarianerin. Ich möchte meine eigenen Entscheidungen treffen und die Konsequenzen tragen. Ich bin vielleicht nicht die klügste Frau der Welt, aber ich bin viel klüger als jede Regierung, mit der ich je in Berührung gekommen bin.«

Ich legte meinen Arm um ihre Taille und drückte sie fest, was sie zum Lachen brachte. »Zwing mich an einem solchen regnerischen Tag nicht zum Denken. Ich bin schon ganz wirr im Kopf und du hast mir nicht geholfen, ihn klar zu bekommen.«

»Ich habe versprochen, dass wir solche Gespräche führen werden, und ich mache keine leeren Versprechungen.« Sie nahm meine Hand und führte mich die Hauptstraße entlang, wobei sie alle paar Meter über Pfützen sprang. »Hast du für das Mittagessen etwas Besonderes im Sinn? Wenn der Bus dir nicht den Appetit verdorben hat.«

»Nein, das hat er sicher nicht. Und ich bin noch nie hier gewesen, außer, um den Zug zu erwischen. Wenn du also eine Idee hast – nur zu.«

»Ich habe Lust auf einen Hamburger. Ist das okay?«

»Sicher. Ich hatte keinen mehr, seit ich auf die Insel gekommen bin.«

Wir gingen eine Weile und kamen schließlich zu einem Diner, der nicht nur wie ein Eisenbahnwagen aussah, sondern sich auch als authentisch erwies. »Das ist bezaubernd hier«, sagte ich. »Es sieht aus, als hätte er schon immer hier gestanden.«

»Ich glaube, das hat er auch.«

Wir setzten uns auf eine Sitzbank und eine Kellnerin kam vorbei und zerzauste Ginas Haare. »Wo warst du, meine Schöne?«

Gina lächelte die Kellnerin an, eine Frau, die so aussah, als arbeite sie seit der Eröffnung des Lokals schon dort. »Ich habe gearbeitet. Aber ab nächster Woche werde ich etwas mehr Freizeit haben. Der Sohn meines Cousins wird am späten Nachmittag für mich einspringen. Und ich werde wieder zu Abend essen können.« Sie sah mich an und sagte: »Betty, das ist meine Freundin Hayden.«

»Hallo Hayden. Du hast meinem Mädchen Gesellschaft geleistet?«

»Nur wenn sie Zeit hat, was nicht sehr oft der Fall ist.«

»Bei Gina ist immer alles anders«, sagte Betty. »Wenn alle anderen beschäftigt sind, hat sie frei.«

»Ich schwimme gerne gegen den Strom«, sagte Gina. »Ich hasse es, zu berechenbar zu sein.«

»Das machst du großartig«, sagte ich und dachte daran, wie sehr sie mich jedes Mal von Neuem überraschte.

»Ich weiß, was Gina will«, sagte Betty. »Sie ist *sehr* berechenbar, wenn es ums Essen geht. Was kann ich dir bringen, Süße?«

»Ich nehme das Gleiche wie Gina«, sagte ich. »Sie hat einen sehr guten Geschmack.«

Betty lächelte Gina an, und sie sah so glücklich aus, dass mir ganz warm ums Herz wurde. Die Kellnerin ließ Gina nicht aus den Augen. »Du siehst großartig aus. Mach weiter mit dem, was du gerade tust.«

Als Betty zurück in die Küche ging, schaute Gina mir in die Augen und sagte: »Ich sollte es wohl weiter mit dir treiben, was?«

Auch wenn wir in einem gut besuchten Diner waren und ihre Äußerung einfach so dahergesagt schien, war ihr Blick doch äußerst ernst. Ich griff über den Tisch und nahm ihre Hand. »Ich glaube, Betty ist ziemlich schlau.«

Es dauerte nicht lange und Betty kam mit unserem Essen. Sie kicherte. »Hört auf, ihr Turteltäubchen. Zeit fürs Essen.« Ich werde normalerweise nicht schnell rot, aber diesmal schon. Betty stellte einen Schokomilkshake, einen Cheeseburger und eine Portion Chili-Pommes vor uns hin. »Ich dachte, ich könnte euch etwas Geld sparen. Gina schafft nie mehr als die Hälfte aufzuessen, und da Sie noch etwas dünner sind, dachte ich mir, dass euch beiden eine Portion reicht.«

»Gute Idee«, sagte Gina, »vielleicht haben wir dann noch Platz für ein Dessert.«

»Träum weiter«, sagte Betty und ging weg.

Gina begann, den Burger ordentlich in zwei Hälften zu teilen und sah mich an: »Wenn du mehr möchtest, dann sag es ihr. Sie hasst es einfach, wenn ich mehr ausgebe als ich muss.«

»Ich finde das süß«, sagte ich, und das stimmte wirklich. Mir gefiel die Tatsache, dass sich Leute um Gina kümmerten, damit ihr Gehalt reichte. Ich hatte keine Ahnung, wie viel sie verdiente, aber angesichts ihrer Vorliebe für Europareisen konnte sie nicht viel zum Verschwenden übrig haben. Gina nahm ein wenig Zwiebel und schmierte sich Senf auf ihr Brötchen. »Genau so mag ich meinen Cheeseburger«, sagte ich und freute mich riesig darüber, dass wir den gleichen Geschmack hatten. »Und wenn ich für mich selbst hätte bestellen müssen, hätte ich dasselbe genommen.«

Sie grinste breit. »Magst du Senf auf den Pommes?«

»Nur auf Chili-Fritten«, sagte ich. »Auf normalen Pommes habe ich lieber Ketchup.«

»Ich auch!« Sie nahm ihren Löffel und machte einen Klecks Senf auf den Teller mit den Pommes. »Das ist seltsam, oder? Ich habe noch nie jemanden getroffen, der Senf und Zwiebeln auf dem Burger mag.«

»Nur auf einem Cheeseburger«, sagte ich. »Auf einem Hamburger habe ich lieber Mayonnaise, Zwiebel und Tomate.«

Sie verzog das Gesicht. »Das ist abartig.«

»Was magst du auf deinem Hamburger?«

»Ich mag sie gar nicht«, sagte sie und bis in ihren Burger. »Nur Cheeseburger. Und nur mit Cheddar. Bevor ich diesen Schmelzkäse-Mist esse, bleibe ich lieber hungrig.«

»Wie engstirnig«, schnaubte ich. Ich nahm einen großen Schluck von dem Shake und rollte mit den Augen. »Fantastisch.«

Gina deutete mit einer Pommes auf mich und sagte: »Du hast mir immer noch nichts von deinem Sommerprojekt erzählt. Spuck's aus.«

»Oh. Richtig.« Ich nahm einen Bissen und kaute schnell, damit ich antworten konnte. »Ich habe einen Vertrag mit der University of Chicago Press, um ein Buch zu schreiben. So konnte ich mir das schöne Haus leisten. Mein Vorschuss hat meinen Mietanteil finanziert. Jetzt muss ich das verdammte Buch schreiben.«

»Du verarschst mich doch, verdammt!«

Sie sagte das etwas zu laut, aber sie lächelte dabei, sodass es den anderen Gästen nichts auszumachen schien. »Nein, ich meine es ernst.«

»Du schreibst ein Buch? Ein richtiges Buch?«

»Ja. Das wird mein zweites.«

»Du verarschst mich!«

»Nein, wirklich«, sagte ich und freute mich riesig darüber, dass sie von meinem Schreiben so begeistert war. »Ich unterrichte eigentlich nicht so gerne. Ich bin Wissenschaftlerin geworden, damit ich schreiben kann.«

»Wirklich?« Sie sah völlig verwirrt aus. »Warum nicht einfach Autorin?«

»So einfach ist das nicht. Vor allem dann nicht, wenn man über Geschichte schreiben will. Universitätsverlage sind der beste Absender, um ein seriöses Geschichtsbuch zu veröffentlichen. Sie bringen auch Bücher heraus, wenn sie nicht viel Geld damit verdienen, aber der Meinung sind, dass die Bücher wichtig sind. Die kommerziellen Verlage tun das nicht.«

»Ich habe keine Ahnung vom Verlagswesen«, sagte sie, »aber ich bin so aufgeregt, dass ich laut losjubeln könnte.«

Ich lächelte sie an. Ihre Begeisterung war so ansteckend, dass ich mich an den Tag zurückerinnert fühlte, als ich erfahren hatte, dass meine Dissertation veröffentlicht werden sollte. »Dieses Buch wird ein wenig anders sein«, sagte ich. »Es wird in der Reihe *The Chicago Series on Sexuality, Gender, and Culture* erscheinen.«

»Ich mag das alles«, sagte sie, immer noch strahlend.

»Ich hatte ein Buch einer Autorin über die Popularität von Sappho im frühneuzeitlichen England gelesen. Daraufhin setzte mich mit ihrem Lektor in Verbindung und machte einen Vorschlag.«

»Cool. Worum geht es in deinem Buch?«

»Es hat noch keinen Titel und ich arbeite noch an den Schwerpunkten, aber im Grunde wird es darum gehen, ob Männer im klassischen Rom sich selbst als schwul oder hetero identifiziert haben.«

»Hm?«

»Du weißt doch, dass Männer üblicherweise Sex mit Jungen hatten, oder?«

»Sicher. Das passierte ständig.«

»Nun, man geht allgemein davon aus, dass sie nicht glaubten, schwul zu sein. Dass dies nur ein Zwischenstadium für die Jungen war und eine Möglichkeit für Männer, Jungen zu guten Kriegern auszubilden. Männer liebten Frauen und sie liebten es, Sex mit Frauen zu haben, aber sie hatten auch diese onkelhaften Beziehungen zu Jungen.«

»Onkelhaft?«

»Wie ein Onkel.«

»Richtig. Richtig.« Sie nickte. »So war es bei den Griechen als auch bei den Römern.«

»Genau«, sagte ich. »Nun, ich denke, dass einige Männer eine andere Sicht auf die ganze Sache gehabt haben müssen. Dass sie Jungen liebten und nur Sex mit Frauen hatten, um dem Bild zu entsprechen. Die Frauen waren quasi ihre Bärte.«

»Oh! Wie Hadrian und Antinoos.«

Sie sah mich mit diesen großen braunen Augen an wie ein Kind, das auf ein Kompliment wartet. Ich brauchte meinen Enthusiasmus nicht vorzutäuschen. »Das ist genau derjenige, auf den ich mich konzentrieren werde.« Jetzt war *ich* aufgeregt genug, um loszujubeln. Es war für mich undenkbar, Nichtakademikern von meiner Idee zu erzählen und ihm oder ihr zu erklären, wovon zum Teufel ich spreche.

»Verdammt«, sagte sie und lächelte zufrieden. »Das ist fantastisch.«

»Es ist fantastisch, mit dir darüber sprechen zu können«, sagte ich. Ich rutschte aufgeregt auf meinem Sitz herum, als hätte ich Ameisen in der Hose. »Ich komme nie dazu, mit jemandem zu reden, der sich wirklich für dieses Zeug interessiert.«

Sie sah verwirrt aus. »Nicht mal deine Freunde an der Uni?«

»Nein, auch die nicht«, gab ich zu. »Jeder hat sein eigenes Ding. Niemand scheint sich dafür zu interessieren, was die anderen tun, und niemand ist jemals begeistert.«

»Das ist Mist«, sagte sie. »Wie sind deine Freunde so?«

»Leider sind es keine sehr guten, fürchte ich. Jeder will sein Stück vom Kuchen haben. Sie wünschen dir vielleicht, dass es dir gut geht, aber nicht ganz so gut wie ihnen selbst. Bei den anderen Assistenzprofessoren sieht es noch schlechter aus.«

»Warum? Sind sie nicht wie du? Man sollte meinen, ihr würdet euch verbünden.«

»Nein, nein, so funktioniert das nicht. Es gibt nur wenige unbefristete Professorenstellen im ganzen Land und der Wettbewerb um diese Stellen ist wirklich hart. Ich neige dazu, mit so vielen ordentlichen Professoren wie möglich Kontakt zu halten, weil die zumindest eine feste Stelle haben. Die Assistenten würden dir die Kehle durchschneiden und über deine Leiche steigen, um an einen Job zu kommen.«

»Und das gefällt dir?«, fragte sie mit zusammengekniffenen Augen.

»Nein, ich hasse das. Ich will einfach nur schreiben, aber es ist schwer, mit seiner Arbeit Aufmerksamkeit zu erregen, wenn man nicht Professor an einer – am besten namenhaften – Universität ist. Ich hoffe, dass ich eine unkündbare Festanstellung bekomme und so viel produzieren kann, dass ich nicht mehr als ein oder zwei Doktorandenseminare geben muss. Universitäten lieben es, wenn ihre Professoren gut rezipierte Bücher veröffentlichen.«

Sie schaute nach unten auf ihren Teller und ich konnte fast sehen, wie die Scham in ihr aufstieg. »Ich hab keine Vorstellung davon, wie die Anstellungen im akademischen Bereich gehandhabt werden«, sagte sie leise. Sie sah mir in die Augen. »Ich meine, ich kann es mir vorstellen … irgendwie. Aber ich weiß nicht, was es bedeutet, wenn du sagst, du willst eine bekommen.«

Ich nahm ihre Hand. »Das sind Formalien, Gina. Das kannst du nicht wissen.«

Sie sah so erleichtert aus, dass es mir einen Stich versetzte. »Wirklich?«

Ich musste Ja sagen, obwohl mir nie in den Sinn gekommen war, dass nicht jeder Erwachsene weiß, wie akademische Berufungsverfahren ablaufen. »Sicher.«

»Okay.« Sie nickte.

»Ich glaube, das gibt es nur im akademischen Bereich. Der Deal ist, dass ich für eine unbefristete Stelle vorgesehen bin. Wenn ich mich bewähre, werden sie mich in ein oder zwei Jahren berufen. Dann habe ich eine Dauerstelle an der NYU. Danach können sie mich nicht mehr entlassen, es sei denn, ich tue etwas, was laut Verhaltenskodex verboten ist.«

»Was? Du hast lebenslänglich?« Sie sagte das so laut, dass ich sah, wie sich ein paar Köpfe umdrehten.

»Ja. Das ist richtig.«

»Wie können die sich das leisten?«

»Sie können sich nicht allzu viel davon leisten, deshalb gibt es auch nur eine begrenzte Anzahl dieser Stellen. Eine in meinem Fachgebiet zu bekommen war irrwitzig schwer«, gab ich zu und lächelte ein wenig über meine Leistung.

»Wie viele gibt es?«

»An guten Universitäten?«

Sie nickte.

»Alle drei bis fünf Jahre wird vielleicht eine in klassischer Geschichte ausgeschrieben.«

»Was? Hayden, das ist schlimmer als die Zulassung für Schauerleute! Du musst fantastisch sein.« Sie grinste. »Aber das wusste ich natürlich schon.«

»Es gibt viel mehr Stellen in europäischer Geschichte, aber Dozenten, die ausschließlich Altphilologie unterrichten, sind selten wie Hühnerzähne.«

»Cool. Die sind so besonders wie du. Also, wenn du die Füße stillhältst, dann bist du durch, hm?«

»Nein, noch nicht. Ich habe noch keine Bewertung meiner Amtszeit erhalten. Und wenn ich sie bekomme, möchte ich zwei Bücher haben – meine Dissertation und das Buch, an dem ich gerade arbeite.«

Sie warf mir einen sehr besorgten Blick zu. »Und wenn du das nicht schaffst?«

»Ich könnte immer noch die Anstellung bekommen, weil meine Dissertation veröffentlicht wird, aber ich möchte ein gewisses Sicherheitspolster.«

»Du wirst es schaffen. Du wirst im Handumdrehen Frau Professor Chandler sein.«

»Oh, davon bin ich weit entfernt. Im Schnitt dauert es sieben Jahre, wenn man wirklich schnell vorankommt. Meine nächste Station ist eine außerordentliche Professur.«

»Verdammt. Das ist eine lange Zeit.«

»Und ich habe bislang nur eine grobe Skizze meines Buches fertig. Ich muss wie verrückt arbeiten, um diesen Sommer noch einen ersten Entwurf fertigzustellen.«

»Kann ich lesen, was du schreibst?« Sie sah aus wie ein Kind, das darauf wartete, ein Geschenk zu öffnen. Ich wollte meine Arbeit nicht vorzeigen, bevor sie nicht fertig war, aber ich habe es nicht übers Herz gebracht, Nein zu sagen.

»Natürlich. Du kannst Korrektur lesen.«

Gina sah aus, als hätte ich sie mit kaltem Wasser begossen. »O nein, ich weiß nicht, was man da zu tun hat. Ich lese einfach gern.«

»Das ist genau das, was ich brauche«, sagte ich und war selbst überrascht. »Ich muss sehen, wie eine Person, die Geschichte liebt, auf das reagiert, was ich geschrieben habe. Ich brauche einen eifrigen Leser, der mir eine ehrliche Rückmeldung gibt.«

»Ich werde mein Bestes tun«, sagte sie und sah dabei so ernst aus, wie ich sie noch nie erlebt hatte.

»Aller Wahrscheinlichkeit nach werden nur Studenten und Lehrer mein Buch lesen, aber ich möchte die hochtrabende Sprache vermeiden, die die meisten Akademiker verwenden. Ich möchte, dass es für kluge Menschen zugänglich ist, die Bücher mit Anspruch lesen – Menschen wie dich.«

Die Sonne begann, durch die dicke Wolkendecke zu brechen, und wenn ich es nicht besser gewusst hätte, hätte ich geschworen, dass die Strahlen von Ginas Lächeln kamen.

Zwei Stunden, nachdem er uns abgesetzt hatte, fuhr Georges grüner Bus auf die Main Street. Er brüllte Gina an, noch bevor wir die Tür öffneten. »Hör auf, mich zu bezahlen, ja? Du hast meinen Kindern mehr Freifahrkarten für die Fähre gegeben, als ich zählen kann. Hör jetzt auf damit!«

»Okay«, sagte Gina. »Du kannst Hayden und mich den ganzen Sommer lang herumchauffieren.«

»*So* viele Freifahrten hast du ihnen auch wieder nicht gegeben«, sagte er und lachte dabei so sehr, dass er einen Hustenanfall bekam.

Wir stiegen an der Anlegestelle aus und Gina nahm meine Hand. Es schien eine selbstverständliche Sache für sie zu sein, dass ich automatisch näher an sie herantrat. »Ich weiß nicht einmal, wo du wohnst«, sagte ich. »Ich habe darüber nachgedacht, wie du abends wohl nach Hause gekommen bist, und mir wurde klar, dass ich gar nicht wusste, wie weit du es hast.«

»Deshalb haben wir Dates«, sagte Gina und schenkte mir ein süßes Lächeln. »Damit du all diese Dinge über mich erfahren kannst. Ich wohne hier in Sayville.«

»Kannst du nach Hause laufen?«

Sie schaute auf ihre Füße. »Ja.«

»Das war lahm. Wirklich lahm. Kannst du zur Arbeit laufen?«

»Ich könnte, aber ich bräuchte eine halbe Stunde zu Fuß, und das möchte ich morgens um fünf Uhr nicht.«

»Warum sind wir dann nicht mit deinem Auto in die Stadt gefahren? Nicht, dass ich die Fahrt mit dem Rauchmobil nicht genossen hätte.«

»Es war schlimm, nicht wahr?« Sie lachte. »Ich mag George so sehr, dass ich darüber hinwegsehen kann, aber es ist übel.« Sie ging hinüber zum Kai und schlug mit der Hand auf den Sattel eines Fahrrads, das an einer Metallstütze angekettet war. »Ich fahre Fahrrad.«

Das Fahrrad war von unbestimmtem Alter, Farbe und Fabrikat. Der gesamte Rahmen war mit transparenten blaugefärbten Gummischläuchen umwickelt, die Gina wohl zum Schutz angebracht hatte. Entweder das, oder der Gummi hielt das Ding zusammen. »Schön«, sagte ich. »Gut, dass du es angeschlossen hast.«

»Ja«, nickte sie und verstand nicht, dass ich sie damit neckte. »So etwas Schönes könnte ich nicht mehr so leicht bekommen und ich möchte spät abends nicht nach Hause laufen müssen.«

Verdammt, ist sie so schrecklich arm oder gibt sie ihr ganzes Geld für Dinge aus, die ich nicht sehe? Ich könnte ihr in Manhattan für zehn Dollar ein Fahrrad kaufen, wenn sie nicht wählerisch ist, woher es kommt. Ich legte meinen Arm um sie, und wir gingen zurück zur Fähre. »Ich weiß nicht, ob es mir gefällt, wenn du im Dunkeln mit dem Fahrrad nach Hause fährst. Du hast kein Licht oder so.«

»Ach, du sorgst dich.« Sie schenkte mir ein albernes Grinsen und sagte: »Hier gibt es keinen Verkehr in der Gegend, vor allem nicht, wenn ich nach Hause fahre. Ich bin vorsichtig.«

»Sei besonders vorsichtig, okay? Ich kann es mir nicht leisten, meine Korrektorin zu verlieren.«

Auf dem Rückweg hielten wir am Laden an und kauften ein paar Dinge, um einen Salat zu machen. Kurz bevor wir das Geschäft verließen, griff ich nach dem letzten Laib Pugliese. »Einmal gebranntes Kind«, sagte ich und lächelte Gina an.

Wir liefen am Strand entlang nach Hause. Der Himmel hatte sich aufgehellt, und die Sonne schien hier und da durch die perlgrauen Wolken hindurch. Wir hielten uns an den Händen, und die Schlangenlinien spiegelten die Tatsache wider, dass keine von uns es eilig hatte, hineinzugehen.

»Hey, du hast mir davon erzählt, was du arbeitest«, sagte sie, »aber ich weiß immer noch nicht, was du zum Spaß machst.«

»Ich habe dir auch nicht alles erzählt, was ich auf der Arbeit mache«, sagte ich. »Aber zum Spaß …« Ich dachte ein paar Augenblicke lang nach und kam schließlich zu einer lahmen Antwort. »Ich tue das, was ich schon immer getan habe. Ich lese, gehe ins Kino, besuche Museen. Nichts Außergewöhnliches.«

»Du warst schon immer ein kleiner Bücherwurm?«

»Ja. Immer. Daher kommt auch meine blasse Haut. Meine Mutter zwang mich, Vitamine zu nehmen, damit ich keine Rachitis bekomme. Sie tat alles, was sie konnte, um mich für Sport zu begeistern oder für ein Musikinstrument oder irgendetwas, um mich aus der Bibliothek herauszubekommen, aber ich bin ein geborener Bücherwurm.«

»Ich nicht«, sagte sie. »Ich war draußen, bis mein Vater mich nachts hereinrief.«

»Dein Vater, hm? Normalerweise ist es die Aufgabe der Mütter.«

Sie blickte auf den Ozean, deshalb konnte ich ihren Gesichtsausdruck nicht genau sehen, aber sie sagte: »Meine Mutter rief die ersten zehn Mal, aber erst als mein Vater rief, rannte ich wie der Teufel. Du wolltest ihn nicht von seiner schlechten Seite erleben.«

Ich wollte fragen, was sie damit meinte, aber sie stellte schon die nächste Frage. »Erzähl mir von deiner Arbeit. Ich möchte wissen, was du tust.«

»Okay. Nun, ich bin in allen möglichen Komitees und Gremien, und ich muss als Studienberaterin für einen Haufen Unterstufenschüler da sein. Ich habe einen langen Tag. Ich bin normalerweise von acht bis vier oder fünf im Institut.«

Sie lächelte nachsichtig. »Die meisten Menschen arbeiten von acht bis fünf. Das ist nicht so, wie eine Doppelschicht im Stahlwerk zu fahren.«

Ich sah sie eine Sekunde lang an und merkte, wie schön es war, mit jemandem zu sprechen, der nicht dachte, dass Unterrichten das Äquivalent zum Mount-Everest-Klettern ist während man Flip-Flops trägt. Ich drückte ihren Arm und legte meinen Kopf auf ihre Schulter. »Du tust mir gut«, sagte ich. »Meine Mitarbeiter tun so, als laste alles Gewicht der Welt auf ihren Schultern, und es ist leicht, in diese Denkweise zu verfallen. Manchmal fühle ich mich so verdammt angestrengt, wenn ein Student in meinem Büro auftaucht, während ich mich gerade für den Heimweg fertig mache.«

Gina schaute in den Himmel und dachte offensichtlich nach. Nach einer Weile sagte sie: »Das klingt wirklich so, als würdest du nicht gerne unterrichten.«

Ich dachte über ihren Kommentar nach. »Ich glaube, es würde mir besser gefallen, wenn ich es mögen würde, weißt du?«

»Nein. Verstehe ich nicht.«

»Nun, die meisten meiner Kollegen versuchen voranzukommen. Sie wollen forschen und Zeitschriftenartikel und Bücher schreiben. Die allgemeine Überzeugung ist, dass das Lehren einen davon abhält, das zu tun, was man wirklich liebt. Und wenn man Grundlagengeschichte unterrichtet, ist das irgendwie wahr.«

Wir liefen eine Weile schweigend nebenher. »Wenn du den Job hättest, den du wolltest, wie zum Beispiel Professorin zu sein, glaubst du, du würdest es mehr mögen?«

»Schwer zu sagen. Ich schätze, in gewisser Weise würde ich das tun. Die meisten Professoren unterrichten die fortgeschrittenen Fächer. Du weißt schon, Kurse auf Graduiertenebene. Sie unterrichten die Leute, die sich wirklich mit dem Thema befassen wollen. Aber die dürfen es nicht zu sehr lieben, denn einige meiner Professoren waren die schlechtesten Lehrer, die ich je hatte.« Ich lachte, aber dann merkte ich, dass es nicht lustig war. »Das ist irgendwie traurig, oder?«

»Ja.« Sie sah mich kurz an und richtete ihre Aufmerksamkeit dann wieder auf das Meer. »Vielleicht wärst du glücklicher, wenn du das tätest, was dir jetzt Spaß macht, anstatt sich auf etwas zu verlassen, das erst in drei, vier oder fünf Jahren passieren wird. Es gibt keine Garantie, dass du jemals dort ankommen wirst. Es wäre eine Verschwendung, sich die Jahre wegzuwünschen und dann in einem Gebäude in die Luft gesprengt zu werden.«

Sie klang so traurig, dass ich das Gefühl hatte zu wissen, was sie andeuten wollte. »Bist du … von 9/11 betroffen gewesen?«

»Ja.« Sie nickte leicht. »Ich fuhr den ganzen Winter ein Boot von der Battery nach Jersey City. Die öffentlichen Verkehrsmittel waren kaputt, sodass die Firma so viele Boote wie möglich Downtown einsetzte.«

»Ich war damals noch in New Hampshire. Ich wette, es war schrecklich hier.«

»Ja. Ich kam etwa eine Woche nach dem Vorfall dort unten an. Der Staub und der Rauch waren immer noch so dick, dass einem die Augen und die Kehle brannten. Ich habe jede Nacht Schleim ausgehustet.«

»Wie hat es sich … seelisch auf dich ausgewirkt?«

»Es war beängstigend. Eine Zeit lang dachten alle, sie würden die Gebäude einzeln abknallen. Niemand wusste, wie mächtig Al-Qaida war. Aber die Menschen verhielten sich auch anders. Eine Zeit lang waren wir alle netter zueinander.«

»Darüber habe ich gelesen«, sagte ich. »Es scheint, dass die Dinge jetzt wieder wie früher sind.«

Sie lächelte. »Ja. Wir flippen wieder im Verkehr aus und hupen alte Damen an, um sie vom Zebrastreifen zu vertreiben.« Wir gingen ein Stück weiter und sie sagte: »Ich habe immer an die Menschen denken müssen, die gestorben sind. Ich fragte mich, wie viele von ihnen getan hätten, was sie taten, wenn sie gewusst hätten, dass sie an einem schönen Tag im September sterben müssten. Ich bin sicher, dass viele von ihnen Jobs hatten, die sie hassten.« Sie zuckte die Schultern und ihr schien plötzlich kühl zu sein. »Ich habe viel darüber nachgedacht und mein Leben neu bewertet.«

»Was hast du herausgefunden?«

»Dass ich mit meiner Arbeit zufrieden war, aber zu Hause unglücklich. Ich habe versucht, die Dinge in Ordnung zu bringen, aber ich konnte es nicht. Etwa ein Jahr später habe ich mit meiner Freundin Schluss gemacht.« Sie nickte. »Ja, es war Winter, wahrscheinlich im Januar 2003.«

»Wow.« Ich blieb abrupt stehen. Ich weiß nicht warum, aber ich hatte nie daran gedacht, dass Gina mit einer Frau zusammen gewesen war. Ich wusste, dass sie Sexualpartner gehabt hatte – wahrscheinlich viele – aber ich hatte nie daran gedacht, dass sie eine Partnerin gehabt hatte. »Was hat dich dazu bewogen, dich zu trennen?«

»Ich habe von Lacey nicht das bekommen, was ich brauchte. Meine Mutter war etwa ein Jahr vor dem 11. September gestorben und Lacey hatte es satt, dass ich deswegen am Boden zerstört war. Sie hat es nicht verstanden, weißt du?«

Ihr Blick war voll Trauer, und ich hatte das Gefühl, dass es zum Teil um ihre Mutter und zum Teil um ihre Beziehung ging. »Wart ihr lange zusammen?«

»Ja. Ziemlich lang. Fünf Jahre.«

»Warst du in sie verliebt?«

»Natürlich!« Gina sah verärgert auf mich herab. »Wir wären noch zusammen, wenn ich nicht das Gefühl gehabt hätte, sie hätte mich verlassen, als ich sie brauchte.«

»Macht es dir etwas aus, über sie zu sprechen? Ich möchte nicht, dass du dich unwohl fühlst.«

Wir waren fast bei mir zu Hause, und ohne ein Wort zu sagen, nahm sie die Lebensmittel und legte sie an der Seite des Weges ab. Eine Minute lang ging sie schweigend neben mir her, bevor sie sagte: »Ich werde über sie reden.«

Sie schien ein wenig distanziert, also legte ich meinen Arm um ihre Taille und hielt sie so lange fest, bis ich keinen Widerstand mehr spürte. »Das musst du nicht«, sagte ich. »Ich interessiere mich für dich. Aber ich möchte nichts aufwühlen, was dich unglücklich macht.«

Sie nickte und ich konnte sehen, dass sie verstand. »Ich habe schon lange nicht mehr über sie gesprochen. Es fühlt sich einfach seltsam an.«

»Ich meine es ernst. Fühl dich nicht gedrängt, wenn du nicht möchtest.«

»Ist schon okay. Sie war mir wichtig, also must du über sie Bescheid wissen, um mehr über mich zu erfahren.«

Ich lächelte sie an. »Das möchte ich.«

Sie holte tief Luft und blickte auf das Meer hinaus. »Lacey war meine erste richtige Freundin. Diejenige, wegen der ich mich vor meiner Familie outete.«

»Oh. Das ist immer schwer.«

»Ja. Das war es, aber sie haben sich an sie gewöhnt. Sie war uns sehr ähnlich, weißt du? Sie kam von der Insel. War katholisch, italienisch, all die wichtigen Dinge.« Sie lächelte mich an und ich kniff sie in die Taille. »Beide Elternpaare mussten sich umstellen, aber sie taten es. Ihr Vater hat mich nie wirklich gemocht, aber wir fuhren trotzdem zum Abendessen und in den Ferien zu ihr nach Hause. Und sie kam auch zu mir nach Hause. Meine Familie … nun, meine Mutter war netter zu ihr als ihre zu mir, aber das war okay.«

»Wirklich? Es hat dich nicht gestört?«

Sie sah mich an und dachte offensichtlich nach. »Nein, nicht sehr. *Sie* war wichtig. Nicht ihre Familie.«

»Das klingt sehr reif. Ich glaube nicht, dass ich damit einverstanden gewesen wäre.«

»Man weiß nie, wie man empfinden wird. In meinem Fall war Lacey genau das, was ich wollte. Sie war schön, ruhig, lustig, mochte die meisten Dinge, die ich mochte, und war sehr sexy.« Gina lächelte ihr schönes Lächeln und ich konnte in ihren Augen sehen, wie sehr sie sich zu Lacey hingezogen fühlte.

»Klingt, als wärt ihr ein gutes Paar gewesen.«

»Waren wir. Wir hatten eine schöne, stabile Beziehung. Sie hatte eine gute Arbeit und war an den meisten Tagen zu Hause, wenn ich nach Hause kam. Ich kochte und sie erzählte mir von ihrem Tag.« Gina schenkte mir ein leichtes Lächeln. »Sie redete gerne mehr als ich.«

Ich stieß sie leicht mit der Hüfte an. »Du sprichst viel über Dinge, die du magst. Du bist einfach keine Smalltalkerin.«

»Das ist wahr. Lacey war eine. Sie saß da und trank ein Glas Wein, während sie mich mit winzig kleinen Details unterhielt. Es war … beruhigend.« Sie nickte nachdenklich. »Ja. Es war tröstlich.«

»Aber es hat nicht gehalten.«

»Nein. Sie hat mich sehr unterstützt, als meine Mutter krank wurde, und auch noch Monate nach ihrem Tod. Aber dann hatte sie es wohl satt.«

»Dich oder deinen Kummer?«

»Das ist dasselbe«, sagte Gina. Ihr Ausdruck war hart wie Stein. »Sie wollte, dass ich darüber hinwegkomme. Aber ich konnte es nicht. Also habe ich mit ihr Schluss gemacht.«

»Einfach so?« Sobald ich es ausgesprochen hatte, wusste ich, dass ich mein Erstaunen zu offensichtlich gezeigt hatte. Aber ich war erstaunt. Warum sollte man mit einer langjährigen Beziehung Schluss machen, weil sie einen in einem Bereich enttäuscht hat?

»Ja. Einfach so.« Sie schüttelte meinen Arm ab und wollte sich von mir entfernen.

Ich griff nach ihr und erwischte den Stoff ihrer Jacke. »Ich wollte nicht, dass das so klingt, als würde ich dich verurteilen.«

»Wolltest du nicht?« Ihre Augen waren tiefschwarz.

»Nein. Ich war nur überrascht. Du klingst, als hättest du sie wirklich geliebt.«

»Das habe ich«, sagte sie kalt.

»Ich bin wohl überrascht, dass du nicht durchgehalten und versucht hast, ihr verständlich zu machen, was du brauchst. Du scheinst nicht die Art von Frau zu sein, die leicht aufgibt.«

Sie entspannte sich etwas und ich konnte sehen, dass sie nicht mehr so wütend war wie noch vor einer Minute. »Normalerweise tue ich das nicht. Aber es war ein hartes Jahr gewesen. Wirklich hart. Wie ich schon sagte, ein paar Monate lang war sie großartig, aber dann kam sie nach Hause und seufzte schon, wenn ich nur nach unten auf den Boden schaute. Nach einer Weile hatte ich nicht mehr das Gefühl, dass wir den Schmerz teilen. Es war meiner und sie hatte die Nase voll davon.«

»Ach, Gina, das muss schrecklich für dich gewesen sein.«

Sie hatte ihre Lippen fest zusammengepresst und sah aus, als würde sie gleich weinen. »Ich versuchte wie verrückt über meine Gefühle hinwegzukommen, aber ich konnte es nicht, und dass Lacey es nicht zu verstehen schien, machte es nur noch schlimmer.«

»Hatte sie jemals jemanden verloren?«

Gina dachte einen Moment lang nach und sagte dann: »Nein, alle ihre Großeltern lebten noch. Wahrscheinlich leben sie noch immer.« Sie schenkte mir ein halbes Lächeln. »Sie hatte ein paar tolle Gene. Ihre Mutter sah wie dreißig aus. Lacey wird wahrscheinlich hundertzehn werden.«

»Für manche Menschen ist es schwer, Trauer zu verstehen, wenn sie noch nie jemanden verloren haben.«

»Ja, ich weiß, aber es war mehr als das. Sie schien mir nicht entgegenkommen zu wollen. Ich beschloss, dass ich Lacey, wenn ich ihr nicht vertrauen konnte, wenn ich sie wirklich brauchte, würde niemals vertrauen können.« Sie steckte ihre Hände in die Hosentaschen und wir gingen eine Zeit lang schweigend nebeneinander her. »Vielleicht habe ich jetzt mehr Geduld. Manchmal denke ich, ich hätte durchhalten und ihr eine weitere Chance geben sollen. Aber ich war zu verletzt.«

»Hast du eine Therapie versucht?«

Sie riss den Kopf herum, als wäre sie geohrfeigt worden. »Ich war nicht verrückt!«

Ich ergriff ihren Arm und zog ihn zu mir. »Ich habe nichts dergleichen gemeint. Aber viele Paare überstehen schwere Zeiten, indem sie eine Therapie machen.«

»Ich nicht«, sagte sie und ließ keinen Raum für Diskussionen.

»Ich kann es verstehen«, sagte ich. »Ich kann es wirklich verstehen.« Ich nahm ihre Hand und war froh, dass sie sich nicht zurückzog. »Es braucht viel Vertrauen, um jemanden zu lieben. Wenn man dieses Vertrauen nicht spürt, ist es schwer zu bleiben.«

»Ja. Das war es. Nicht genug Vertrauen.«

»Seht ihr euch noch manchmal?« Ich hoffte, sie würde es nicht tun.

»Nein. Ich meine, ich habe sie verschiedentlich gesehen. Wir sind irgendwie in den gleichen Kreisen unterwegs. Aber ich habe seit etwa zweieinhalb Jahren nicht mehr mit ihr gesprochen. Sechs Monate lang versuchte sie, mich dazu zu bewegen, zurückzukommen, aber ich konnte es einfach nicht ... oder wollte es nicht. Ich weiß immer noch nicht, was genau es war.« Sie holte tief Luft und richtete sich auf. »Sie ist jetzt mit jemandem zusammen. Sie leben in der Wohnung, die Lacey und ich hatten.«

»War das der Moment, wo du in deine eigene Wohnung gezogen bist?«

»Nein. Nach unserer Trennung bin ich erst einmal länger nach Italien gegangen. Ich blieb, bis ich für die Frühjahrssaison zurückkommen musste. Da beschloss ich, dass ich nicht mehr bei meinem Vater leben konnte. Wenn man einmal das Haus verlassen hat, kann man nicht mehr zurückkehren.«

»Wollte er, dass du zu Hause bleibst?«

Sie warf mir einen ihrer typischen Blicke zu, als zweifle sie, ob ich einen Scherz machte oder nicht. »Natürlich. Er ist mein Vater. Er ist immer noch nicht glücklich darüber, dass ich meine eigene Wohnung habe. Es war eine Sache, bei Lacey einzuziehen, aber allein zu leben zeigt, dass ich nicht bei ihm leben wollte.«

»Das muss wehgetan haben.«

»Das tat es. Aber ich habe gelernt, dass ich meine Familie nicht auf meine Kosten glücklich machen kann. Es wäre anders, wenn er mich bräuchte, aber er will mich einfach nur da haben, weil es sich vertraut anfühlt. Aber ich werde nie in der Lage sein, den Platz meiner Mutter einzunehmen. Ich hoffe immer noch, dass er anfängt, sich wieder mit Frauen zu verabreden, aber das ist noch nicht geschehen.«

»Hm. Mein Vater hatte auch keine Dates. Es ist vierzehn Jahre her.«

»Vielleicht können sie zusammen abhängen«, sagte sie und lächelte mich mit diesem schiefen Grinsen an.

»Spielt dein Vater gerne Online-Strategiespiele?«

»Nein. Er hat keinen Computer zu Hause, und er ist nicht gerade scharf auf den in seinem Büro.«

»Dann hätten sie nichts gemeinsam.«

Wir waren noch keine zehn Minuten zurück im Haus, als meine Schwester anrief. Verdammt! Sie rief immer an, wenn ich keine Zeit hatte. Okay, es ist möglich, dass ich nie genug Zeit haben werde, mir all ihre Beschwerden anzuhören. »Hi, Karen«, sagte ich, in der Hoffnung, dass ich nicht verärgert klang.

»Ich wollte hören, wann du am Wochenende kommst.«

»Dieses Wochenende?«

»Hayden!« Ich wusste, dass ich in Schwierigkeiten steckte, als es so klang, als hätte mein Name sechs Ys.

»Oh, Rogers Party. Ich … ähm … ich bin nicht sicher, ob ich es schaffe.«

»Das musst du. Unbedingt.«

»Warum? Du kannst mich vertreten.«

»Kann ich nicht«, sagte sie mit einem einzigen märtyrerhaften Seufzer. »Es würde Dad zu sehr verletzen.«

»Woher soll er überhaupt wissen, dass da etwas stattfindet?«

»Es steht in den Zeitungen, Hayden«, sagte sie, als ob unser Vater die Gesellschaftsseiten des *Philadelphia Enquirer* lesen würde.

»Du hast es ihm gesagt.«

Jetzt klang sie beleidigt. »Ich wusste, dass er es in der Zeitung lesen würde, und ich dachte, er sollte es von mir hören.«

»Was hat er gesagt?«, fragte ich, wohl wissend, dass er wahrscheinlich nur mit den Schultern gezuckt hatte.

»Er hat so getan, als sei er nicht verletzt, aber ich kenne ihn besser.«

»Oh, Karen«, sagte ich, bevor ich mich selbst aufhalten konnte. »Er war nicht verletzt. Es ist ihm egal. Ihm ist alles egal. Geh zu der verdammten Party und lass Dad in Ruhe.«

»Hayden!« Jetzt klang sie richtig wütend. »Denk nicht einmal daran, mir zu sagen, was Dad braucht. Ich bin diejenige, die für ihn da ist.«

Gina stand direkt neben mir, schaute mich aber nicht an, sondern streichelte zärtlich meinen Rücken, der vor Spannung ganz verspannt war. »Gut«, sagte ich und seufzte. »Was soll ich tun?«

»Ich möchte, dass du zu der Party gehst. Mama wird es nicht gefallen, wenn keine von uns auftaucht. Außerdem ist Roger in deiner Branche tätig und du kannst einige wichtige Leute treffen.«

»Aber für mich ist es ein Ganztagesausflug. Ich brauche fünf Stunden allein um hinzukommen, und ich will nicht übernachten.«

»Ich weiß, dass dir das *sehr* viel abverlangt, aber ich kann nicht alles machen. Wir haben zwei Elternteile und jeder von ihnen braucht uns an diesem Wochenende.«

Gina hielt mir eine Notiz, die sie geschrieben hatte, vors Auge. »Ich kann dich fahren«, stand da. Oh. Jetzt musste ich Gina mitnehmen. Nachdem ich so eine große Sache daraus gemacht hatte, gab es keine Möglichkeit, ihr Angebot abzulehnen.

»Okay«, sagte ich zu Karen. »Ich rufe Mom an und sage ihr, dass ich da sein werde.«

»Du musst kurz bei Dad reinschauen und ihn besuchen«, sagte sie. »Aber lass ihn nicht wissen, dass du zu Rogers Party gegangen bist.«

»Das geht nicht«, sagte ich. »Ich werde in Begleitung kommen und ganz bestimmt nicht Dad sagen, dass wir uns schick gemacht haben und nach Philly gefahren sind, nur um kurz bei ihm vorbeizuschauen und Hallo zu sagen.«

»Eine Begleitung? Datest du jemanden?«

»Ja«, sagte ich und lächelte über Ginas unschuldigen Gesichtsausdruck. »Ich date jemand ganz Besonderen.«

Nachdem wir das Wochenende geplant hatten, begann ich mit dem Abendessen. Gina war in meinem Zimmer und sah die zwei Kisten mit Büchern durch, die ich mitgebracht hatte, um an meinem eigenen zu arbeiten. Alle paar Minuten rief sie mir eine Frage zu, aber dann wurde sie still, und zwanzig Minuten lang hörte ich keinen Mucks.

Auf einmal stand sie hinter mir und legte mir ihre Hände auf die Hüften. Ich hatte das Wasser laufen lassen und nicht gehört, wie sie in die Küche kam. »Hallo«, sagte sie. Ihre Hände glitten um meine Taille und sie hielt mich fest.

»Hallo. Du hast mich erschreckt. Ich habe dich nicht gehört.«

»Ich bin leise. Wie eine Katze.«

Ich warf ihr einen Blick zu und sagte: »Stimmt, du hast etwas von einer Katze. Du bist sehr trittsicher, leise und ein wenig wählerisch.«

»Wählerisch?«

»Hey, wer musste neulich abends zum Laden laufen, um Brot zu kaufen? Du bist sehr wählerisch bei dem, was du isst.«

»Warum sollte ich das nicht sein?«

Sie strich mir behutsam die Haare aus dem Nacken. Dann fühlte ich, wie ihr Mund meine Haut berührte. Es fühlte sich geradezu göttlich an, so sanft von ihren warmen, feuchten Lippen berührt zu werden.

Auch ihr Atem war warm, sie stand so nahe bei mir, dass ich ihren Atem sowohl hören als auch fühlen konnte. Ihre Brüste drückten gegen meinen Rücken und ich musste meine Hände auf den Küchentresen legen, um mich zurückzuhalten.

Ich wollte sie, seit ich am Morgen die Augen geöffnet hatte und trotz meiner Drohung die Duschmassage nicht in Anspruch genommen hatte. Sie konnte Gina nicht ersetzen, und es hatte etwas unglaublich Befriedigendes, meine Bedürfnisse zurückzustellen, vor allem da ich wusste, dass ich sie irgendwann erfüllt bekommen würde. Ginas Küsse erinnerten mich daran, wie sehr ich sie wollte und wie belanglos mir das Abendessen dagegen erschien.

Ich seufzte und drehte meinen Kopf hin und her und vergewisserte mich, dass sie jeden Teil meines empfindlichen Nackens küsste. Sie kicherte über meine Spielereien, hörte aber nicht auf, mich mit ihrer zärtlichen Berührung zu verwöhnen.

Plötzlich spürte ich, wie sie sich gegen meinen Hintern drückte. Ich merkte, dass sie auf mich reagierte.

Ich hielt mich weiter am Tresen fest, erwiderte den Druck gegen ihre Hüften und begann, mein Becken kreisen zu lassen. Ich stöhnte leise und sie erhöhte die Intensität, aber nicht das Tempo ihrer Küsse. Ich beugte mich zurück, griff mit beiden Händen in ihr Haar, während sie an meiner sensibilisierten Haut saugte und mich leicht biss. Wir bewegten uns gegeneinander wie verschlungene Kobras, unser sinnlicher Tanz trieb unsere Lust an.

Keuchend fasste sie an meine Brüste und drückte sie, genau wie in der ersten Nacht. Ich begann zu zittern. Ihre Hand glitt zwischen meine Beine und sie legte ihre Finger direkt auf meine Klitoris, was mich stöhnen ließ. Sie drückte abwechselnd mit zwei Fingern auf den hochsensiblen Punkt, als spiele sie auf zwei Tasten eines Klaviers.

Es klingt komisch, aber ich mag es, wenn sie mich berührt, während ich noch angezogen bin. Sie ist rauer und aggressiver, was mich mehr anmacht, als ich mir je hätte vorstellen können. Sie fuhr zielstrebig mit einem Finger am Saum meiner Hose entlang und drückte fest zu. Es fühlte sich so verdammt gut an, dass ich mich dabei ertappte, wie ich mich an ihrer Hand rieb und sie anflehte, mich durch meine Kleidung zu ficken.

Da ich keinen Augenblick länger widerstehen konnte, drehte ich mich in ihrer Umarmung um, und wir begannen uns zu küssen. In meinem Kopf wirbelten alle Gedanken nur so vor Begierde, wie jedes Mal, wenn sie mit mir schlief. Mein einziger Wunsch war es, sie zu verschlingen. Sie mit meinem Körper zu umhüllen. Es war ein Bedürfnis, das ich nicht einmal richtig verstand, aber das mich überwältigte.

Gina spürte meinen Kontrollverlust. Sie packte mich am Hosenbund und hob mich auf den Küchentisch. *Ah …* Als ich meine Beine um sie schlang, fühlte sich alles gut an. Ich konnte meine Hüften gerade so weit bewegen, dass meine Vulva schön an ihr rieb, und ich hielt sie so fest, dass ich den unbeschreiblichen Drang verspürte, sie *zu haben.*

Sie küsste mich gierig, während sie mich ebenso heftig umarmte. Die Dinge gerieten außer Kontrolle – ich hatte das Gefühl, gleich meine Chinos und mein Höschen zu verlieren und mit nacktem Hintern auf dem Küchentisch zu sitzen. Es machte mir nichts aus, obwohl ich wusste, dass die Platte kalt war.

Aber anstatt mich auszuziehen, wurden Ginas Berührungen leichter und langsamer. Sie drehte mein Lust-Level sanft, aber deutlich herunter, bis ich mich nicht mehr wie eine ordinäre Dirne gegen sie drückte.

Ich schnappte nach Luft, sie war heiß und klamm. Gina lehnte sich an mich und legte ihren Kopf gegen meinen. Ihre Stirn war feucht und sie atmete heftig.

»Wenn du deine Meinung geändert hast, werde ich dich erwürgen«, keuchte ich.

»Nein«, sagte sie und kicherte leise. »Ich habe meine Meinung nicht geändert. Ich möchte nur ein wenig langsamer machen. Damit es länger dauert.«

»Beeilen wir uns und machen es dann noch einmal«, schlug ich vor, indem ich ihre Hand fast unmerklich gegen meinen Schritt drückte und leise knurrte.

Sie hob ihren Kopf und blickte mir in die Augen. Dann strich sie mit der Hand über mein Haar und fuhr mit ihrem Daumen über die Schweißperlen an meinem Haaransatz. »Lass uns langsamer machen und gut aufpassen.«

»Was meinst du? Jeder meiner Nerven ist bis zum Zerreißen aufmerksam.«

Zärtlich streichelte sie meine Wange und küsste meine Stirn. »Ich will hier oben aufmerksam sein.« Sie berührte meine Schläfe. »Nicht nur mit unseren Körpern.«

Ich sah ihr in die Augen und wusste, dass ich allem zustimmen würde, was sie wollte. Absolut allem.

Ginas Arm lag um meine Hüften, als wir in mein Schlafzimmer gingen. Nein, ich hatte überhaupt keine Geduld, wenn ich erregt war. Erst kürzlich wurde mir klar, wie sehr ich Sex mochte. Verstehen Sie mich nicht falsch. Ich hatte es immer *gemocht*, aber bei Gina war es ein *Bedürfnis*. Ein Bedürfnis, das kein Ende zu nehmen schien. Und wenn sie mich heiß machte, was sie so leicht konnte, verlor ich jegliche Übersicht. Ich mutierte zu einer Masse zuckender Nervenenden ohne Ausschalter.

Deshalb war ich mit ihrer Idee einverstanden, es langsamer und etwas überlegter zu tun. Wenn schneller, harter Sex Spaß macht, sollte langsamer, harter Sex fantastisch sein!

Ich stand vor Gina und sehnte den Moment herbei, in dem sie mich auf das Bett wirft und wir in Flammen aufgehen, sobald sie mich an sich zieht. Mindestens eine Minute lang sah sie mich nur an, während sie mit ihren Fingern durch mein Haar fuhr. Es war eine herrliche Kopfmassage, und ich bemerkte, wie sensibilisiert meine Kopfhaut war. Alle meine Nerven schienen auf ihre Berührung zu warten, und ich wand mich unter ihren sanft streichelnden Händen.

Wir blickten uns unentwegt in die Augen und mein Verlangen nach ihr wuchs, aber ich spürte es nicht nur in meinem Unterleib, diesmal fühlte ich es in meinem Herzen. Ich schloss meine Augen, das Gefühl war plötzlich zu stark für mich. Sie nahm ihre Hände von meinem Kopf und ich spürte ihren Atem auf meiner Wange. Dann legte sie ihre Arme um mich. Ihr Mund berührte meinen.

Wir küssten uns zärtlich. Ihre Lippen waren so unglaublich weich und einladend, dass ich fast meine pulsierende Klitoris vergaß. Erstaunlicherweise brachten mich Ginas Küsse dazu, meine Aufmerksamkeit auf nichts anderes als ihren Mund zu richten. Und was für einen schönen Mund sie hatte. Ich hörte ihr Seufzen, als sie mich weiter küsste, und ich konnte die Verbindung, die in den letzten Wochen zwischen uns gewachsen war, tief in mir spüren. Ich kannte ihre Hände, ihr Gesicht und ihren Körper. Ich hatte jeden Teil von ihr berührt, und sie hatte mich berührt – Körper und Seele. Diese Erkenntnis brachte mich beinahe zum Weinen, und ich vergrub mein Gesicht an ihrer Schulter, während ich sie festhielt.

Wir begannen uns langsam in einem Takt zu wiegen, den wir beide zu spüren schienen. Dann hob sie mein Kinn an und küsste mich wieder, wobei sie nach jedem zarten Kuss innehielt, um mir in die Augen zu schauen. Wir waren vollständig bekleidet, aber ich fühlte mich völlig nackt, ihr gegenüber entblößt. Alle meine Abwehrmechanismen waren weg. Ich gewährte ihr vollen Zugang zu allem, was ich hatte, und ich konnte sehen, dass auch sie mir gegenüber völlig offen war.

Langsam öffnete sie die Knöpfe meines Hemdes, und als sie es mir ausgezogen hatte, stand sie still da und sah mich ermutigend an. Ich machte es ihr nach, zog ihr das Shirt aus und ließ meine Hände über ihre Schultern, ihr Dekolleté und ihre Brüste wandern.

Wir zogen uns vorsichtig gegenseitig aus, nicht wie üblich in wahnsinniger Eile. Und irgendwie war es so viel intimer, ihr schüchterner Blick, wie sie in BH und Höschen dastand, obwohl ich sie schon oft nackt gesehen hatte.

Als das letzte unserer Kleidungsstücke auf den Boden fiel, zog Gina die Decken zurück, und wir gingen ins Bett. Für einige Augenblicke knieten wir einander gegenüber und küssten uns. Dann legten wir uns hin und liebten uns. Es gab keine anderen Worte für das, was wir in dieser Nacht taten. Wir haben uns geliebt.

6

Ich lag in Ginas Armen und hörte zu, wie ihr Herz langsam und stetig schlug. Es war sehr schwer, wach zu bleiben – aber ich wollte nachdenken. Ich war eindeutig dabei, mich in Gina zu verlieben, und angesichts dessen, wie sie mich heute Abend behandelt hatte, war sie auch in mich verliebt. Aber das hätte nicht passieren dürfen, jedenfalls nicht mir. Ich hatte zu viele Dinge am Laufen. Okay, ich hatte *eine* Sache am Laufen – meine Karriere.

Ich wusste, Gina würde es nicht verstehen. Ich konnte es kaum erklären, ohne mich selbst für ein totales Arschloch zu halten. Aber ich *war kein* Arschloch. Ich war wirklich kein Arschloch. Ich wusste einfach, wie mein Leben in Zukunft sein sollte. Seit meinem sechsten Lebensjahr hatte ich darauf hingearbeitet, erfolgreich Karriere zu machen. Mein ganzes Leben bestand darin, zu lernen und die richtigen Kurse zu belegen, in die richtigen Schulen zu gehen und die richtigen Mentoren zu finden, die mich dorthin gebracht hatten, wo ich nun war. Und ich konnte mir nicht vorstellen aufzuhören, bevor ich dort angekommen war, wohin mich die ganze Arbeit führen würde. Vielleicht schaffe ich es nie nach Harvard, Yale oder Princeton, aber ich würde eine ordentliche Professorin werden. Und ich würde es an einer verdammt guten Hochschule schaffen.

Ginas warmer Körper bewegte sich und ich konnte die Muskeln in ihrer Brust spüren, auf der meine Hand ruhte. Sie war in jeder Hinsicht absolut schön, aber sie würde niemals in diese Zukunft hineinpassen. Sie würde sich nie als Ehefrau einer Akademikerin einfügen *wollen*.

Ich kannte sie zwar noch nicht lange, aber ich wusste, dass sie niemals ein erstklassiger Arschkriecher sein würde. Und wenn eine Assistenzprofessorin nur eine Fähigkeit hatte, dann sollte es das Arschkriechen sein. Und einen Ehepartner zu haben, der nicht wenigstens versuchen würde, die Mitglieder des Fachbereichs, die Dekane, die Vorsteher und die zahllosen anderen Streber an einer Universität zu beeindrucken, wäre ein Karrierekiller.

Aber selbst wenn sie meine Ehefrau sein und zu all den dummen Veranstaltungen gehen wollte, an denen ich teilnehmen musste, hatten wir immer noch logistische Probleme. Ich stellte mir vor, dass sie in die Stadt ziehen und ich sie unterstützen könnte, aber ich konnte mir nicht vorstellen, dass sie das mitmachen würde. Und eine Geliebte, die zwei Stunden mit dem Zug unterwegs war, war nichts, womit ich leben konnte. Vielleicht würde sie in der Stadt einen Job finden, aber als was? Ich vermutete, dass sie auch dort eine Fähre fahren konnte, aber sie schien Manhattan zu hassen.

Ich wusste, dass ich mit Gina über all das reden musste, aber nicht in diesem Moment. Was wir geteilt hatten, war zu kostbar, um es zu ruinieren. Ich wollte nur, dass sie mich festhält, bis wir einschlafen. Vielleicht würde mir morgen früh eine Alternative einfallen. Vielleicht gab es einen Mittelweg, bei dem wir beide bekamen, was wir brauchten.

Sie bewegte sich wieder und schlang ihre Arme um mich. Ich rollte mich auf sie. »Ich dachte, du wärst eingeschlafen«, sagte ich. Dann küsste ich sie auf die Nasenspitze.

»Muss nach Hause gehen.«

»Was?«

»Ich muss nach Hause gehen. Case schafft es wahrscheinlich auch allein, aber ich würde mich besser fühlen, wenn ich dabei bin, wenn er das Boot für die Nacht vertäut. Ich will ihm nicht zu viel Verantwortung aufbürden, bis ich sicher bin, dass er bereit dazu ist.«

»O Gina, muss das wirklich sein?«

Sie konnte sehen, wie enttäuscht ich war, und ihr Lächeln war erfüllt von Empathie. »Ich will nicht. Aber ja, ich muss es tun.«

Ich rollte von ihr herunter, legte mich auf die Seite und beobachtete, wie sie aufstand und ins Badezimmer schlich. Sie *war* eine Katze. Eine große, schöne Abessinier Katze – ganz Knochen, Muskeln und geschmeidige Bewegung. Ich habe Katzen schon immer geliebt. Aber ich hatte nie eine gehabt.

Am Freitagnachmittag ging ich auf die Fähre und fühlte mich etwas merkwürdig, da ich als einzige Person relativ herausgeputzt war. Ich hatte nicht viel mit auf die Insel gebracht, und um ehrlich zu sein, besaß ich auch nicht viel schicke Kleidung. Ich brauchte sie nicht für die Arbeit und ich ging auch nicht häufig an Orte, wo ich optisch etwas hermachen musste.

Gina hatte mich über die Party ausgefragt: Wer würde da sein, was würden sie anhaben, was würden wir essen, mit wem sollte sie reden und mit wem nicht, wem sollte sie Trinkgeld geben. Sie stellte mehr Fragen als ein Studienanfänger eine Woche vor der Abschlussprüfung.

Ich war etwas beunruhigt, dass sie vielleicht nichts Elegantes zum Anziehen hatte, aber sie nur lachte laut, als ich über meine Besorgnis sprach. Das verwirrte mich, aber wie so oft konnte ich keine weiteren Informationen aus ihr herausholen. Sie war nicht geheimnisvoll, aber sie warf auch nicht gerade mit Erklärungen um sich. Ich hatte den Eindruck, dass sie Fragen, die sie dumm fand, nicht beantwortete. Und aus irgendeinem Grund schienen viele meiner Fragen albern zu sein.

Sie wartete an der Anlegestelle auf mich. Zumindest war ich mir ziemlich sicher, dass das prächtige Geschöpf, das dort stand, Gina war. Ich blinzelte überrascht, als sie ihre Hand ausstreckte, um mich vom Boot zu führen. Ich wusste, dass sie hübsch war, aber das war irrwitzig!

»Mir fehlen die Worte dafür, wie wunderbar du aussiehst«, sagte ich und hatte plötzlich das Gefühl, dass mein Outfit nur für einen Hundekampf geeignet war.

»Du siehst auch ganz reizend aus«, sagte sie und küsste mich auf die Wange.

»Du riechst fantastisch«, murmelte ich, noch etwas benommen.

»Danke.«

Sie nahm meine Hand und führte mich zu einem Auto ... oder eher einem Lieferwagen. Es sah merkwürdig aus und war nicht zu übersehen. Es war gelb, sehr gelb. Als wir näher kamen, sah ich das Logo der Fährgesellschaft auf der Rückseite ... wie auch immer man die Rückseite eines Lieferwagens nennt, wenn es denn einer war. Gina öffnete die Beifahrertür und ich schlüpfte hinein. Es gab nur zwei Sitze, und was auch immer hinter mir war, musste für Ladung gedacht sein. Gina stieg ein und lächelte mich an, sodass ich fast vergaß, nach unserer Fahrt zu fragen.

»Gehört der Wagen der Fährgesellschaft?«, fragte ich und versuchte meinem Wunsch zu widerstehen, in ihre Wohnung zu gehen und ihr die Kleider abzukauen.

»Ja. Es ist einer ihrer Transporter.«

Ich musste kichern. »Ich war mir nicht sicher. So etwas habe ich noch nie gesehen.«

»Es gibt nicht viele davon«, sagte sie. »Aber es ist ein Chevy. Gefällt er dir?«

»Sicher. Er ist furchtbar gelb und ich bin eher konservativ, wenn es um Farben geht.« Ich rutschte ein wenig auf dem schwarzen Ledersitz herum. »Aber er ist sehr bequem.«

»Ja, das ist er. Zischt auch ab wie eine Rakete«, sagte sie und grinste dabei böse. »Willst du mal sehen?«

»Nein!« Ich legte meine Hand auf ihren Arm. »Ich will nicht, dass du Ärger bekommst.«

Sie fuhr vom Parkplatz und schenkte mir das Lächeln, das sie oft zeigte, wenn sie versuchte, nicht über mich zu lachen. »Ich werde keinen Ärger bekommen.«

»Gina, wir sind nicht auf Fire Island. Dies hier ist eine echte Stadt.«

»Nicht wirklich. Sayville ist ein Weiler von Islip.«

»Islip? Nie davon gehört.«

»Na ja, du steckst da irgendwie drin«, sagte sie und lächelte wieder dieses »Ich will über dich lachen«-Lächeln.

»Ich möchte nicht, dass die Polizei von Islip dich wegsperrt, wo du doch so wunderbar aussiehst.«

»Es gibt keine Polizei in Islip«, sagte sie. »Die Polizei von Suffolk County ist hier zuständig. Die East Ender haben eine eigene Polizei. Sie müssen immer etwas Besonderes sein.« Sie rümpfte ihre bezaubernde Nase und brachte mich zum Lachen.

»Ich weiß nie, wovon zum Teufel du sprichst«, sagte ich. »Gut, dass es kein Test ist.«

»Apropos Test, werde ich heute Abend bestehen?«

»Bestehen … oh, du meinst die Leute von der Penn?«

Sie nickte und schien etwas unsicher zu sein.

»Gott, ja. Du siehst besser aus als jede andere Frau dort.«

Sie riss ihre Augen auf. »Dann sollte ich mich umziehen. Ich will nicht auffallen.«

»Gina«, sagte ich und rieb leicht über ihren Arm. »Du kannst nicht anders als auffallen. Du bist so hübsch, dass jeder Mann oder jede zumindest bisexuelle Frau sabbern wird, wenn sie dich sehen.«

»Ich meine es ernst, Hayden«, sagte sie mit entschiedenem Blick. »Ich möchte mich anpassen.«

»Nun …« Ich schaute sie mir an und tat mein Bestes, um ihr eine objektive Einschätzung zu geben. »Das ist das Problem. Frauen im akademischen Bereich sind nicht gerade für ihren modischen Geschmack bekannt.«

»Aber ich bin nicht sehr modisch angezogen«, verteidigte sie sich. »Ich habe darauf geachtet, dass es dezent ist.«

Ich schaute an ihrem schönen Körper auf und ab und schüttelte den Kopf. »Das Problem ist nicht die Kleidung, Gina. Du siehst einfach toll aus.«

Sie schenkte mir ein widerwilliges Lächeln, aber sie hörte nicht auf. »Soll ich mich umziehen?«

»Nein, nein, wirklich. Dein Kleid könnte kaum schlichter sein. Was würdest du anziehen wollen?«

»Ich weiß nicht, Hosen wie du?«

»Nein, du siehst sehr elegant aus in diesem Kleid. Und alles … passt.«

Nun war ihr Lächeln warm und voll. »Das soll es auch.«

»Ja, ich weiß. Meine Mutter dagegen hat eine schöne, schwarze Handtasche, die sie immer nimmt, wenn sie ausgeht. Sie kauft keine neue Handtasche, die zu den neuen Kleidern passt. Würde ihr nicht in den Sinn kommen.«

»Oh.« Sie sah ein wenig verwirrt aus, aber dann nickte sie. »Ich kann es verstehen, wenn jemand nicht viel Geld für Kleidung und Accessoires ausgeben möchte. Ich gehe einfach gerne einkaufen.«

»Das gilt wenigstens für eine von uns.« Ich legte meine Hand auf ihren Oberschenkel und glitt leicht unter den Saum des Kleids. »Was ist das?«, fragte ich, mit meinen Fingern nachforschend.

»Strümpfe«, sagte sie und schlug meine Hand weg. »Wir haben eine lange Fahrt vor uns. Wenn deine Hand noch höher kommt …«

»Ich kann mir vorstellen, dass du sehr sexy Unterwäsche trägst. Ich muss das überprüfen.«

»Das wirst du sein lassen müssen. Wenn wir nach Hause kommen kannst du tun, was immer du willst.«

»Lass uns auf die Party gehen, etwas trinken, alle küssen, die wir küssen müssen, ein paar Hände schütteln und dann verschwinden wir wieder.«

»Hört sich gut an. Aber du bist der einzige Mensch, den ich küssen muss.«

Verdammt, womit habe ich es verdient, dass eine so süße Frau mich so anschaut?

Während wir im Stau standen, verbrachte ich einen Großteil der Zeit damit, Gina einfach nur anzustarren. Sie hatte sich offensichtlich viel Mühe gegeben, gut auszusehen, und ich hoffte, sie hatte nicht zu viele Accessoires nur für dieses Ereignis kaufen müssen. Ihre Ohrringe waren rund, mit rosa Steinen, wahrscheinlich einem Kristall oder Saphir. Sie passten fantastisch zu ihrer dunklen Haut und ich begann, meine Abneigung gegen Rosa in Frage zu stellen. Das klobige Armband aus großen, abwechselnd rosa und schokoladenfarbenen Perlen sah auch schön aus. Ich warf noch einmal einen Blick auf ihre Schuhe und bemerkte, dass sie ebenfalls schokoladenbraun waren, aber sie hatten einen kleinen rosa Lederstreifen auf der Oberseite.

Ich legte meine Hand auf ihren Nacken und berührte sanft ihr Haar, das sie zu einem Knoten geschlungen hatte, den ich nicht beschreiben konnte, der mir aber definitiv sehr gut gefiel. Dadurch kam ihr Hals so verlockend zur Geltung.

»Nein«, sagte sie sehr bestimmt, nahm meine Hand und legte sie auf ihr Knie. »Du must schon warten, bis du spielen darfst.«

»Verdammt, bist du so hart zu mir.«

»Nur wenn es sein muss«, sagte sie und schenkte mir das Lächeln, das mein Herz zum Schmelzen brachte.

Wir parkten vor dem Haus meiner Mutter, um auf dem Campus nicht nach einem Parkplatz suchen zu müssen. Gina stieg aus und dehnte sich nach der langen Fahrt ein wenig, um sich zu entspannen. »Das ist es?«, fragte sie, als sie das Anwesen betrachtete.

»Ja. Sie und Roger leben seit etwa acht Jahren hier.«

»Wow. Es sieht groß aus. Und alt.«

»Ja, das ist es. Möchtest du es sehen?«

»Gerne.« Sie wurde spürbar munterer. »Ich liebe Häuser.«

»Nun, ich bin sicher, dass sie schon bei der Veranstaltung sind und ich habe keinen Schlüssel, aber ich nehme dich danach auf eine Besichtigungstour mit, wenn du möchtest.«

Sie warf mir einen komischen Blick zu. »Du hast keinen Schlüssel für das Haus deiner Mutter?«

»Nein. Sie hat mir nie einen angeboten und ich habe nie einen gebraucht.« Ich nahm ihre Hand und wir gingen los. »Ist das merkwürdig?«

»In meiner Familie schon. Wir kümmern uns alle um die Angelegenheiten der anderen«, sagte sie kichernd.

»Wir halten gerne Abstand.«

Sie drückte meine Hand. »Auf diese Weise holst du dir wahrscheinlich weniger Erkältungen.«

Die Veranstaltung fand im University Club statt, einem Ort, an dem ich selbst erst ein- oder zweimal war, als Roger meine Mutter und mich zum Mittagessen ausgeführt hatte. Aber ich hatte mich in der Penn herumgetrieben, sobald ich alt genug war, mich in eine Bibliothek zu schleichen. Ich kannte den Ort in- und auswendig und das schien Gina zu beeindrucken.

»Du bist wie eine kleine Wanderkarte. Bist du sicher, dass du nicht hier zur Schule gegangen bist?« Sie schaute sich lange um, während wir spazieren gingen und die Sommerblumen betrachteten, die gerade anfingen zu blühen. »Warum warst du nicht hier?«

»Ich habe mich hier nicht beworben. Ich wollte von zu Hause weg, denke ich.«

»Das kann ich verstehen. Ich wollte weg, sobald ich mit der Highschool fertig war.«

»Das kommt ziemlich häufig vor. Ich denke, es ist gut, seine Entscheidungen allein treffen zu müssen. Wenn man auf eine andere Schule geht, wird man dazu gezwungen.«

»Das funktioniert auch mit dem Arbeitsplatz«, sagte sie und zwinkerte mir zu.

Diese Bemerkung war für mich eine gute Gelegenheit, ihr endlich die Frage zu stellen, vor der ich mich gefürchtet hatte, die ich aber dennoch für wichtig hielt. »So gut wie jeder wird dich fragen, was du beruflich machst.« Ich hielt inne und sah, dass sie in keiner Weise reagierte. »Ist das in Ordnung?«

Sie nickte. »Damit habe ich gerechnet. Du musst nicht befürchten, dass ich dich in Verlegenheit bringe.«

Ich blieb stehen, griff nach ihr und suchte ihren Blick. »Mach dich nicht lächerlich. Ich wollte dich nur vorbereiten für den Fall, dass sich jemand merkwürdig verhält, wenn du ihm sagst, womit du deinen Lebensunterhalt verdienst.«

Sie lächelte mich schwach an. »Kein Problem. Mir geht es gut.«

Ich nickte dem Bediensteten zu, der uns die Tür zum *Inn at Penn* aufhielt, in dem der Club untergebracht war. Ich nahm Gina an der Hand, in der Hoffnung, dass sie in einem, wie ich wusste, spießigen Haufen Akademiker die Ruhe bewahren konnte.

Der Harrison-Saal, der größte Raum für private Veranstaltungen, in dem auch das tägliche Mittagsbuffet stand, war so fröhlich dekoriert, wie ein Speisesaal nur sein kann. Ich war enttäuscht, dass die Universität nicht einen der speziellen Veranstaltungsräume des Hotels angemietet hatte, aber ich wusste, dass jedes Abteilungsbudget knapp bemessen war, wenn es um die Bewirtung ging, also freute ich mich lieber darüber, dass sie die Party überhaupt veranstaltet hatten.

Ich stand in der Nähe des Eingangs und versuchte, meine Nervosität nicht zu sehr zu zeigen. Seltsamerweise wirkte Gina kühl und selbstbewusst, was ich nicht recht verstehen konnte. Das war mein Umfeld, während sie noch immer nicht genau den Unterschied zwischen einer Universität und einem College beschreiben konnte. Nachdem ich den Raum gescannt hatte, sah ich Roger aus einer Gruppe von Professoren-Typen herausragen, die um ihn herumstanden. Meine Mutter stand zu seiner Linken und schaute höflich gelangweilt einen Mann an, der mit einer kalten Pfeife gestikulierte, da Rauchen im Gebäude nicht erlaubt war.

Gina drückte meine Hand und sagte: »Da ist deine Mutter.«

Erstaunt sah ich sie an. »Woher wusstest du das?«

»Die schwarze Handtasche«, sagte sie und kicherte leise. Meine Mutter trug einen wahrscheinlich neuen cremefarbenen Anzug mit einem etwas dunkleren Oberteil unter der Jacke. Ihre Schuhe harmonierten recht gut mit der Anzugfarbe, aber wie vorhergesagt hatte sie ihre schwarze Handtasche dabei, die, wie ich jetzt deutlich sah, überhaupt nicht dazu passte.

»Wirklich?« Ich schaute in ihre Augen und entdeckte den einen kleinen Schimmer, den sie immer bekamen, wenn sie mich neckte.

»Nein, Hayden. Sie sieht genauso aus wie du.«

»Oh. Richtig. Ich schätze, das tut sie.« Ich betrachtete meine Mutter mit dem Abstand, den ich selten hatte. Sie war eine sympathisch wirkende Frau, aber man sah ihr definitiv ihr Alter an, vielleicht wirkte sie sogar noch älter. Mir wurde klar, dass das zum

Teil an ihrer Kleidung lag. Meine Mutter war noch keine sechzig Jahre alt, aber ähnelte in ihrem Erscheinungsbild einigen Ehefrauen der pensionierten Fakultätsmitglieder, die ich erkannte – Leute, die bereits in ihren Achtzigern sein mussten.

Ihr Haarschnitt war meinem ärgerlicherweise ähnlich, ebenso ihre Haarfarbe. Aber ihre wurden bereits grau und sie hatte vor kurzem damit begonnen, sie selbst zu färben, wobei sie die gleiche uninspirierte Farbe beibehielt, die wir gemeinsam hatten. Ich warf einen kurzen Blick auf Gina und sah den Unterschied zwischen ihrem und meinem Stil und ich wünschte, wir wären gar nicht erst gekommen. Aber meine Mutter fing meinen Blick auf, als ich gerade an unsere Flucht dachte, und wir gingen zu ihr hinüber, Gina an meiner Seite.

»Hier ist meine Tochter«, sagte sie zu dem Mann, mit dem sie gerade sprach. »Hayden, das ist Professor Geddes, einer von Rogers Mentoren.«

»Schön, Sie kennenzulernen«, sagte ich und streckte meine Hand aus. Seine Haut war so weiß wie Pergament, seine Hand weich wie die eines Babys.

»NYU, ja?«, sagte er laut. »Geschichte?«

»Ähm, ja, ich bin im Fachbereich Geschichte, aber ich unterrichte Klassische Philologie.«

»Die haben kein eigenes Institut dafür.«

»Ich weiß«, sagte ich und versuchte zu lächeln. »Mama, Professor Geddes, das ist meine Freundin, Gina Scognamiglio.«

»Scone-ya was?«, fragte der charmante alte Professor.

»Scognamiglio«, sagte Gina, nahm die Hand des alten Mannes und beugte sich vor, sodass sie genau in seiner Blickrichtung lag. »Das ist italienisch.«

Er schaukelte auf den Fersen zurück, als sie vor seinen geröteten Augen auftauchte, und er lächelte albern. »Lieblicher Name. Reizend. Reizend.«

Ich hatte das Gefühl, dass er nicht ihren Namen meinte, aber ich war froh, dass er abgelenkt war. Ich umarmte meine Mutter und führte sie sanft von dem Professor weg. »Wie gehts denn so?«, fragte ich, wohl wissend, dass sie es hasste, im Mittelpunkt der Aufmerksamkeit zu stehen.

»Gut. Ich bin so froh, dass du gekommen bist, Schatz. Du wirst deine Freundin doch nicht bei dem alten Kauz lassen, oder?«

Ich warf einen kurzen Blick auf Gina und sah, dass sich eine ältere Frau näherte, wahrscheinlich die Frau des Professors. »Sie wird rüberkommen, sobald ihn ihr jemand abnimmt.«

Meine Mutter lachte. »Er hat die letzten dreißig Jahre versucht, seine Frau zu betrügen, aber niemand wollte ihn haben.«

»Kaum vorstellbar warum«, sagte ich lachend. Gina kam zu uns und trat an meine Seite.

»Es ist schön, Sie kennenzulernen«, sagte Gina, und ich merkte, dass ich meine Mutter gar nicht richtig vorgestellt hatte.

»Es tut mir leid, dass ich euch nicht gleich bekanntgemacht habe, aber der Professor hatte mich abgelenkt. Gina, das ist meine Mutter, Carol Wright.«

»Nennen Sie mich Carol«, sagte meine Mutter.

»Nennen Sie mich Gina.« Sie gaben sich die Hände und ich konnte sehen, dass meine Mutter sich fragte, wer dieses reizende Geschöpf wohl war.

»Lehren Sie auch an der NYU?«, fragte meine Mutter.

»Nein, ich bin nicht im akademischen Bereich. Hayden und ich lernten uns auf Fire Island kennen. Erst vor ein paar Wochen.«

»Oh, wie schön. Ich war noch nie dort. Ist es schön?«

»Es ist wunderbar«, sagte Gina und lächelte dabei dieses Lächeln, dem weder Mensch noch Tier widerstehen konnten. »Jetzt, wo Hayden da ist, ist es natürlich noch viel schöner. Sie hat die Insel erheblich aufgewertet.«

Meine Mutter und ich lachten beide über Ginas offensichtliche Übertreibung. »Wie Gina sagte, kennen wir uns erst seit ein paar Wochen. Aber wenn ich gewusst hätte, dass Gina sich dort versteckt, ich wäre gependelt.« Was? Wer hat das gesagt? So habe ich noch nie geredet!

Gina und ich hatten meine Mutter etwas verwirrt, aber sie war zu höflich, um es zu zeigen. »Lasst uns Roger loseisen. Er wird sich freuen, dass du kommen konntest.«

»Das hätte ich mir um nichts in der Welt nehmen lassen«, log ich ein wenig. »Einen Preis für sein Lebenswerk von der Amerikanischen Archäologischen Gesellschaft zu erhalten, ist ein großer Coup.« Ich hatte keine Ahnung von der Society for American Archaeologists, aber das brauchte meine Mutter nicht zu wissen.

Nach dem Empfang gingen Gina und ich zurück zum Haus meiner Mutter. »Wer von uns ist in der akademischen Welt zu Hause?«, fragte ich und hielt ihren Arm fest an meinen Körper gedrückt.

»Das bist du«, sagte sie und stupste mich mit der Schulter an.

»Niemand hätte das gedacht, abgesehen von der Tatsache, dass du 300 Prozent besser aussiehst. Die meisten Archäologen verwenden nicht viel Zeit auf ihr Aussehen.«

»Das habe ich bemerkt«, sagte sie kichernd. »Es waren mehr Schuppen auf mehr alten, blauen Blazern, als ich glauben konnte. Müssen diese Typen eigentlich blaue Blazer tragen? Ist es eine Art Uniform?«

»Irgendwie schon«, sagte ich. »Blazer sind halt adrett. Es ist nicht cool, so auszusehen, als würde man Geld für Kleidung oder Schmuck oder Autos oder solche Dinge ausgeben. Alles sollte irgendwie schäbig sein, aber von guter Qualität. Es herrscht ein gewisser Geiz in meiner Sippe.«

»Sie versuchen also auszusehen, als hätten sie Geld, indem sie es nicht ausgeben, hm?«

»Ja. Das ist trifft es ungefähr.«

»Puh. Du würdest nie in meine Familie passen. Wir sind der Meinung, dass man alles zeigen muss, was man besitzt.«

Gina schien sich in Rogers Nähe und der meiner Mutter bemerkenswert wohlzufühlen. Roger hatte uns auf eine ausgedehnte Tour zu einigen der Schätze mitgenommen, die er im Laufe der Jahre erworben hatte. Ich hatte alles schon gesehen, aber er liebte sein Forschungsgebiet so sehr, dass es mir nichts ausmachte, noch einmal von den Ausgrabungen, die er in der Provinz Sichuan geleitet hatte, und den Entdeckungen, die er gemacht hatte, zu hören. Ich dachte, dass er wahrscheinlich ein guter Lehrer gewesen war, aber ich wusste, dass er nur noch selten das Innere eines Klassenzimmers sah.

Wir saßen im stickigen Wohnzimmer auf den Möbeln, von denen ich wusste, dass sie mindestens fünfzig Jahre alt waren, und sprachen über den Abend. »Ich fand, es lief spektakulär gut«, sagte Roger. Mir fiel seine blaublütige, leicht nasale Aussprache auf und ich fragte mich, warum sie mir früher nie so seltsam vorgekommen war.

»Es war eine schöne Party«, sagte Gina. Sie nippte an einem Brandy in einem zarten, geschliffenen Kristallglas, das im schwachen Lampenlicht glitzerte. »Ich war noch nie in Philadelphia, daher war dieser ganze Tag eine Offenbarung für mich.«

»Niemals?«, fragte Roger und legte den Kopf schief. »Haben Sie noch nie die Constitution Hall oder die Freiheitsglocke gesehen?«

»Nein, und ich glaube nicht, dass wir die Möglichkeit dazu haben werden, wenn sie nicht die ganze Nacht geöffnet haben.«

»Warum übernachtet ihr beide nicht hier?«, fragte meine Mutter. »Ich hasse den Gedanken, dass ihr den ganzen Weg zurückfahrt.«

»Es ist noch nicht so spät«, sagte Gina. Sie schaute auf ihre Uhr, und ich bemerkte, dass auch das Band aus schönem dunkelbraunen Leder perfekt zu ihrem Outfit passte. »Wir können um ein Uhr zu Hause sein, wenn wir jetzt aufbrechen.«

»Sind Sie sicher?«, fragte Roger. »Wir haben oben viele Zimmer.«

»Ich muss morgen früh zu Hause sein«, sagte Gina. »Hayden?«

»Ich muss auch gehen. Ich muss an meinem Buch arbeiten.«

Roger stand auf, nahm meine Hand und half mir auf die Füße. »Wir sind stolz auf dich, Hayden«, sagte er, sein Standardsatz. »Es ist eine ziemliche Leistung für jemanden in deinem Alter, sein zweites Buch in Arbeit zu haben.«

»Danke«, sagte ich und lächelte ihn an.

Meine Mutter stand auf, umarmte mich und schüttelte dann Gina die Hand. »Vielen Dank für euer Kommen. Es hat uns beiden sehr viel bedeutet, dass ihr den Weg auf euch genommen habt.«

»Es war mir ein Vergnügen«, sagte Gina. »Ich würde gerne wiederkommen und mir einige der Sehenswürdigkeiten ansehen.«

»Sie sind immer willkommen«, sagte meine Mutter.

Roger schüttelte Gina die Hand und gab mir eine seiner steifen Umarmungen. Sie brachten uns zur Haustür und verabschiedeten sich noch einmal. Wir gingen Hand in Hand zum Wagen. Gina ließ mich einsteigen und schloss die Tür höflich, sobald ich mich gesetzt hatte. Sie setzte sich hinter das Steuer und grinste mich an. »Wie habe ich mich geschlagen?«

»Gina Scognamiglio, wenn ich es nicht besser wüsste hätte ich vermutet, dass du deine gesamte Freizeit damit verbringst, mit langweiligen alten Archäologie-Professoren zu plaudern. Du hast bemerkenswerte Umgangsformen.«

»Nee«, sagte sie und sah dabei sehr zufrieden mit sich selbst aus. »Ich bin einfach ein guter Dummschwätzer. In meinen Pausen in dieser Woche habe ich Ruby ein paar Stunden lang das Ohr abgekaut. Sie hat eine Zeit lang an einem College gearbeitet und sie weiß alles über diese Akademiker. Sie hat mir viele Tipps gegeben.«

Ich starrte sie verzaubert an. »Du hast recherchiert?«

»Sicher. Ich wollte dich nicht blamieren.«

»Gina«, sagte ich, als ich ihr schönes Profil betrachtete, »ich könnte mich nie für dich schämen.« Ich sagte das aus ganzem Herzen. Das tat ich wirklich.

Wie vorausgesagt erreichten wir Sayville kurz nach Mitternacht. »Willst du auf die Fähre warten oder hier bleiben?«

»Lassen sich diese Sitze noch weiter zurücklehnen?«, fragte ich neckisch.

»Du kannst bei mir bleiben, wenn du willst.«

Etwas an der Art und Weise, wie sie das sagte, klang zaghaft. »Musst du morgen früh arbeiten?«

»Ja.«

»Dann gehst du jetzt nach Hause und ich nehme die Fähre. Ich möchte nicht, dass du noch früher aufstehen musst.«

Sie beugte sich vor und küsste mich. Sie roch nach einem sinnlichen Parfüm und altem Brandy. »Ich dachte, du wolltest meine Unterwäsche sehen.«

»Oh, das tue ich. Aber ich mag dich so sehr, ich kann damit bis morgen warten.«

»Du meinst nachher.«

»Richtig.« Ich küsste sie und versuchte, mir mehr von ihrem Duft in meinem Gedächtnis einzuprägen. »So bald wie möglich.« Ich legte meine Hand auf ihren Schenkel und ließ sie unter ihren Rocksaum gleiten. Meine Finger ertasteten Strümpfe und den einen Strumpfgürtel, der sie hielt. »Das ist nicht fair«, stöhnte ich. »Ich liebe eine sexy Frau in sexy Unterwäsche.«

»Du kannst deine Meinung noch ändern und mit zu mir kommen«, neckte sie.

Ich lehnte mich zurück und schaute sie an. Sie sah aus, als würde sie gerne mit mir ins Bett gehen, aber ihre Augen funkelten nicht mehr so wie sonst. Sie musste in nur viereinhalb Stunden aufstehen und arbeiten und ich durfte sie nicht so missbrauchen.

»Das kann ich dir nicht antun«, sagte ich. »Du brauchst noch etwas Energie, damit du sofort nach der Arbeit zu mir kommen kannst. Es gibt tausend Dinge, die ich mit dir tun möchte, um dir für alles zu danken, was du heute für mich getan hast.«

»Eine Sache ist genug«, flüsterte sie. Sie beugte sich so weit vor, dass unsere Lippen sich berührten. »Küss mich einfach.«

Ich will ehrlich sein. Der heutige Abend war so unglaublich gut gelaufen, dass jede normale Frau davon ausgehen würde, eine große Hürde genommen zu haben. Aber niemand hat mir je vorgeworfen, normal zu sein. Die Tatsache, dass Gina sich schön anziehen und wie eine Politikerin Fragen ausweichen kann, ist großartig. Aber das ist nicht das Leben. Sie kann den Fragen nicht ewig ausweichen, und ich auch nicht. Ich wünschte, ich könnte sagen, dass es keine Rolle spielte, dass Gina nicht aufs College gegangen ist. Ich wünschte, ich könnte sagen, dass es keine Rolle spielte, dass sie eine Arbeiterin ist. Aber es spielt eine Rolle. Verdammt, das tut es. Es macht mich krank zuzugeben, dass ich so fühle, aber es bringt nichts, mich selbst zu belügen.

Ich habe mich auf unsere unterschiedlichen Hintergründe fixiert, aber es gibt noch etwas Anderes, das eine ebenso große Bedrohung für unser Zusammenbleiben sein könnte. Das habe ich seit unserem einen nicht so schönen Treffen im Hinterkopf, aber ich schiebe es immer wieder beiseite. Da wir uns immer näher kommen, fällt mir immer wieder ihr Temperament unangenehm auf. Ich war noch nie mit einer Person zusammen, bei der die Zündschnur so kurz ist. Und ich spreche nicht nur von Liebhabern. Weder unter meinen Freunden noch unter meinen Verwandten gibt es einen, der so viel Wut und schlechte Laune in sich trägt, wie Gina. Manchmal verkrampfe ich mich regelrecht, wenn sie diesen Blick bekommt, und ich kann nicht mit jemandem zusammen sein, der mir Angst macht.

Vielleicht gibt es eine Möglichkeit, wie wir damit umgehen können. Die Menschen sind schon über größere Differenzen hinweggekommen. Aber ich nicht. Ich fühle mich zu Menschen hingezogen, die in Bezug auf Persönlichkeit und Hintergrund so sind wie ich. Ich habe immer den Weg des geringsten Widerstands gewählt, und ich bin mir nicht sicher, ob ich den Mut habe, mich zu ändern.

Ich bin am Sonntagmorgen früh aufgestanden. Nicht so früh, wie die arme Gina es musste, aber ich hatte das Gefühl, dass ich mir Mühe geben sollte, nachdem ich sie so lange wach gehalten hatte. Als die zweite Fähre des Tages einlief, wartete ich mit einer großen Tasse Kaffee und einem Muffin auf sie. Als ich das Steuerhaus erreichte, lächelte sie mich so nett an, dass es mir ein wenig leidtat, nicht schon zur ersten Fähre aufgestanden zu sein.

»Für mich?«, fragte sie und neigte dabei ihren Kopf leicht schüchtern, wie sie es oft tat.

»Alles nur für dich. Ich, Kaffee und ein Muffin.«

Sie zog mich am Ärmel in die Kabine. Nach einem langen Kuss flüsterte sie mir zu: »Du bist süßer als jeder Muffin.«

Ich erwiderte den Kuss und rieb meinen Körper an ihrem. Das Boot war leer, und die Passagiere für die Rückfahrt wurden noch nicht an Bord gelassen. »Hast du Zeit für einen Quickie?«

Sie lächelte und nahm einen Schluck vom Kaffee. »Nein, aber ich habe Zeit für einen Slowie, wenn Case den Dienst übernimmt.«

»Langsamer ist besser.« Ich legte meine Arme um sie und hielt sie fest, als sie einen weiteren Schluck Kaffee trank. »Ich kann dich schlucken hören«, sagte ich in ihre Fleecejacke.

»Lass uns hinsetzen.«

Wir setzten uns auf eine der Bänke direkt hinter dem Steuerhaus, ich auf ihrem Schoß. Nachdem ich einen Arm um sie gelegt hatte, legte ich meinen Kopf auf ihre Schulter. »Das ist schön.«

»Das ist es. Was dagegen, wenn ich esse? Ich werde versuchen, dir nicht ins Haar zu krümeln.«

»Das macht nichts. Ich habe noch nicht geduscht.«

»Das hat Spaß gemacht gestern Abend.«

Ich drehte meinen Kopf, sodass ich einen Teil ihres Gesichts sehen konnte. »Wirklich?«

»Ja. Irgendwie schon. Ich meine, ich würde nicht die ganze Zeit zu solchen Empfängen gehen wollen, aber es war schön zu wissen, dass es nicht …« Sie sprach den Satz nicht zu Ende.

»Nicht was?«

Sie schwieg einige Augenblicke und sagte dann: »Ich hatte Angst, dass die Leute mich als Hochstaplerin entlarven würden.«

»Du bist keine Hochstaplerin. Du bist eine schöne, intelligente, kultivierte Frau, und genau so bist du gestern Abend aufgetreten.«

Sie antwortete nicht. Ich hörte, wie sie noch einen Schluck Kaffee und einen Bissen von ihrem Muffin nahm. »Ich wünschte, ich hätte deine Schwester kennenlernen können.«

»Wirklich?«

»Ja. Warum war sie nicht auf der Party?«

»Schwer zu sagen. Ich glaube, sie hat das Gefühl, unserem Vater gegenüber unloyal zu sein, wenn sie zu Roger geht.«

»Bah.«

»Ja. Außerdem war Larry, ihr Ehemann, wie üblich nicht in der Stadt. Sie geht nicht gern ohne ihn aus.«

»Was ist da los? Will er sie verlassen?«

Ich richtete mich auf und schaute sie neugierig an. »Warum meinst du?«

»Du sagst, er ist die ganze Zeit unterwegs. Das tut man nicht, wenn man verliebt ist.«

»Aber sicher doch. Viele Menschen müssen für ihre Arbeit unterwegs sein.«

»Richtig. Und ich wette, die meisten von ihnen lassen sich am Ende scheiden. Das ist nicht gut für eine Ehe. Das würde ich mir nicht gefallen lassen.«

Ich rutschte von ihrem Schoß, damit ich ihr in die Augen sehen konnte. »Aber was, wenn es darum geht, dass die Person ihren Lebensunterhalt verdient? Er ist ein Verkäufer, Gina. Er muss Menschen treffen.«

Sie zuckte die Achseln. »Er könnte einen anderen Job annehmen.«

Wieder irritierte sie mich zutiefst mit ihrem Urteil. »Was, wenn du mit jemandem zusammen wärst, dem es nicht gefällt, dass du eine Fähre steuerst?«

Ihr Gesichtsausdruck veränderte sich kein bisschen. »Wenn es eine Beziehung wäre, die mir wichtig ist, würde ich aufhören.« Sie berührte meine Wange und streichelte sie sanft. »Man kann nicht alles haben, Hayden. Es ist schön, wenn man den Job haben kann, den man will, und dort leben kann, wo man will, und die Geliebte haben kann, die man will. Aber wenn ich mich entscheiden müsste, würde ich immer die Liebe wählen. Immer«, sagte sie, und ihre großen, braunen Augen strahlten Sicherheit aus.

Gott, wenn sie mich so ansah, wollte ich auf ihren Schoß kriechen und sie nicht mehr loslassen. Noch nie hatte mich jemand an die erste Stelle gesetzt. Natürlich habe auch ich nie jemand anderen an die erste Stelle gesetzt. Vielleicht müssen zwei Menschen selbstlos sein, um eine gute Beziehung zu führen. Vielleicht schreibe ich ein Buch darüber. Ich bin sicher, das ist eine brandneue Entdeckung.

7

Der Moment ist gekommen, Dana hat ihr Versprechen wahr gemacht. Nachdem sie mindestens ein Jahr lang Andeutungen gemacht und Gott weiß was an Strippen hinter den Kulissen gezogen hatte, verschaffte sie mir schließlich ein Bewerbungsgespräch mit dem Dekan der Fakultät für Altertumswissenschaften in Harvard. Dana ließ es so klingen, als sei dies nur ein flüchtiges Vorstellungsgespräch, als gehöre die Stelle bereits mir. Aber das konnte ich nicht glauben. Harvard ist eine der ersten Adressen für Altertumswissenschaften, wenn nicht sogar *die Beste* des Landes. Man vergibt dort keine Stellen in einem solchen Fachbereich, nur weil eine außerordentliche Professorin für Geschichte für einen bürgt.

Natürlich muss ich zu diesem Vorstellungsgespräch fahren. Eine Gelegenheit wie diese lehnt man nicht ab. Aber was soll ich Gina sagen?

Ich muss in dieser Sache schonungslos ehrlich sein, auch wenn es sich egoistisch anhört. Gina hat einen Job; ich habe eine Karriere. Und ich habe immer Entscheidungen getroffen, die meiner Karriere gedient haben. Okay, wenn ich ehrlich sein soll, ist das nicht *ganz* wahr. Auch wenn meine Karriere immer an erster Stelle stand, hätte ich auch an einem zweitklassigen College unterrichtet, wenn Dana wirklich gewollt hätte, dass ich zu ihr nach Boston gehe. Aber ich wusste, dass sie mit mir fertig war, als sie das Angebot von Harvard bekam. Sie dachte nicht einmal an die Columbia, und das wäre nicht der Fall gewesen, wenn sie mich wirklich geliebt hätte. Wir wollten beide nach Princeton, Harvard oder Yale, aber die Columbia ist nicht so weit davon entfernt in der Rangordnung. Es hätte ihrer Karriere keinen Abbruch getan, wenn sie in New York geblieben wäre. Aber sie hat nicht einmal halbherzig so getan als ob. Sie sagte nur, dass ich schon etwas finden würde in Boston – irgendwann. Nicht gerade eine glühende Liebeserklärung.

Vielleicht kommen Gina und ich uns einmal so nahe, dass ich bereit für das Opfer wäre, das Dana mir nicht gebracht hatte. Aber im Augenblick war es so, dass ich New York verlassen wollte. Dass Gina in der Tat noch auf Bewährung war. Dass ich sie erst, wenn ich sie von ganzem Herzen liebe, vor meine Arbeit stellen würde. Wie sagt man einer Frau so etwas? Wie gesteht man sich das selbst ein?

Ich war so stolz auf mich. Ich hatte beschlossen, Gina die Wahrheit zu sagen. Die ganze Wahrheit. Ich wollte einfach keine Lüge erfinden, um die Fahrt nach Boston zu erklären. Dann aber arrangierte diese verfluchte Dana für mich ein Mittagessen mit dem Dekan in New York. Er kam zu einer Konferenz, an der ich sowieso teilnehmen wollte. Ich hatte Gina bereits davon erzählt, musste also technisch gesehen nicht einmal lügen, sondern nur zu einem Mittagessen gehen, ohne es ihr zu sagen. Natürlich ist auch Verschweigen eine Art Lüge und ich hatte das Gefühl, dass ich es bereuen würde, aber ich hielt es ehrlich gesagt für anständiger, erst einmal abzuklopfen, was mit Harvard los ist, bevor ich Gina davon erzähle und sie anfängt, sich Sorgen zu machen. Und das ist die Wahrheit. Ich will sie nicht quälen, wenn ich es nicht muss.

Ich kam mit einem späten Zug auf die Insel zurück. Ich hatte die gesamte Fahrt – fast zwei Stunden – damit verbracht, mit Dana zu telefonieren. Es stellte sich heraus, dass sie recht hatte. Das Gespräch war eher flüchtig. Aber auf keine gute Art und Weise. Harvard ist wie das hübscheste Mädchen auf einer Party. Sie kann mit jedem Kerl flirten, jeden herausfordern, nichts versprechen und dann auch noch verlangen, dass man sie fünfzig Meilen weit nach Hause bringt – und jeder Kerl wird nach seinen Autoschlüsseln greifen.

Harvard will von mir nach Hause gefahren werden und für meine Mühe könnten sie mich – wenn sie in Stimmung sind und die Sterne am Himmel richtig stehen – mit einer Assistenzprofessur belohnen. Ja, Sie haben richtig gehört. Wenn ich ein oder zwei

Jahre lang die Böden schrubbe, bekomme ich vielleicht den gleichen Job, den ich jetzt an der NYU habe.

Warum habe ich nicht gesagt, sie sollen sich ihr Angebot sonst wo hinschieben? Weil Harvard das hübscheste Mädchen ist. Niemand gibt dem hübschen Mädchen einen Korb. Man stellt sich mit all den anderen in einer Reihe auf, in der Hoffnung, dass sie einen auswählt. Ich gebe es nur ungern zu, aber ich bin in Versuchung, die Böden zu schrubben.

Dana besteht darauf, dass dies in Harvard gängige Praxis ist. Dass viele durch eine Seitentür hereinkommen. Aber ich ziehe es eigentlich vor, durch die Vordertür zu gehen, genau wie Dana es getan hat.

Der Dekan, ein netter Kerl namens Ernst Schonnenberg, will, dass ich im September erscheine und die Erstsemester in Latein und Griechisch unterrichte – meine unbeliebtesten Fächer und meine unbeliebtesten Studenten. Ich wäre Dozentin. Dozenten sind alle Post-Docs oder Alle-außer-Dissertations-Kandidaten, bevor sie zu Assistenzprofessoren gemacht werden. Das war ich vor vier Jahren.

Die Verlockung besteht darin, dass eine lebende Reliquie, Mathilde Bronner, in einem Jahr endlich emeritiert wird. Ich würde als Assistenzprofessorin einspringen – als Assistenzprofessorin mit einer Festanstellung – und jemandem erlauben, Dr. Bronners Platz als Platzhirsch im Bereich Klassische Geschichte einzunehmen. Ich wäre also dort, wo ich von Anfang an sein wollte, aber ich hätte fünf Jahre gebraucht, um dorthin zu gelangen. Die Frage ist, ob es besser ist, dort neu anzufangen, wo ich hin will, oder dortzubleiben, wo ich bin. Wahrscheinlich werde ich in einem Jahr an der NYU zum Associate ernannt. Weitere zwei oder drei Jahre, und ich werde ordentliche Professorin sein, wenn ich es nicht vermassle. Oder ich entscheide mich dafür, als ordentliche Professorin an ein kleineres, aber immer noch ruhmreiches College zu gehen, nachdem ich Associate geworden bin. Dann könnte ich vielleicht durch meine Lieblingstür nach Harvard, Yale oder Princeton wechseln.

Egal, was ich tue, es ist Glückssache. Bemerkenswert wenige Studenten studieren Altertumswissenschaften, und sobald man einen Abschluss in diesem Fach hat, bleibt einem nur noch wenig anderes übrig, als zu unterrichten oder zu schreiben. Microsoft scheint nicht viele Leute mit gründlichen Kenntnissen im Altgriechischen zu brauchen.

Der Zug erreicht in Kürze Sayville, also muss ich für Gina mein glückliches Gesicht aufsetzen. Ich habe sie vermisst, obwohl ich nur eine Nacht weg war. Ich bin mir immer noch nicht sicher, was ich ihr heute erzählen werde, aber ich hoffe, dass ich die richtige Entscheidung treffe.

Die Türen des Zuges gingen auf, das zischende Geräusch überraschte mich immer wieder. Ich betrat den Bahnsteig und fand eine lächelnde Fährboot-Kapitänin vor, die auf mich wartete. Sie sah göttlich aus. Es war eine warme Nacht, die erste wirklich warme des Sommers, und sie war entsprechend gekleidet. Sie trug Seersucker-Shorts und eine knappe weiße Bluse, die mindestens zwei Zentimeter ihres fabelhaft gebräunten Bauches zeigte. Jeder Mann vor mir warf im Vorbeigehen einen zweiten Blick auf sie, und ich fühlte mehrere Augenpaare auf uns gerichtet, als Gina mich in ihre Arme nahm und mich fest küsste. Dies hier ist ein Ort, an dem ich immer durch die Vordertür gehe. Ich liebe es.

Wir waren noch keine fünf Minuten bei mir zu Hause, als ich einen Teil der Wahrheit ausplauderte. »Ich hatte ein interessantes Mittagessen«, sagte ich und versuchte, beiläufig zu klingen.

»Ja? Erzähl mir davon.« Gina hatte Whiskey Sour gemacht, mein neues Lieblings-Sommergetränk. Der Mixer brummte ein paar Sekunden lang, dann schenkte sie zwei Drinks ein und bat mich, die Schiebetür zur Veranda zu öffnen. Wir sitzen nicht sehr oft hier draußen, aber das sollten wir ändern. Es ist ein schöner Platz, um den Mond auf dem Meer gespiegelt zu sehen.

Wir prosteten uns zu und ich nahm einen Schluck und genoss den kalten, würzigen, torfigen Geschmack des Whiskeys. Ich fuhr mit meiner Geschichte fort. »Ich aß mit dem Dekan des Instituts für Altphilologie in Harvard zu Mittag.«

»Wow«, sagte sie und nickte. »Klingt wie ein VIP.«

»In der Tat.« Ich lächelte und nahm noch einen Schluck. Das lief gut.

»Wie kam es dazu? Hatte das mit der Konferenz zu tun?«

»Ähm, nein, eigentlich nicht. Er hatte von meinem neuen Buch gehört und wollte über meinen Ansatz sprechen.« Das war alles bemerkenswert wahr. Er schien sogar ein wenig enttäuscht, dass Harvard es nicht unter Vertrag genommen hatte.

»Cool«, sagte sie, ihre schönen dunklen Augen glitzerten im Mondlicht. »Hattest du Spaß?«

Spaß. Gina ist so gut zu mir. Ich kenne niemanden, der diese Frage stellen würde. Jeder würde wissen wollen, was das Mittagessen ergeben hat oder was ich herausgefunden habe oder ob Harvard eine Stelle für einen Assistenz-Entomologen zu vergeben hätte. Aber Gina stellte ganz normale Fragen. Wie eine ganz normale Person. »Ich würde nicht sagen, dass es Spaß gemacht hat«, gab ich zu. »Er ist ziemlich spießig. Aber er war an mir und an meinem Buch interessiert. Das hat Spaß gemacht.« He! Ich hatte bereits viel verraten!

»Wer wäre das nicht?«, fragte sie und ließ ihre seelenvollen Augen an meinem Körper auf und ab wandern. »Ich wäre das sicherlich.« Sie stellte ihr Glas auf die Brüstung und beugte sich vor, um mich zu küssen. Und damit begann der eigentliche Spaß des Tages.

Okay. Es ist vorbei. Es dauerte nur zwei Tage, bis ich Harvard offiziell mitgeteilt habe, dass ihr Angebot von nahezu nichts nicht gut genug war. Der Dekan klang ehrlich gesagt schockiert. Als müsse man verrückt sein, wenn man nicht einen festen Job aufgibt, nur um eine Stelle bei Harvard anzunehmen – auch wenn die in einem Jahr vielleicht gar nicht mehr existiert.

Ich gebe zu, ich war hin- und hergerissen, auch wenn es ein schreckliches Angebot war. Und wenn ich nicht mit Gina zusammen gewesen wäre, hätte ich es angenommen. Trotz allem. Aber Gina ist mir zu wichtig, um in der Hoffnung, in einem Jahr einen festen Job zu bekommen, nach Boston zu ziehen. Unsere Beziehung ist noch zu jung, um daran zu denken, dass ich wegziehen und trotzdem mit ihr zusammen sein könnte. Ganz zu schweigen von ihrer klaren Ansicht über Fernbeziehungen.

Ich hatte mich bereits entschieden, Gina nicht alles zu erzählen. Es ist vom Tisch, es gibt also wirklich nichts mehr zu besprechen. Aber Dana … Dana ist ein anderes Thema.

Ich entschied auch Dana nicht die ganze Wahrheit zu verraten. Ich werde ihr das Wesentliche sagen, nämlich dass mir keine Stelle angeboten wurde. Ein Jahr lang als Dozentin tätig zu sein, ist keine Stelle. Das ist es einfach nicht. Dana braucht die Einzelheiten meiner Überlegung nicht zu kennen. Harvard hat mir kein Angebot gemacht, der Fakultät beizutreten, und das ist die Wahrheit … so ziemlich die ganze Wahrheit.

Das lange Memorial-Day-Wochenende stand vor der Tür und Gina hatte mir bereits gesagt, dass sie an allen drei Tage arbeiten müsse. Doch der Silberstreif war, dass am Dienstag ihre Sommerschicht beginnen würde. Sie würde jeden Tag ab vier Uhr frei haben, und das würde uns etwas Zeit geben, um zu sehen, wohin es mit uns gehen könnte. Nachdem ich sie scherzhaft darum gebeten hatte, die Abende mit mir zu verbringen, willigte sie galant ein. Wir würden viel Zeit haben, und ich war entschlossen herauszufinden, ob das, was ich fühlte, Liebe war. Ich hoffte es, weil ich mich in meinem ganzen Leben noch nie so gut gefühlt hatte.

Das Memorial-Day-Wochenende begann mit einem dumpfen Schlag. In der Nacht zum Donnerstag zog eine Kaltfront herein, die Regen, Nebel und Wind mit sich brachte. Lorna, eine meiner Mitbewohnerinnen, kam nicht einmal mit auf die Insel und blieb lieber in New York, anstatt herumzusitzen und darauf zu warten, dass das Wetter aufklarte.

Aber Elaine und Sheila kamen am Freitagnachmittag an, nass und etwas mürrisch. Elaine war griesgrämiger als Sheila, und ich hatte das Gefühl, dass Sheila vor allem deshalb griesgrämig war, weil sie Elaines Stöhnen über das Wetter ertragen musste.

Ich kannte Sheila nicht gut. Zumindest nicht so gut, wie ich Elaine und Lorna kannte, da die Beiden in meinem Institut tätig waren. Sheila kam von der Psychologie, und die meisten unserer Begegnungen fanden auf den Ad-hoc-Treffen statt, die die Fakultät für Schwule und Lesben gelegentlich veranstaltete. Aber mir gefiel, was ich über sie erfahren hatte. Zum einen unterrichtete sie immer noch Erstsemester, obwohl sie eine ordentliche Professorin war. Das war selten. Und sie war eine der Beraterinnen am Fachbereich für die Queer Union – die Schwul-lesbisch-bisexuelle-transgender-Studentenvereinigung. Etwas, das viel von ihrer Zeit in Anspruch nahm und ihr wahrscheinlich mehr als nur Kopfschmerzen bereiten musste.

Ich versuchte zu arbeiten, aber es fiel mir schwer, mich zu konzentrieren, wenn andere Leute im Haus waren. Ich hatte über eine Woche gebraucht, um mich an die Stille von Fire Island zu gewöhnen, und jetzt schienen ein paar leise sprechende Frauen, die im Wohnzimmer saßen und lasen, laut zu sein. Vielleicht waren sie es auch gar nicht. Vielleicht vermisste ich auch nur Gina.

Der Montagmorgen überraschte uns alle. In der Nacht stieg die Temperatur, der Wind legte sich und wir bekamen einen kristallklaren blauen Himmel. Die Stimmung hob sich und wir beschlossen, einen langen Spaziergang zu machen.

»Was ist deine Präferenz, Hayden?«, fragte Sheila. »Hast du einen Ort gefunden, der dir besonders gut gefällt?«

»Um ehrlich zu sein, habe ich noch nicht viel erkundet«, sagte ich. »Ich habe gearbeitet.«

»Dann lasst uns nach Pines rübergehen. Wir können am Strand entlang spazieren und die Sehenswürdigkeiten dort besichtigen.«

»Ich hab einmal die Fähre von dort genommen, mich aber nicht groß umgesehen. Da fahren doch immer die Jungs hin, oder?«

»Meistens«, sagte sie. »Einige Jungs mögen Cherry Grove und einige Frauen mögen Pines, aber dort sind vor allem junge Männer, die feiern wollen. Aber mach dir keine Sorgen. Wir werden auf dem Weg vielen Frauen begegnen.« Sheila zog ihre Stupsnase kraus und ich konnte verstehen, warum alle sagten, dass sie immer noch sehr anziehend auf Frauen wirkte, obwohl sie längst über Sechzig war.

Wir verließen das Haus auf der Meerseite und ich war so fassungslos, dass ich fast nach Luft schnappen musste. An schönen Tagen kam immer eine kleine Gruppe entschlossener Sonnenanbeter an den Strand. Die meisten sahen aus, als hätten sie das Sonnenbaden zu ihrem Lebensinhalt gemacht und sich ihre lederne Haut über viele Jahre hinweg verdient.

Aber heute war eine ganz andere Menschenmenge eingezogen. Frauen von zwanzig bis siebzig verteilten sich am Strand so weit das Auge reichte. Es gab auch Männer, aber sie waren eindeutig in der Minderheit. Volleyballnetze waren aufgestellt worden.

Frauen warfen Frisbees, spielten Hacky Sack und warfen mit Footballs herum. Einige hatten Babys in Laufställen oder auf großen Decken dabei. Ein paar kleine Kinder liefen schreiend umher, aber vor allem war es ein Spielplatz für lesbische Erwachsene.

Viele dieser Frauen waren oben ohne. Und ein paar Verwegenere sogar unten ohne. Ich hatte immer gesagt, dass ich Nacktbadestrände hasse, weil grundsätzlich immer die falschen Leute den Mut aufbringen, ihre Hüllen fallen zu lassen. Das war in Cherry Grove nicht der Fall. Soweit ich sehen konnte, waren alle *richtigen* Frauen oben ohne unterwegs. »Verdammt!«, murmelte ich und bekam einen Stoß mit dem Ellbogen von Sheila.

»Was habe ich dir gesagt?«, fragte sie lachend.

»Die werden einen Sonnenbrand bekommen«, sagte Elaine und blickte finster drein.

Was hatte ich damals nur geraucht, dass ich auf die Idee kam, mit ihr zu schlafen? Sie würde beim besten Brunch der Welt noch ein Haar im Kaviar finden. »Die haben wahrscheinlich Sonnencreme aufgetragen«, sagte ich. »Und wenn nicht, gehe ich später mit Aloe an den Strand.«

Sheila lachte und sagte: »Ich komme als deine Assistentin mit, Hayden.«

»Dann lasst uns jetzt nach Pines gehen, damit wir nachher rechtzeitig zur Brustpflege zurück sind«, stimmte ich zu.

Es war ein langer Spaziergang, aber der Sand war fest und das Wasser stand niedrig. Es war faszinierend zu beobachten, wie sich die Zusammensetzung der Strandbesucher während unseres Spaziergangs veränderte. Das Frauen-Männer-Verhältnis betrug vor unserem Haus vier zu eins und sank nach und nach, bis es in der Nähe von Pines umgekehrt war.

»Diese Typen sehen nicht so aus, als bräuchten sie Sonnencreme«, sagte ich. »Wie sind die nur so braun geworden?«

»Für mich sehen sie wie Circuit Boys aus«, sagte Elaine. »Wahrscheinlich gehen sie von einer Party zur nächsten, arbeiten zwischendurch an ihrem Aussehen und suchen sich dann den nächsten Kerl, der sie aushält.«

Sheila und ich sahen uns an, aber ich sagte es zuerst. »Warum gibt es solche Jobs nicht auch für Frauen?«

Sie klopfte mir auf den Rücken und sagte: »Wahrscheinlich könntest du das, Hayden. Zieh dich bis auf das Bikinihöschen aus und schlendere eine Weile auf und ab. Am Ende des Tages wirst du eine Sugar Mama gefunden haben.«

Ihr Kommentar war mir ein wenig peinlich, aber ich tat ihn mit einem Achselzucken ab. Ich wusste, dass Sheila es nicht böse gemeint hatte, aber Elaine war elf Jahre älter als ich und verbrachte viel mehr Zeit mit ihrem Aussehen. Ich konnte an ihrem Gesichtsausdruck erkennen, dass sie sauer war, ein Ausdruck, vor dem ich gelernt hatte zu fliehen.

In der kurzen Zeit, in der wir zusammen waren, hatte sie mich oft getadelt, dass ich mich nicht mehr um mein Äußeres kümmere. Sie gab viel Geld dafür aus, sich die Haare schneiden und strähnen zu lassen, und sie ließ immer eine spezielle Hautbehandlung durchführen. Ich merkte, dass es sie ärgerte, dass Sheila sie nicht in die Kategorie der Sugar-Mama-Köder aufgenommen hatte, aber das war nicht meine Schuld. Ich war halt einfach jünger. In ein paar Jahren würde ich in ihrem Alter sein. Ich fand es überflüssig, mich mit solchen vergänglichen Dingen auseinanderzusetzen. Man könnte die Zeit nutzen und interessanter und ein netterer Mensch werden, aber die Jugend verging, egal wie viel Geld man ausgab, um den Prozess aufzuhalten.

»Ist jemand bereit für das Mittagessen?«, fragte ich. »Ich kann vorgehen und uns einen Tisch reservieren.«

»Ich hätte Hunger«, sagte Elaine. »Mal sehen, ob wir einen Platz direkt am Kai bekommen können.«

»Wird gemacht.« Ich machte mich auf den Weg und war froh, ein paar Minuten allein zu sein. Ich hätte es vorgezogen, wenn Elaine in der Stadt geblieben wäre, aber Sheila war nett und ich war froh, dass sie gekommen war. Das Restaurant, in das Elaine wollte, war natürlich bis auf den letzten Platz besetzt, aber ich bekam die Zusage, dass wir nicht länger als eine Stunde warten müssten.

Als meine Begleiterinnen ankamen, überbrachte ich ihnen die schlechte Nachricht. »Lasst uns nach etwas anderem suchen«, sagte Elaine. Sheila und ich folgten ihr pflichtbewusst durch den kleinen Ort. Alle Restaurants waren voll von Menschen und wir beschlossen schließlich, dass es sinnvoller war zu warten, als den ganzen Weg zurück zum Haus zum Mittagessen zu laufen.

Ich saß auf einem der großen Holzpflöcke am Pier und hörte mit halbem Ohr zu, wie Elaine und Sheila über neue Zulassungsbedingungen diskutierten, die die Verwaltung umsetzen wollte. Wie den meisten Dingen an der Universität, die mich nicht direkt betrafen, schenkte ich ihnen nur wenig Aufmerksamkeit. Die Assistenzprofessoren standen am unteren Ende der Nahrungskette, und da mich nie jemand zur Mitbestimmung aufforderte, versuchte ich, die zügellosen politischen Kämpfe zu ignorieren.

Meine Aufmerksamkeitsspanne war so gering, dass ich erst gar nicht richtig registrierte, dass Sheila sagte: »Hayden, irgendeine gut aussehende Frau versucht, deine Aufmerksamkeit zu erregen.«

Ich horchte erst auf, als Elaine sagte: »Hayden, das ist die Frau von der Fähre.«

Ich drehte mich so schnell um, dass ich fast von meinem Pfosten gefallen wäre. Es war in der Tat Gina, die ein kleines Boot mit der Aufschrift »Wassertaxi« steuerte. Sie sah zu mir herüber und winkte, ein zauberhaftes Lächeln auf ihrem schönen Gesicht.

Aber ich winkte nicht zurück. Ich starrte sie an, unsicher, wie ich reagieren sollte. Ich wollte nicht, dass Elaine mich wegen ihr ins Verhör nahm, und ich war nicht bereit zuzugeben, wie nahe wir uns gekommen waren. Und warum zum Teufel fuhr sie so ein kleines Boot? Sie sollte überhaupt nicht hier unten sein!

»Hayden, kennst du sie?«, Elaines Stimme klang verdächtig fröhlich.

Tausend Gedanken schossen mir durch den Kopf, während ich Gina anstarrte. Ihr Gehirn verarbeitete die Informationen offensichtlich schneller als meines, denn als ich schließlich die Hand hob, hatte sie sich bereits weggedreht. Ein paar Leute stiegen in ihr Boot und sie fuhr mit laut aufheulendem Motor davon, sodass sich alle auf dem Kai umdrehten.

»Und?«, setzte Elaine nach.

»Ja, natürlich kenne ich sie«, sagte ich. »Sie steuert die Fähre.« Ich stand auf und fügte hinzu: »Ich sehe mal nach unserem Tisch.«

Auch wenn ich relativ ruhig geklungen hatte, der Schreck saß tief. Ich kannte Gina inzwischen gut genug, um zu wissen, dass sie eine Menge Dinge aushalten konnte, aber ignoriert zu werden, gehörte nicht dazu.

Ich rannte auf die Toilette und rief auf ihrem Handy an. Ich hörte ihre Ansage ab und hinterließ eine Nachricht. »Gina. Ich bin's. Es tut mir leid, dass ich vor ein paar

Minuten nicht Hallo gesagt habe. Aber ich habe dich zuerst gar nicht erkannt. Das war ein seltsames kleines Boot, das du gefahren hast, und ich war überrascht. Die Sonne hat auch geblendet. Erst als mir eine der Frauen, mit denen ich zusammen war, sagte, dass du winkst, wurde mir klar, dass du es warst. Ruf mich zurück, okay?«

Ich wusste, dass sie ihr Handy immer bei sich hatte, und ich wusste, dass sie auf dem Wasser guten Empfang hatte. Aber ich versuchte, ruhig zu bleiben, und hoffte, dass die Dinge nicht außer Kontrolle geraten würden. Meine Hände zitterten, also ging ich in die Bar und bestellte ein Bier. Ich trank die Hälfte davon in Sekundenschnelle und ging noch einmal auf die Toilette. Wieder die Voicemail. Das war nicht gut. Ganz und gar nicht gut. Sie ignorierte mich, was bedeutete, dass sie wütend war. Sie war sehr wütend.

Ich lief unruhig auf und ab, trank den Rest meines Bieres und versuchte es noch einmal. Der nächste Anruf machte die Dinge klar, denn ich hörte ihre neue Ansage: »Hinterlassen Sie eine Nachricht oder rufen Sie mich zu Hause an.« Ihre Stimme war kalt und verstimmt, und ich konnte mir den Blick vorstellen, den sie mir zuwerfen würde, wenn sie da wäre.

Mir wurde klar, was ich getan hatte, und ich schloss mich in einer der Kabinen ein und weinte. Ich weinte, weil ich dumm und schwach war und ihr in jeder Hinsicht unterlegen. Sie war eine gute, offenherzige Frau, die jemanden Besseres als mich verdiente. Aber es tat höllisch weh, das zuzugeben. Es tat umso mehr weh, weil ich wusste, dass ich etwas ruiniert hatte, das sehr, sehr besonders hätte sein können.

Als ich wieder nach draußen ging, hatte ich ein frisches Bier in der Hand. »Wo bist du gewesen?«, fragte Elaine. »Ich habe dich gesucht.«

Ich hielt das Glas hoch. »Ich plauderte mit dem Barkeeper.«

»Wirklich, Hayden«, sie schnüffelte an mir. »Was kommt als nächstes? Die Kellnerin?«

»Wenn sie süß ist«, sagte ich und versuchte, schnippisch zu klingen, obwohl ich mich innerlich leer fühlte. Ich hatte es zugelassen, dass mich eine Frau, die ich weder mag noch respektiere, dazu brachte, die Frau zu verraten, die mir nie, nie, niemals das Gleiche antun würde.

Wir kamen gegen drei Uhr nach Hause und ich rief sofort wieder bei Gina an. »Hör zu, ich weiß, ich habe dich gekränkt, aber ich kann es erklären. Es hat mich wirklich verwirrt, dich in dem kleinen Boot zu sehen. Wirklich. Komm schon, Gina. Gib mir eine Chance. Bitte, ich flehe dich an.«

Nachdem ich eine halbe Stunde gewartet hatte, sah ich ein, dass sie nicht zurückrufen würde. Ich zog meinen Badeanzug an, schnappte mir noch ein Bier und ging zum Strand hinunter. Das Wasser war kalt, zu kalt, um zu baden. Aber ich saß direkt am Rand der Brandung und ließ mit jeder ankommenden Welle eisiges Wasser über mich hinwegspülen. Ich zitterte, sowohl vor Kälte als auch vor meiner wachsenden Gewissheit, dass Gina wahrscheinlich nie mehr mit mir sprechen, geschweige denn mir verzeihen würde.

Mein Bier war leer, und ich benutzte die Flasche, um eine traurige, unmelodische Melodie zu spielen. Ich bekam den besten Klang, wenn ich ein wenig Meerwasser einfüllte, und ich war entschlossen, so lange dort zu sitzen und mein Instrument zu spielen, bis ich wieder unter Menschen gehen konnte. Ich hatte das Gefühl, dass das noch eine Weile dauern könnte.

Sheila ließ sich neben mich fallen und reichte mir noch ein Bier. Ich nahm es dankbar an und trank einen Schluck. Die Sonne hatte meinen Rücken so weit erwärmt, dass ich nicht mehr zitterte, und das Bier fühlte sich kalt und beruhigend an.

»Willst du darüber reden?«, fragte Sheila.

»Über was reden?«

»Die Fährbootfahrerin, deine Tränen auf der Toilette im Restaurant, so auszusehen, als hättest du deinen besten Freund verloren … oder etwas anderes, das dir gerade durch den Kopf geht.«

Ich sah Sheila eine Minute lang an und fing dann wieder an zu weinen. »Ich hab's versaut«, wimmerte ich. »Ich hab's versaut.«

Nach dem Gespräch mit Sheila fühlte ich mich etwas besser. Nicht sehr viel, aber ein wenig war besser als nichts. Sie stimmte zu, dass ich mit Gina sprechen müsse, und sie ahnte, nachdem sie meine Beschreibung der Frau gehört hatte, dass es nicht leicht sein würde. Ich trödelte den Rest des Tages herum, meistens auf meinem Bett liegend, und überlegte, wie ich am Besten auf Gina zugehen könnte. Ich hatte keine Lust mehr auf Abendessen und war dankbar, dass Elaine und Sheila in die Stadt gingen, um sich mit einigen anderen Freunden zu treffen.

Sie waren immer noch nicht wieder zu Hause, als ich mich aufmachte, um die letzte Fähre nach Sayville zu nehmen. Ich nahm nicht an, dass Gina am Steuer sitzen würde, aber ich zitterte, als ich zum Steuerhaus hinaufblickte. Eigentlich hätte das Bier meine Nerven beruhigen sollen, aber vielleicht hatte es das auch getan und es ginge mir noch schlechter, wenn es nicht die medizinischen Eigenschaften hätte.

Zwei junge Männer arbeiteten auf dem Hauptdeck und einer von ihnen kam mir bekannt vor, aber ich war mir nicht sicher, ob es derselbe Junge war, den ich während der legendären Aktion mit dem Rollstuhl gesehen hatte.

Wir kamen pünktlich in Sayville an und ich verließ das Boot mit dem Gefühl eines Sklaven auf dem Weg ins Kolosseum, wo die Löwen auf ihn warteten. Aber Gina war auch nicht bei der Anlegestelle. Case kam von der Fähre herunter und er wirkte nervös, als er mich erkannte. Bevor ich ihn noch ansprechen konnte, fuhr Gina mit ihrem Fahrrad vor. Case stand da, erstarrt wie Lots Frau, während Gina vom Rad sprang und die Leiter hinauflief, um zu prüfen, ob er die Fähre richtig vertäut hatte. Case und die anderen Jungs begannen, die Taue ordentlich auf dem Deck zusammenzulegen. Als Gina zurückkam, standen sie stramm und warteten darauf, entlassen zu werden.

»Gute Arbeit«, sagte sie, und kaum dass sie das letzte Wort ausgesprochen hatte, liefen sie schon schnell zum Parkplatz.

Sie ging um mich herum, als ich mich ihr in den Weg stellte, nahm ihr Fahrrad und stieg auf.

Es war wohl nicht mein Tag für logisches Denken, denn ich sprang ihr in den Weg, gerade als sie losfuhr. Das Vorderrad ging zwischen meine gespreizten Beine, aber der Lenker erwischte mich direkt unter meinem Brustkorb. Ich stieß ein »Uff« aus und fühlte, wie ich den Halt unter meinen Füßen verlor. Ich fiel auf den Hintern und knallte mit dem Kopf auf das Holz des Piers.

Ich hörte, wie ein Fahrrad zu Boden fiel und versuchte, die Sterne vor meinen Augen wegzublinzeln. »Bist du in Ordnung?« Gina kniete neben mir und drückte meine Schultern auf den Boden.

Mein Kopf pochte, aber meine Gedanken waren klar. »Ja. Nur eine Beule.«

»Warst du ohnmächtig?«

»Nein. Nein, ich habe mich nur gestoßen.« Ich streckte die Hand aus, um die Stelle zu berühren, und war erstaunt, dass sie bereits zu schwellen begonnen hatte. »Mist.«

Ihre Hand glitt sanft über meinem Hinterkopf und ich zuckte zusammen. »Du wirst eine schlimme Beule bekommen. Du solltest besser etwas Eis drauf tun.« Sie setzte sich auf und sah mir in die Augen. »Bist du sicher, dass du nicht ohnmächtig geworden bist?«

»Ich bin sicher.«

»Kannst du aufstehen?« Sie streckte eine Hand aus und half mir auf die Beine.

Ich stand da und fühlte den Schmerz in meinem Steißbein und meinem Kopf.

»Geht es wirklich?«

Ich sah sie an und nickte. Im nächsten Augenblick saß sie auch schon wieder auf ihrem Fahrrad und wollte in die Pedale treten. Diesmal griff ich klugerweise nach ihrem Hemd, sodass ihr Rad ins Kippen geriet. »Das Mindeste, was du tun kannst, ist, eine Sekunde hierzubleiben. Mein Gott! Du hast mir praktisch eine Gehirnerschütterung verpasst.«

»Ich bin nicht diejenige, die vor ein rollendes Fahrrad gesprungen ist.« Ich wusste nicht, dass sanfte braune Augen so hart aussehen können.

»Du musst mich anhören, Gina.«

»Ich *muss* gar nichts.« Sie riss sich los und wollte wieder davonfahren.

Diesmal griff ich nach dem Sattel und ging um sie herum, bis ich wieder vor dem Vorderrad stand. Ich wurde wütend, was so selten bei mir vorkam, dass ich mich kaum wiedererkannte. »Du kannst mich nicht einfach ignorieren.«

»Den Teufel kann ich!« Sie versuchte sich zu befreien, aber ich hielt mich am Lenker fest.

»Gut. Dann lass es, verdammt noch mal.«

Sie stieg ab und wollte weglaufen, aber ich packte sie. Das Fahrrad fiel um. Von irgendwo her hatte ich Kraft geschöpft, vielleicht aus meiner Wut. Erstaunlicherweise ließ sie sich festhalten. »Ich will dein blödes Fahrrad nicht. Ich will, dass du mich anhörst. Das bist du mir schuldig.«

Sie trat auf mich zu, packte sie mich bei den Schultern und fauchte mich an: »Nichts bin ich dir schuldig! Du bist genau wie Elaine. Ihr habt es beide verdient, einen

Dämpfer zu bekommen. Wäre sie in der ersten Nacht damals auf der Insel gewesen, hätte ich mich für sie entschieden.«

»Was? *Was?*« Ich schüttelte sie so fest, dass ich eine schwächere Frau verletzt hätte.

»Du hast mich gehört.« Sie beugte sich zu mir und sprach betont deutlich. »Ich hätte mich niemals mit einer von euch eingelassen. Nie…mals. Ich hätte keinen zweiten Blick auf dich verschwendet.« Sie atmete tief ein und ihre Augen wurden noch feuriger. »Glaub das nur. Ich hätte dir keinen *ersten* Blick gegönnt. Ich wollte dich nur demütigen. Ich war mir sicher, dass du kneifen würdest, aber du bist darauf eingegangen und ich musste weitermachen. Das Allerletzte, was ich wollte, war, dich am ersten Abend zu ficken.«

Ich hatte noch nie in meinem Leben einen Menschen geschlagen, aber jetzt schlug ich zu. Hart. So hart ich konnte. Sie hatte mich verletzt, es fühlte sich an, als habe sie auf mich eingestochen. Und ich musste – musste einfach – zurückschlagen. Meine Hand brannte, wo ich auf etwas Hartes getroffen war. Als ich sah, wie ihr Kopf von der Ohrfeige zur Seite geschleudert wurde, kam ich wieder zu Verstand und ich griff sofort nach ihr.

Langsam drehte sie sich zu mir um, die Haare hingen ihr wild ins Gesicht. Es dauerte eine Sekunde, bis sie sich gesammelt hatte, dann spuckte sie mich an. Feine Blutspritzer trafen mein Gesicht und meine Brust und hinterließen winzige rote Flecken. Mein Magen drehte sich um.

»Scheiße! O Scheiße!« Ich griff erneut nach ihr, aber sie stieß mich zurück, dass ich ins Stolpern kam und gerade noch das Gleichgewicht halten konnte. Sie nutzte die Gelegenheit, um ihr Fahrrad zu nehmen und aufzuspringen, trat in die Pedale und fuhr los. Dabei spuckte sie noch einmal aus und hinterließ einen leuchtend roten Fleck auf den verwitterten grauen Holzplanken.

Ich stand an der Anlegestelle. Es kam mir wie Sekunden vor, muss aber länger gewesen sein. Case näherte sich schüchtern und fragte: »Geht es wieder?«

Ich nickte, zu aufgeregt, um zu antworten.

»Mist.« Er starrte auf den Boden. »Ich wusste, dass sie sauer war, aber ich wusste nicht, dass es um dich ging. Ich hätte dich sonst nie auf das Boot gelassen.«

»Hat sie etwas gesagt?«

»Zu mir?« Er sah überrascht aus. »Nein, Gina würde nie jemandem etwas Persönliches erzählen. Ich wusste nur, dass ich ihr aus dem Weg gehen musste.«

»Ich glaube, ich habe die Regeln nicht gelernt«, sagte ich und versuchte so gut es ging die Tränen zurückzuhalten.

»Musst du zurück nach Cherry Grove?«

Ich drehte mich um und schaute meine kleine Insel an, goldene Lichter blinkten in der Ferne. »Ja. Kannst du mich rüberbringen?«

»Ich wünschte, ich könnte es. Aber sie würde mich umbringen, wenn ich ohne Erlaubnis ein Boot nehme.« Er kniff die Augen zusammen und dachte nach. Dann sagte er: »Ich weiß. Du kannst mit mir nach Hause kommen. Meiner Mutter wird es egal sein.«

Case sah ziemlich stolz auf sich aus, aber ich schüttelte den Kopf. »Ich will nicht, dass du da reingezogen wirst. Außerdem glaube ich, dass deine Mutter sehr wohl etwas dagegen haben könnte, wenn du eine dreißigjährige Obdachlose mit nach Hause bringst.«

»Nicht, wenn ich ihr erzähle, was passiert ist. Sie weiß, wie launig Ginas ist.«

»Ich weiß das zu schätzen. Wirklich. Aber ich lasse mir lieber etwas anderes einfallen. Gibt es hier in der Nähe ein Hotel?«

»Ja. Wahrscheinlich sind aber alle ausgebucht. Memorial Day.«

»Oh. Richtig.« Ich stand ein paar Momente lang da und versuchte nicht daran zu denken, wie Gina ihr Blut auf mich gespuckt hatte. »Was ist mit dem Zug?«

Er schaute auf seine Uhr. »Wir legen die Ankunftszeit der letzten Fähre so, dass die Leute den Ein-Uhr-Zug nehmen können. Es wird knapp, aber wir könnten es schaffen.« Er lief los und rief: »Ich hole das Auto. Ich treffe dich vorn an der Straße.«

Als ich zur Straße kam, stand war er schon da, mit laufendem Motor. »Halt dich fest«, sagte er, bevor ich noch ganz im Auto saß. Er fuhr wie ein Wahnsinniger und nach weniger als fünf Minuten bogen wir auf den LIRR-Parkplatz ein. »Er kommt«, sagte er, als die Lichter der Lokomotive am Gleis auftauchten. »Kauf deine Fahrkarte im Zug.«

»Tausend Dank«, sagte ich und rannte die Treppe zum Bahnsteig hinauf.

Ich sprang in den Waggon, gerade als der Schaffner »Zurückbleiben« rief, und die pneumatischen Türen schlossen sich. Ich ging in das Abteil zu meiner Rechten, wo zwei andere Fahrgäste fest schliefen. Einige Minuten später kam der Schaffner und fragte: »Wohin?«

»Ähm … Penn Station«, sagte ich, wobei ich meinen ganzen Verstand zusammennehmen musste, um mich an meine Haltestelle zu erinnern.

»Umsteigen in Babylon.« Er sah mich an und sagte: »Geht es Ihnen gut? Brauchen Sie einen Arzt?«

»Mir geht es gut«, sagte ich. Ich gab ihm fünfzehn Dollar und streckte meine Hand nach dem Wechselgeld aus.

Er legte mir ein paar Dollar in die Hand und sah mich erneut an, diesmal sehr ernst. »Ich kann die Polizei bitten, Sie an der Penn Station zu erwarten, um einen Bericht aufzunehmen. Sie müssen nicht zulassen, dass man Sie verprügelt.«

»Ich … ich habe jemanden geschlagen«, gab ich zu. »Das ist nicht mein Blut.«

Mit einem müden Seufzer ging er weiter. Ich drückte mich in den Sitz, mir war übel und ich empfand tiefe Scham, was neu für mich war. So wie heute Abend hatte ich mich noch nie benommen, und ich hatte noch nie jemanden glauben lassen, ich sei eine geschlagene Frau. Als ich an mir herabblickte, sah ich wieder Ginas Blut und fühlte Galle in meiner Kehle aufsteigen. Ich rannte zur Toilette, erbrach mich und traf sowohl die Toilette als auch meine Schuhe. Als sich der Raum nicht mehr drehte, unternahm ich tapfer den Versuch, den Boden zu putzen, und mich nicht gleich wieder zu übergeben. Dann zog ich mein Shirt aus, steckte es in das winzige Waschbecken und schrubbte so lange daran herum, bis ich aussteigen und umsteigen musste.

Wir hatten etwa zehn Minuten Aufenthalt, und zum ersten Mal in meinem Leben war ich die am ramponiertesten und schlampigsten aussehende Person in einem öffentlichen Verkehrsmittel in New York. Egal, wohin ich gefahren war, es hatte immer jemanden gegeben, der schmutziger, betrunkener oder verrückter war als ich. Aber heute Abend gewann ich den ersten Preis. Niemand stellte sich auf dem Bahnsteig in meine Nähe, alle waren unsicher, was sie von der ansonsten normal aussehenden Frau halten sollten, die ein Hemd trug, das sie offensichtlich gerade im Waschbecken ausgewaschen hatte. Ich hatte ein bisschen Blut an der Hose, ein bisschen Kotze an den Schuhen kleben und verströmte den lieblichen Geruch von zu viel Bier, Schweiß und Magensäure um mich herum. Ich bin sicher, dass ich mich auch nicht neben mich gestellt hätte, aber es tat trotzdem weh.

An der Penn Station baten mich zwei Taxifahrer unfreundlich, ihre Taxis wieder zu verlassen. Dem dritten schien es nichts auszumachen, vielleicht weil er noch schlechter roch als ich.

Ich kam um etwa drei Uhr morgens in meine Wohnung. Ich kannte den Nachtportier nicht sehr gut, ich hoffte, er würde einfach nicken, wenn ich vorbeiging. Aber die Dinge liefen nicht so, wie ich es wollte. Ich dachte, ich könne mit dem Gesicht zur Wand an ihm vorbeihuschen, aber er erwachte aus seinem Nickerchen, als der Aufzug kam. »Hey! Warten Sie! Wo wollen Sie hin?«

Ich drehte mich zu ihm um. »Hayden Chandler«, sagte ich. »Ich wohne hier.«

»Apartment 5B?«, fragte er und betrachtete mich.

»Ja. Ich wurde vom Regen überrascht.«

Er machte große Augen, nickte aber nur langsam. Ich wusste, dass meine Nachbarin, Mrs Nordstrome, die an den meisten Abenden in der Lobby herumhing, die ganze Geschichte hören würde, aber das war mir scheißegal.

Ich ging in meine Wohnung und nahm die vertrauten Düfte und Geräusche wahr. Ich zog meine Schuhe und die Shorts aus, ging ins Badezimmer, klappte dann mein Bettsofa auf und fiel darauf. Ich weiß nicht, wie lange ich noch wach war, aber ich schätze, es war weniger als eine Minute. Erstaunlich, was ein halbes Dutzend Biere, eine Schlägerei und ein gebrochenes Herz für einen guten Schlaf tun können.

8

Ich weiß nicht, wann ich am Dienstag aufwachte, aber es war spät. Mein Handy klingelte und ich sah, dass Elaine anrief. Ich ging nicht ran, nutzte aber die Gelegenheit zum Pinkeln. Ich stellte das Telefon aus und ging dann wieder ins Bett, nachdem ich die Vorhänge geschlossen hatte. Die verdammte Sonne war lästig, wenn eine Frau versuchte, sich auszuruhen.

Einige Zeit später stand ich auf, stolperte ins Badezimmer, erleichterte mich und schlurfte dann in die Küche, um nach etwas – irgendetwas – zu suchen, das ich essen konnte. Ich hatte alle offenen Lebensmittelpackungen ausgeräumt, bevor ich zur Insel aufgebrochen war, aber Dana war einer Naschkatzenattacke erlegen und hatte eine Schachtel mit Vanillecremekeksen gekauft. Ich hatte auf etwas Nahrhafteres gehofft, aber es gab nichts. Keine Eier, kein Müsli, nicht einmal eine Schachtel Cracker. Also stellte ich mich an die Küchentheke und schob mir die Kekse in den Mund und kaute gerade genug, um schlucken zu können. Ich glaube nicht, dass ich jemals nur gegessen hatte, um das Hungergefühl zu stoppen, aber genau das tat ich. Ich habe die Kekse nicht einmal geschmeckt. Sie hätten aus Melasse oder Minze bestehen können, ich hätte den Unterschied nicht bemerkt.

Als ich genug hatte, um mich besser zu fühlen, ging ich zurück in mein Zimmer und dachte kurz über meine Optionen nach. Mein gemietetes Haus stand leer und ich wollte auf die Insel zurück. Aber ich wollte auf keinen Fall Gina begegnen. Da Case die Abendschicht übernommen hatte, beschloss ich, erst in der Nacht zurückzukehren. Dem Sonnenstand nach zu urteilen hatte ich noch ein paar Stunden totzuschlagen.

Ich betrachtete den Fernseher und dann meine Stereoanlage. Aber ich hatte keine Lust, Filme zu sehen oder Musik zu hören. Ich hatte Regale voller Bücher, aber auch sie lockten mich nicht. Der einzige Gedanke, der mich anzog, war der an mein Bett. Als hätte es nach mir gerufen, ging ich zu ihm und ließ mich auf die Matratze fallen. Bevor mein Verstand sich abschaltete war mein letzter Gedanke: »So muss sich eine Depression anfühlen.«

Das Telefon klingelte und es dauerte eine Minute, bis ich es als das erkannte, was es war. Der seltsame Klingelton zeigte an, dass jemand aus der Lobby anrief. Ich langte mit dem Arm über die Lehne des Sofas und schlug dabei den Hörer vom Apparat. Die Vorhänge zu schließen, war keine gute Idee gewesen, da es im Zimmer jetzt so dunkel war, dass ich ihn erst nicht finden konnte. Aber ich erwischte die Schnur und zog, bis ich den widerwilligen Hörer endlich in der Hand hielt. »H …lo?«

»Hayden?«

»Ja.«

»Ich bin's, Ralph. Geht's dir gut?«

Ralph. Ralph, mein Portier. »Ja, mir geht's gut. Gut.«

»Du hast Besuch.«

»Was? Wen?«

Ich konnte hören wie er fragte: »Wie war Ihr Name noch mal?«

»Sag einfach, es ist Gina.«

Oh, fuck.

»Es ist Gina«, antwortete er.

Ich wollte Ralph nicht mit hineinziehen, aber ich wollte sie nicht sehen. Ralph war ein netter Kerl und ein toller Portier, aber auch ein riesiges Klatschmaul. Wenn ich sie nicht nach oben ließ, würde er jedem im Gebäude davon erzählen.

»Hayden? Bist du sicher, dass es dir gut geht? Ich wusste nicht einmal, dass du wieder in der Stadt bist. Willst du deine Post?«

Mist. »Ja. Ich … ähm … ich war nicht ganz auf der Höhe. Bin nur nach Hause gekommen, um mich etwas auszuruhen. Schick Gina rauf.«

»Ich gebe ihr die Post mit, okay?«

»Klar. Danke, Ralph.«

»Kann ich dir etwas bringen? Ich werde bald Pause machen. Ich kann in die Bodega gehen.«

»Danke, Ralph, aber es geht mir gut. Danke, dass du meine Post aufbewahrt hast.«

»Kein Problem. Ich hoffe, du bist bald wieder ganz in Ordnung.«

»Danke. Hoffe ich auch.«

Als ich auflegte, klopfte sie bereits an die Tür. Ich sehnte mich danach, wenigstens mein Haar zu kämmen oder mir das Gesicht zu waschen, aber sie klopfte laut, und wenn ich nicht antwortete, würde Mrs Nordstrome aus ihrer Wohnung kommen und fragen, ob es ein Problem gebe. Ich drehte den Schlüssel und zog an der Tür, aber sie ging nicht auf. Dann drehte ich den Schlüssel in die andere Richtung und merkte, dass ich die Tür noch nicht einmal abgeschlossen hatte, als ich nach Hause gekommen war.

Gina kam herein und zog scharf die Luft ein, als sie mich sah. Als ich mich im Spiegel sah, konnte ich nachvollziehen, warum sie so reagierte. Ich trug immer noch das Hemd, das ich am Abend zuvor getragen hatte. Entsprechend sah es auch aus, vor allem nachdem ich es im Zug im Waschbecken gewaschen hatte. Mein Baumwollhöschen hing schlaff und ausgebeult an mir. Ich hatte nicht geduscht und mein Haar war unbeschreiblich. »Komm rein.« Ich drehte mich um und ging zurück zu meinem Schlafsofa. Dort fühlte ich mich sicherer und ich konnte mich zumindest unter dem Laken verstecken.

Gina stellte die Tüte mit der Post ab und stand einen Moment lang unsicher in der Küche. Dann kam sie langsam in Richtung Zimmer, blieb aber an der Tür stehen. »Möchtest du, dass ich wieder gehe?«

»Ja.« Ich rollte mich auf die Seite und zog das Laken bis zum Kinn hoch. Ich hoffte, ich müsste nur meine Augen schließen und sie würde verschwinden. Für immer.

Natürlich tat sie das nicht. Ich hörte ein gedämpftes Wimmern und dann Schluchzen. Ein tiefes, schweres, schmerzerfülltes Schluchzen. Ich sah ihr zu, wie sie in den Raum stolperte und sich auf einen meiner Stühle setzte. »Es tut mir so verdammt leid«, wimmerte sie. »Ich hatte ja keine Ahnung. Ich dachte nicht, dass es dich überhaupt interessieren würde.«

Ich fühlte nichts. Ich sah sie an, als würde ich einen Film gucken. »Warum bist du hier?«

»Weil ich dich nicht finden konnte. Dein Handy ist aus.«

»Oh.« Ich rollte mich auf den Rücken und starrte an die Decke. »Warum wolltest du mich auch finden? Hättest du nicht schon längst zu Elaine weiterziehen wollen?« Ich spürte nicht die Antipathie, die meine Worte auslösten, ich fühlte nichts.

Sie stand auf und kam zu mir. Ihr Gesicht war gerötet und sie weinte immer noch. »Ich habe nicht … ich habe nur … ich habe versucht, dich zu verletzen, weil du mich verletzt hast.«

»Gut gemacht.« Ich wandte mich von ihr ab und wünschte mir nur, sie würde gehen, damit ich wieder schlafen konnte.

Ich spürte, wie sich die Matratze bewegte, als sie sich hinsetzte. »Hayden, bitte, bitte lass uns reden.«

»Wer hindert dich daran?« Ich griff nach einem zusätzlichen Kissen und drückte es an meine Brust.

»Kann ich ein Fenster öffnen? Es ist stickig hier drin.«

»Wie du meinst.« Ich schätzte, es war ein wenig heiß. Ich hatte mir nicht die Mühe gemacht, die Fenster zu öffnen, als ich in der Nacht nach Hause gekommen war, aber jetzt, wo Gina es erwähnte, stellte ich fest, dass die Laken feucht vom Schweiß waren. Sie öffnete die Vorhänge und kurbelte das Fenster auf. Die Brise fühlte sich gut an und half, die verbrauchte Luft zu beseitigen.

Die Matratze bewegte sich wieder und ich fragte mich, wie lange Gina mich noch quälen würde. Ich wollte einfach nur in Ruhe gelassen werden. Warum sie das nicht einsehen konnte, war mir unbegreiflich.

»Mir hat noch nie etwas so leidgetan«, sagte sie. Ich bemerkte, wie rau ihre Stimme war, und erinnerte mich dann daran, dass sie geweint hatte. »Ich war gemein und ich habe schon manchmal schreckliche Dinge gesagt, wenn ich wütend war, aber ich war noch nie zu jemandem grausamer als zu dir. Es tut mir so verdammt leid.«

»Ist in Ordnung. Zieh die Tür hinter dir zu, wenn du gehst.« Ich war mir sicher, dass ich bei offenem Fenster besser schlafen konnte. Ich wartete, aber sie saß immer noch auf dem Bett. »Ich sagte, es ist alles in Ordnung. Du kannst jetzt gehen.« Was wollte sie von mir? Ich sagte, ich vergebe ihr. Dann hörte ich sie wieder weinen. Mein Gott! Was sollte der ganze Sturm und Drang?

Ich drehte mich um und sah sie an. Sie bedeckte ihr Gesicht mit beiden Händen, wie ein kleines Mädchen, das nicht will, dass man es weinen sieht. Die Geste hatte so etwas Ginahaftes, dass ich etwas spürte. Ich war nicht sicher was, aber ich fühlte definitiv etwas. Dann wurde mir klar, dass ich seit meiner Rückkehr nach Hause nichts mehr gefühlt hatte. Hm. Das war seltsam. Es war ein bisschen mehr Leben in meiner Stimme, als ich sagte: »Ist schon gut, Gina. Es ist keine große Sache. Geh jetzt nach Hause.«

»Ich kann nicht«, sagte sie. Zumindest glaubte ich, das gehört zu haben. Es war schwer, sie zu verstehen, wo sie doch so heftig weinte und ihre Hände vor das Gesicht hielt.

»Warum nicht?«

Sie nahm die Hände herunter und sah mich an. Ich konnte spüren, wie sie mich betrachtete. Ihre Augen waren rot umrandet und ihre Lider waren geschwollen und ihr Blick so intensiv, dass er fast Wärme abstrahlte. »Sieh dich an! Ich kann dich doch nicht so zurücklassen.«

»Du siehst morgens auch nicht gut aus. Mir wird es gut gehen, wenn ich aufgestanden bin und geduscht habe. Auf Wiedersehen.« Ich drehte mich zurück auf die Seite und hoffte auf das süße Geräusch der sich schließenden Tür. Aber stattdessen legte sich eine Hand auf meine Hüfte.

»Es ist sieben Uhr abends. Mittwochabend.«

Wirklich? Mittwoch? Was war mit dem Dienstag passiert? »Und? Ist es ein Verbrechen, früh ins Bett zu gehen?« Okay, ich war schon eine Weile im Bett. Aber ich war offensichtlich müde. Konnte sie das nicht sehen?

»Du trägst die Kleidung, die du am Montagabend anhattest«, sagte sie. Mir war nie aufgefallen, wie scharf und hart ihre Stimme klang. Wie Fingernägel auf einer Kreidetafel. Wenn sie nur den Mund gehalten hätte! Es machte mir nicht einmal etwas aus, wenn sie noch eine Weile blieb. Ich brauchte nur etwas mehr Schlaf. »Seitdem bist du offensichtlich nicht mehr aus dem Bett gekommen. Herrgott, Hayden, hier riecht es wie in einer dreckigen Turnhalle.«

»Ich habe keinen Besuch erwartet. Wenn ich einfach nur noch etwas schlafen kann, wird es mir wieder gut gehen.«

Gina packte mich an Schulter und Hüfte und drehte mich gewaltsam zu sich. Sie nahm meinen Kopf in ihre Hände und zog mit zwei Fingern mein rechtes Auge auf. »Hast du etwas genommen? Schlaftabletten? Irgendetwas?« Sie war so aufgeregt, dass sie zu schwitzen begann. Das würde den Geruch nicht beseitigen. Jetzt, da sie es angesprochen hatte, musste ich zugeben, dass das Zimmer etwas unordentlich war. Die frische Luft machte den muffigen Geruch nur noch deutlicher. Vielleicht sollte ich sie das Fenster schließen lassen, wenn sie geht.

Sie schüttelte mich und ich erinnerte mich, dass da eine Frage in der Luft hing. »Nein, ich habe nichts genommen. Ich habe nichts da, was ich nehmen könnte.«

Nachdem sie mich wieder auf die Matratze zurückgelegt hatte, hörte ich sie in mein Badezimmer gehen. Das Knarren des alten, metallenen Arzneischranks verriet, dass sie meine Sachen durchsuchte. Sie war ganz schön frech, das musste ich ihr lassen. Sie kam mit dem Papierkorb aus dem Badezimmer zurück. Auch den aus der Küche hatte sie geholt und durchsuchte sie, auf der Suche nach keine Ahnung was. Zufrieden stand sie vor mir und fragte: »Bist du sicher, dass du keine Drogen genommen hast?«

Das wurde langsam langweilig. »Ich habe keine. Vorher hatte ich auch keine. Ich habe noch nie welche gehabt. Zufrieden?«

»Nein. Ich bin nicht zufrieden«, sagte sie und begann wieder zu weinen.

»Verdammt, Gina. Kannst du deinen Zusammenbruch nicht woanders haben? Ich bin so verflixt müde, dass ich nicht mehr klar sehen kann.«

Einen Moment lang sah sie mich nur an. Sie sah dabei so aus, als würde sie ihrem Lieblingshaustier beim Sterben zusehen, aber es war mir eigentlich egal. »Okay. Schlaf jetzt. Wir reden, wenn du aufwachst.«

Ich war zu müde, um genervt mit den Augen zu rollen, also schloss ich sie. Ich weiß nicht, wie lange ich geschlafen habe, aber als ich aufwachte, war es draußen dunkel. Gina lag auf dem Boden. Sie hatte das Kissen meines Stuhls unter ihren Kopf gelegt. Der Mülleimer stand neben ihr und war mit Dutzenden von Taschentüchern gefüllt. Ich musste pinkeln, aber ich setzte mich erst noch einen Moment lang auf die Bettkante und beobachtete sie beim Schlafen.

Ich hatte es vorher nicht bemerkt, aber ihre Lippe war merklich geschwollen. Verdammt, warum habe ich sie geschlagen? Ich bin kein Schläger.

Ich konzentrierte mich auf ihr Gesicht und dachte, wie hübsch sie war, wenn sie schlief. Wie sie so friedlich aussah … heiter, wirklich. Sie wirkte so unschuldig und süß. Ich dachte daran, wie sie mich festhielt, wenn wir schliefen, mich in ihrer Nähe hielt, egal, wie oft ich mich umdrehte. Jedes Mal, wenn ich aufwachte, hielt sie mich auf irgendeine Weise fest. Mit ihrer Hand auf meinem Rücken oder ihrem Arm um meine Taille. Manchmal drückte sie meinen Kopf gegen ihre Schulter. Sie versuchte immer, mich zu berühren, mir zu versichern, dass sie da war. Ihre Berührung gab mir das Gefühl, mehr geliebt zu werden, als ich es je empfunden hatte.

Ich weiß nicht recht, wie ich vom Bett auf den Boden kam, aber ehe ich mich versah, hatte ich meine Hände in ihr Shirt gekrallt und schüttelte sie, so fest ich konnte. »Wie konntest du das tun? Wie konntest du alles das ruinieren, was wir hatten?« Ich schrie so laut, dass Mrs Nordstrome wahrscheinlich den Nachtportier oder die Polizei rufen würde. Aber das war mir egal. Dieses Miststück hatte das Beste zerstört, was mir seit Jahren passiert war, und ich musste ihr etwas Verstand einprügeln.

Gina wehrte sich nicht. Sie richtete sich ein wenig auf und nahm mich in ihre Arme, hielt mich so fest, dass ich sie nicht mehr schütteln konnte. »Es tut mir leid«, sagte sie und weinte wieder. »Es tut mir so leid, Baby. Bitte, verzeih mir. Bitte, verzeih mir.«

Ich kämpfte gegen ihre Umarmung, aber die Jahre an Bord hatten sie stark gemacht. Dennoch drehte ich mich um und kämpfte, bis auch ich anfing zu weinen, und die ganze Energie aus mir herausfloss. Sie hielt mich fest und ließ mich auf ihr

Hemd weinen. Gina vergoss selbst so viele Tränen, dass mein Haar ganz nass wurde, und schließlich brauchte ich dringend ein Taschentuch, um nicht meine Nase in ihr Hemd schnäuzen zu müssen. Sie konnte sehen, dass ich mich verausgabt hatte, also ließ sie mich aufstehen und in die Vorratskammer gehen, um weitere Taschentücher zu holen. Als die Schachtel geöffnet war und ich mir die Nase putzte, saß sie da wie ein treuer Welpe.

»Warum duschst du nicht? Ich hole uns etwas zu essen.«

»Wie spät ist es?«

Sie schaute auf die Uhr. »Drei Uhr morgens. Ich nehme an, dass einige dieser Geschäfte, die immer so verdammt viel Wirbel darum machen, noch geöffnet haben.

Ich versuchte zu lächeln. »Der Feinkostladen an der Ecke hat immer offen. Würdest du mir einen Bagel mitbringen?«

Sie ging zur Tür und sagte: »Bist du sicher, dass du allein unter die Dusche gehen kannst?«

»Ja. Geh nur. Nimm meine Schlüssel. Sie sind …« Ich schaute auf den Tresen, wo ich sie normalerweise hinwerfe, aber da lagen sie nicht. »… irgendwo.«

»Du hattest die Wohnungstür zwei Tage lang nicht abgeschlossen. Weitere fünfzehn Minuten sollten da nicht das Problem sein.« Sie schloss die Tür leise hinter sich. Ich stand einen Moment lang da und ging dann unter die Dusche, überrascht, dass Gina ahnte, dass mir schwindelig werden würde. Ich drehte die Temperatur herunter und stützte mich an den Wänden ab, bis ich mein Gleichgewicht wieder hatte. Dann konnte ich mir die Haare waschen und den Schweiß von zwei Tagen wegschrubben.

Ich hatte gerade angefangen, meine Haare zu föhnen, als Gina zurückkam. Ich hörte sie in der Küche herumhantieren und als ich das Bad verließ, sah ich, dass sie zwei Vasen mit Frühlingsblumen gefüllt hatte. Die Fenster standen weit offen, und sie hatte die Laken von meinem Bettsofa, das nun wieder ein Sofa war, abgezogen. »Es ist irgendwie schön, einen Laden in der Nähe zu haben«, sagte sie. »Es ist zwar nicht der sauberste, den ich je gesehen habe, aber der Typ hinter der Theke war nett.«

»Das ist Mahmood«, sagte ich. »Seine Katze tötet die meisten Ratten.«

Sie schaute mich an, um zu sehen, ob ich einen Scherz mache. Ich merkte, dass sie sich nicht sicher war, denn sie wartete darauf, dass ich in meinen Bagel biss, bevor sie ihren Bagel zum Mund führte.

»Ich habe dir Spiegelei mit Cheddar besorgt«, sagte sie, obwohl ich bereits abgebissen hatte. »Und auch etwas Orangensaft.«

»Und für dich?«

»Dasselbe, aber mit Frischkäse.« Sie nahm einen Bissen und ich wusste, dass sie versuchte, die Gedanken an das Ungeziefer zu ignorieren, von dem sie hoffte, es befände sich im Bauch von Sphinx. Dies war wahrscheinlich nicht der richtige Zeitpunkt, ihr zu sagen, dass Sphinx keine Kakerlaken mochte. Sie hatte auch Kaffee mitgebracht, der allerdings nicht gut war. Mahmood kochte Kaffee auf ägyptische Art, was, soweit ich es beurteilen konnte, bedeutete, fein gemahlenes Kaffeepulver in kochendes Wasser zu rühren. Es war in der ganzen Stadt war der Kaffee, an dem man am meisten zu kauen hatte.

»Etwas früh für Kaffee«, kommentierte ich.

»Ich muss bald gehen.« Sie schaute wieder auf die Uhr. »Die erste Fähre geht um sechs Uhr.«

»Oh. Ich dachte, Case könnte übernehmen.«

»Nein. Er hat gestern Abend gearbeitet. Ich habe nicht den Nerv, ihn so früh anzurufen. Außerdem würde mein Cousin mich umbringen.«

Es war leichter zwischen uns, nachdem wir beide einige Emotionen rausgelassen hatten, sogar überraschend angenehm, und so wagte ich mich in tieferes Wasser vor. »Also, ist alles okay? Kann ich wieder mit der Fähre fahren?«

Sie ließ ihren Bagel fallen und er traf so hart auf den Teller, dass er herunterrollte und auf dem Boden landete. »Ich … ich will nicht, dass es nur okay ist«, sagte sie. »Ich will es noch einmal versuchen.« Ihre Unterlippe zitterte. »Willst du das nicht?«

»Gina, du hast mir gesagt, dass du nie mit einer Frau ausgegangen wärst, die aussieht wie ich. Du hast zugegeben, dass du mich aus niederen Beweggründen gefickt hast. Du denkst vielleicht, ich bin hässlich, aber ich bin überrascht, dass du mich auch für dämlich hältst.«

Sie beeilte sich, ihr Frühstück aufzuheben und sah mich dabei an. Es war nicht leicht, aber sie machte es überraschend gut. »Hayden, alles, was ich sagte, war wahr. Aber ich war dumm.« Sie stand auf und setzte sich neben mich auf das Sofa. »Ich fühlte mich schon immer zu italienischen Mädchen hingezogen. Das ist mein Typ. Ich mag dunkles Haar und dunkle Augen und braune Haut. Aber das ist nur eine Vorliebe.«

»Und jetzt liebst du dunkelblonde, blauäugige Frauen, die aussehen, als würden sie in einer Bibliothek leben.«

»Nein, das ist nicht wahr.« Sie legte ihre Hand auf meinen Oberschenkel und ich spürte ihre Wärme durch meinen dünnen Morgenrock. »Ich liebe es, wie *du* aussiehst. Ich finde dich wunderschön, und wenn ich dir das nie gesagt habe, dann bin ich eine Idiotin.«

»Das hast du nicht«, sagte ich und schaute auf meinen Bagel.

Sie drückte mein Bein ein wenig. »Ich finde dich wirklich wunderbar«, sagte sie. »Ich achte nicht mehr darauf, wie eine Person aussieht, wenn ich sie erst einmal kennengelernt habe. Ich vergesse, dass ich einer Frau sagen sollte, was ich sehe.«

Ich sah sie nicht an, als ich fragte: »Was siehst du?« Aber ich merkte, dass sie intensiv nachdachte, um die perfekte Antwort zu geben.

»Ich sehe eine Frau mit schönem sandfarbenem Haar, die wahrscheinlich früher einmal weißblond war, als sie klein war.«

»Das war ich«, stimmte ich zu.

»Ich sehe fantastische cremefarbene Haut, die nicht von der Sonne kaputtgemacht wurde.« Sie nahm meine Hand und schob den Ärmel meines Morgenmantels nach oben. »Nicht eine Sommersprosse. Perfekte, reine, weiche Haut … wie die eines Babys.« Ihre Finger strichen über mein Augenlid. »Keine Fältchen. Keine Krähenfüße vom ganztägigen Starren.«

»Nur in Bücher.«

»Klare, blaue Augen, wie das Mittelmeer in der Morgendämmerung. So schöne Augen«, flüsterte sie. Ihre Lippen waren dicht an meinem Gesicht und ich konnte ihren Atem auf meiner Wange spüren. »Die weichsten, süßesten Lippen, die ich je geküsst habe.«

Ich drehte mich gerade so weit, dass ich ihr ins Gesicht sehen konnte. Sie küsste mich – ein zärtlicher, fast verehrender Kuss, der mein Herz höherschlagen ließ, als ich spürte, wie ihre Lippen zitterten.

»Ich will nicht, dass es vorbei ist«, sagte sie. »Ich werde alles tun, um es zu erklären und um dir zu zeigen, dass das, was ich gesagt habe, nicht das ist, wonach es sich anhörte.«

»Wie kann das sein, Gina?«

»Ich sagte, ich hätte dich nie nach einem Date gefragt, und das stimmt, aber nur, weil du nicht mein Typ bist. Bei dir zu sein hat mir gezeigt, dass es kindisch war, nur Frauen anzusprechen, die einem gewissen Typ entsprechen. Es ist nicht so, dass ich dich nicht hübsch gefunden hätte. Das schwöre ich.«

Ich sah ihr in die Augen und fühlte, dass sie ehrlich war. Aber das war nicht das Schlimmste, was sie gesagt hatte. »Was ist mit der Tatsache, dass du zu mir nach Hause kamst, um mich zu demütigen? Du sagtest, du wolltest keinen Sex mit mir haben. War das, weil ich so hübsch war?«

Sie schloss ihre Augen und ich wusste, dass es ihr schwerfiel, den Schmerz in meinem Blick zu sehen. »Nein. Ich wollte keinen Sex haben, weil ich wirklich wütend auf dich war. Ich fühle mich nicht zu Menschen hingezogen, auf die ich wütend bin. Ich hielt dich für ein rotzfreches Miststück und wollte dir einen Schrecken einjagen. Das ist die Wahrheit.«

»Du wolltest mir Angst machen, indem du Sex mit mir hast? Was ist das für eine Taktik?«

Sie atmete hörbar aus. »Es ist eine dumme Taktik. Ich dachte, du wärst verklemmt und eingebildet. Ich wollte dir klarmachen, dass du nicht besser bist als ich. Ich wollte dich bei einer einfachen Arbeiterin auf einer Fähre um Sex betteln lassen.«

»Also wolltest du mich ficken, um mir zu zeigen, dass ich nicht besser bin als du.« Ich kniff die Augen zusammen, als könnte ich sie besser verstehen, wenn ich sie nur noch durch Schlitze anschaue.

»Ja.« Sie zuckte hilflos mit den Schultern. »Ich habe nicht gesagt, dass es klug war. Es war nur alles, was mir eingefallen ist.«

»Deshalb hast du mich nicht einmal ausgezogen oder mich berührt«, sagte ich und wurde von Minute zu Minute wütender. »Darum hast du dich lieber selbst befriedigt, als von mir anfassen lassen.«

»Ja.« Sie nickte, ihr Kopf rot vor Scham. »Ich war wütend und wollte nicht intim mit dir werden.«

Etwas ergab allerdings keinen Sinn. »Warum bist du mit mir ins Bett gegangen, nachdem du gekommen warst?«

Ihre Lippen verzogen sich langsam zu diesem bezaubernd schönen Lächeln, das ich inzwischen genauso nötig hatte wie Schlaf oder Essen. »Glaub mir, Hayden, ich hatte nicht die Absicht, so erregt zu sein. Ich war sehr, sehr verärgert. Ich wollte dich nur in Verlegenheit bringen und gehen. Aber deinen Körper zu beobachten und zu spüren, wie erregt du bist, machte mich an. Sehr sogar. Ich dachte, ich könnte mich einfach um mich selbst kümmern und abhauen, aber dann hast du mich angesehen, und ich fühlte, wie ich in diesen fantastischen Augen versank.« Sie zuckte die Achseln. »Es kam mir nicht einmal in den Sinn, Nein zu sagen.«

»Während wir Sex hatten, hast du also beschlossen, dass du mich magst?«

»Ja. Das ist wahr. Aber ich dachte auch, dass ich mich in dir getäuscht habe. Mein Gewissen war schlecht, weil ich dich ausgetrickst hatte.«

Hm … wie könnte ich ihr taktvoll beibringen, dass sie den Ausdruck »ein schlechtes Gewissen haben« falsch benutzt? Vielleicht ist das nicht der richtige Zeitpunkt. Ich werde es nachholen, falls wir uns nach heute noch sehen sollten. »Also, das erste Mal, als wir Sex hatten, war ein übles Spiel, aber beim zweiten Mal hast du mich ehrlich gewollt?«

Sie wandte den Blick ab. Sie verbarg eindeutig etwas oder …

»Ich hatte noch nie Sex mit jemandem, den ich so wenig kannte. Ich bin irgendwie ausgeflippt, weil ich mit einer Fremden ins Bett gesprungen bin. Ich wusste, dass du dachtest, ich sei so eine Art Frau, aber das bin ich nicht! Deshalb habe ich mich so geärgert, als du mich damit aufgezogen hast, weil ich dich angemacht hatte.«

»Du … wirklich? Das ist der wahre Grund?«

Sie sah mich so aufrichtig an, wenn sie mir gesagt hätte, sie käme vom Mond, ich hätte ihr geglaubt. »Du bist erst die vierte Person, mit der ich je Sex hatte. Ich habe nicht einfach nur so Sex. Es bedeutet mir etwas.«

Ich nahm ihre Hand und fühlte, dass sie feucht war vor Aufregung. Es war ihr so liebenswert peinlich. »Ich auch. Du bist auch erst die vierte Person, mit der ich Sex hatte.«

»Ist das dein Ernst? Du warst nur mit drei Leuten zusammen gewesen, und hast mich zu dir nach Hause kommen lassen?«

»Ja, deshalb habe ich versucht, dich dazu zu bringen, es langsamer angehen zu lassen, aber als ich sah, dass es um alles oder nichts ging … habe ich mich für das Richtige entschieden.«

Sie lehnte sich zurück und starrte mich fassungslos an.

»Ich will ganz ehrlich sein«, sagte ich. »Ich hatte auf dem College Sex mit einer Frau, aber das war nur ein Coming-Out-Flirt. Dann mit Dana, dann mit … Elaine. Ich schwor mir, dass ich nie wieder Sex haben würde, bevor ich es noch einmal mit jemandem tue, der mir nichts bedeutet.« Sie blinzelte, eindeutig fassungslos. Ich war mir nicht sicher, welcher Teil meines Satzes sie so sehr überraschte. Es gab viele Möglichkeiten.

»Aber warum?«

»Ich weiß es immer noch nicht«, sagte ich. »Vielleicht, weil du so hübsch bist.« Ich fuhr mit den Fingerspitzen an ihrer Wange entlang und fühlte, wie sie schluckte, als ich ihren Hals berührte. »Vielleicht war es Schicksal.«

»Ich glaube, es war Schicksal«, sagte sie sehr ernst. »Ich glaube an das Schicksal. Und ich glaube nicht, dass wir ihm entkommen können. Ich glaube, dass wir das hinkriegen werden. Bitte, bitte, bitte lass es mich versuchen.« Sie nahm meine Hand und drückte sie, während sie mir in die Augen starrte. Wie konnte ich da Nein sagen?

»Aber ich habe mich noch nicht dafür entschuldigt, dass ich dich am Montag ignoriert habe. Damit hat das alles angefangen.«

»Vergiss es. Ich will es gar nicht wissen. Sheila kam Dienstagmorgen zu mir und erzählte, dass du in der Nacht nicht nach Hause gekommen bist. Daraufhin versuchte ich, dich ausfindig zu machen. Das Einzige, was zählt, ist, dass ich dich gefunden habe und dass es dir gut geht.« Sie nahm mich in ihre Arme und schaukelte mich sanft. »Das ist alles, was mir wichtig ist.« Sie kuschelte sich an meinen Hals und ich konnte ihre Tränen auf meiner Wange spüren. »Ich habe mir solche Sorgen um dich gemacht.«

»Wie hast du mich gefunden?«

»Ich habe einen Detektiv engagiert«, sagte sie. »Ich habe ihm gesagt, dass du an der NYU arbeitest und habe ihm deine Handynummer gegeben. Er fand dich innerhalb einer Viertelstunde.«

»Das ging schnell«, sagte ich. »Irgendwie gruselig.«

»Ja, das ist es. Als Nächstes hätte ich ein Flugzeug gechartert, um eine Nachricht an den Himmel zu schreiben.«

Sie sah nicht aus, als würde sie scherzen. Ich legte meine Arme um sie und hielt sie eine Minute lang fest. »Wir haben einiges zu klären«, sagte ich. »Es wird eine Weile dauern, bis ich darauf vertraue, dass du mich nicht wieder verletzen wirst. Du machst mir Angst, wenn du wütend wirst. Das ist ein großes Problem.«

Gina küsste mich und ich konnte spüren, wie die Erleichterung aus ihrem Körper in meinen strömte. »Ich werde mich ändern«, flüsterte sie. »Ich *werde* mich ändern«, versprach sie.

Gina versprach, sie sei wach genug, um den ganzen Weg nach Sayville zu fahren. Erstaunlicherweise war ich immer noch müde, sodass ich, nachdem ich unsere beiden Bagel aufgegessen hatte, auf der Couch lag und befürchtete, die Verlockung des Betts würde mir zum Verhängnis werden.

Nach einem verhältnismäßig kurzen Mittagsschlaf und einer weiteren schnellen Dusche zog ich mich an, sah meine Post durch und ging dann zum Bahnhof. Zwei Stunden später war ich in Sayville und wartete am Kai auf Gina. Wir gingen beide auf die Fähre, Gina diesmal als Passagierin, da Case ebenfalls an Bord war. Wir sprachen nicht viel, aber sie hielt meine Hand, während sie aus dem Fenster schaute. Das Fenster war ein wenig geöffnet, und ihr Haar wurde von der Brise nach hinten geweht.

Sie hatte so schöne, klassisch-römische Gesichtszüge. Sie hätte das Modell für einen Fries oder eine dreitausend Jahre alte Statue sein können. Man sah ihr an, dass sie Italienerin war. Ich habe während meiner gesamten beruflichen Laufbahn so viele Frauen gesehen, die ihr ähnlich sahen. Hm. Vielleicht gefällt sie mir deshalb so gut. Es ist nicht nur, dass sie schön ist. Ihr Aussehen berührt etwas tief in mir. Ein Funken des Wiedererkennens der Antike. Die Art von Schönheit, die einen Mann dazu brachte, Hammer und Meißel in die Hand zu nehmen und seine Sehnsucht in einen Marmorblock zu schlagen. Ich würde sie modellieren, wenn ich könnte. Ich würde ihre Stärke und ihren Mut und ihre Zerbrechlichkeit und ihre Verletzlichkeit zeigen. Es kommt alles zusammen und macht sie zu dem, was sie ist.

Aber diese Verwundbarkeit ist es, die sie dazu bringt, auf mich loszugehen, wenn ich etwas tue, das sie an einem ungeschützten Ort trifft. Wir müssen herausfinden, wie wir das überwinden können. Ich weiß nicht, wie oft ich ihr verzeihen kann, wenn sie mich verletzt, und ich bin mir nicht sicher, ob sie damit aufhören kann. Aber ich hoffe, dass es gelingt, denn ich möchte neben ihr sitzen und ihre Hand halten, während ich in dieses fantastische Gesicht blicke, und zwar für eine sehr, sehr lange Zeit.

Als wir zurück ins Haus kamen, fühlten wir uns beide unwohl. Sie ging zu den Glastüren und schaute auf das Meer hinaus. Schließlich stellte ich mich neben sie und lehnte mich an sie. Vorsichtig legte ich meine Arme um sie und fühlte, wie sie begann, sich zu entspannen. »Lass uns rausgehen«, sagte ich.

Es war ein ziemlich schöner Nachmittag. Die Sonne hatte sich hinter einer Wolkenbank versteckt, wie es zu dieser Tageszeit üblich war, aber es war ziemlich warm und trocken. Ich setzte mich auf die Verandabrüstung, nachdem ich Ginas warnende Augenbraue ignoriert hatte. Sie stand vor mir und hielt mich fester als nötig. Aber es war eine sehr schöne Geste. Wir sagten lange Zeit kein Wort; wir hielten uns einfach gegenseitig fest. Unbewusst synchronisierte sich unsere Atmung, und einige der Barrieren fielen.

Es dämmerte fast, als sie ihre Hände auf meine Taille legte und mich von der Brüstung hob. Ohne ein Wort zu sagen nahm sie meine Hand und führte mich zum Kamin. Sie zündete ein paar der Holzscheite an, die Elaine gekauft hatte, und auf die sie ihren Namen geschrieben hatte. Gut für Gina. Sobald sie sich sicher war, dass das Holz brannte, drehte sie sich zu mir um und begann, mich liebevoll auszuziehen. Bald lagen ihre Kleider neben meinen auf dem Boden. Dann nahm sie mich in ihre Arme und küsste mich mit so viel Gefühl, dass ich ehrlich gesagt dachte, ich würde in Ohnmacht fallen. Irgendwie landeten wir auf dem Teppich, die trockene Hitze des Feuers wärmte unsere Füße, während die kühle, feuchte Luft durch die offene Verandatür hereinwehte.

Sie liebte mich wie eine besessene Frau. Ihre Hände, ihre Lippen, ihr Mund schienen überall gleichzeitig zu sein. Ich hatte sie noch nie so intensiv erlebt, so versessen darauf, jeden Teil von mir zu berühren, besonders mein Herz.

Als wir danach zusammenlagen, sagte sie die ersten Worte, seit wir auf der Fähre waren. »Ich muss bald gehen. Kann ich dich am Montag sehen?«

Ich schaute auf meine Uhr und sah, dass es erst halb neun war. »So früh?«

»Ja. Ich habe die letzten Nächte nicht viel geschlafen. Ich gehe auf dem Zahnfleisch. Außerdem habe ich keine Möglichkeit, nach Sayville zu kommen, wenn ich die letzte Fähre verpasse.«

»Ich verstehe. Komm vorbei, wann immer du willst. Ich habe heute Elaine, Lorna und Sheila erreicht und ihnen gesagt, dass ich eine Freundin habe.«

Sie schenkte mir ein überraschtes, aber zufriedenes Lächeln. »Ich würde ja fragen, wie das Gespräch gelaufen ist, aber ich will es nicht wissen.«

»Lorna geht es gut, und Sheila ist nett. Du wirst sie mögen.«

»Ich mag sie jetzt schon. Sie sorgt sich um dich. Aber kannst du auch arbeiten, wenn alle hier sind?«

»Nein, nicht gut. Warum?«

»Weil du ein paar Tage Arbeitszeit verloren hast. Warum kommst du am Wochenende nicht zu mir? Ich werde die meiste Zeit mit der Fähre unterwegs sein, aber es wäre wunderbar, nach Hause zu kommen und du bist da.«

»Wirklich? Hast du einen Platz, an dem ich arbeiten kann? Einen Tisch?«

»Ja«, sagte sie und lächelte dabei unergründlich. »Ich könnte ein kleines Plätzchen für dich finden.«

»Okay. Soll ich morgen Abend kommen?«

Sie stand auf und streckte mir ihre Hand entgegen. »Komm jetzt gleich mit. Ich möchte neben dir einschlafen.«

»Gerne. Das möchte ich auch.« Ich legte meine Arme um sie und drückte sie. »Ich habe dich so sehr vermisst.«

»Wenn es nur halb so sehr ist, wie ich dich vermisst habe …« Sie machte sich frei, schüttelte den Kopf und ging dann ins Badezimmer, um sich zum Aufbruch fertigzumachen.

Wir waren um neun Uhr wieder in Sayville, und nachdem wir ein paar Schritte gegangen waren, blieb Gina plötzlich stehen und starrte mich an. »Ich bin mit dem Fahrrad da.«

»Und …?« Ich sah sie eine Sekunde lang an und begriff dann erst, was sie vorhatte. »Ich werde laufen.«

»Mist!« Sie ging zu ihrem Fahrrad und schloss es auf. »Ich würde es hier lassen, aber jemand könnte es klauen.«

Ich bezweifelte, dass jemand ein mit Reservereifen überzogenes Fahrrad stehlen würde, aber vielleicht war Sayville das Zentrum eines großen Fahrraddiebstahlrings. Gina kam mit dem Rad an der Hand zu mir und sagte: »Ich hab einfach nicht nachgedacht. Tut mir leid, dass ich es vermasselt habe.«

»Hast du ein Auto?« Vor meinem geistigen Auge war Gina immer auf ihrem Fahrrad in der Stadt unterwegs, aber es würde schwierig sein, Long Island ohne Auto zu erkunden.

Sie nickte, die Stirn leicht gerunzelt. »Aber ja, der Transporter, du erinnerst dich? Wir fuhren nach Philadelphia. Bist du sicher, dass du dir keine Gehirnerschütterung geholt hast?«

»Ich glaube nicht, aber ich habe einen ganzen Tag verloren. Es war seltsam.« Wir liefen ein Stück und dann registrierte ich erst, was sie gesagt hatte. »Der Wagen, ist das deiner? Ich dachte, er gehört der Fährgesellschaft.«

»Das tut er.«

Ich schaute sie an und sah die Besorgnis in ihren Augen. »Es geht mir gut, Gina. Ich weiß nur nicht, was dir gehört und was du geliehen hast.«

»Nun, das gehört eigentlich alles der Firma, aber ich betrachte es nicht als Ausleihen. Es ist auch meins.«

»Was auch immer«, sagte ich und dachte, die NYU würde mir ganz schön in den Hintern treten, wenn ich einen der Kleinbusse nehme und damit nach Philadelphia fahre. »Du hast im Truck wie eine Butch gewirkt. Das hat mir gefallen.«

»Eine Butch?« Wir gingen einige Minuten schweigend nebenher, da ich mich konzentrieren musste, um mich an die Dunkelheit und das Fehlen von Bürgersteigen zu gewöhnen. »Hältst du mich für eine Butch?«

»Nein, eigentlich nicht. Du bist sehr ernst, du kannst aggressiv sein …«

»Durchsetzungsfähig«, korrigierte sie mich lächelnd. »Ich bin durchsetzungsfähig.«

Lachend stimmte ich zu: »Besonders im Bett.«

»Ich gebe freimütig zu, eine Top zu sein«, sagte sie und lachte auch. »Aber ich denke nicht, dass ich sehr männlich bin. Die Leute nehmen das an, wegen meines Jobs, aber … nun, deine Meinung zählt mehr als meine.«

»Was ist mit mir? Wie siehst du mich?«

Sie schaute mich an, als würde sie mich zum ersten Mal sehen. »Ich bin normalerweise mit Girlys ausgegangen, und so bist du nicht. Du lässt dir nicht die Nägel machen oder verbringst viel Zeit mit Haar Styling und Make-up.« Ich muss die Stirn gerunzelt haben, denn sie fügte hinzu: »Du siehst nett aus, wirklich nett. Aber du schleppst nicht sechs verschiedene Outfits an, aus denen ich auswählen kann, bevor du zum Abendessen fertig bist.«

»Wir sind noch nie richtig zu einem Abendessen ausgegangen«, sagte ich. »Du wärst vielleicht überrascht.«

»Jetzt, wo ich früher Feierabend habe, werden wir ein paar richtige Dates haben. Du kannst mich so oft überraschen, wie du willst.«

»Ich habe nichts Schönes zum Anziehen eingepackt«, sagte ich. »Ich weiß nicht, wie groß die Überraschung sein wird.«

»Du siehst in allem, was ich bisher an dir gesehen habe, gut aus.« Das Mondlicht war unsere einzige Lichtquelle auf der Uferstraße und ließ ihre Augen zufrieden glänzen. Ich weiß nicht, wie die Frau das machte, aber sie konnte mir das Gefühl geben, eine hässliche Schreckschraube und eine schöne Frau zu sein, und das alles am selben Tag.

»Danke.« Ich versuchte, ihre Hand nehmen, aber sie brauchte sie, um nicht mit dem Fahrrad umzufallen.

»Hey, willst du den Rest des Weges fahren? Wir haben noch nicht einmal die Hälfte der Strecke hinter uns.«

»Okay, und was machst du?«

»Ich werde lenken«, sagte sie, ihre Zähne leuchteten im Dämmerlicht.

»Soll ich auf deinen Schultern oder auf der Querstange sitzen?«

»Du bist lustig«, sagte sie. »Komm schon, das habe ich seit meiner Kindheit nicht mehr gemacht. Das wird spaßig.«

Ich gab ihr einen spielerischen Schubs. »Ich machs nur für dich.«

»Ich liebe Menschen, die keine Angst davor haben, dumm auszusehen«, sagte sie. Sie hielt das Fahrrad und ich setzte mich auf die Querstange. »Jetzt … musst du deine Arme um mich legen.«

Ich kicherte, während ich mich unbeholfen an ihr festhielt. Sie musste sich wirklich anstrengen, um das Fahrrad gerade zu halten, aber sie schaffte es.

»Rutsch etwas mehr nach hinten«, sagte sie. »Dann sitzt du auch nicht mehr so unbequem auf deinem Steißbein.«

»Das ist unheimlich«, sagte ich, aber ich kroch ein wenig zurück.

»Los gehts.« Sie begann in die Pedale zu treten, und das Fahrrad wackelte mehr, als mir lieb war, aber nach ein paar Metern rollten wir ziemlich gut dahin.

Ich legte einen meiner Arme um ihren Rücken, das war weniger anstrengend. Dadurch saß Gina aufrechter und sie konnte fester in die Pedale treten. »Das hast du schon öfter gemacht«, sagte ich.

»Seit zwanzig Jahren nicht mehr. Aber es fühlt sich gut an, nicht wahr?«

»Das tut es«, musste ich zugeben. »Vielleicht sollten wir so Long Island erkunden.«

»Okay, aber ab und zu musst du auch mal fahren, damit ich nicht zu maskulin rüberkomme.«

Ich verkniff mir eine Antwort, aber es war offensichtlich, dass ihr der Gedanke, männlich zu erscheinen, gar nicht gefiel. Ich war mir nicht sicher warum, aber das würde ich irgendwann noch aus ihr herausbekommen.

Nach ein paar Minuten verlangsamte Gina das Tempo, bog in eine schmale Straße direkt am Meer ein, und hielt dann an, damit ich absteigen konnte. »Du wohnst so nah am Meer?«, fragte ich fassungslos.

»An der Great South Bay genau genommen. Ich muss dir wohl noch ein paar nautische Begriffe beibringen. Dein Haus liegt am Meer.«

»Danke, das genügt!«

Sie lachte und führte mich auf einem Gehweg zu einem mittelgroßen, ultramodernen Haus. Es hatte die Form eines Quaders, aber das Dach neigte sich vorne in einem Winkel von fünfundvierzig Grad nach unten. Die gesamte Fassade bestand aus Glas, nur ein hauchdünner Vorhang verhinderte einen Blick ins Innere. »Das … das ist dein Haus?«

»Hmhm.« Sie war der Inbegriff von Lässigkeit. »Hältst du mein Fahrrad, während ich die Post hole?«

Sie ging zwei Stufen zum Treppenabsatz hinauf, nahm ihre Post und öffnete ihre Tür. Ich hob das Fahrrad auf, um es hineinzutragen, und merkte, dass es weniger wog als jedes andere Fahrrad, das ich je in der Hand gehalten hatte. Ich folgte ihr ins Haus und ließ fast das Rad fallen. Gina wohnte in einem Ausstellungsraum! Einem

Ausstellungsraum eines hochmodernen Möbelgeschäfts. Ich wäre weniger überrascht gewesen, wenn sie in einem Iglu gewohnt hätte.

»Lass mich das Fahrrad nehmen«, sagte sie und zog es aus meinen schwachen Händen. »Ich sollte nicht so pingelig damit sein, aber ich habe es in Turin anfertigen lassen. Ich bin damit durch ganz Italien gefahren, aber für Sayville ist es zu viel des Guten.«

»Äh …« Ich hörte sie sprechen, aber ich verstand kein Wort. Ginas Haus war absolut umwerfend. Das schräge Dach bot einen Blick auf den Nachthimmel und ich sah mehr Sterne, als ich seit meiner Abreise aus New Hampshire vor vier Jahren gesehen hatte. Im Erdgeschoss befand sich ein Wohn-Essbereich und eine Küche, die sich über die gesamte Breite des Hauses erstreckte. Eine hüfthohe Glaswand umgab die Küche, wodurch die gesamte Etage wie ein einziger großer Raum erschien.

Die Galerie im Obergeschoss hatte ebenfalls eine passende Glaswand, eine offene Wendeltreppe direkt hinter der Eingangstür führte hinauf.

Obwohl das Design des Hauses fantastisch war, übertraf die Ausstattung alles. Die gesamte Etage war in Rosa- und Grautönen gehalten. Ich war noch nie ein großer Fan von Rosa gewesen, aber der zartpastellfarbene zottelige Teppich vor dem niedrigen grauen Flanellsofa und den passenden Sesseln wirkte überraschend beruhigend und heiter. Knallrosa Kissen, die aussahen, als wären sie aus Kaschmir, lagen auf dem Sofa, kleinere, flauschige rosa Kissen auf den Sesseln.

Eine Reihe niedriger, taubengrauer Schränke säumte die Wand, die zum Wasser hin ausgerichtet war, und ich nahm an, dass Fernseher und Stereoanlage darin untergebracht waren.

Hinter dem Sofa befand sich ein schiefergrauer Esstisch aus Stahl, umgeben von sechs Stühlen, die mit sehr blassem rosa Samt bezogen waren. Selbst die Stühle sahen weich genug aus, um ein Nickerchen darauf zu machen, und es fiel mir auf, dass der Schwerpunkt des gesamten Raumes auf der Textur lag.

Ich schaute Gina an, die geduldig auf meine Reaktion wartete. Sie lächelte und sagte: »Nicht das, was du erwartet hast?«

»Bist du ein Nachfahre von Victor Emmanuel?« Die männlichen Nachkommen des entthronten Königs von Italien durften nach dem Zweiten Weltkrieg nicht mehr in Italien leben, aber ich hatte nicht erwartet, sie auf Long Island zu finden.

»Nein. Aber ich bin ein Nachfahre von Vincenzo Scognamiglio.« Sie sah geradezu selbstgefällig aus.

»Ist er der CEO von Fiat oder Bulgari?«

»Nein, nicht einmal annähernd. Aber er hat eine nette kleine Fährgesellschaft gegründet.« Sie hatte die Hände hinter ihrem Rücken verschränkt und drehte sich hin und her wie ein glückliches Kind.

»Die Fähre gehört deiner Familie?«

»Nein.« Sie schüttelte den Kopf. »Die Fähre gehört *mir*. Die Fährgesellschaft gehört meiner Familie.«

»Hm?«

»Können wir einen Schritt von der Haustür weggehen?«

Ich erschrak, ich hatte gar nicht bemerkt, dass ich mich keinen Zentimeter bewegt hatte. Die Haustür stand immer noch offen, da ich sie blockierte. »Mist, tut mir leid. Das ganze Ungeziefer kommt rein.« Ich ging ins Wohnzimmer und versank in einem der Sessel. »Oh!« Ich griff hinter meinen Rücken und nach dem kleinen Kissen. »Womit ist das überzogen? Es fühlt sich an wie …« Ich rieb das Kissen an meinem Gesicht und freute mich an dem kurzen, glatten Fell.

»Falsche Robbenhaut«, sagte sie. »Ich könnte es nicht ertragen, eine Robbe zu töten, nur um auf ihr zu sitzen, aber ich liebe das Gefühl. Außerdem«, sagte sie lachend, »haben echte Robben kein rosa Fell.« Ich starrte sie so lange an, dass sie schließlich sagte: »Was? Du siehst mich an, als wäre ich ein Geist.«

»Ich bin … ich … ich dachte, du steuerst im Sommer die Fähre. Ich nahm an, du lebst total bescheiden wie ein Sozialhilfeempfänger und gibst dein ganzes Geld für Reisen aus.« Ich sah mich um. »Du lebst absolut nicht bescheiden.«

»Ich habe dir gesagt, dass die Firma gut bezahlt.« Sie saß auf dem Sofa und verwandelte sich in eine Frau, wie geschaffen für ein sinnlich-luxuriöses, modernes Zuhause. Ich sah sie mit ganz anderen Augen an, meine Wahrnehmung von ihr begann sich zu verändern und es fühlte sich seltsam an … sogar etwas unangenehm.

»Kann ich einen Drink haben? Ich bin etwas geplättet.«

Sie klopfte mir verständnisvoll auf das Bein, während sie aufstand. »Sicher. Was möchtest du?«

»Was hast du?«

»Sag mir, was du willst. Wahrscheinlich habe ich es.«

»Alkohol«, sagte ich. »Ich will Alkohol.«

Sie lachte und ging zu einem der grauen Schränke hinüber. Durch leichten Druck auf die Türen öffneten sie sich und enthüllten eine sehr gut bestückte Bar. »Nenne mir ein Gift.«

»Was trinkst du?«

»Normalerweise trinke ich abends einen Grappa.«

»Das ist wie Brandy, oder?«

»Das gleiche Konzept. Sie haben beide einen hohen Alkoholgehalt und werden normalerweise nach einer Mahlzeit serviert. Aber sie sind nicht ähnlich.«

»Ich nehme einen Grappa. Ich mag Sachen mit hohem Alkoholgehalt.«

Sie beugte sich vor und nahm zwei Flaschen heraus. Die eine war dünn und lang und enthielt eine klare Flüssigkeit, die andere war kürzer, dickbauchig mit einem bernsteinfarbenem Inhalt. Aus einem anderen Schrank nahm sie zwei Gläser – eines hoch und schlank, das andere kürzer und runder. »Ich hoffe, es macht dir nichts aus, aber ich werde dir einen Portwein einschenken. Wenn du noch nie Grappa getrunken hast, wirst du ihn wahrscheinlich nicht mögen.«

»Ich bin tough«, sagte ich und zeigte ein halbes Lächeln, als sie mir mein Glas reichte.

Sie stieß leicht mit ihrem Glas an meines und es gab einen hellen Ton. »Auf toughe Mädchen.«

Sie setzte sich mir gegenüber, nahm einen Schluck aus ihrem Glas und schaute zu, wie ich den Portwein kostete. »Das schmeckt fantastisch«, sagte ich. »Das *ist* wie Brandy, nicht wahr?«

»Ja. Er hat mehr vom ursprünglichen Weingeschmack als Branntwein. Ich weiß, dass du Wein magst, deshalb dachte ich, du möchtest den Geschmack beibehalten, auch wenn der Alkoholgehalt steigt.«

»Lass mich den Grappa probieren.« Ich stand auf, nahm ihr Glas und nippte daran. Ich habe noch nie Weizenkorn getrunken, aber ich kann mir nicht vorstellen, dass er noch schlimmer schmeckt. »Das magst du?« Ich muss wie ein Baby ausgesehen haben, das zum ersten Mal Rosenkohl im Mund hat.

»Ja, aber er ist gewöhnungsbedürftig. Meine Großtante in Italien trinkt ihn und sie hat ihn mir immer nach dem Essen angeboten. Sie hat keinen Fernseher oder so etwas, also musste ich zur Unterhaltung etwas Grappa trinken.« Sie lachte. »Zwei Gläser Grappa und ich kann mich stundenlang unterhalten.«

»Ich sehe dir gerne dabei zu, wie du ihn trinkst«, sagte ich. »Aber ich bleibe bei Portwein.« Ich setzte mich hin und erhob mein Glas auf sie. »Mein neues Lieblingsgetränk, während ich herauszufinden versuche, was die Geschichte meiner Freundin ist.«

Sie lächelte dieses sexy, liebenswerte, kindliche Lächeln und fragte: »Bin ich wirklich deine Freundin? Selbst nach allem noch, was ich getan habe?«

Ich stand auf und setzte mich neben sie auf das umwerfend bequeme Sofa. »Willst du es sein?«

Sie fuhr sich mit der Zunge über die Lippen und ihr gefühlvoller Blick brach mir fast das Herz. »Mehr als alles andere.«

Ich öffnete meine Arme und sie sank hinein, schmiegte sich an wie ein Welpe, der die Wärme seiner Mutter sucht. Wir hielten uns lange Zeit in den Armen und gewöhnten uns langsam daran, wieder intim zu sein. Schließlich fragte ich: »Wirst du mir von deiner Familie erzählen?«

Sie setzte sich auf und strich ihr Haar zurück. »Es ist ziemlich einfach«, sagte sie. »Mein Großvater startete ein kleines Fährgeschäft, mein Vater machte daraus ein großes Fährgeschäft und meine Brüder und ich haben daraus fünf Sparten gemacht. Jeder von uns ist Präsident seines eigenen Unternehmens, aber solange mein Vater noch lebt, ist er der CEO.«

Ich hoffte bei Gott, dass ich mich nicht geirrt hatte, aber ich musste das klarstellen. »Du hast keine vier Brüder.«

»Nein. Nur zwei. Aber jeder von ihnen leitet zwei Unternehmen, ich nur eines.«

»Weil du ein Mädchen bist?« Ich blinzelte ihr zu und wusste, dass das nicht der Grund sein konnte.

»Nein. Ich wollte nicht so hart arbeite wie sie. Sie verdienen viel mehr Geld als ich, aber sie arbeiten dreimal so viel.«

Ich konnte mir nicht erklären, warum sie mehr Geld brauchen würden, als Gina offensichtlich hatte, aber jedem das Seine. »Du musst also nicht auf der Fähre arbeiten, wenn du nicht willst?«

»Ich könnte im Büro bleiben, aber ich bin gerne auf dem Wasser. Außerdem erspart es mir, eine weitere Person einstellen zu müssen. Ich verdiene ein gutes Gehalt, aber ich habe eine ziemlich knappe Marge. Es würde mich siebzig- oder achtzigtausend kosten, jemanden in Teilzeit einzustellen. Wenn ich mir das erspare, bleibe ich in den schwarzen Zahlen.«

»Achtzigtausend! Für einen Teilzeitbeschäftigten?«

»Ich habe dir gesagt, dass wir eine gute Gewerkschaft haben«, sagte sie und lächelte dabei teuflisch.» Das schließt auch Vorteile ein, die eine Last sind.«

»Trotzdem …« Ich sah mich um. »Du weißt, wie man mit achtzigtausend auskommt.«

Gina lachte so sehr, dass sie fast ihren Grappa verschüttete. »Ich zahle mir keinen Lohn. Ich steuere die Fähre, um das Gehalt zu sparen. Aber ich gönne mir ein schönes Salair als Präsidentin.«

Ich atmete tief aus. »Es wird eine Weile dauern, bis ich mich daran gewöhnt habe.«

Gina sah mich einen Moment lang an. »Du wirkst fast unglücklich. Stört es dich, dass ich nicht arm bin?«

»Du bist weit davon entfernt, nicht arm zu sein«, höhnte ich.

»Ja, das ist wahr. Aber ich habe wahrscheinlich weniger Geld als du denkst. Mein Vater gab uns allen Geld, um unsere Häuser zu bauen. Er und meine Mutter hatten schon vor langer Zeit damit begonnen, für jeden von uns etwas anzusparen. Es war zum Teil aus steuerlichen Gründen, aber auch, weil er damals hart kämpfen musste, um sich ein schönes Haus leisten zu können, und er wollte nicht, dass es uns ebenso ging.«

»Das ist definitiv ein schöner Ort«, sagte ich, als ich mich umsah. »Ein sehr schöner Ort.«

»Ich weiß. Und es hat viel gekostet. Aber es ist ziemlich klein. Nur etwa 180 Quadratmeter. Und der Mann meiner Cousine war der Bauunternehmer. Ich habe ein gutes Geschäft gemacht. Meine Brüder haben *große* Häuser. Große, protzige Häuser.«

Ich war mir nicht sicher, aber ich glaube, ich habe einen Anflug von Abneigung gespürt, als sie über die großen Häuser sprach. Da sie die Namen ihrer Brüder immer noch nicht erwähnt hatte, hatte ich den Eindruck, dass die Familie nicht besonders eng zusammen steht. »Nun, dein Haus ist nicht groß, aber es hat ein tolles Konzept.«

»Danke. Ich liebe das Design. Wahrscheinlich werde ich das hier ziemlich bald wieder umgestalten. Es hat mir mehr Spaß gemacht, das Haus zu entwerfen und einzurichten, als ich mir je hätte vorstellen können.«

»Das hast du selbst gemacht?« Ich war verblüfft.

»Ich habe nicht die Pläne gezeichnet oder so, aber alle Ideen stammen von mir. Ich beschäftige mich mit Wohndesign, seit ich zwanzig bin«, sagte sie lächelnd. »Du hast meine Frage noch immer nicht beantwortet. Stört es dich, dass ich etwas Geld habe?«

»Nein, nein, warum sollte es mir etwas ausmachen?« Ich wusste, dass ich finster schaute, aber ich konnte es nicht ändern. »Es ist nur … es verändert mein Bild von dir. Als ob du ein geheimes Leben hättest.«

»Ich habe nicht versucht, geheimnisvoll zu sein«, sagte sie schnell. »Ich fühle mich nur nicht wohl dabei, den Leuten zu erzählen, dass die Fähre mir gehört. Ich meine, du hast mir nie Fragen über meine Arbeit gestellt. Ich hätte dir alles darüber erzählt, wenn du es nur hättest wissen wollen.«

Ich kratzte mich am Kopf und sagte: »Ich wusste nicht, dass ich fragen durfte. Du hast mir erzählt, dass du arbeiten musstest, seit du in den Windeln lagst. Ich dachte, du seist arm.«

Gina sah mich mit einem sehr erstaunten Gesichtsausdruck an. »Oh! Ich habe nicht gesagt, dass ich arbeiten *muss*. Ich sagte, ich habe gearbeitet. Wir bekamen nur wenig Taschengeld, also arbeitete ich zusätzlich im Büro meines Vaters. Er wollte uns beibringen, fleißig zu sein.«

»Trotzdem …« Ich nahm noch einen Schluck von meinem Portwein und ließ ihn im Mund kreisen, während ich nachdachte. »Das verändert mein Bild von dir. Als würde ich entdecken, dass du einen Ex-Mann und drei Kinder hast. Das ist nicht schlecht. Es ist nur nicht das, was ich dachte, was … du bist.« Ich sah sie nur kurz an. »Ergibt das irgendeinen Sinn?«

»Ich denke schon. Aber du weißt alles Wichtige. Stört es dich, dass ich mehr wie du bin? Ich meine, *du* bist mit viel Knete *und* viel Klasse aufgewachsen.«

»Das macht dich mir nicht ähnlicher. *Wir* hatten *nicht* viel Geld.«

»Hayden, ich habe gesehen, wo deine Mutter wohnt. Lass mich in Ruhe.«

»Nein!« Das kam lauter aus mir heraus, als ich wollte. Aber sie hatte mich ganz falsch verstanden. »Meine Mutter und Roger haben Geld. Aber wir hatten kein Geld, als ich aufwuchs. Highschool-Lehrer verdienen nicht viel, weißt du. Ich war eines der Kinder mit einem Stipendium in der Highschool. Ich und die schlauen Kinder aus der Innenstadt, die bei der Aufnahmeprüfung gut abgeschnitten haben.«

»Was? Wie kann das sein?«

»Es ist einfach so. Du hast nicht gefragt«, sagte ich.

»Aber du bist auf all diese Schulen gegangen. Ruby sagte mir, wie teuer die sind.«

»Ich habe akademische Stipendien erhalten. Ich musste nie einen Cent an Studiengebühren bezahlen.« Ich muss so stolz auf mich ausgesehen haben, wie ich wirklich war, denn Gina strahlte mich an.

»Ich bewundere das so viel mehr, als wenn dir alles in den Schoß gefallen wäre. Und obwohl ich die Fähre bekommen habe, habe ich seit meinem zwölften Lebensjahr daran gearbeitet. Ich hatte nie einen Sommer frei. Bis zum heutigen Tag nicht.«

Ich nahm noch einen Schluck und ließ mich von innen heraus vom Alkohol wärmen. »Ich schätze, wenn man jemanden kennenlernt, geht es darum, seine Erwartungen und Überzeugungen anzupassen. Wir müssen uns einfach damit abfinden.«

»Abfinden ohne zuzuschlagen, okay? Du hättest mir fast einen Zahn ausgeschlagen.«

»O Gott.« Ich stellte mein Glas ab und vergrub mein Gesicht in den Händen. »Ich werde es nie erklären können. Oder mich genug entschuldigen können.«

»Es ist okay.« Gina stand auf und kniete sich neben mich. Sie umarmte mich fest und sagte dann: »Wir hatten eine harte Woche. Lass uns ins Bett gehen.« Sie stand auf und nahm unsere beiden Gläser. »Komm mit.«

Das tat ich. Sie betätigte zwei Schalter, und während wir die Treppe hinauf stiegen, wurde das Licht im Wohnzimmer erst dämmrig und ging dann ganz aus. Dafür ging das Licht im oberen Stockwerk an.

Ich hatte schon ein paar Wendeltreppen erklommen, aber nie eine so moderne. Sie sah aus, als wäre sie aus Edelstahl, aber ich vermutete, dass es Aluminium war – glatt und glänzend und sehr minimalistisch. Ein bisschen wie Gina.

Im Obergeschoss gab es zwei Schlafzimmer, eines diente mehr als Abstellraum. Wir gingen in das größere Zimmer. Es war genauso modern wie das Wohnzimmer eingerichtet, aber die Farbpalette hatte sich zu warmen, gebrochenen Weiß- und hellen

Blautönen hin verschoben. Es war behaglicher, als ich vermutet hätte. Ginas niedriges Bett hatte ein schräges Kopfteil mit hellblauen Kissen und ich konnte mir vorstellen, stundenlang im Bett zu sitzen und zu lesen.

Sie hatte das offensichtlich getan, auf einer Seite des Betts lag ein ordentlicher Stapel Bücher auf dem Boden. Ein Buch lag aufgeschlagen auf dem Nachttisch. Es war meines. Wir blickten uns in die Augen und sie sagte: »Es war gar nicht so einfach zu finden. Amazon hatte das Taschenbuch, aber ich wollte das Hardcover.«

Ich ergriff ihre Hand und wir hielten uns eine Zeit lang fest. »Bei dir fühle ich mich so besonders.«

»Ich wollte dir nicht sagen, dass ich es lese, bevor ich damit fertig bin«, sagte sie. »Ich hatte keine Ahnung, dass du vorbeikommen würdest, bevor ich dir sagen konnte, wie sehr ich es liebe.«

Nie war die Versuchung größer, einer Frau zu sagen, dass ich sie liebe. Aber es war eine zu harte Woche, ein zu langer Tag gewesen. Und ich wollte nicht, dass es so aussah, als ob ich sie liebte, nur weil sie sich die Mühe gemacht hatte, meine Dissertation zu finden. Also küsste ich sie stattdessen.

Wir gingen ins Bett und richteten uns in Ginas luxuriösem Bett bequem ein. »Ich will nie wieder auf meinem Schlafsofa liegen müssen«, seufzte ich.

»Das ist in Ordnung.« Gina lag auf ihrer gewohnten Seite und sah mich mit diesem intensiven Blick an, den sie mir manchmal zuwarf. Bei dem ich mich immer ein wenig unwohl fühlte. Ich liebte es, ihre ganze Aufmerksamkeit abzubekommen, aber dieser Blick war so konzentriert, dass ich fast ihre Gedanken hören konnte.

Ich legte meine Hand auf ihren Rücken und zog sie näher zu mir heran, während ich mich näher in ihre Richtung schob. Als wir Brust an Brust lagen, fuhr ich mit den Fingern durch ihr Haar, bis sie ihre Augen schloss. »Du siehst müde aus«, sagte ich.

»Bin ich auch. Es war ein langer Tag. Eine lange Woche.« Ich hielt sie fest im Arm, wiegte sie ein wenig, und ich spürte, wie sie sich zu entspannen begann. Sie schmiegte sich an mich. Es fühlte sich wunderbar an, ihren weichen, zarten Körper zu spüren, wo ich doch noch vor wenigen Stunden sicher gewesen war, dass ich ihn nie wieder halten würde.

Ich versuchte, still zu liegen und sie einschlafen zu lassen, was sie normalerweise innerhalb weniger Augenblicke tat, aber ich war zu ängstlich. Dass ich selbst etwa vierzig der vergangenen achtundvierzig Stunden verschlafen habe, könnte zu meinem Hyperalarm-Status beigetragen haben.

Obwohl sie müde war, reagierte Gina wie immer sensibel auf meine Signale. Sie stand so kurz vor dem Wegdämmern, dass sie nur noch nuschelte: »Alles okay?«

»Pst«, flüsterte ich und tätschelte ihr dabei leicht den Rücken. »Schlaf jetzt.«

Sie hielt ihre Augen geschlossen, aber sie lächelte dieses bezaubernd süße, kindliche Lächeln, das mein Herz immer höherschlagen ließ. »Liebe machen?« Sie hatte oft genug erlebt, dass ein guter Orgasmus zur Schlafenszeit mich wie Äther ausknockte.

»Nicht nötig. Ich bin nur etwas aufgedreht, keine Sorge.«

Ihre Stimme wurde wacher. »Willst du etwas lesen oder fernsehen? Da ist einer im Schrank.« Sie deutete über die Schulter zu ihrem Nachttisch. »Die Fernbedienung ist da drin. Wird mich überhaupt nicht stören.«

Ich hätte fast abgelehnt, aber ich wusste, dass sie nicht gut schlafen konnte, wenn ich aufgewühlt war. »Ich werde lesen«, sagte ich. Ich schaltete die winzige Halogenleuchte neben mir an und ging hinüber zu ihrer Seite des Bettes.

»Bücher stehen im Arbeitszimmer. Nimm dir was du möchtest.«

»Ich finde hier schon etwas«, sagte ich und sah mir die Bücher auf dem Boden an. Ich hörte sie seufzen und sich umdrehen und ich wusste, dass sie gleich schlafen würde. Ich wählte einen wunderschönen Bildband über die Region Ligurien in Italien aus. Es war auf Italienisch, aber das schreckte mich nicht ab. Ich begann, auf Zehenspitzen aus dem Zimmer zu schleichen, in der Gewissheit, dass der dicke graue Teppich es mir erlauben würde, unbemerkt zu gehen.

Aber Gina brauchte mich nicht zu hören, um mich zu verfolgen. Ihr Atem veränderte sich und sie fragte: »Wohin gehst du?«

»Ich will dich nicht wach halten.«

»Du wirst mich wach halten, wenn du gehst. Komm wieder her.« Sie tätschelte das Bett. »Komm schon.«

Ich ging zu ihr zurück: »Bist du sicher? Ich könnte nach unten gehen und mich erst wieder hineinschleichen, wenn ich müde bin.«

»Könntest du.« Sie rollte sich auf den Rücken und sah mich an. »Aber ich habe dich so sehr vermisst. Ich muss dich wirklich neben mir spüren.«

»Ich dich auch«, sagte ich und erkannte in dem Moment die Wahrheit der Aussage. Ich war nicht erpicht darauf, allein unten zu sitzen. »Sicher, dass ich dich nicht stören werde?«

»Hmhm.« Sie wartete, bis ich mich bequem an das perfekt angewinkelte Kopfteil angelehnt hatte, um ihr Kissen an meine Hüfte zu legen. Sie fasste um mein Bein und küsste meinen Oberschenkel. »Das ist gut. Und vergiss deinen Drink nicht. Das wird dir helfen zu entspannen. Gute Nacht.«

Ich ließ das Buch auf meinem Schoß ruhen und begann, ihr Haar und ihr Gesicht zu streicheln. Selbst nach all den Unruhen und Streitigkeiten, die wir in den letzten Tagen durchgemacht hatten, empfand ich für sie nichts als Zärtlichkeit und Liebe. Ich war noch nie so verletzt worden wie am gestrigen Tag, aber in diesem Moment hätte ich mein Leben für sie gegeben. Nach wenigen Augenblicken schlief sie tief und fest und gab keinen Laut mehr von sich. Ihre Brust drückte in einem langsamen Rhythmus gegen mein Bein und ich verspürte einen fast unwiderstehlichen Drang, mich zu ihr herunterzubeugen und sie zu küssen, bis sie zur Arbeit gehen musste. Aber ich widerstand. Seit Montag hatten wir uns gegenseitig in die Mangel genommen, und ich hielt mich zurück, während ich die leichten Wellen in ihrem dunklen, dichten Haar berührte. Ich nahm mein Glas und trank noch einen weiteren Schluck des aromatischen, vollen Portweins und dachte nur an die rätselhafte Frau, die mich mit einem so köstlichen Geschmack bekannt gemacht hatte.

Wieder einmal verschlief ich Ginas Dusche. Sie berührte mich gerade genug, um mich zu wecken, und legte sich dann neben mich auf das Bett. »Ich muss gehen. Ruf mich an, wenn du aufstehst, und ich werde dir die Küche erklären.«

»Ich denke, das schaffe ich schon«, sagte ich und gähnte laut. »Die ist da, wo der Ofen steht, richtig?«

»Richtig.« Sie beugte sich vor und küsste mich sanft. »Schlaf gut.«

Ich drehte mich um und zog die Decke hoch, fühlte mich vollkommen zufrieden und glücklich. »Liebe dich«, murmelte ich.

»Ich liebe dich auch«, entgegnete sie, ihre Stimme klang seltsam rau.

Ich hielt meine Augen geschlossen, aber mein kleiner Versprecher hatte mich aufgeweckt. Ich wusste, dass ich mich in sie verliebt hatte, aber ich dachte nicht, dass ich es ihr einfach so sagen würde. Aber die Spontaneität und ihre emotionale Reaktion waren so erfreulich natürlich. Ich wollte sie bitten zurückzukommen, ihr in die Augen sehen und ihr die Wahrheit sagen – dass ich *wirklich* verliebt war und dass ich alles tun würde, damit es mit uns beiden funktioniert. Aber ich wusste, dass sie dann zu spät zur Arbeit kommen würde, und wie ich Gina kannte, konnte sie das nicht ertragen. Also lag ich in ihrem Bett und träumte von ihr und ihrem Zuhause und dem Leben, das wir zusammen gestalten könnten.

9

Ich stand zu meiner üblichen Zeit auf. Um halb acht hatte ich unter der unglaublichsten Dusche gestanden, die ich jemals benutzen durfte, und die vier Duschköpfe hatten es geschafft, jeden einzelnen Muskel zu entspannen. Ich rief Gina an, als ich nach unten ging. »Wo bist du?«, fragte ich.

»Äh ... vierzig Grad, achtunddreißig Minuten Nord, dreiundsiebzig Grad, sechzehn Minuten West.«

»Und das heißt?«

»Gleich links neben Cherry Grove. Du bist früh aufgestanden. Geht es dir gut?«

»Fühle mich großartig. Das ist eine tolle Dusche, die du da hast.«

»Ich hatte keine Freundin«, sagte sie kichernd. »Irgendwie musste ich doch die Knoten aus meinem Rücken bekommen.«

»Ich glaube, Sie sind eine Verschwenderin, junge Dame.«

»Nein, das bin ich nicht. Ich mag nur Bequemlichkeit.«

Ich erreichte gerade in diesem Moment die Küche. »Und Elektrogeräte«, fügte ich hinzu. »Mit ganz viel technischem Schnickschnack. Wie zum Teufel soll ich hier Kaffee kochen?«

»Am einfachsten ist es, du nimmst den Transporter und fährst in die Stadt«, sagte sie lachend. »Aber ich kann dich da durchlotsen, wenn du dich traust.«

»Die starteten die Raumfähre mit weniger Gerätschaften.«

»So schlimm ist es nicht. Nur drei Maschinen.«

»Für eine Tasse Kaffee? Bist du verrückt?«

»Nein, aber ich bin wählerisch. Ich mag Kaffee nicht besonders, deshalb habe ich auch nie eine normale Kaffeekanne gekauft. Ich bin ein Espresso-Mädchen.«

Ich schaute mir die drei Maschinen an, die ordentlich aufgereiht wie Waffen aus rostfreiem Stahl auf ihrem Tisch aus rostfreiem Stahl standen. Die Küche selbst war so sauber und hell, dass es ein wenig überwältigend war, bevor ich meinen Kaffee getrunken hatte. Viel Chrom, Glas, Granit und Stahl, alles schimmerte im hellen Licht unter dem Tresen. »Kann ich Tee machen?«

»Sicher. Du musst nur in die Stadt fahren, um welchen zu kaufen. Ich hasse das Zeug.«

Ich schnaubte. »Sie haben mich in eine ziemliche Klemme gebracht, Lady. Ich muss erst noch einen Abschluss in Ingenieurwesen machen, um Kaffee kochen zu können, dabei habe ich zu arbeiten.«

»Ich schlage dir ein Geschäft vor«, sagte sie. »Geh nach draußen und hol die Zeitung rein, und wenn du mit dem vorderen Teil fertig bist, wird dein Problem gelöst sein.«

»Nein, komm nicht nach Hause. Ich will dir nicht den Tag versauen.«

»Ich habe fünfundvierzig Minuten«, sagte sie. »Wenn ich hierbleibe, werde ich am Ende nur helfen, die Frachtfähre zu beladen. Du bist meine Ausrede, um von der Arbeit wegzukommen.«

»Oh, in Ordnung«, sagte ich. »Aber nur, wenn es dir auch wirklich passt.«

»Leg den Kippschalter auf der rechten Seite der größten Maschine um«, sagte sie. »Leuchtet da jetzt ein rotes Licht?«

»Ja.«

»Bin in … zwanzig Minuten da«, sagte sie und legte dann auf.

Aus Langeweile stellte ich die Zeitschaltuhr des Ofens ein – etwas, das mir auch ohne einen Kurs in elektrischer Schaltungstechnik gelang. Ich war nicht einmal überrascht, dass der Summer ertönte, gerade als Gina die Haustür aufschloss. »Hol ein Notizbuch«, sagte sie, während sie in die Küche ging.

Ich rannte ihr nach und legte meine Arme um ihre Taille. »Ich will nicht lernen, wie es geht«, sagte ich. »Ich möchte, dass du nach Hause kommst und Kaffee für mich kochst. Dann kann ich, wenn ich wach bin, ein paar Umarmungen bekommen.«

»Keine Zeit für Umarmungen«, sagte sie und lachte dabei so sehr, dass ich spüren konnte, wie ihre Bauchmuskeln sich bewegten. »Pass auf. Vielleicht möchtest du etwas lernen.«

Ich hielt mich immer noch an ihr fest, aber ich schaute ihr über die Schulter.

»Du nimmst diesen Siebträger«, sagte sie, »und hältst ihn unter das Mahlwerk. Er ist für Espresso eingestellt, du musst ihn also nur noch füllen.« Sie drückte einen Schalter und die Maschine schnurrte, als fein gemahlener Kaffee das Ding, das sie in der Hand hielt, füllte. »Dann stellst du es unter diese Stopfmaschine.« Sie steckte das Ding in ein anderes Gerät und zog an einem Hebel. Es gab ein hörbares Klicken und der Kaffee war nun vollkommen eben und sah hart wie ein Stein aus. »Milchkaffee? Cappuccino? Americano? Espresso?«

»Espresso«, sagte ich. »Einen doppelten.«

»Hartes Mädchen«, sagte sie. Sie steckte das Ding in die letzte Maschine und schraubte es fest. Dann legte sie einen weiteren Schalter um und stellte eine schöne Espressotasse auf den Metallrost. Karamellfarbene Flüssigkeit ergoss sich in einem gleichmäßigen Strom. »Fertig.«

Sie reichte mir die Tasse und ich schnupperte an dem heißen, aromatisch duftenden Espresso. Ich nahm einen kleinen Schluck und fiel fast in Ohnmacht. »Es ist wie Gott … in einer Tasse.«

»Ich könnte selbst ein wenig flüssigen Gott gebrauchen«, sagte sie.

Sie wiederholte die Handgriffe und ich musste zugeben, dass es, auch wenn es ein bisschen nervtötend war, die Sache wert war. »Wenn ich die Zeit einkalkuliere, die es dauert, um zu einem guten Café zu fahren, ist das fast eine Zeitersparnis«, sagte ich. »Aber dass mein Mr Coffee arbeitet, während ich aufwache, ist auch nicht schlecht.«

»Heidin.« Sie stieß mit ihrer Tasse an meine, nahm dann zwei Schlucke und stellte sie auf den Tresen. »Machst du die Küche sauber, Schatz?«, fragte sie kichernd. »Ich komme zu spät zur Arbeit.« Gina packte mich in einer überraschend festen Umarmung und küsste mich mit so viel Elan, dass ich mich fragte, wie viele Espressi sie schon hatte. »Der Kühlschrank ist voll«, sagte sie. »Du bist auf dich allein gestellt.« Sie ging zur Tür und sagte: »Ruf mich wieder an, wenn du fernsehen oder Musik hören willst.« Achselzuckend und mit einem jugendlich wirkenden Grinsen fügte sie hinzu: »Die sind auch nicht einfach zu bedienen.«

Mit einem kleinen Winken war sie schon wieder zur Tür hinaus und stieg auf ihr Fahrrad.

Ich weiß nicht, wie ich das geschafft habe, denn als Historikerin bin ich natürlich neugierig, aber ich habe nicht herumgeschnüffelt, während Gina weg war. Natürlich war ich in Versuchung. Aber das schien mir ein Verrat an ihrem Vertrauen zu sein, und ich dachte, ich hätte für diese Woche genug Schaden angerichtet.

Ich kam mit meiner Arbeit besser voran, als ich erwartet hatte, vor allem, nachdem ich hinter das Haus gegangen war und einen Swimmingpool und eine dekadent bequeme Chaiselongue gefunden hatte. Aber der kühle, klare Tag war perfekt, um unter dem blassrosa Regenschirm zu sitzen und an meinem detaillierten Konzept zu arbeiten.

Meine Arbeit hatte mich so sehr in Anspruch genommen, dass ich Gina nicht kommen hörte. Ich hörte auch nicht, wie sie sich ganz auszog. Ich hörte auch nicht, wie sie auf Zehenspitzen nach draußen ging. Aber ihr Sprung in den Pool erschreckte mich so sehr, dass ich laut aufschrie, was sie ohne Ende amüsierte. »Ein Einbrecher hätte dich mitnehmen können«, sagte sie, nachdem sie prustend wieder aufgetaucht war. »Zieh dich aus und komm rein zu mir.«

Was hatte ich all die Jahre bloß falsch gemacht, dass dies das erste Mal war, dass mir eine hinreißende Frau eine solche Anweisung gab? Schnell kam ich ihr nach, warf mein Hemd und meine Shorts auf den Boden und rannte zu ihr. »Es ist flach!«, rief sie gerade noch rechtzeitig, damit ich die Beine anziehen konnte.

Gina trat hinter mich und legte einen Arm unter meine Brüste. Sie stieß sich vom Boden ab, sodass wir beide auf dem Rücken auf dem Wasser trieben, die warme Nachmittagssonne schien uns in die Augen. »Schön?«

»Schön«, stimmte ich zu. »Sehr, sehr schön!«

»Gina?«, sagte ich, nachdem wir eine Weile auf dem Wasser gelegen und gespielt und uns geküsst hatten.

»Ja?«

»Wie nennt man eine Person, die Fracht auf ein Schiff verlädt?«

Sie hörte auf zu planschen. »Ist das eine Fangfrage?«

»Nein, ich meine es ernst.«

»Das ist ein Hafenarbeiter oder Schauermann«, sagte sie und warf mir einen komischen Blick zu. »Warum?«

»Bist du ein Hafenarbeiter?«

Ein breites Lächeln zog sich über ihr Gesicht. »Ja, schon irgendwie. Wieso meinst du?«

»Ich habe mich nur gefragt, warum du heute Morgen Fracht verladen hättest, wenn du nicht nach Hause gekommen wärst, um mir einen Espresso zu machen. Und wie kommt es dazu, dass du als Hafenarbeiter arbeitest?«

»Oh!« Sie lachte und kam zu mir hinüber, zog mich an sich und legte sich wieder mit dem Rücken auf das Wasser. »Du stellst nicht gerne direkte Fragen, nicht wahr?«

»Aber sicher doch. Ich bin Forscherin.« Mein Kinn lag im Wasser, und ich musste mühsam den Kopf nach oben halten, um es nicht in den Mund zu bekommen. »Aber ich ziehe dich auch gerne auf.«

Sie stellte mich wieder auf die Beine. »Ich mag es, wenn du mich neckst.« Nach einem sanften Kuss spritzte sie mir etwas Wasser ins Gesicht. Ich spritzte zurück und sie lachte und umarmte mich. »Ich besitze ein paar Boote. Verschiedene Boote für verschiedene Zwecke.«

»Das hast du noch gar nicht erwähnt. Verschweigst du mir etwas?«

»Nein.« Sie lächelte dieses bezaubernde halbe Lächeln. »Ich hatte es vergessen.«

»Das ist eine zu große Sache, um es einfach zu vergessen. Sonst noch etwas? Ein Bürohochhaus? Eine Rinderfarm in Texas?«

»Nein, ich glaube das wars.« Sie hielt ein paar Finger hoch. »Nur sechs Boote. Oh, und die Wassertaxis. Nur neun Boote. Und ich bin in der Gewerkschaft der Hafenarbeiter, aber ich würde nicht sagen, dass ich ein Hafenarbeiter bin. Schiffskapitäne sind eher so etwas wie ein Nebenzweig.«

»Okay«, sagte ich. »Und weil du mir etwas verheimlicht hast, musst du mir jetzt ein Geheimnis verraten. Etwas, von dem du nicht möchtest, dass die Leute es erfahren.«

»Menschen im Allgemeinen?«

Ich zuckte die Achseln. »Wie auch immer. Privat oder öffentlich.«

Sie stemmte ihre Hände auf den Rand des Beckens und drückte sich hoch, bis sie ein Knie auf die Fliesen legen und aus dem Wasser steigen konnte. Es lagen keine Handtücher herum, aber es schien ihr egal zu sein. »Ich werde dir etwas Großes verraten«, sagte sie. »Etwas wirklich Großes.«

Ich stieg aus dem Pool und stellte mich neben sie, aber sie ging rückwärts, bis sie außer Reichweite war. »Ich bin extrem … extrem … kitzlig.«

»Wirklich?« Ich schaute sie an. »Ich hab jede Stelle deines Körpers mindestens einmal berührt. Du kicherst, wenn ich dich hinter deinen Knien kitzle, aber …«

Gina schüttelte den Kopf. »Ich bin überall ein bisschen kitzlig. Aber am meisten zwischen den Ohren.«

»Zwischen den Ohren?«

»Ja, es beginnt hinter dem einem Ohr und reicht über den Nacken knapp unter dem Haaransatz entlang hinüber zum anderen Ohr.« Sie sah mich an und neigte ihren Kopf nach unten. »Das ist übel, wirklich übel.«

Ich ging langsam zu ihr hinüber, machte kleine, sichere Schritte, die Augen auf sie gerichtet. »Wie schlimm?« Meine Stimme war leise und sie sah aus, als würde sie sich überlegen, ob sie flüchten oder mich küssen sollte.

»Schlimmer geht es nicht mehr«, sagte sie.

Ich stand so nah, dass meine Brustwarzen knapp unter ihren Brüsten ruhten, und fragte: »Hast du Angst, dass ich diese Informationen ausnutzen könnte?«

Sie nickte schnell und trat unruhig von einem Fuß auf den anderen.

»Du siehst aus, als hättest du Ameisen in der Hose«, sagte ich und fuhr mit der Hand über ihren nackten Hintern, »aber du hast gar keine Hose an.«

»Ich bin nervös.«

Sie sah so bezaubernd kindlich aus, dass auch ich mich wie ein Kind fühlte. So ängstlich sie auch schaute, ihre Augen glitzerten fast ein wenig spöttisch. Ich war mir sicher, dass es viele Geheimnisse gab, die sie mir hätte erzählen können, und die Tatsache, dass sie mir dieses erzählte, während sie in Reichweite blieb, veranlasste mich, sie einem kleinen Test zu unterziehen. Ich hob meine Hand und sie zuckte zusammen. Als ich näher an ihren Hals kam, verkrampfte sie sich und verschränkte ihre Arme über den Brüsten. Ich berührte sanft ihr Ohrläppchen, eine Stelle, die ich viele Male geküsst und geleckt und gesaugt hatte. Aber jetzt, da ich das Geheimnis kannte, fing sie an zu kreischen und duckte sich weg, um möglichst wenig Angriffsfläche zu bieten. Sie hätte weglaufen oder meine Hände festhalten können. Wir wussten beide, dass sie stärker war als ich, aber sie versuchte nicht einmal, ihren Vorteil auszunutzen. Sie stand einfach nur zitternd da und wartete darauf, dass ich sie kitzelte.

Also kitzelte ich sie. Zuerst sanft, dann immer fester, als sie zu zittern und zu wimmern begann. Es machte mir Spaß und ihre Brustwarzen zeigten mir, dass es ihr auch gefiel.

Sie zappelte, kicherte und wand sich, keuchte und schnappte nach Luft, aber sie versuchte weder wegzukommen, noch sagte sie, ich solle aufhören, und sie beklagte sich auch nicht.

Ich setzte meine Attacken fort, bis sie fast schrie. Meine Brustwarzen waren hart und meine Klitoris glühte. Ich merkte, dass es zu viel wurde, als Gina sich zusammenkrümmte. Sie sprang auf und ab und stöhnte dann: »Ich muss pinkeln!« Sie rannte so schnell sie konnte ins Haus, wobei ihr hinreißender Hintern wackelte.

Ich ging ihr nach und sah, dass sie zur Gästetoilette neben der Eingangstür gelaufen war. Die Tür stand offen und ich winkte ihr zu. »Hallo, du.«

»Du hast mich ausgenutzt«, schimpfte sie scherzhaft.

»Ich glaube, es hat dir genauso gut gefallen wie mir.« Augenzwinkernd fragte ich: »Wird hier jemand heiß, wenn sie gekitzelt wird?«

»Ein wenig.« Sie kam von der Toilette und nahm meine Hand. »Nur ein wenig.«

Ich ließ mich von ihr nach oben führen. »Duschen?«, fragte ich.

»Unbedingt. Ich hasse Chlor auf meiner Haut.«

Wir gingen zusammen unter die Dusche und mir wurde klar, warum sie so stolz auf ihre Einrichtung war. Die Kabine war geräumig genug für zwei und einer der Duschköpfe zielte die ganze Zeit auf eine sehr empfängliche Stelle. Wir umarmten uns, dann küssten wir uns, wieder und wieder. Gina seifte sich die Hände ein und wusch mich überall, wobei sie an einigen dieser besonders empfänglichen Stellen etwas mehr Zeit verbrachte. Ich tat das Gleiche bei ihr und freute mich, sie zittern zu spüren, wenn ich sie zwischen ihren Beinen wusch. Da war jemand bereit für Spaß, und ich war bereit, willens und in der Lage, mitzumachen.

Wir beschlossen, zum Abendessen zu gehen, also nahm ich die frischen Kleider aus dem Rucksack, die ich eingepackt hatte, aber das hätte ich besser schon tun sollen, als ich meinen Laptop herausgenommen hatte. Ich fand nicht, dass ich schrecklich aussah, aber als Gina nach unten kam, änderte ich meine Meinung.

Sie trug kurze Hosen und einen ärmellosen Pullover. Das klingt nicht nach viel. Aber die Sachen passten ihr so gut und waren so ordentlich gebügelt und ausgewählt, um zu ihrem Hautton zu passen, dass ich eine Sekunde brauchte, um ihr ein Kompliment machen zu können. »Du siehst fantastisch aus.«

»Danke.« Sie lächelte dieses sexy Lächeln, das zeigte, dass sie genau wusste, wie gut sie aussah. »Wir müssen uns bald umziehen und losgehen.«

»Ich habe nichts Schönes eingepackt, erinnerst du dich?«

»Dann fahren wir noch einmal in die Stadt, um deine Sachen zu holen. Das schaffe ich schon. Ich bin gestern schließlich auch angekommen, oder?«

»Da habe ich auch nichts zum Anziehen.« Man sah mir an, wie peinlich es mir war, aber ich konnte nicht anders. »Ich habe nie viel Gedanken damit verbracht, wie ich aussehe.«

Sie legte ihre Hände auf meine Hüften und blickte mich einige Sekunden lang an. »Das must du auch nicht. Du bist von Natur aus schön.«

Das war Unsinn. Gina war von Natur aus schön, aber sie hatte offensichtlich Zeit und Aufmerksamkeit in ihre Erscheinung investiert. Sie hatte eine sehr gute Frisur und ihre Kleidung saß immer perfekt – auch beim Verladen der Fracht. Es lag nicht daran, dass sie Designerkleidung trug. Sie wählte einfach die Dinge aus, die sie am besten aussehen ließen. Und das tat ich nicht. Ich ging zu The Gap oder Old Navy und kaufte Sachen, ohne sie überhaupt anzuprobieren. Wenn meine Hosen etwas zu groß oder zu klein waren, hat mich das kaum gestört.

Elaine hat mich immer damit aufgezogen, dass ich lavendelfarbene und hellgrüne und hautfarbene Hemden trug, die meine blasse Haut noch blasser aussehen ließen. Aber ich mochte diese Farben und schenkte ihr keine Beachtung. Elaine tadelte mich auch dafür, dass ich mir die Haare die meiste Zeit mit einem Haarband zusammenband. Das war das Einfachste. Tatsächlich hatte ich es auch heute Abend wieder getan. Ich kann mein Haar ziemlich gut aussehen lassen, wenn ich es föhne und an den Enden mit einem Lockenstab in Form bringe. Aber ich war in Eile gewesen. Jetzt wünschte ich mir, ich hätte mir die Zeit genommen.

Es überkam mich wie ein Blitzschlag. Nach dreißig Jahren merkte ich, wie nachlässig ich in Bezug auf mein Aussehen war. Ich wollte mich ändern. Ich wollte für Gina nett aussehen. Es war mir wichtig, wie sie mich sah. »Gehst du irgendwann einmal mit mir einkaufen?«

»Hm? Du möchtest shoppen?«

»Ja. Mit dir.«

Sie zuckte mit den Schultern und nickte. »Sicher. Ich gehe, wohin du willst.«

»Im Moment will ich nur zum Essen. Ich bin am Verhungern.«

Wir traten durch die Vordertür und ich wandte mich nach links. Ich hatte ihr Auto zwar noch nicht gesehen, aber ich nahm an, dass es in der Garage neben dem Pool stand. Aber Gina ergriff meine Hand und zog mich zu dem Weg, der am Wasser entlang führte. »Gehen wir zu Fuß?«

»Nein. Das würde … Tage dauern«, sagte sie, nachdem sie eine Weile nachgedacht hatte.

»Wo gehen wir hin?«

»Montauk. Schon mal dort gewesen?«

»Ich glaube nicht. Ist es auf Long Island?«

»Gerade noch. Montauk Point ist die letzte Station vor … Europa, denke ich.«

»Gina«, sagte ich und zog an ihrem Arm. »Du verarschst mich.«

Lachend stimmte sie zu. »Es macht Spaß, dich aufzuziehen. Aber ich will ehrlich sein. Wir fahren nach Montauk, weil es dort die besten Hummerbrötchen der Welt gibt. Du magst doch Hummerbrötchen, oder?«

»Hummerbrötchen? Wie Zimtbrötchen?«

»Ja, genau wie Zimtbrötchen. Du wirst sie lieben.«

»Mach mich zu einem Fan. Nun, wie kommen wir hin?«

»Auf dem direkten Weg. Mit dem Boot.«

»Ein Boot? Wir fahren mit einem Boot?«

»Das ist schneller«, sagte sie. »Viel schneller.«

»Cool. Mit einem deiner kleinen Wassertaxis?«

»Nein. Die zählen zum Betriebsvermögen, das verwende ich nicht für den persönlichen Gebrauch.«

»Du hast auch deinen Lieferwagen genommen, um mich zu fahren.«

»Ja, aber das ist auch mein persönliches Fahrzeug. Ich rechne den geschäftlichen und den privaten Gebrauch ab. Bei den Booten mache ich das nicht. Sie sind alle geschäftlich.«

Wir bogen vom Weg ab und gingen zu einem verschlossenen Tor an einem Pier. »Du hast auch ein eigenes Boot?«

Mit einem breiten Lächeln sagte sie: »Warum überrascht dich das? Ich habe sechs Fähren, ein Frachtschiff und drei Wassertaxis. Erkennst du das Leitmotiv?«

Kurz bevor ich sie kneifen konnte, standen wir vor einem flach im Wasser liegenden knallgelben Boot. Gina zog eine schwarze Abdeckung zurück, die den Passagierbereich bedeckte. »Wie süß!«, sprudelte ich heraus. Oben zog sich ein kleines Schachbrettmuster um das Boot, das es wie ein sehr tief liegendes Taxi aussehen ließ.

»Sei nett zu mir, dann benenne ich es vielleicht nach dir«, sagte sie.

Ich ging zum Ende des Piers und sah, dass dort »Taxi! Taxi!« stand. »Niedlich. Sehr niedlich. Ich bin froh, dass es nicht nach einer anderen Frau benannt ist.«

»Ich habe Lacey verkauft«, sagte sie. »Natürlich nicht nur wegen des Namens. Ich bin sentimental, aber ich bin nicht dumm.«

»Nun, ich bin froh, dass du Lacey verkauft hast.« Ich sah den Schmerz in ihren Augen, der immer über sie kam, wenn sie über ihre Ex-Freundin sprach. »Aber es tut mir leid, dass ihr euch getrennt habt. Ich weiß, wie das ist.«

Gina nahm meine Hand und zog mich in eine Umarmung. »Es tut mir heute Abend nicht leid. Heute Abend bin ich sehr froh, dass ich mit dir zusammen bin.«

In puncto Geschwindigkeit hatte sie nicht gescherzt. Und ich war froh, dass ich meine Haare zurückgebunden hatte. Hätte ich das nicht getan, hätte der Wind sie mir vielleicht vom Kopf geweht. Taxi! Taxi! war nicht groß, aber der Motor musste gigantisch sein. Wir fuhren langsam und vorsichtig los, aber sobald wir auf offenes Wasser trafen, beschleunigte das Boot mit einer Geschwindigkeit, die mir ohne die schön gepolsterten Kopfstützen das Genick hätte brechen können. »Es macht dir doch nichts aus, schnell zu fahren, oder?«, schrie Gina.

»Nein! Es gefällt mir!«

»Braves Mädchen!« Sie drückte wieder aufs Gas und wir begannen zu fliegen. Ich war auf einigen Booten gewesen, die mir schnell vorkamen, aber noch nie auf einem Boot wie diesem. Ich hatte ein wenig Angst, weil es schien, als könnten wir auf eine große Welle aufschlagen und in Millionen Stücke zerschellen, aber mit Gina am Steuer konnte ich mich mehr entspannen als bei jedem anderen auf der Welt. Bei dem Windgeräusch und mit den Schmetterlingen im Bauch sprach ich auf dem ganzen Weg nach Montauk kein einziges Wort.

Gina schien ebenfalls nicht reden zu wollen oder zu müssen. Sie wirkte sehr entspannt. Viel entspannter, als wenn sie die Fähre steuerte. Sie steuerte mit einer Hand, der andere Arm ruhte lässig auf der Bootswand. Ich wollte sie fragen, wie das alles genau hieß, aber ich dachte, damit warte ich besser, bis wir angekommen waren.

Es dauerte fast eine Stunde bis nach Montauk, aber es fühlte sich nicht danach an. Sobald ich mich an das Tempo gewöhnt hatte, konnte ich mich den Bewegungen des Bootes hingeben. Und es war wirklich erstaunlich entspannend, wenn man bedenkt, dass wir wie ein Jet über den Ozean schossen. Ich war ein wenig enttäuscht, als Gina langsamer wurde und sagte: »Halte bitte mal Ausschau nach einer Stelle zum Anlegen.«

Da ich nie wusste, ob sie scherzte, scannte ich die Docks, an denen wir vorbeifuhren, auf der Suche nach … nach etwas, ich war mir nicht wirklich sicher. Aber sie wurde noch langsamer und zog das Boot in eine Kurve.

»Du brauchst meine Hilfe nicht wirklich, oder?«

»Nein. Ich möchte nur sehen, ob tust, was ich dir sage.« Sie lächelte mich so liebevoll an, dass mir fast das Herz stehen blieb. Sie beugte sich über einige Bedienelemente, die uns trennten, und küsste mich. »Normalerweise machst du das. Das gefällt mir.«

»Ich bin deine Sklavin«, sagte ich und nutzte die Nähe, um sie zu küssen.

»Ha! Du bist niemandes Sklavin, Hayden. Du bist nur gehorsam, wenn du es nicht besser weißt.«

Sie hatte mich erwischt, also verzichtete ich darauf zu widersprechen. Nachdem wir die Abdeckung zugeknöpft hatten, hielten wir uns an den Händen und gingen zu einem Restaurant, das in der Nähe des Kais lag. »Ich komme hierher, seit ich ein Baby war«, sagte Gina. »Dies ist einer der Lieblingsorte meines Vaters. Vielleicht ist er sogar heute Abend hier.«

Ich freute mich, dass sie mich zu einem Familienlieblingsort mitnahm, aber ich hoffte, dass ihr Vater nicht anwesend war. Ich wollte heute Abend mit ihr allein sein. Ich vermisste sie immer noch. »Das ist süß«, sagte ich, als wir eintraten.

Sie schaute sich um, als wäre es das erste Mal. »Das ist es wohl auch. Ich komme so oft hierher, dass ich es kaum noch wahrnehme.« Gina berührte meinen nackten Arm. »Ist dir warm genug, um draußen zu sitzen?«

»Ja, ich glaube schon. Es ist ein schöner Abend.«

Wir gingen durch das Restaurant und Gina winkte ein paar Kellnerinnen zu, die zu uns hinübersahen. Die Terrasse war voll, aber sie ging zu einem jungen Mann, legte ihren Arm um seine Schultern und drückte ihn ein wenig. Er umarmte sie und sie drehte sich zu mir um und rief mich zu sich. »Hayden, das ist Randy. Er wird sich um uns kümmern.«

»Hallo Randy«, sagte ich. »Sieht ein bisschen voll aus heute Abend.«

»Vom Memorial Day bis zum Labor Day ist sehr viel los«, sagte er. »Aber wir haben immer einen Platz für Gina.«

Tatsächlich ging der nächste Tisch, der frei wurde, an uns, trotz des Murrens, das ich von einigen Paaren hörte, die offensichtlich schon eine Weile warteten. Ich schaute mich um und sah einen Mann, der uns unentwegt böse anstarrte. »Sollen wir wirklich abkürzen?«

»Was meinst du?« Sie war völlig selbstvergessen.

»Wir sind einfach reingegangen und haben uns vor all diesen Leuten vorgedrängelt.«

»Und?« Sie zuckte die Achseln. »Wenn man vierzig Jahre lang immer wieder an den gleichen Ort geht, wird man besser behandelt.« Sie sah den Mann an, der jetzt mit Randy sprach, und es sah aus, als würde er dem jungen Kellner deutlich seine Meinung sagen. »Wenn dieser Mann zwanzig Mal im Jahr hierher kommt, kann er sich anstellen.«

Ich rutschte auf meinem Sitz herum. »Ich fühle mich etwas unbehaglich«, sagte ich. »Ich mag es nicht, Leute wütend zu machen.«

Mit einem Stirnrunzeln sagte sie: »Wir können hineingehen, wenn dir das lieber ist.«

»Nein, nein, dann wirst du wütend sein.«

Sie nickte. »Ich denke, das Problem ist, dass du den Unterschied zwischen Touristen und Einheimischen nicht verstehst.«

»Wahrscheinlich nicht.«

»Die Einheimischen sind das ganze Jahr über hier. Wir kommen auch im Dezember und Februar zum Essen, wenn die Touristen wieder in New York sind. Ein Restaurant wie dieses kann nicht mit drei Monaten Gewinn überleben, auch wenn sie heute bis unters Dach ausgebucht sind. Sie brauchen ihre Basis, und das sind die Einheimischen. Also, als Gegenleistung dafür, dass wir das ganze Jahr über kommen … und dass wir seit vielen Jahren hierher kommen … und dass wir etwa zwanzig Dollar für Benzin ausgeben, extra um hierher zu kommen …«, sie lächelte und zeigte ihre Zähne, »als Gegenleistung bekomme ich einen Tisch.«

»Ich denke, das passt«, sagte ich. Ich schaute über meine Schulter und sah, wie der wütende Typ und seine Freundin gingen. »Aber es ist nicht gut fürs Geschäft, Kunden wütend zu machen.«

»Scheiß drauf«, sagte sie abweisend. »Du kannst nicht alle glücklich machen. Außerdem wird er zurückkommen. Jeder Ort hier draußen ist überfüllt. Jedes Restaurant lässt gute Kunden zuerst herein. Wie ich schon sagte, er kann sein Problem dadurch lösen, indem er im Dezember hierher rausfährt und alle kennenlernt.«

»Okay«, sagte ich. »Ich verstehe, was du meinst. So ist das auch in den Clubs in New York. Vielleicht gefällt es mir deshalb nicht«, fügte ich hinzu. »Ich bin immer diejenige, die nicht reinkommt.«

»Wie oft gehst du aus?«, fragte Gina.

»Fast nie.«

»Ich schließe meine Beweisführung ab.«

Die Kellnerin kam vorbei und umarmte Gina. »Sheryl, das ist Hayden. Sie hat noch nie ein Hummerbrötchen gegessen.«

»Kommste vonnhier?«

Wow. Gott sei Dank war Ginas Akzent nicht so stark. »Nein. Philadelphia.«

»Gina's Muddern Vadder brachtse schon mit, allse nochen Behbie wah«, sagte sie. »Zwannsisch Jah hea.«

»Bisschen länger schon«, sagte Gina. »Aber danke. Können wir auch ein paar Austern haben, Sheryl?«

»Klah. Malpeque?«

»Habt ihr Peconics?«

»Klah.«

»Sechs von jedem«, sagte Gina.

»Klah. Bia?»

»Ja. Ich nehme eins. Hayden?«

»Äh, sicher.« Ich hoffte, ich würde ein Bier bestellen, aber ich war mir nicht sicher.

»Jönnlin okay?«, fragte Gina.

Jetzt war ich mir wirklich nicht sicher. »Gut.« Es klang, als würde ich etwas Chinesisches bekommen, aber ich konnte mir nicht vorstellen, was.

Sheryl ging, und Gina griff über den Tisch und nahm meine beiden Hände. Die Sonne war gerade verschwunden und der Himmel leuchtete rosa und fliederfarben. »Du siehst fantastisch aus im Sonnenuntergang.«

»Du auch. Es lässt deine Haut aussehen wie … ich bin mir nicht sicher, wie, aber was immer es ist, es ist hübsch.«

»Danke.«

»Weißt du, ich habe keine Ahnung, wie alt du bist. Wir vergessen immer wieder einige ziemlich wichtige Fragen.«

Sie lächelte und sah so entspannt und glücklich aus, dass ich mir wünschte, ich könnte die Zeit anhalten und sie einfach stundenlang anstarren. »Diese kleinen Dinge bedeuten mir nicht so viel.«

»Wenn ich es mir recht überlege, bedeuten sie mir auch nicht so viel. Das ist wohl der Grund, warum ich nie gefragt habe. Aber ich frage jetzt. Wie alt bist du?«

»Siebenundzwanzig.«

Ich machte große Augen. »Du bist jünger als ich?«

Sie kicherte. »Die Sonne lässt die Haut eines Menschen altern, aber man muss nicht unhöflich sein.«

»Nein, nein! Ich finde nur … du wirkst so viel reifer.«

»Ha.« Ihr Grinsen verblasste. »Das ist zum Lachen. Ich bin wie ein Kleinkind kurz vor einem Wutanfall. Ich bin überrascht, dass du mich nicht für drei gehalten hast.«

»Du bist nicht sehr oft so, Gina. Überhaupt nicht oft.«

Sie schaute lächelnd nach unten auf das Bild unserer verschlungenen Hände. »Es macht dir doch nichts aus, wenn ich deine Hände halte, oder?«

Ich blinzelte überrascht, verwirrt, dass sie überhaupt fragte. »Nein, natürlich nicht. Warum sollte es?«

Sie schaute nachdenklich drein und sagte dann: »Manchmal scheint es so, als würdest du denken, man müsse sich benehmen. Du weißt schon … nichts tun, was die Leute auf einen aufmerksam macht.«

»Oh. Das ist richtig.« Ich dachte über ihren Kommentar nach und sagte: »Das wird langsam besser, aber ich habe immer noch einige Probleme.« Ich nahm ihre Hände in meine und drückte sie. »Das ist wahrscheinlich ein guter Zeitpunkt, um dir zu erklären, was am Montag passiert ist.«

Es hätte keines Experten für Körpersprache bedurft, um zu sehen, dass sie nicht darüber sprechen wollte. Ich hielt immer noch ihre Hände, aber sie lehnte sich zurück und sah aus, als ob sie etwas Ranziges gerochen hätte. »Müssen wir das?«

»Ja. Wir können es genauso gut jetzt tun.« Ein Hilfskellner kam mit zwei Gläsern, und ich sah, dass er Pennsylvanias Yuengling brachte und kein chinesisches Bier. So ein Akzent kann einen wirklich durcheinanderbringen. Ich nahm einen Schluck, nickte zustimmend und sagte: »Ich habe mich am Montag so verhalten, weil ich mich anpassen wollte. Damit die Leute denken, ich gehöre dazu.«

»Wozu?«

»Das kommt darauf an. Am Montag war ich besorgt darüber, was Elaine denken würde, wenn sie wüsste, dass ich mit dir zusammen bin.«

Ein Schatten legte sich über ihr Gesicht und sie stellte ihr Glas härter auf den Tisch als nötig. »Danke.«

Ich drückte ihre Hand. »Hör mich an, okay? Ich will wirklich nicht, dass du wieder wütend wirst.«

Sie nickte schnell und sah aus, als sei sie bereit, alles zu tun, um ruhig zu bleiben.

»Hier geht es um mich, nicht um dich.«

Sie sah mich neugierig an, nahm noch einen Schluck und lehnte sich zurück. »Fahr fort.«

»Es sieht vielleicht nicht so aus, aber das ist nicht viel anders als damals, als du mich nicht um ein Date bitten wolltest.«

»Es ist ganz sicher …« Sie unterbrach sich und tat so, als würde sie sich buchstäblich auf die Zunge beißen.

»Hab Geduld«, sagte ich sanft. Sie unterdrücke ganz offensichtlich ein tief empfundenes Bedürfnis zu streiten. Sie zog jedoch ihre Hände zurück, was mich ein wenig verletzte. »Du sagtest, du hättest dich mir nie genähert, weil ich nicht dein Typ bin. Nun, du bist auch nicht mein Typ. Und ich meine nicht nur vom Aussehen her.«

»Du meinst, weil ich eine Itakerin bin«, sagte sie, ihr Gesicht dunkel vor Wut.

»Hey, du hast vielleicht ein Problem damit, Italienerin zu sein, aber ich nicht.«

»Ich habe kein Problem, Italienerin zu sein«, sagte sie. »Niemand hat etwas dagegen, mit einer Geschäftsfrau aus Mailand oder Rom auszugehen. Aber mit Itakern – Leuten aus der Arbeiterklasse mit schlechtem Akzent und Marienstatuen im Vorgarten.«

Ich war mir nicht sicher, von wem sie sprach, aber es ging eindeutig nicht um sie selbst. Ich dachte eine Minute darüber nach, was ich sagen wollte, um sicherzugehen, dass ich sie nicht beleidigt hatte. »Gina, ich wüsste immer noch nicht, dass du Italienerin bist, wenn du es nicht selbst gesagt hättest. Es ist einfach nicht offensichtlich, Schatz.«

Sie schaute mich groß an, als ich sie »Schatz« nannte, und ich wunderte mich, wie das Kosewort so leicht aus meinem Mund hatte herauskommen können.

Während sie abgelenkt war, fuhr ich fort. »Es hätte keine Rolle gespielt, ob du Parkwächterin auf der Insel, eine Kellnerin, eine Gärtnerin oder eine Buchhalterin bist. Es hätte auch keinen Unterschied gemacht, ob du Französin, Ungarin oder Finnin bist. Wichtig war in dem Moment, dass du nicht eine von uns warst. Du hast einen Job, bei dem du etwas *tust*.«

Sie sah verärgert aus. Sehr verärgert. Aber sie hob ihre Stimme nicht. »Was soll das heißen?«

Sheryl brachte unsere Austern und Gina nickte ihr zu, als sie sie abstellte. Die Kellnerin zögerte eine Sekunde lang, sah, dass die Lage angespannt war, und ging schnell wieder weg.

Ich wartete darauf, dass Gina anfing zu essen, aber sie starrte mich immer noch an, also antwortete ich. »Das bedeutet, dass wir nicht in der gleichen Berufsgruppe sind. Und es ist mir peinlich, dass ich mich davon beeinflussen lasse.«

»Das ist genau das, wovon ich gesprochen habe«, sagte sie kochend vor Wut, aber kontrolliert. »Mein Vater trägt ein großes goldenes Kruzifix um den Hals und er schreit und flucht und fährt einen großen, auffälligen Cadillac. Wir sind Itaker aus der Unterschicht.«

»Es geht nicht um Geld oder Volkszugehörigkeit. Das ist es nicht.« Ich konnte sehen, dass ich sie nicht überzeugt hatte. »Sieh mal, Dana kommt aus der Innenstadt von Baltimore. Ihre Eltern arbeiten beide für die Stadt in ziemlich einfachen Bürojobs. Sie ist schwarz. Aber sie passt aufgrund ihrer Ausbildung und ihres Jobs perfekt zu uns. Ich verteidige mich nicht, Gina, denn es ist genauso lächerlich, jemanden aufgrund des Berufs zu diskriminieren wie alles andere. Aber es ist nicht deine Herkunft und es ist nicht deine Familie. Die Leute in meinem Umfeld schließen Menschen aus, die ihren Lebensunterhalt nicht mit geistigen Inhalten verdienen.«

Ich konnte sehen, wie sie sich zu entspannen begann. Also bekam ich meine Chance, sie davon zu überzeugen, dass ich eine andere Art von Arschloch bin, als sie dachte. »Warum hat sich Elaine dann an diesem ersten Tag über mich lustig gemacht?« Der Schmerz über dieses Ereignis stand ihr ins Gesicht geschrieben und trieb mir die Tränen in die Augen. »Sie sagte, du solltest mir besser nicht in die Quere kommen, sonst würde ich dich umbringen lassen.«

Das war's! Verdammt, ich wusste, es war etwas Widerliches, aber ich hatte Elaine auf der Fähre nicht aufmerksam genug zugehört, um mich daran erinnern zu können. »Ich habe keine Ahnung. Ich kann mich nicht daran erinnern, was genau sie gesagt hat.«

»Alle denken, ich sei wegen des Boots schikaniert worden.«

»Was? Von mir bestimmt nicht. Warum in aller Welt sollte ich?«

Sie sah mich an, als ob ich langsam von Verstand wäre. »Jeder kennt das Gesindel, das sich auf dem Wasser herumtreibt. Aber wir gehören nicht dazu.«

»Gina«, versuchte ich sie zu beruhigen. »Der Gedanke wäre mir nie in den Sinn gekommen. Du kommst ganz anders rüber als du denkst.«

»Das tue ich nicht. Ich weiß, was die Leute denken. Ich habe es mein ganzes Leben lang zu hören bekommen.«

Junge, das war nicht einfach. »Du hast Dinge von Menschen hören müssen, mit denen du aufgewachsen bist. Von Menschen, die Vorurteile haben, die ich nicht habe.

Ich schwöre dir, Gina, ich habe keine Sekunde angenommen, dass deine Familie der Mafia angehört.«

»Das tun wir auch nicht«, sagte sie erneut. »Mein Großvater hat sich eine Kugel eingefangen, weil er sich nicht unter Druck setzen lassen wollte.« Sie streckte ihr hübsches Kinn vor und ich konnte sehen, wie stolz sie auf seine Tapferkeit war.

Ich nahm wieder ihre Hand und schaute ihr in die Augen. »Die Wahrheit ist, ich bin noch nie mit jemandem ausgegangen, der von außerhalb der akademischen Welt kam. Mein ganzes Umfeld war immer mit Schulen und Universitäten verbunden. Ich bin ein diplomierter Snob, und dafür verdiene ich deinen Tadel. Aber ich bin weder anti-italienisch noch glaube ich, dass du in der Mafia bist, und es ist mir egal, ob du oder deine Familie Geld haben. Ich habe viele Fehler und Schwächen, Gina. Aber ich bin mir dessen bewusst und ich werde versuchen, mich nie wieder so von dem beeinflussen zu lassen, was andere Leute denken.«

Sie schaute mir in die Augen, führte meine Hand an ihre Lippen und küsste sie. »Lass uns das beenden, okay? Am Montag war ich ein gemeines Arschloch. Du warst … ich weiß nicht, wie ich dich nennen soll«, sagte sie und lächelte ein wenig. »Keine von uns beiden kann stolz darauf sein, wie wir uns benommen haben. Aber es macht mich verrückt, jede Kleinigkeit analysieren zu wollen. Lass uns von vorne anfangen. Versuchen wir zu vergessen, dass der Montag je stattgefunden hat.«

»Okay«, sagte ich. »Ich kann das, wenn du es auch kannst.«

Sie nahm eine Auster, löste sie von der Schale und hielt sie mir an die Lippen. »Runter damit.« Gina lächelte, als ich kaute und schluckte. »Ich hätte dich im Boot ausgesetzt, wenn du die Nase über eine Peconic gerümpft hättest. Es gibt einige Dinge, die ich nicht ignorieren kann.«

Nachdem wir die mit Sicherheit besten Hummerbrötchen der Welt gegessen hatten, auch wenn mir die Vergleichsmöglichkeiten fehlten, gingen wir zurück zum Boot. Gina machte es schnell startklar und manövrierte uns ohne Probleme auf den Weg zurück nach Hause. Sie war in fantastischer Stimmung, denn unser Gespräch hatte die letzte Barriere niedergerissen, die wir durch unseren Streit aufgebaut hatten. Als wir auf dem offenen Wasser waren, ließ sie es ruhiger angehen und fuhr diesmal mit einer moderaten Geschwindigkeit, die ein Gespräch möglich machte, ohne schreien zu müssen.

Ich schob meine Hand unter ihren Pullover und kitzelte sie ein wenig. »Versuchst du, Benzin zu sparen?«

»Nein, ganz und gar nicht.« Sie legte ihren Arm um mich und zog mich näher, bis sie mich auf das Haar küssen konnte. »Ich möchte es genießen, mit dir draußen auf dem Wasser zu sein. Das sind zwei meiner liebsten Dinge.«

»Das ist schön. Ich habe das Wasser schon immer geliebt, aber ich war noch nie nachts draußen. Es ist ziemlich cool.«

»Das ist es. Das ist auch der Grund, warum ich nicht schnell fahre. Nachts sind nicht viele Leute unterwegs, aber es wird verdammt gefährlich, wenn man auf einen trifft und nicht ausweichen kann, weil man zu schnell ist.«

»Ich glaube, du bist ein vorsichtiger Mensch.«

»Vielleicht. In einigen Bereichen.« Sie strahlte mich an und ich sah ihre Zähne im Mondlicht glänzen. »Willst du fahren?«

»Fahren? Ich?«

»Sicher. Es ist nicht schwer. Wie wäre das: Du sitzt auf meinem Schoß und lenkst. Den Rest erledige ich.« Sie nahm das Gas weg, bis wir zum Stillstand kamen.

Ich war schon aufgestanden, als ich sagte: »Das ist aber nicht nur ein Trick, um mich zu betatschen, oder?«

»Als ob ich dafür eine Ausrede bräuchte.« Sie lachte und griff nach meinen intimeren Körperteilen.

Es war nicht einfach, sich auf solch engstem Raum einzurichten, aber es gelang. Gina hatte den Sitz ganz nach hinten geschoben, sodass ich mich zwischen ihren Beinen niederlassen konnte. »Das ist schön«, sagte ich. »Wir sollten öfters so fahren.«

Sie drückte mir ein paar nasse Küsse auf den Nacken und wischte mich dann pflichtbewusst trocken. »Ich weiß nicht, warum ich dich so gerne ansabbere«, sagte sie. »Ich weiß nur, dass ich es ganz sicher mag.«

»Wahrscheinlich weil ich dir gesagt habe, dass es mir unheimlich vorkommt.« Ich drehte meinen Kopf, damit sie mir über die Wange lecken konnte. »Siehst du?«

»Das muss es wohl sein.« Sie hielt mich fest und schmiegte sich mit ihrem Gesicht an meinen Rücken. »Es macht Spaß, mit dir zusammen zu sein.«

Ich lehnte mich zurück und drückte sie gegen die Rückenlehne. »Mit dir auch.« Ich ließ sie wieder zu Atem kommen und sie fuhr mit ihrer Hand unter das Hosenbein meiner Shorts und tastete sich nach oben. »Lass uns lieber verschwinden, bevor uns jemand über den Haufen fährt«, sagte ich. »Ich konnte *Titanic* kaum ertragen vor lauter Panik.«

»Hier draußen gibt es nicht viele Eisberge«, sagte Gina. »Aber gut. Sei vorsichtig mit dem Lenkrad. Du musst viel sanfter steuern als bei einem Auto. Eine kleine Korrektur hat schon große Auswirkungen.«

»Okay. Fahr nur nicht zu schnell.« Ich war nervös, aber mit Gina direkt hinter mir war es einfach, nicht zu ängstlich zu sein. Ihre Arme lagen um meine Taille und ich wusste, dass sie sofort das Steuer übernehmen konnte, wenn es nötig würde.

»Das werde ich nicht. Ich bin vorsichtig, schon vergessen? Bereit?«

»Ja, kann losgehen.«

»Mein Job ist ziemlich einfach.« Sie griff um mich herum und bewegte den Gashebel langsam gerade so weit, dass wir Fahrt aufnahmen. »Sag mir Bescheid, wenn du dich sicher fühlst, dann gebe ich etwas mehr Dampf.«

»Wie schnell waren wir auf dem Hinweg? Es fühlte sich an, als ob wir fliegen würden.«

»Wir waren etwa bei sechzig.«

»Meilen pro Stunde?«

»Ja. Was sonst?«

»Ich weiß nicht. Ich dachte, da gibt es irgendwelche nautischen Begriffe.«

»Gibt es auch. Aber niemand versteht, wenn ich von Knoten rede. Ich habe es einfacher gemacht.«

Ich blickte auf die Kontrollanzeigen hinunter und sah, dass dort ein regulärer Tachometer war. »Warum sagt dieses kleine Ding dann, dass wir mit fünfzehn Meilen pro Stunde fahren?«

»Oh. Ich glaube, die Bootsbauer haben es uns beiden einfacher gemacht.« Sie drückte mich fest und lachte. »Ich wollte nur angeben.«

»Das musst du nicht«, sagte ich. »Du bist spektakulär, auch ohne aufzuschneiden.«

Eine Stunde später hatten wir das Boot wieder fest vertäut. »Das hat so viel Spaß gemacht!« Meine Stimme überschlug sich fast. »Darf ich wieder mal fahren?«

»Wann immer du willst. Solange du auf meinem Schoß sitzt.«

Ich nahm Ginas Hand, als wir zu ihrem Haus zurückgingen. »Sie sind nicht sehr streng, Captain. Ihr Schoß ist einer der schönsten Plätze, an denen ich je war.«

Sie legte ihren Arm um mich und drückte mich eng an sich. »Du hast mich Schatz genannt.«

»Hm?«

»Heute Abend. Du hast mich Schatz genannt.«

Ich blickte zu ihr auf und sah, wie zufrieden sie aussah. »Ich habe nicht darüber nachgedacht. Du wirkst einfach wie mein Schatz.«

Gina blieb stehen. Geschickt entfernte sie das Band um mein Haar. Sie hatte längst gemerkt, dass es ein todsicherer Weg war, mich zu entspannen, wenn sie mit den Händen durch mein Haar fuhr. Und um mich zu erregen. Nicht immer in dieser Reihenfolge. »Und du bist mein Schatz.« Sie küsste mich und neckte meine Lippen mit ihrer Zunge. Ich war nicht länger entspannt. Wir küssten uns lange und hielten uns in der warmen, stillen Nacht fest umschlungen. »Lass uns gehen, Schatz«, sagte sie schließlich und nahm meine Hand, um mich nach Hause zu führen.

Zum ersten Mal waren wir ein wenig schüchtern, als wir uns zum Schlafengehen fertig machten. Es stand außer Frage, dass wir Sex haben würden. Ich konnte das Feuer in ihren Augen sehen und ich zitterte vor Verlangen. Sie kam in einem sexy engen, schokoladenfarbenen Tanktop ins Bett und wirkte ein wenig zögerlich, als wartete sie darauf, dass ich den ersten Schritt machte.

Jetzt, da ich sie besser kennengelernt hatte, wurde mir klar, dass Gina gar nicht so butch war. Um ehrlich zu sein, stand sie auf der Femme-Skala ein paar Stufen höher als ich. Aber sie war definitiv top. Sie hatte an unserem ersten Abend die Initiative ergriffen und diese Rolle seither nicht mehr abgegeben. Doch jetzt … jetzt schien sie fast passiv zu sein. Sie lag auf der Seite und schaute mich an mit einem warmen, liebevollen Lächeln, ohne mich zu berühren.

»Du bist so schön«, sagte ich. Ich berührte ihre Wange und streichelte die weiche Haut mit meinem Handrücken. »Du hast die hübschesten Augen und das schönste Lächeln, das ich je gesehen habe.«

»Ich habe gerade dasselbe über dich gedacht. Ich wusste nie, wie sehr ich blaue Augen liebe, bis ich deine sah.«

»Niemand wird uns je für Schwestern halten«, sagte ich und rückte näher an sie heran. Ich zog ihr Oberteil hoch und kuschelte mich dann an sie, sodass sich unsere Brüste berührten und aneinander drückten. »Sieh dir nur den Kontrast unserer Haut an.«

Sie tat es, während sie mit ihrer Hand an meiner Hüfte entlang strich. Dann griff sie nach meinem Bein und legte es über ihres. Ah, jetzt übernahm sie die Initiative. Genau wie ich es mochte. »Ich kann deine Adern sehen«, sagte sie und folgte ihnen mit dem Finger über die fast durchscheinende Haut auf meiner Brust.

»Ich kann bei dir nur eine sehen.« Ich ließ meinen Finger über die eine Ader wandern, die sich unter ihrer dunklen Haut abzeichnete, und umkreiste ihre Brustwarze, die sich zu verhärten begann, als ich sie sanft berührte.

Gina drückte gegen meine Hüfte, um mich auf den Rücken zu drehen. Ihre Augen hatten den Glanz angenommen, den sie hatten, wenn sie sich sexy und selbstbewusst fühlte. »Ich liebe es, deinen Körper anzuschauen.« Sie ließ ihre Hand über mich gleiten und meine Brustwarzen versteiften sich, bevor sie sie überhaupt erreicht hatte. Sie nahm eine zwischen ihre Finger und zwickte sie leicht. »Ich liebe es, wie du reagierst. Nur eine Berührung und du bekommst eine Gänsehaut.« An der Stelle, an der sie mich berührt hatte, war mein Arm mit den winzigen Erhebungen bedeckt. »Ich liebe es, wie schön du bist, wie zart und fein deine Haut ist. An manchen Stellen ist sie fast wie Alabaster … hier zum Beispiel.« Sie streichelte sanft meine Brust und ließ sie unter ihrer Hand schaukeln. »Du bist so schön, Hayden. Dein Körper könnte von Ghiberti, Verrocchio oder Donatello geschaffen worden sein …«

Das war natürlich totaler Unsinn, aber es bestand die Chance, dass sie glaubte, was sie sagte, also versuchte ich nicht, sie davon abzubringen. Außerdem war ihr Akzent so unglaublich sexy, mit dem sie die Namen der italienischen Künstler aussprach, dass ich spüren konnte, wie ich nass wurde. Ich legte meine Hand auf ihre Hüfte und führte sie dann langsam ihren Körper hinauf, wobei ich eigene Wellen von Gänsehaut auf ihrer gebräunten Haut erzeugte. »Was du gerade mit mir machst«, murmelte ich.

Ginas Gesicht war genau über meinem und lächelte mich auf diese erregende Art an. »Was mache ich denn mit dir?«

»Du bringst mich zum Schmelzen«, sagte ich. »Ich fließe dahin, wenn du mich berührst und küsst. Ich könnte in der Matratze versinken und mich nie wieder rühren.«

»Davon merke ich gar nichts, wenn wir zusammen sind«, flüsterte sie mir ins Ohr. »Wenn du deine Beine um mich schlingst und dich gegen mich drückst, als könntest du nicht genug bekommen.«

»Das kommt später«, sagte ich und lächelte sie an. »Zuerst fühle ich mich ganz schlaff und kraftlos und träge. Als könnte ich stundenlang hier liegen und deine Berührungen genießen. Aber dann … dann fange ich an, dich zu brauchen. Und wenn ich dich brauche … Gott weiß, was dann über mich kommt.«

Sie lachte leise und küsste mich. »Du wirst dann wirklich lebendig«, sagte sie. »Am Anfang bist du immer so passiv. Du liegst da und bewegst dich gerade so viel, dass ich immer wieder neue Stellen erreichen kann. Aber dann kommst du in Fahrt, und ich muss zusehen, dass ich mit dir Schritt halte.«

»Du machst das ziemlich gut. Du bist immer da, wenn und wo ich dich brauche.«

Gina küsste mich wieder und ihre Brustwarzen berührten meine. Sie waren so fest. »Weißt du was?«, fragte sie.

»Was?«

»Ich habe Sex nie mehr genossen als mit dir. Bei dir fühle ich mich so … ich weiß nicht … offen, das trifft es ganz gut. Du bringst mich dazu, mich zu öffnen und dich an mich heranzulassen.«

Ich zog ihr Bein über meine Hüfte und genoss das Kitzeln ihrer sauber getrimmten Schamhaare an meinem Bauch. »Das habe ich auch gerade gedacht«, sagte ich. »Niemand hat mich je so tief durchdrungen wie du. Du hast das Feuer in mir entfacht, Gina. Von der ersten Nacht an.«

Sie lächelte mich an, in dem weichen Licht schimmerten ihre Augen wie Tümpel aus Topas und Bernstein. »Haben wir nur Glück?«

»Nein«, sagte ich selbstbewusst. »Es ist mehr als nur Glück. Ich glaube, es bedeutet etwas. Etwas Besonderes.«

»Was denn?«, fragte sie unschuldig, obwohl ich wusste, dass sie mich nur dazu bringen wollte, es zuerst auszusprechen.

Aber aus irgendeinem Grund konnte ich es nicht sagen. Vielleicht war es nach unserem Streit noch zu früh. Vielleicht war ich noch besorgt über ihre Schwäche, ihr Temperament zu zügeln. Was auch immer der Grund war, ich konnte nicht. Also versuchte ich etwas zu sagen, das meine Zurückhaltung wettmachen würde. »Ich glaube, das Schicksal führt uns.«

»Schicksal?«

»Ja. Und ich denke, wir müssen uns führen lassen, wohin es auch geht.«

Noch bevor ich zu Ende gesprochen hatte, legte sie ihre Arme um mich und küsste mich mit so viel Gefühl, dass ich das alles kaum noch ertragen konnte. »Ich weiß, wo ich hin will, Hayden.«

»Ich auch. Aber ich werde das Schicksal nicht beeinflussen. Wir werden es wissen, wenn wir dort sind.« Ich zog sie zu mir und wir küssten uns und küssten uns. Niemand konnte besser küssen als Gina. Sie gab mir das Gefühl, liebenswert und begehrenswert zu sein. Und das hatte noch nie jemand mit nur einem Kuss erreicht.

Ich keuchte, als sie innehielt und mich mit ganz viel Liebe im Blick anschaute.

Ein Energieschub packte mich und ich rollte sie auf ihren Rücken. Ich fühlte mich so voller Liebe, dass ich sie verschlingen wollte. »Du bist zum Fressen schön!« Ich zog ihr Oberteil aus und küsste ihren Körper, wobei ich an ihrem Hals begann und mich nach unten arbeitete, bis ich ihre Taille erreichte. Sie war an den Seiten besonders kitzlig und ich konnte nicht widerstehen, sie an dieser empfindlichsten Stelle mit meiner Zunge zu necken.

»Nein!« Sie rollte weg und griff dabei nach meinen Händen. »Nicht!«

Wir kämpften wie Welpen, wälzten uns in dem großen Bett herum und verwickelten uns in den Decken. Sie war stärker als ich, aber nicht viel. Und da sie kitzliger war, war es fast ein Unentschieden. Schließlich brachen wir keuchend und kichernd zusammen. Ich war erschöpft und sie überraschte mich, indem sie ihre Arme unter meinen Kopf und meine Knie schob und mich wie einen großen Sack Kartoffeln hielt. Meine Arme waren eingeklemmt, also konnte ich mich nicht mehr rühren.

»Ich gebe nicht auf«, sagte sie und leckte über mein Gesicht.

»Bäh!« Mich schauderte. »Hör auf!«

»So ein Baby.« Sie wischte mir mit ihrer Wange das Feuchte ab. Dann schaute sie mir in die Augen und ich konnte sehen, wie ein Dutzend verschiedenster Emotionen über ihr Gesicht zogen. »Glaubst du, dass wir es schaffen werden?«

»Ja, das tue ich«, sagte ich und blickte in die Tiefe ihrer schönen Augen. »Aber wir haben eine Menge Arbeit vor uns. Es wird nicht leicht sein, eine Beziehung aufzubauen.«

»Warum?« Sie lächelte mich an. »Du wirst deinen Job kündigen und meine Frau werden. Wir werden im Winter nach Italien reisen und du wirst den ganzen Sommer am Strand verbringen. Wem würde das nicht gefallen?«

»Das ist ein guter Plan«, sagte ich und küsste sie auf die Nase – die einzige Stelle, die ich erreichen konnte. »Oder wir könnten in Manhattan leben, sobald die Sommersaison vorbei ist, und während meiner Winterferien nach Italien fahren und Frühling und Sommer hier verbringen.«

»Frag hundert Leute und sieh selbst, wie wenige sich für Option zwei entscheiden«, sagte sie und grinste wie ein Wolf.

»Frag hundert Menschen, was sie lieber tun würden: mit dir Liebe machen oder reden. Und sieh selbst, wie viele sich für Option zwei entscheiden.« Damit ging der Punkt an mich. Nummer zwei würde nicht eine einzige Stimme erhalten. »Wir haben den ganzen Sommer Zeit, uns darüber klar zu werden. Jetzt müssen wir nur noch das Schicksal machen lassen. Die Dinge werden sich fügen. Da bin ich mir sicher.«

»Bist du sicher, dass du dir sicher bist?«, fragte sie. »Weil ich dich sonst wieder lecke.«

»Ich bin mir sicher!«, rief ich schnell. »Ich bin mir sehr sicher!«

»Okay.« Sie ließ mich los und drückte sich an mich. »Ich würde auch lieber Liebe machen als reden. Die meisten Menschen reden viel zu viel.«

»Ich möchte nur noch eine Sache loswerden«, sagte ich, lächelte sie an und fühlte, wie die Liebe, die ich für sie empfand, ganz tief in meine Knochen eindrang. »Ich verspreche, dass wir die Dinge klären werden. Ich verspreche es.«

»Wenn ich dich bis zum Ende des Sommers nicht eingefangen habe, verdiene ich es nicht besser.« Sie grinste mich an und fügte hinzu: »Und ich verdiene dich.«

10 Ich blieb das ganze Wochenende und am Sonntagabend hatte ich keine Lust mehr, in mein Haus zurückzukehren. Aber drei Tage lang die gleiche Kleidung zu tragen, war genug. Gina und ich schwammen im Pool und ich sagte: »Wie wäre es mit einer kleinen Spritztour mit deinem Boot?«

Sie paddelte zu mir herüber. »Hat da jemand Lust auf ein Hummerbrötchen?«

Lachend sagte ich: »Jetzt, wo du es ansprichst …«

»Die sind gut, nicht wahr?«

»Die sind viel besser als gut, Gina. Aber ich brauche noch ein paar Kleidungsstücke und ein paar meiner Bücher.«

Sie starrte mich eine Sekunde lang an. »Wirst du die ganze Woche hierbleiben?«

Ein Blitz der Panik traf mich. »Willst du nicht …?«

»Natürlich will ich das!« Sie hüpfte auf und ab, ihre schönen Brüste wippten. »Ich hätte nur nicht gedacht, dass du das willst.«

»Ich will. Ich kann hier wirklich gut arbeiten. Ich vermisse den Strand ein bisschen, aber dein Haus ist so schön und ruhig und beschaulich. Ich liebe es hier.«

»Du musst den Strand nicht vermissen«, sagte sie. »Lass uns sofort gehen.« Sie war aus dem Wasser, bevor ich reagieren konnte. »Wir fahren mit meinem Boot rüber und bleiben bis Sonnenuntergang. Dann weiter zum Abendessen nach Montauk hoch und dann wieder nach Hause.«

»Es klingt so einfach«, sagte ich.

»Das ist es.«Sie streckte ihre Hand aus, um mich aus dem Pool zu ziehen. »Zieh dich an, wir gehen.«

»Anziehen? Warum muss ich mich anziehen?« Ich blinzelte sie an und versuchte, unschuldig dreinzuschauen.

Sie schlug nach mir, dass es nur so klatschte. »Ich will nicht den ganzen Nachmittag Frauen verjagen müssen. Es wird schon schwer genug sein, wenn du angezogen bist. Aber wie soll ich sie vertreiben, wenn du nackt bist?«

»Ich dachte immer, die Iren wären Schmeichler. Die Italiener sind keinen Deut besser.«

»Auf keinen Fall. Die Italiener sagen die Wahrheit. Nichts als die Wahrheit.«

Ich beschloss, dass das Leben in Sayville und ein sehr schnelles Boot perfekt waren, um den Sommer auf Fire Island zu verbringen. Die Fähre war nicht schlecht, aber man musste sich an den Fahrplan halten und an den Wochenenden war sie sehr voll. In unser kleines Taxi zu springen war im Vergleich dazu geradezu dekadent. Wir waren in zehn Minuten übergesetzt und es wäre noch schneller gegangen, wenn wir vor der Küstenlinie nicht einen kleinen Umweg fahren mussten, um das offene Wasser zu erreichen.

Es war ungefähr fünf Uhr am Nachmittag, als wir mein Haus erreichten. Ich hatte ein wenig Magengrummeln, aber ich war ruhiger, als ich dachte. Elaine blieb gerne bis zum späten Sonntagabend auf der Insel, sodass wir ihr wahrscheinlich über den Weg laufen würden. Aber ich war Elaine nicht nur nicht mehr böse, sondern es war mir ehrlich gesagt auch egal, was sie über mich dachte. Dass Gina meine Hand hielt, während wir den Weg zu meinem Haus entlang gingen, ließ alles andere unbedeutend erscheinen.

Wir betraten das Haus und es herrschte herrliches Schweigen. »Lass uns eine Weile an den Strand gehen und dann zusammenpacken«, sagte Gina. »Ich will dich im Anzug sehen.«

»Ich glaube, ich habe einen recht ordentlichen«, sagte ich. »Meine Schwester war dabei, als ich ihn gekauft habe.«

Gina lachte und schüttelte den Kopf über mich. Sie folgte mir in mein Schlafzimmer und fragte: »Was ist das nur mit dir und dem Shoppen? Hasst du das wirklich so sehr?«

»Irgendwie schon«, sagte ich. »Ich finde es ist eine Zeitverschwendung, wenn ich Dinge doch auch einfach bei Eddie Bauer oder L.L. Bean oder The Gap bestellen kann. Ich kenne meine Größe, das passt immer. Es ist einfacher online zu bestellen.«

»Da bin ich mir sicher«, sagte sie und beobachtete mich beim Ausziehen mit einem gewissen Funkeln im Blick. »Aber nicht alle Größen sind immer gleich geschnitten.«

»Geht schon«, sagte ich.

Sie antwortete nicht, sondern zuckte nur mit den Schultern. »Wenn dir das reicht, mach weiter so. Mir gefällst du.«

»Ich würde gerne besser aussehen«, sagte ich. »Jede Freundin, die ich hatte, hat versucht, mich dazu zu bringen, mich besser zu kleiden. Ich glaube, du bist einfach zu höflich, um mir wirklich die Meinung zu sagen.«

Gina riss die Augen auf. »Hayden, leg mir keine Worte in den Mund. Ich würde nichts an dir ändern. Aber wenn du willst, dass ich irgendwann einmal mit dir einkaufen gehe, bin ich dabei.«

Nackt, wie ich war, ging ich zu ihr und küsste sie. Sie schmeckte so gut und ihr Körper war so weich und geschmeidig, wo er meinen berührte. Sie reagierte schnell, und schon bald strichen ihre Hände über meinen Körper. »Der Strand kann warten«, murmelte sie, als sie mich zu meinem Bett führte.

»Mmh … ich nicht«, knurrte ich. »*Ich* kann nicht warten, Gina.«

Gina wusste, was ich brauchte. Nachdem sie mich schier besinnungslos gevögelt hatte, war es nach sechs, und die Sonne versank hinter einer großen Wolkenbank am Horizont. Es war zu spät, um noch am Strand zu liegen, aber ich war die Letzte, die sich beschwerte. Lieber ließ ich mich von Ginas talentierter Zunge an all meinen empfindlichen Stellen kitzeln als von klebrigem Sand. Sie sah auch ziemlich glücklich aus, als sie neben mir lag, ein Bein angewinkelt, das andere an mich gedrückt. Ihr Gesicht war entspannt und ein kleines, zufriedenes Lächeln umspielte ihre Lippen. »Bist du glücklich?« fragte ich, wobei ich wusste, dass die Frage rhetorisch war.

»Ja, ich würde sagen, ich bin glücklich. Und du?« Sie drehte sich auf die Seite und stützte ihren Kopf mit der Hand ab.

»Glückselig.« Ich nahm ihre Hand und küsste sie. »Eine meiner liebsten Kindheitserinnerungen ist es, an einem schwülheißen Tag schwimmen zu gehen und dann nach Hause und ein Nickerchen zu machen. Ich hatte einen Ventilator, der Luft über meinen Körper blies, und ich fühlte mich so entspannt und glücklich. Ich war splitternackt, lag auf der Decke meines kleinen Betts, der Ventilator drehte sich über mir. Und ich hatte das Gefühl, jeder Tag wäre wie ein Sommer.« Ich legte mich auf die Seite und sah, wie ihre Augen auf mich gerichtet waren und sie jedes Wort aufnahm. Ich küsste sie sanft. »So fühle ich mich heute. Als ob jeder Tag mit dir warm und sonnig sein wird und …«

»Endlos«, sagte sie, und ihre Augen füllten sich mit Tränen. »Ich könnte den Rest meines Lebens hier liegen und dir zuhören.« Sie schlang einen Arm um meine Taille und zog mich zu sich heran. »Ich will alles über dich wissen. Alles.«

»Ich auch«, flüsterte ich. »Ich interessiere mich für jede kleinste Kleinigkeit, die dich zu der macht, die du bist.«

Sie zog sich ein wenig zurück und sah mich einige Sekunden lang an. Ich konnte etwas in ihren Augen sehen, war mir aber nicht sicher, was genau es war. Ich wusste nur, es gefiel mir nicht.

»Ich muss dir was sagen«, sagte sie. Sie wirkte jetzt angespannt, und auch ich verkrampfte mich. Sie wirkte so ernst und … fast ängstlich.

»Was ist los, mein Schatz?«

Das Kosewort brachte ein Lächeln zurück in ihr Gesicht, aber es dauerte nur eine Sekunde. »Ich habe dir nicht die ganze Wahrheit gesagt.«

»Was?« Sie antwortete nicht sofort. »*Was?*«

»Ich habe gesagt, dass ich nicht aufs College gegangen bin, weil ich nicht wollte.«

Dies war ein seltsamer Auftakt zu einem Gespräch, aber es war ihr offensichtlich sehr wichtig. »Ja?«

»Das ist nicht die ganze Wahrheit.« Sie biss sich auf die Lippe und blinzelte dann einige Male nervös. »Ich habe die Highschool kaum geschafft. Ich habe die Aufnahmeprüfungen erst gar nicht gemacht, weil ich wusste, dass ich ein schlechtes Ergebnis bekommen würde, und ich wollte nicht mein ganzes Leben lang den Leuten meine schlechten Noten zeigen müssen.«

Mein Herzschlag verlangsamte sich wieder auf sein gewohntes Tempo. Ich streichelte ihre Hüfte und sagte: »Was macht das für einen Unterschied? Vielen Menschen ist es mit der Highschool nicht ernst. Viele sehr kluge Menschen werden von der Schule nicht angesprochen.«

Sie schüttelte den Kopf und ich konnte sehen, dass sie frustriert war. Ich war mir nur nicht sicher worüber. »Das ist es nicht«, sagte sie. »Ich konnte in der Schule nicht gut abschneiden.« Sie brach den Blickkontakt ab und fügte hinzu: »Ich habe eine Lernbehinderung.«

»Wirklich?«

»Ja.«

Ich nahm ihr Kinn und hob ihren Kopf, sodass ich in ihre Augen sehen konnte. »Willst du mir davon erzählen? Du musst nicht, wenn du nicht willst, aber es interessiert mich.«

»Es ist so«, sagte sie und senkte den Blick, »dass sie lange Zeit dachten, ich sei faul.«

Ich zog sie näher heran und strich mit den Fingern durch ihr Haar. »Welcher Idiot würde denken, dass du faul bist?«

Ihre Augen trafen meine nur eine Sekunde lang. »Mein Vater. Meine Lehrer.«

»Und deine Mutter?«

»Nein«, schüttelte sie den Kopf. »Meine Mutter wusste, dass ich es versuchte. Sie hielt mich wohl für dumm, aber das hat sie nie gesagt.«

»O Gina.« Ich umarmte sie ganz fest. »Was hast *du* gedacht, Baby?«

»Ich dachte, ich sei dumm, weil ich wusste, dass ich nicht faul war. Meine Brüder dachten, ich sei dumm. Die Kinder in meiner Klasse lachten mich aus, wenn ich aufstehen und Fragen beantworten musste.«

»Das denkst du aber jetzt nicht mehr, oder? Weil du einer der klügsten Menschen bist, die ich kenne.«

Sie lächelte und grinste. »Sicher bin ich das.«

»Bist du.« Ich setzte mich auf und starrte sie an. »Du bist sehr gedankenschnell und zeigst mehr intellektuelle Neugier als die meisten meiner Kollegen. Ich bin nicht nur gern mit dir zusammen, weil du hinreißend bist, weißt du. Ich liebe deinen Verstand.« Ich beugte mich vor und küsste ihren Kopf und streichelte ihn dann. »Du hast einen wunderschönen Verstand.«

»Ich komme ganz gut zurecht«, gab sie widerwillig zu. »Angesichts meiner Grenzen. Aber es fällt mir schwer, Tests zu absolvieren, und ich komme nicht weiter, wenn ich antworten muss, ohne vorbereitet zu sein.«

»Das hätte ich niemals, wirklich niemals erraten«, sagte ich. »Wann hast du endlich herausgefunden, dass du Probleme hast?«

»Ich glaube, ich war in der vierten oder fünften Klasse«, sagte sie. Sie kniff die Augen zusammen und überlegte. »Es war die fünfte. Frau Longhorn. Sie sprach mit meiner Mutter und sagte, sie glaube, dass meine Probleme darin lagen, gleichzeitig zu schreiben und zu denken. Sie schickten mich zu einer Art Spezialisten und der sagte, ich hätte eine Schreibstörung.«

»Hast du Probleme beim Schreiben?«

»Nein. Eigentlich nicht. Nicht, wenn ich über das, was ich aufschreiben will, erst ein paarmal nachdenken kann, bevor ich schreibe.«

»Also brauchst du nur länger?«

»Ja. Viel länger als normale Menschen. Ich bin gut in Mathe. Ich könnte meine eigene Buchhaltung machen, wenn ich wollte. Aber es dauert ewig, bis ich einen Geschäftsbrief geschrieben habe. Ich wusste, dass ich das College ohne Hilfe nie schaffen würde.«

»Was hilft dir? Hast du in der Schule eine besondere Unterstützung bekommen?«

Sie verzog das Gesicht. »Ja. Aber das ließ mich auffallen wie einen bunten Hund. Ich konnte im Unterricht keine Notizen machen, also musste ich meine Bemerkungen auf Band sprechen und abends wieder anhören. Meine Mutter saß bei mir und schrieb die wichtigen Dinge auf. Und sie gaben mir zusätzliche Zeit für die Tests. Manchmal wurde ich nur mündlich geprüft, das war sehr viel einfacher. Aber es war ein verdammter Kampf an jedem verdammten Tag. Der Tag meines Highschool-Abschlusses war der glücklichste Tag meines Lebens.«

»Und du musstest quasi zweimal zur Schule gehen«, sagte ich. »Einmal ist schon schlimm genug. Zweimal diesen langweiligen Unterrichtsstoff anhören zu müssen, muss schrecklich gewesen sein.«

»Ja, das war es. Ich hätte zu Hause unterrichtet werden sollen, aber mein Vater hat nie wirklich geglaubt, dass mit meinem Kopf etwas nicht stimmt. Er hörte auf, mich zu schikanieren, aber ich glaube, er hat immer vermutet, dass ich nicht lernen will.«

Ich sagte kein Wort. Ich konnte nicht einschätzen, was Gina für ihren Vater empfand, und ich wollte nicht sagen, was ich dachte, bis ich mir sicher war. Manche Leute reagieren empfindlich, wenn man ihnen sagt, man würde ihren Vater am liebsten mit bloßen Händen erwürgen.

Ich weiß nicht mehr genau, wie es dazu kam, aber wir haben uns noch einmal geliebt. Normalerweise machte es mich nicht an, wenn ich hörte, dass Gina Schwierigkeiten irgendwelcher Art hatte, aber sie schien so erleichtert, als sie das Geständnis gemacht hatte, dass sie anfing, mich in Ekstase zu versetzen. Wir kitzelten uns gegenseitig, lachten und scherzten, als wir im Bett lagen. Dann jagte Gina mich ins Badezimmer, wo wir uns durch eine Dusche kicherten.

Die Sonne war kurz vor dem Untergehen, als wir mein Zimmer verließen und Elaine, Sheila, Lorna und zwei Männer, die ich nicht kannte, auf der Veranda vorfanden. »Zeit, die Mitbewohner kennenzulernen«, sagte ich.

»Meine Güte, bin ich aufgeregt.«

»Komm schon«, sagte ich und schleppte die widerstrebende Gina mit. Die Schiebetüren standen offen und ich kündigte unsere Anwesenheit an. »Hallo, alle zusammen.«

»Hayden!« Sheila stand auf und umarmte mich. Ich mochte Sheila.

Lorna saß direkt vor mir und streckte den Arm nach hinten, um mich zu tätscheln. »Hey, Kleine.«

Die Männer sahen uns mit höflichem Interesse an, Elaine schaute unhöflich. »Hayden, stell uns deine Freundin vor.«

»Das ist Gina Scognamiglio«, sagte ich. »Sie fährt die Fähre von Sayville aus. Vielleicht habt ihr sie schon mal gesehen.« Ich hatte kurz überlegt, die als die Inhaberin der Fährfirma vorzustellen, aber das hatte sie mir auch nicht gleich gesagt und ich wollte nicht vorgreifen. »Oh, und ich bin Hayden Chandler.« Ich gab den Männern die Hand und versuchte meinerseits, interessiert auszusehen, als Elaine versuchte, sie wie Sokrates und Aristoteles darzustellen. Es stellte sich heraus, dass sie Freunde von ihr aus Kolumbien waren, aber ich war nicht in der Stimmung, über Wissenschaft zu sprechen. Ich wollte mit einer flotten Frau in ein Schnellboot steigen und Hummer essen gehen.

»Hayden ist außerordentliche Professorin für Geschichte und Altertum«, sagte Elaine.

»Ich bin nur Assistenzprofessorin«, sagte ich. Ich brauchte Elaine nicht, um meine Referenzen zu verbessern.

»Der Ausschuss wird bald deine Anstellung beschließen«, sagte sie. Das ist die gute Eigenschaft an Elaine. Sie macht dich in der Öffentlichkeit nie schlecht. Sie wartet damit, bis du allein bist.

»Vielleicht. Vielleicht auch nicht. Nun, wir fahren zum Abendessen nach Montauk. Wir sehen uns später.«

»Wird das nicht Stunden dauern?«, fragte Sheila. »Der Verkehr ist schrecklich an einem Sonntagabend.«

»Nicht in einem schnellen kleinen Boot«, sagte Gina. Ich konnte an der Art, wie sie lächelte, erkennen, dass auch sie Sheila mochte. Sie hatte kaum jemand anderen angeschaut.

»Das klingt nach Spaß.«

»Wir müssen mal einen kleinen Ausflug machen«, sagte ich. Ich hätte Sheila eingeladen mitzukommen, aber es gab keine Möglichkeit, das auch nur annähernd höflich zu tun und die anderen zu ignorieren.

»Kommst du wieder hierher zurück?«, fragte Lorna. »Ich fahre nicht vor morgen früh.«

Gina legte ihren Arm um mich und sagte: »Nein, sie kommt mit mir nach Hause.«

»Wirklich?« Elaine sah Gina eine Sekunde lang an und dann wieder mich. »Du hast zu viel Geld für deinen Mietanteil ausgegeben, um das Haus jetzt nicht zu nutzen. Ich hasse es, wenn eine Investition verschwendet wird.«

Ich kuschelte mich an meine Freundin und schaute ihr in die Augen. »Ich hätte jeden Cent investiert, um Gina kennenzulernen.«

»Das hättest du auch mit einem Vierzehn-Dollar-Ticket geschafft«, sagte Gina und lächelte nur mich an.

Nach dem Abendessen durfte ich wieder steuern. Diesmal war ich zuversichtlicher, sodass ich Gina erlaubte, ein wenig mehr Gas zu geben. Es war ein richtiger Rausch, das Boot über die Wellen fliegen zu lassen. Ich fuhr nicht halb so schnell wie Gina, als wir das erste Mal hinausgefahren waren, aber dahin würde ich noch kommen.

Ich hatte einen Koffer mit Kleidern und einen anderen mit Büchern vollgestopft. Gina hatte den schweren Koffer getragen, aber selbst der leichte brachte mich an meine Grenzen. Zum Glück lag ihr Haus viel näher am Kai als meines und ich war nicht einmal außer Atem, als wir zu Hause ankamen. *Zu Hause?* Ja. Ich dachte an das hier bereits als mein Zuhause. Nun, nicht wirklich mein Zuhause, aber mehr als nur gemietet. Ein gemietetes Haus fühlte sich immer vorübergehend an. Das hier fühlte sich beständig an, und da Gina hier war, fühlte es sich wie mein Zuhause an.

Ich langweilte mich und verschwendete meine Zeit. An manchen Tagen konnte ich schreiben, an anderen nicht. Und es machte keinen Unterschied, ob ich mich dazu zwang, vor dem Computer zu sitzen. Ich war noch nie die Frau, die produktiv arbeiten kann, nur weil sie unter dem Druck einer Deadline steht, und das würde sich auch nicht ändern. Ich konnte nur produzieren, wenn ich in der richtigen kreativen Stimmung war.

Also klappte ich den Laptop zu und ging hinunter zur Fähre. Gina hatte recht. Es war ein bisschen weit, bis zum Anleger zu gehen. Aber ein schöner Juninachmittag erwies sich als der perfekte Zeitpunkt für einen Spaziergang entlang der Bucht. Ich konnte nicht direkt am Strand entlanggehen, da das Land bis zum Wasser den Leuten gehörte, aber ich war nahe genug, um es zu riechen und eine salzige Brise zwischen den Häusern einzufangen. Es dauerte etwa vierzig Minuten und ich sang den ganzen Weg vor mich hin. Alles schien so hell und sauber und perfekt.

Ich hatte noch nicht entschieden, ob ich ihr das sagen würde, aber ich sang immer wieder ein Lied aus dem Musical *Carousel*. Auch wenn es »When I Marry Mr Snow« heißt, erinnern mich Teile davon an sie. Besonders die Zeilen über den kühnen jungen Seefahrer Mr Snow.

Die Person, die das Lied singt, sagt, dass Mr Snow so sehr nach Fisch stinkt, dass sie beim ersten Kuss ohnmächtig wurde. Aber jetzt, da sie ihn liebt, hat sie ihr Herz in der Nase und Fisch ist ihr Lieblingsparfüm.

So empfinde ich auch für Gina. Ich habe diesen bezaubernden kleinen Akzent, den sie hat, lieb gewonnen, auch wenn ich ihn bei meinen Studenten etwas gewöhnlich und störend fand. Bei Gina hörte ich ihn sehr gerne, auch wenn sie ihn offensichtlich versuchte zu verbergen. Wenn sie müde oder wütend war, klang sie wie die Kellnerin aus dem Restaurant in Montauk, die, wenn sie in der richtigen Stimmung wäre, »Monntaug« sagen würde.

Wie kann man einer Frau widerstehen, die Monntaug oder Mudder sagt? Ich bin sicher, meine Mudder würde sie nicht verstehen, wenn sie in ihr Long Islandisch verfällt, aber das ist das Problem meiner Mudder. Ich würde nicht ein bisschen an Ginas Aussprache ändern.

Das Wissen, dass ich sie gleich sehen würde, hob meine Stimmung. Eigentlich war sie sogar himmelhoch. Die Fähre von Cherry Grove lag am Pier, was bedeutete, dass Gina in der Nähe war. Ich ging in das kleine Büro im Gebäude, das auch eine Bar und einen Grill beherbergte, und sah sie an einem Schreibtisch sitzen, die Füße auf der Tischplatte.

Ihr Gesicht leuchtete auf und mir wurde klar, dass ich bis nach Manhattan gelaufen wäre, um dieses Strahlen zu sehen. Sie hob den Finger und deutete an, dass es nur noch eine Minute dauern würde, und ich nickte der Frau am zweiten Schreibtisch zu. Sie war nicht mehr ganz jung und sah weder besonders angenehm aus noch benahm sie sich so. Sie warf mir einen Blick zu, der meine Anwesenheit im Raum in Frage stellte, also drehte ich mich weg und sah Gina an in dem Wissen, dass sie sich freute, mich zu sehen.

Ich weiß nicht, mit wem sie gesprochen hat, aber sie klang leicht gereizt. »Ja, ich weiß, wie lange wir schon Geschäfte miteinander machen. Deshalb kann ich auch nicht verstehen, warum Sie versucht haben, mir diesen Mist unterzujubeln.«

Sie trommelte mit den Fingern auf den Schreibtisch und sah gelangweilt aus. »Klar, Sie können meinen Vater anrufen. Nur zu. Sie können anrufen, wen Sie wollen. Aber ich würde es nicht tun.« Sie lächelte mich an und rollte mit den Augen. »Nein, ich drohe nicht. Ich bin Eigentümerin der Firma, und wenn Ihnen nicht gefällt, wie ich sie führe, verschwenden Sie Ihre Zeit damit, sich bei meinem Vater zu beschweren.«

Ich legte meine Hand auf ihr nacktes Knie und drückte es leicht. Sie grinste mich an und machte eine Handbewegung, als würde sie mit einer Pistole auf das Telefon schießen. »Lassen Sie mich das so deutlich sagen, wie ich kann. Sie sind ein Lieferant. Die Tatsache, dass Sie meine Firma seit sechzig Jahren beliefern, bedeutet mir einen Dreck. Mein Großvater hat vielleicht Geschäfte mit Ihnen gemacht, aber er würde mir in den Arsch treten, wenn ich weiter mit Ihnen zusammenarbeite, obwohl Sie deutlich nachgelassen haben. Liefern Sie bis morgen oder dies war unser letztes Gespräch. Auf Wiedersehen.« Sie legte den Telefonhörer auf, streckte sich auf ihrem Stuhl und sagte: »Hey, Marge, siehst du mal nach, ob du einen anderen zuverlässigen Lieferanten finden kannst, der die Magliozzi-Brüder ersetzt? Ich bin mir nicht sicher, ob wir einen brauchen werden, aber ich will bereit sein.«

Die Frau sah sie an, als sei sie geschlagen worden. »Du kannst nicht wechseln! Wir sind schon ewig bei ihnen!«

»Und? Ich bin seit zwei Jahren nicht mehr zufrieden. Der Trottel, den sie als Standortleiter eingestellt haben, ist dem Job nicht gewachsen. Er versucht, an allen Ecken und Enden zu sparen, aber er wird nicht auf meine Kosten seinen Gewinn steigern.«

Marge sah aus, als wolle sie etwas entgegnen, aber sie warf mir nur einen Blick zu, spitzte die Lippen und fing wieder an, in ihren Computer zu tippen. Gina sagte kein Wort mehr, stand auf und legte ihre Hand auf meine Schulter. »Willst du dich ein wenig umsehen?«

»Ja, ich dachte es wäre an der Zeit, das Imperium zu besichtigen.«

Sie drückte meine Schulter und sagte: »Marge, das ist Hayden. Hayden – Marge.«

Ich sagte »Hallo.« Da Marge immer noch nicht glücklich wirkte, meine Bekanntschaft zu machen, verzichtete ich darauf, ihr die Hand zu reichen.

»Hallo«, sagte sie und schaute dann zurück auf ihren Computerbildschirm.

Gina führte mich hinaus und flüsterte: »Sie mag es nicht, wenn ich Freundinnen habe.«

»Was?«

Gina führte mich vom Gebäude weg. »Sie war die Sekretärin meines Vaters und sie glaubt, sie gehöre zur Familie oder so. Sie sagt mir ständig, was ich tun soll oder nicht. Und sie will es nicht zugeben, aber es gefällt ihr nicht, dass ich lesbisch bin.«

Das machte mich fassungslos. »Warum lässt du sie dann für dich arbeiten?«

»Es ist mir egal, ob sie herrisch und rechthaberisch ist. Sie ist gut in dem, was sie tut, und sie macht nie dumme Fehler.«

»Hm, ich glaube nicht … nein, ich weiß, das würde mir nicht gefallen.«

»Sie stört mich nicht sonderlich. Ich kann mich auf sie verlassen und das bedeutet mir sehr viel.«

Aha, sich auf jemanden verlassen zu können ist für Gina eindeutig wichtiger als die meisten anderen Dinge. Das ist entscheidend, Hayden. Wie oft hast du dafür schon einen Beweis gesehen!

Wir gingen hinüber zum Ticketschalter und ich bemerkte eine sehr attraktive, sehr junge, sehr blonde Frau, die dahinter stand und sich darauf vorbereitete, die Leute einsteigen zu lassen. »Ich dachte, du magst keine Blondinen«, neckte ich und zwickte Gina in die Taille.

»Ich habe auch gesagt, dass ich meine Meinung geändert habe«, sagte sie unschuldig. »Aber du kannst meinem Neffen danken. Sie ist seine Freundin.«

»Oh, er hat einen guten Geschmack.«

»Sie ist in Ordnung. Aber sie ist nicht sehr intelligent. Sie braucht ihre Finger, um das Wechselgeld auszurechnen, das sie den Menschen zu geben hat.«

Ich musste kichern. »Wirklich?«

»Wirklich. Und wenn man bedenkt, dass der Fahrpreis zwölf Dollar für eine Hin- und Rückfahrt beträgt und ihr fast jeder einen Zwanziger gibt, könnte sie inzwischen eigentlich wissen, dass sie den meisten Leuten acht Dollar schuldet.«

»Oh, das ist übel.«

»Ja, aber mein Neffe ist auch kein Raketenwissenschaftler.«

Ich zwickte sie wieder. »Das ist nicht nett.«

»Er sieht gut aus. Und er ist ein netter Junge. Aber ich würde lügen, wenn ich behaupte, er sei schlau. Er hat das Glück, eine Familie zu haben, in der er trotzdem gut leben kann, so tut es nicht weh, dass er keine Intelligenzbestie ist.«

»Ist er der Sohn deines Bruders?«

»Ja. Wie könnte er sonst mein Neffe sein?«

»Richtig.« Ich errötete und kam mir dümmlich vor.

»Mein Bruder ist auch nicht besonders klug. Aber er weiß es nicht.« Sie kicherte und ein ziemlich dämonisches Grinsen setzte sich auf ihren Lippen fest. »Komm schon. Ich werde dich ihm vorstellen.« Wir gingen am Schalter vorbei, was bei den Passagieren, die in der Schlange standen und auf das Einsteigen warteten, ein leichtes Murren verursachte. Aber diejenigen, die Ginas Dienstkleidung sahen, freuten sich, denn sie wussten, dass nun gleich Zeit zum Einsteigen war.

Wir gingen den Pier hinunter und kletterten an Bord. »Christopher! Dominick! Kommt mal runter.«

Zwei junge Männer sprangen die Treppe hinunter wie ein Paar gut ausgebildete Labradore. Sie sahen sich ähnlich, mit schwarzem, gewelltem Haar, sehr dunklen Augen und olivfarbener Haut. Mit ihren breiten Schultern und der schlanken Taille erinnerten sie an Wettkampfschwimmer. »Leute, das ist Hayden.«

Ich wusste nicht, wer Christopher und wer Dominick war, aber sie sahen sich noch ähnlicher, als ihre Münder gleichzeitig aufklappten. Ich konnte nur vermuten, dass Case ihnen von unserem Kampf am Kai erzählt hatte.

Einer der Jungen hatte längeres Haar und er strich sich mit der Hand die Locken aus den Augen. »Hallo«, sagte er. Er streckte seine Hand aus und ich ergriff sie. »Ich bin Chris.«

»Schön, dich kennenzulernen, Chris.« Das andere Kind ahmte Chris nach und auch wir schüttelten uns die Hand. Nun, da ich ihn genau betrachtete, wirkte er ein wenig jünger. »Seid ihr Brüder?«

»Ja«, sagte Chris, lächelte etwas unsicher und beließ es bei dieser knappen Antwort. Es war deutlich, dass die Scognamiglios nicht viele Worte verschwendeten.

»Schön, euch beide kennenzulernen«, sagte ich, nur um ein längeres Schweigen zu vermeiden.

»Zurück an die Arbeit«, sagte Gina, und die jungen Männer rannten wieder nach oben. Sie drehte sich um und lächelte mich an. »Ich liebe es, Chefin zu sein.«

Ich stieß sie mit meiner Hüfte an und zwinkerte ihr zu. »Ich weiß.«

Sie blickte zu Boden, wie immer ein wenig schüchtern in Bezug auf ihr Durchsetzungsvermögen. Sie schaute mich unter dem Vorhang aus Haaren heraus an. »Lust auf einen Ausflug?«

»Klar. Ich kann heute eh nichts mehr erledigen.«

Sie lächelte mich an und ich musste mich davon abhalten, meine Arme um sie zu schlingen und sie zu küssen. »Lass uns gehen.«

Es dauerte ein paar Minuten, bis die Passagiere eingestiegen waren, und ich schaute auf Ginas Uhr, als wir ablegten. Pünktlich, wie ich erwartet hatte. Sie sprach nicht, bis wir den Kanal verließen, und ich begnügte mich damit, sie zu beobachten. Sie sah so klug und selbstbewusst aus. So beherrscht. Verdammt, das liebe ich an einer Frau.

»Erzähl mir von deinem Imperium«, sagte ich und deutete in Richtung Land.

»Da gibt es nicht groß etwas zu berichten«, sagte sie. »Von den Booten hab ich dir schon erzählt.«

»Was ist mit dem Gebäude? Gehört es auch dir?«

»Oh, sicher. Das ist nicht viel. Ich sollte endlich das halbmondförmige Blechdach über dem Ticketschalter ersetzen, aber es ist noch dicht. Dann fehlt die Motivation.«

»Was ist mit der Bar?«

»Mir gehört der Raum und das Inventar, aber ich hab alles verpachtet. Mein Vater hat früher die Bar betrieben, aber ich wollte die Belastung nicht auf mich nehmen. Es ist einfacher, Pacht einzuziehen.«

»Wirklich?« Ich war etwas verwirrt. »Macht eine Bar so viel Arbeit?«

Sie zuckte die Achseln, ihre Lieblingsgeste – und eine ihrer niedlichsten. »Ja und nein. Es ist eher nervig. Sie ist nur im Sommer geöffnet und bis eine halbe Stunde vor Abfahrt der Fähre ist niemand hier. Es ist also die meiste Zeit nicht viel los. Aber ich müsste mindestens vier Barkeeper einstellen und kontrollieren. Ich habe nicht die Geduld, ein Kassengeschäft wie eine Bar zu führen.«

»Was hat Bargeld damit zu tun? Macht es das nicht einfacher?«

»Ja. Aber es macht es für den Barkeeper einfacher, sich selbst am Gewinn zu beteiligen.« Sie grinste mich an und ließ mein Herz ein wenig höher schlagen.

»Oh. Ich schätze, weil es leicht ist zu betrügen?«

»Ja, und das ist ein Problem. Barkeeper können da viel anstellen. Freunden die Drinks extra stark zu machen, Getränke aufs Haus gehen zu lassen und so weiter. Ich bin nicht gern Kindermädchen. Ich verdiene lieber weniger Geld und weiß, dass ich jeden Cent bekomme.« Sie grinste wieder. »Ich hasse es, betrogen zu werden. Ich verdiene lieber fünfhundert Dollar durch einen Pächter als tausend, wenn ich den Verdacht haben muss, dass meine Mitarbeiter mich betrügen.«

Weitere wichtige Erkenntnisse über die Philosophie von Frau Scognamiglio. Mach dir eine Notiz, Hayden. Du wirst dich einmal an diese Punkte erinnern müssen!

Am darauffolgenden Freitagnachmittag lagen wir auf einer Stranddecke auf dem weichen Sand direkt vor meinem gemieteten Haus. Es hatte eine Weile gedauert, bis wir zum Strand kamen, da jede von uns erst ausgiebig den Badeanzug der anderen bewundern musste. Ginas Bikini war bemerkenswert freizügig, was ich erst noch durch Taten bestätigen wollte.

Wieder einmal stellte ich fest, dass die Wahl des Badeanzugs ihre hervorstechendsten Körperteile geschickt betonte und die weniger perfekten minimierte. Bei Gina gab es wirklich nicht viele nicht-perfekte Stellen, aber sie war in der Mitte etwas rund. Sie war nicht dick, sie hatte nur nicht viel Taille. Aber sie schaffte es trotzdem, schöne, weibliche Kurven hinzubekommen – vor allem wegen ihres wohlgeformten Hinterns.

Ihr dunkeloranges Bikini-Höschen begann genau an der Rundung, sodass sich meine Augen auf die Kurven und nicht auf ihre knabenhafte Taille konzentrierten. Ich habe keine Ahnung, wie lange sie suchen musste, bis sie diese Farbe gefunden hatte, die ihre Haut so fantastisch aussehen ließ und gleichzeitig mein Auge zwang, zwischen ihren üppigen Brüsten und ihrem reizenden Hintern hin und her zu huschen, aber das war es wert.

Gina brachte eine Tasche voller Strandutensilien und eine kleine Harke mit, und hatte damit erst einmal unseren Platz gesäubert. Ich war dick mit Sonnencreme eingeschmiert und sie stupste mich immer wieder mit dem Finger an, um sicherzugehen, dass ich nicht rot wurde. Sie mochte meine blasse Haut sehr und obwohl ich ihr versicherte, dass ich mich ein wenig bräunen könne, beschützte sie mich wie ein Kleinkind.

Wir hatten jede ein Bier getrunken und waren zur Erfrischung im Wasser gewesen. Jetzt lagen wir beide träge auf der Decke, die helle Sonne versetzte uns in eine Art Halbschlaf. Gina schien noch etwas mehr Energie zu haben als ich, denn sie schaffte es, ihre Arme um mich zu legen und mich zu küssen. Damit hatte ich kein Problem. Ich machte gern ein Nickerchen am späten Nachmittag nach dem Sex, und wir hatten gewöhnlich Sex, wenn sie erst einmal angefangen hatte, mich lüstern zu küssen. Und heute war sie ernsthaft lüstern.

Ich lag auf dem Rücken und sie beugte sich über mich und verwöhnte mich mit ihrer fantastisch talentierten Zunge. Meine Hände streiften über ihren Rücken, und wenn der Verschluss dort gewesen hätte, hätte ich ihr das Oberteil ausgezogen. Aber ihre Schönheiten waren durch ein orangefarbenes Oberteil mit Frontverschluss geschützt, das ihre Pracht perfekt zur Geltung brachte.

Ich hatte die Umgebung völlig ausgeblendet, als ein Schatten die Sonne verdunkelte. Ich öffnete langsam meine Augen und erkannte die Quelle. O Mann! Es war Elaine!

»Darf ich euch Gesellschaft leisten?«

Ich musste es ihr lassen. Das Mädchen hatte Mumm. Nicht viele Menschen, die in einer zivilisierten Gesellschaft aufgewachsen sind, hätten den Nerv, ein Paar, das kurz davor ist, sich gegenseitig zu verschlingen, beiläufig zu fragen, ob sie sich ihnen anschließen dürfen. Gina hob den Kopf und ich musste über den abwesenden Blick in ihren Augen fast lachen. »Hm?«, fragte sie.

»Ich bin gerade erst angekommen, habe euch beide gesehen und mich gefragt, ob ich euch Gesellschaft leisten darf.«

So, Elaine war also in ihre »nette« Rolle geschlüpft, diejenige, mit der sie mich dazu gebracht hatte, mit ihr zu schlafen. Was sollte das jetzt?

Ginas Blick fokussierte sich und sie setzte sich auf. Die Sonne blendete sie und sie hob die Hand, um sich zu schützen. »Uns Gesellschaft leisten?«

Elaine ließ ihr Handtuch fallen und setzte sich. »Nicht so wie du jetzt denkst«, sagte sie lachend. »Ich hatte einfach noch nicht die Gelegenheit, dich näher kennenzulernen, Gina.«

Gina ließ die Hand sinken und sie blickte Elaine an. »Warum willst du das tun?«

Nicht viele Menschen gingen so direkt mit Elaine um. Die meisten Leute an der NYU waren von ihr ein wenig eingeschüchtert. Gina ließ sich weder vom Professorentitel noch von sonst etwas einschüchtern.

Elaine öffnete ein wenig den Mund und ich konnte sehen, wie sie ihren nächsten Schritt überlegte. Sie war eine ziemlich berechnende Frau und sprach nicht oft, ohne vorher alle Möglichkeiten in Betracht gezogen zu haben. »Warum nicht?«, fragte sie und ignorierte dabei den ruppigen Ton, den Gina angeschlagen hatte. »Du und Hayden kommt euch immer näher. Ich werde dich wahrscheinlich häufiger sehen. Ich würde dich daher gerne etwas besser kennenlernen.«

Gina warf mir einen Blick zu. »Hast du ihr gesagt, dass ich sie am ersten Tag auf der Fähre gehört habe?«

Ich schüttelte den Kopf und war fassungslos, wie direkt Gina war. Diese Frau scherzte nicht!

Elaine war ein wenig blass geworden und sah ein wenig verwirrt aus. Bevor sie noch etwas erwidern konnte, sagte Gina: »Meine Neffen sind an den Wochenenden meine Bootsjungen. Sie hörten, wie du zu Hayden sagtest, sie solle sich in acht nehmen vor mir, sonst würde ich sie töten lassen.«

»Ich … ich …«

Das war ein Spaß! Ich hatte Elaine noch nie so bloßgestellt gesehen.

»Also, tu nicht so, als wolltest du mit mir befreundet sein«, sagte Gina. »Ich bin sicher, dass du nicht meine Schattenseiten kennenlernen willst.«

»Oh, verdammt! Ich kann mich gar nicht erinnern, so etwas gesagt zu haben. Aber es tut mir sehr leid, wenn ich es getan habe.«

Nun schaute Gina etwas verwirrt drein. Ich glaube, sie hatte erwartet, dass Elaine alles abstreiten würde. Dass sie sich entschuldigte war … überraschend. Ich konnte immer noch nicht erkennen, was sie vorhatte.

»Das hast du«, sagte Gina jetzt etwas leiser.

»Das ist unentschuldbar«, sagte Elaine. »Ich kann meine Bemerkung nur auf mein freches Mundwerk schieben. Manchmal sage ich Dinge nur, um einen Lacher zu bekommen. Ich meine das nicht so, Gina. Ich denke nur … ich denke manchmal einfach nicht nach.«

Gina lächelte immer noch nicht, aber ich konnte sehen und fühlen, wie ihre Anspannung langsam nachließ. »Ich glaube nicht, dass Mafia-Witze sehr lustig sind«, sagte sie.

»Das sind sie nicht«, stimmte Elaine zu. »Meine Mutter ist Italienerin und von ihrer Seite der Familie kommen ständig solche Bemerkungen. Die sind völlig harmlos, aber ich vergesse, wie so etwas in den Ohren einer fremden Person klingen muss.«

»So etwas ist nicht harmlos«, sagte Gina, und ihre Augen blitzten wütend. »Ein paar tausend Menschen in diesem Land gehören zur Mafia, aber wir anderen werden einfach dazugezählt. Es macht mich krank, in eine Pizzeria zu gehen, die als Logo einen Mafioso mit einem Maschinengewehr hat. Jeder denkt, dass ein Italiener mit Geld ein schmutziger Verbrecher ist.«

»Das denkt nicht jeder«, sagte ich und berührte Ginas Arm, aber sie zog ihn weg.

»Das glaube ich nicht«, sagte Elaine. »Meine Familie scherzt darüber, Italiener zu sein, genauso wie Lesben über das Zeitgefühl von Lesben scherzen, wenn sie zu spät kommen oder darüber, dass sie gleich beim ersten Date zusammenziehen.«

»Es ist ein großer Unterschied, ob man zu spät kommt oder jemanden umbringt«, sagte Gina. »Es ist nicht lustig, und Italiener zu sein ist keine Entschuldigung.«

»Gina«, sagte Elaine und blickte ihr direkt in die dunklen Augen, »es tut mir leid. Das ist alles, was ich sagen kann. Es gibt keine Entschuldigung dafür, dass ich so unhöflich war. Es gibt keine.«

Mit einem winzigen Kopfschütteln murmelte Gina: »Okay. Lassen wir das.«

Elaine sah unsere leeren Bierflaschen und sagte: »Kann ich euch beiden Nachschub holen?«

»Ja«, sagte Gina und ich nickte.

Elaine nahm unser Leergut und machte sich auf den Weg zum Haus. »Was will sie?«, fragte Gina und starrte Elaine hinterher.

»Ich weiß es nicht. So hat sie sich auch verhalten, kurz bevor sie mich um ein Date bat.«

»Gut«, sagte Gina, die Stirn gerunzelt. »Ich habe mich gefragt, was dich dazu gebracht hat, mit so einer Schlampe auszugehen, aber ich wusste nicht, wie ich fragen sollte.«

Autsch! »Sie hat auch eine nette Seite«, sagte ich ein wenig defensiv. »Aber ich glaube nicht, dass das die echte Elaine ist. Ich glaube, die echte Elaine ist ein selbstverliebter Rotzlöffel.«

»Ich traue ihr nicht.« Sie sah mich an. »Ist ihre Mutter wirklich Italienerin?«

»Gute Frage. Ich weiß nichts über ihre Familie, nur dass sie aus Michigan kommt, aber das war's auch schon.«

Gina warf mir einen Blick zu, der mir nicht besonders gefiel. Ich war mir nicht sicher, was sich hinter diesen braunen Augen verbarg, aber es schien mir nicht Zustimmung zu sein. »Ihr wart wirklich scharf auf einander, nicht wahr?«

Ich war kurz davor, meine Periode zu bekommen, und ich kann etwas schnippisch sein, wenn ich PMS habe. »Ich bin scharf auf *dich*, Gina. Das ist alles, zu dem du das Recht hast, einen Kommentar abzugeben.« Ich stand auf und sagte: »Ich gehe mich jetzt abkühlen.« Ohne auf eine Antwort zu warten, joggte ich zur Brandung hinunter und musste mich beherrschen, nicht laut zu schreien, als ich hinein watete. Das Wasser war verdammt kalt, aber wenn ich mich zügig bewegte, würde es nur etwa zwei Minuten dauern, bis ich wieder zu Atem kam.

Das Meer war ziemlich ruhig und ich hatte Lust, mir den Frust von der Seele zu schaffen, also schwamm ich etwa fünfzig Meter weit hinaus, drehte um und schwamm zurück. Das machte ich noch ein paarmal und ging dann zurück an Land. Zu meiner großen Überraschung schienen sich Gina und Elaine gut zu verstehen. Ich setzte mich, Gina nahm ein Handtuch, trocknete mich ab und setzte sich dann ganz dicht an mich, um mich aufzuwärmen.

»Hayden, wusstest du, wie oft Gina schon in Italien gewesen ist?«

»Oft«, sagte ich. »Wahrscheinlich zwölf oder dreizehn Mal.«

»Dreizehn«, sagte Gina und lächelte mich an.

»Sag ihr, wie oft du da gewesen bist«, sagte Elaine.

Gina stupste mich an. »Lass mich raten. Ich würde wetten, du warst öfter in Griechenland als in Italien.«

»Nein«, sagte ich und warf Elaine einen Blick zu, von dem ich hoffte, er würde sie töten. »Gleich oft, nämlich nie.«

Elaine lachte und sagte: »Hast du jemals von einem Geschichtswissenschaftler mit Schwerpunkt Antike gehört, der weder in Griechenland noch in Italien gewesen ist? Ich bin immer noch überrascht, dass Hayden ihren Doktortitel bekommen hat, ohne vor Ort zu recherchieren.«

»Was ist der Grund?«, fragte Gina.

»Sie hat Flugangst«, erklärte Elaine und ersparte mir die Zeit und Mühe, für mich selbst zu sprechen.

»Wirklich?« Glücklicherweise lachte Gina nicht über mich. Sie schaute aufrichtig besorgt.

»Ja, ich habe geplant, mit der Queen Elizabeth II oder der Queen Mary II nach England zu fahren und dann weiter mit dem Zug oder dem Schiff nach Griechenland.«

Voller Verständnis sagte Elaine: »Nimm lieber ein Valium, wie alle anderen auch, Hayden. Es ist viel gefährlicher den Atlantik per Schiff zu überqueren als zu fliegen.«

»Furcht und Logik haben nichts miteinander zu tun«, sagte ich. »Eine Maus tut dir nichts, aber ich wette, du würdest schreien, wenn ich dir eine auf den Schoß werfe.«

Sie schüttelte sich und ich lächelte, denn der Punkt ging an mich.

»Vielleicht könntest du fliegen, wenn wir zusammen sind«, sagte Gina. »Ich würde mich freuen, wenn du diesen Winter mit mir kommst.«

»Das werden wir sehen«, sagte ich. Ich würde nicht einmal fliegen, wenn Jesus meine Hand halten würde, aber ich wollte keine große Sache daraus machen. Nicht vor Elaine, die schadenfroh da saß.

»Wenn nicht, nehmen wir beide das Boot«, sagte Gina. »Das wird lustig.«

»Habt ihr beide eine Vorstellung davon, wie teuer eine Transatlantiküberquerung ist?«

»Nein«, sagte Gina, »aber wenn Hayden ein Boot nehmen will, dann nehmen wir ein Boot.«

»Da solltest du besser fünf- oder sechstausend Dollar übrig haben«, sagte Elaine kichernd.

»Das bekomme ich hin«, sagte Gina und senkte ihre Stimme ein wenig, als sie Elaine das undurchschaubare Lächeln schenkte, das mich von Anfang an so angezogen hatte.

»Nun, Hayden kann es nicht«, erklärte Elaine lachend. »Sie kann kaum für ihre Auslagen aufkommen.«

Ginas Augenbraue zuckte, aber sie sah mich nicht an. »Wir schaffen das«, sagte sie. Sie nahm meine Hand und zog mich zu sich heran und gab mir einen Kuss auf meine salzigen Haare. »Das größere Problem wird sein, sich zur gleichen Zeit freizunehmen.«

»Vor allem, wenn sie den Arbeitsplatz wechselt«, sagte Elaine.

Ginas Griff wurde fester, aber sie reagierte nicht. Ich beschloss, endlich wieder etwas zu sagen: »Das ist unwahrscheinlich. Ich hätte schon gehört, wenn mich jemand anders gewollt hätte.«

»Man kann nie wissen«, sagte Elaine. »Einer der Gründe, warum ich Rich und Hans letzte Woche eingeladen habe, war, dass ihr euch kennenlernen könnt. Rich hat einige sehr gute Kontakte in der Abteilung für europäische Geschichte in Yale.«

»Du hättest etwas sagen können«, fauchte ich wütend. »Wenn du willst, dass ich mich mit jemandem treffe, bin ich nur einen Telefonanruf entfernt.«

»Ich habe nur versucht, dir einen Gefallen zu tun«, sagte sie. »Aber ich bin sicher, dass du ihn nicht beeindruckt hast, nachdem du dich nicht einmal zum Plaudern hinsetzen wolltest.«

Ich konnte spüren, wie mir heiß wurde. Selbst als sie anfing, nett zu sein, konnte Elaine nicht die missbilligende Schullehrerin in sich verleugnen. »Ich wusste nicht, wer er war«, sagte ich. »Ich dachte, es wären Freunde gewesen.«

»Nun«, sagte sie und machte eine wegwerfende Geste mit der Hand, »nachdem wir euch gehört hatten … in deinem Zimmer … es wäre ohnehin unangenehm geworden. Es war wahrscheinlich das Beste, dass ihr gegangen seid.«

»Toll«, murmelte ich. »Ganz großartig.«

»Ein Grund mehr, bei mir zu wohnen«, sagte Gina. »Keine unerwarteten Besucher.«

»Hätte sie gewusst, dass sie so oft bei dir sein wird, hätte Hayden nicht ihren gesamten Vorschuss vom Verlag für die Miete ausgeben müssen«, sagte Elaine.

Verdammt, war ich froh, dass ich mich ihr anvertraut hatte. Auf diese Weise musste nicht ich es Gina erzählen, das übernahm Elaine für mich.

»Ich habe nicht viel Platz«, sagte Gina wieder mit diesem verschmitzten Lächeln auf ihrem Gesicht, »aber es ist ruhig. Hayden braucht einen Ort, an dem sie schreiben kann. Solange sie das kann, ist es nicht so wichtig, wo sie es tut.« Seit dem letzten Elternabend an der Highschool war es nicht mehr vorgekommen, dass zwei Frauen trotz meiner Anwesenheit und ohne meine Beteiligung über mich sprachen.

»Die Menschen sparen das ganze Jahr, um auf Fire Island zu sein«, sagte Elaine. »Es würde mir nicht gefallen, wenn Hayden … Wo wohnst du?«

»Sayville«, sagte Gina. »Direkt auf der anderen Seite der Meerenge.«

»Nun, Sayville ist nicht Cherry Grove.«

»Nein, ist es nicht«, stimmte Gina zu. »Es ist ruhiger und es gibt weniger Ablenkungen.«

Ich stand auf und ging zum Wasser. Es schien mir nicht nötig zu sein mich zu entschuldigen, da ich nicht in die Diskussion einbezogen wurde. Ich war fast am Wasser angekommen, als ich fühlte, dass jemand meine Hand ergriff. »Machst du einen Spaziergang?«, fragte Gina.

»Ich möchte dein Gespräch mit Elaine nicht unterbrechen. Ihr habt euch vielleicht noch nicht entschieden, wer mich heute Abend füttern wird.«

Sie verzog das Gesicht und sagte: »Sei nicht albern. Wir haben dich nicht ausgeschlossen.«

»Was zum Teufel sagst du da! Jedes Mal, wenn ich den Mund aufmachte, wusste eine von euch, was das Beste für mich ist.«

»Gut«, sagte sie. Sie ließ meine Hand los und begann den Strand entlangzugehen.

Ich folgte ihr und holte sie mit einigen Schritten ein. »Was stört dich?«

»Abgesehen davon, dass ich nicht wusste, dass du nach einer anderen Arbeitsstelle suchst? In einem anderen Bundesstaat?« Sie drehte sich um und starrte mich an. »Nichts. Verdammt nochmal nichts.«

»Werd jetzt nicht dramatisch«, sagte ich und kämpfte damit, Schritt zu halten. »Ich habe ein paar Fühler ausgestreckt. Das ist alles, was es dazu zu sagen gibt. Das Semester beginnt Ende August und es ist bereits Juni. Ich werde nirgendwohin gehen.«

»Aber du hast es versucht. Und Elaine weiß alles darüber.«

»Gina!« Ich hatte es satt, ihr nachzulaufen. Jeder im Umkreis von hundert Metern hörte mich, aber sie blieb endlich stehen. Sie kam zu mir zurück und starrte mich herausfordernd an. »Elaine weiß davon, weil ich sie letztes Jahr, als ich mich entscheiden musste, was ich tun sollte, um Rat gefragt habe. Sie hat viele Freunde an vielen Universitäten und gab mir einige Adressen, an die ich mich wenden konnte.«

»Warum hast du mir das nicht gesagt?«

Sie kochte vor Wut und die Leute um uns herum starrten sie an, aber ich war zu verärgert, um mich darum zu kümmern. »Weil … es ist kompliziert.«

»Du hast gesagt ich sei klug. Ich sollte in der Lage sein, etwas Kompliziertes zu verstehen.« Ihre Augen glühten. »Was ist, wenn du ein Angebot bekommst? Was dann?«

Sie hatte ihre Hände zu Fäusten geballt und sah aus, als wolle sie mich packen und schütteln. »Ich werde mich nicht hier draußen vor hundert Leuten, die uns dabei zusehen, auf einen Kampf einlassen. Entweder du beruhigst dich oder du gehst nach Hause.«

»Du willst, dass ich nach Hause gehe? Gut. Ich werde verdammt noch mal nach Hause gehen!«

Sie drehte sich um und lief los. Aber ich packte ihren Arm, bevor sie allzu weit kam. »Du bist ein Idiot! Hör auf, vor mir wegzulaufen, wenn du wütend bist.«

»*Du* bist diejenige, die gesagt hat, ich soll nach Hause gehen.«

»Ich meinte«, sagte ich mit einem tiefen Atemzug, »dass wir gemeinsam zu dir nach Hause gehen und das Gespräch zu Ende führen.«

Sie vergrub ihr Gesicht in den Händen und stand einen Moment lang still. Ich konnte sehen, wie sich ihre Brust hob und senkte und war mir nicht sicher, ob sie versuchte, ihr Temperament zu zügeln oder ob sie weinte. Sie atmete tief aus, ließ die Hände sinken und sagte: »Es tut mir leid. Lass uns einen Spaziergang machen. Ich werde nicht mehr herumschreien.«

Wir machten uns auf den Weg zum Ufer und nach einigen Minuten des Schweigens sagte sie: »Ich schwöre, ich arbeite an meinem Temperament. Ich werde verdammt schnell wütend.«

»Ich weiß«, sagte ich. Ich nahm ihre Hand und hielt sie fest. »Es ist schwer zu ändern, Schatz. Ich weiß, dass du es versuchst.«

Sie warf mir einen Seitenblick zu. »Stört dich das?«

»Ja. Ich war noch nie mit jemandem zusammen, der wütend wird. Und auch wenn ich selbst ein bisschen wild werden kann, dauert es lange, bis es so weit ist.«

»Ich hasse es, weil mein Vater auch immer so schnell wütend geworden ist, und ich es als Kind schon gehasst habe.«

Ich legte meinen Arm um ihre nackte Taille und freute mich, als sie näher zu mir kam. »Ich tue auch einige Dinge, die meine Eltern getan haben, und ich hasse es. Vielleicht können wir uns gegenseitig von schlechten Gewohnheiten befreien.«

»Vielleicht.« Sie grinste mich an. »Verlass dich aber nicht darauf. Ich habe mein ganzes Leben lang versucht, mein Temperament zu zügeln, und bin nicht sehr weit gekommen.«

»Ich habe zwei Therapeuten gehabt«, gab ich zu, »und ich mache immer noch die gleiche alte Scheiße.«

»Ich würde niemals einem Therapeuten meine Geheimnisse verraten«, sagte sie. »Auf keinen Fall. Niemals.«

»Wenigstens bist du aufgeschlossen«, sagte ich und grinste sie an, als sie blitzschnell ihren Kopf zu mir drehte. »Das war nur ein Scherz, Baby.«

»Was weißt du schon?«, fragte sie lachend. »Du warst bei zwei Psychiatern.«

Ich hielt sie fest und legte meine Arme um sie. »Gib mir einen Kuss.«

Sie war sehr gehorsam, wenn sie wollte. Wir standen am Rande der Brandung und küssten uns einige Minuten lang zufrieden. Das hätte anderswo vielleicht die Blicke auf sich gezogen, aber Cherry Grove war definitiv ein Ort der »öffentlichen Zurschaustellung von Zuneigung«.

Wir liefen weiter, bevor wir zu intim wurden. »Ich werde dir von meiner Suche nach einem neuen Job erzählen, wenn du versprichst, nicht gleich wieder wütend zu werden.«

Sie sah mich lange Zeit an und nickte dann. »Abgemacht«, sagte sie kurz und bündig.

Gina war verdammt ärgerlich, dass ich ihr nicht von meinem Wunsch, den Arbeitsplatz zu wechseln, erzählt hatte, vor allem nachdem ich zugab, dass ich mich zum Schweigen entschlossen hatte, als es mit uns ernst wurde. Aber sie verstand und akzeptierte schließlich meine Erklärung, dass es sich ansonsten vielleicht für sie angefühlt hätte, als sei sie auf Bewährung. Sie wurde nicht wütend und sie schrie auch nicht, aber ich wusste, dass es sie verletzte.

Als wir zum Haus zurückkamen, ging es uns gut und ich war völlig entspannt. Wir gingen hinein und stellten fest, dass auch Sheila und Lorna zu Hause waren. »Danke, dass du unsere Sachen reingebracht hast«, sagte ich zu Elaine.

»Gerne«, sagte sie. Ich konnte an der Art und Weise, wie sie uns ansah, erkennen, dass sie nach Anzeichen von Zwietracht suchte, aber wenn ja, haben wir sie enttäuscht.

Zu meiner Überraschung sagte Gina: »Wir gehen Essen. Möchte jemand mitkommen?«

»Wohin wollt ihr?«, fragte Lorna.

»Ocean Beach«, sagte Gina, was für mich neu war.

»Ist das auf Fire Island?«, erkundigte sich Lorna.

»Ja. Es ist der große Ort im Westen der Insel. Wart ihr noch nicht dort?«

Wir mussten alle zugeben, noch nie davon gehört zu haben. Gina schlug vor, dass wir uns ein paar Orte ansehen sollten, an denen die Einheimischen zusammenkamen, also zogen wir uns an und machten uns fertig.

»Willst du sie wirklich mitnehmen?«, fragte ich, als wir in meinem Zimmer waren.

»Es ist Juni«, sagte sie. »Ich möchte an den Strand gehen können und einen Platz zum Duschen und Umziehen haben. Ich werde dafür sorgen, dass diese intellektuellen Weiber mich mögen, und wenn es sie umbringt.«

Wir fuhren zu einem Seafood Restaurant namens Matthew's, von dem Gina sagte, es sei nur ein paar Jahre jünger als sie. Es war nicht schick, aber es hatte einen eigenen Anlegesteg, was sich als praktisch erwies, wenn man ein Boot parken musste. Niemand hatte viel gesagt, als Gina uns zu Taxi! Taxi! brachte, aber Elaine nahm mich zur Seite, sobald wir Ocean Beach erreichten. »Wessen Boot ist das?«

»Ginas.«

»Du meinst das der Fährgesellschaft«, sagte sie bestimmt und entschied sich für ihre eigene Version der Wahrheit. »Die werden sie feuern, wenn sie sie erwischen.«

»Sie darf das«, sagte ich und hatte ein großes Vergnügen dabei, sie zu verarschen. »Der Eigentümer ist ein echter Softie.«

Gegen Ende des Abends flirtete Sheila spielerisch mit Gina und Lorna sah aus, als hätte sie auch nichts dagegen, mit ihr eine separate Spritztour zu machen. Ich konnte nicht sagen, was Elaine dachte, aber Gina war die ganze Zeit über verdammt charmant. Wann immer ich einen Blick in ihre Richtung warf, erwischte ich Elaine dabei, dass sie Gina anstarrte. Es war klar, dass Gina sie verblüfft hatte, und es gefiel mir, ihr dabei zuzusehen, wie sie versuchte, schlau aus ihr zu werden. Ich sah auch, welche Freude Gina daran hatte, ein wenig von sich selbst preiszugeben, aber nie mehr als nötig. Am Ende des Abends hatten die Mädels erfahren, dass Gina fließend Italienisch sprach und dass sie nicht auf dem College gewesen war. Aber ich hatte Dinge über meine Kolleginnen erfahren, die ich nie zu fragen gewagt hätte. Gina hätte eine verdammt gute Staatsanwältin sein können, aber ich konnte mir vorstellen, dass sie auf ihrem Boot wahrscheinlich glücklicher war.

Nachdem wir die anderen abgesetzt hatten, machten wir uns auf den Heimweg. Wie üblich wollte Gina, dass ich mich auf ihren Schoss setzte, um zu steuern. Ich war froh, dass sie mich nicht darum gebeten hatte, als meine Mitbewohnerinnen an Bord waren. Mir gefiel, dass es unser kleines Geheimnis war.

Sie küsste meinen Nacken und sagte etwas, das ich vor lauter Motorenlärm nicht verstehen konnte. »Was?«, fragte ich.

»Ich sagte, dass ich wirklich froh bin, dass du nicht an eine andere Hochschule wechseln wirst, aber ich hasse den Gedanken, dass du hierbleibst, wenn es nicht das ist, was du willst.«

»Die NYU ist eine gute Uni«, sagte ich zu ihr gewandt, damit sie mich hören konnte. »Ich hätte nichts dagegen, mein ganzes Berufsleben dort zu verbringen.«

»Ich möchte, dass du glücklich bist«, betonte sie voller Ernsthaftigkeit. »Aber ich würde durchdrehen, wenn du jetzt Vorstellungsgespräche überall im Land hättest. Ich bin wirklich froh, dass du dieses Jahr hier sein wirst. Vielleicht stehe ich dem nächstes Jahr schon etwas aufgeschlossener gegenüber.«

»Mach dir keine Sorgen, Gina. Wir werden die Dinge gemeinsam angehen. Das ist das Wichtigste. Zusammen sein.«

»Klingt gut«, sagte sie und bedeckte meinen Hals mit winzigen, liebevollen Küsschen.

Als wir nach Hause kamen, war Gina so müde, dass ich nicht einmal versuchte, sie zu verführen. Ich küsste sie und ließ mich von ihr in die Arme nehmen, wobei ich nur kurz daran dachte, dass ich Elaine am liebsten dafür umbringen würde, dass sie unseren wunderbaren Nachmittag gestört hatte.

11

Als Gina am nächsten Tag nach Hause kam, telefonierte ich gerade mit meiner Schwester. Gina küsste mich auf die Wange. Dann zog sie sich aus und nahm meine Hand, um mich mit nach draußen zu ziehen. Sie küsste mich noch einmal und fragte dann: »Bist du in einer Warteschleife?«

»Aha«, sagte ich zu meiner Schwester.

»Mit wem telefonierst du?«, fragte Gina.

Ich murmelte »mit meiner Schwester«, aber sie verstand es nicht. Also ging ich ins Haus und schrieb ihr einen Zettel, den ich ihr gab. Sie nickte, küsste mich noch einmal auf die Wange und sprang dann in den Pool. Gina zog ihre Bahnen, während ich mit einem gelegentlichen »Natürlich, das würde jeder so sehen« Übereinstimmung signalisierte.

Nach einer Weile bedeutete mir Gina, dass ich zu ihr in den Pool kommen sollte. Ich wusste, dass ich Ärger bekommen würde, wenn ich nicht Folge leiste, also zog ich meine Hose und mein Höschen aus und setzte mich an den Rand. Gina spielte mit meinen Füßen und drehte sich dann um, damit ich ihr mit den Zehen über den Rücken laufen konnte, was sie zum Kichern brachte. »Ich weiß, Karen«, sagte ich schließlich, »und ich werde alles tun, was ich kann, um zu helfen. Ich weiß nur nicht, was ich tun *kann*.«

Gina blieb ganz ruhig, hörte mir zu, ihre Augen auf mich gerichtet. Ich hörte noch ein paar Minuten zu und versuchte dann, das einseitige Gespräch zu beenden. Es dauerte noch ein paar Minuten, aber schließlich war es geschafft. Ich ließ das Telefon auf den Rasen fallen und zog mein Hemd und meinen BH aus. »Frei!«, rief ich, ließ mich ins Wasser gleiten und tauchte unter.

Gina zog mich hoch und küsste mich. »Probleme?«

»Nur das Übliche.«

Sie stand eine Sekunde lang vor mir und sagte dann: »Ich weiß nicht, was das Übliche ist.«

Ich sah sie an und mir wurde klar, dass sie fast nichts über meine Familie wusste. »Manchmal denke ich, du weißt schon alles über mich. Als ob wir uns schon ewig kennen würden.«

»Das werden wir einmal«, sagte sie, umarmte mich und lächelte mit diesem bezaubernd süßen Lächeln.

»Aber bis dahin muss ich dir noch viel erzählen.«

»Das wäre schön.«

»Was dagegen, wenn ich mich dabei auf dem Wasser treiben lasse? Ich kann dann besser denken.«

»Ganz wie du magst.« Sie hielt meine Füße fest, damit ich nicht wegtreiben konnte, während ich auf dem Rücken lag und nur die Arme leicht bewegte.

»Karen lebt ganz in der Nähe von unserem Vater. Er ist deprimiert. Schon seit … nun, solange ich mich erinnern kann.«

»Dein ganzes Leben lang?«

»Ja. Auf jeden Fall. Er sollte Medikamente nehmen, aber er geht nicht zur Therapie, und er will nicht einmal mit einem Arzt darüber sprechen.«

»Das klingt nach mir«, sagte sie.

Ihre Stimme war gedämpft, da meine Ohren unter Wasser lagen, aber ich konnte sie gut hören. »Ich würde einen Arzt ins Haus holen, wenn du so deprimiert wärst wie mein Vater«, sagte ich schnell und entschieden.

Sie stellte nicht die offensichtliche Frage, aber sie hob fragend eine Augenbraue.

»Es ist anders, wenn man das Kind ist«, sagte ich. »Er ist mein Vater, nicht meine Partnerin. Ich kann ihn nicht herumkommandieren, wie ich es mit dir tun würde.«

Sie kitzelte meine Fußsohlen und ich konnte sehen, dass sie enttäuscht war, weil ich nicht so stark reagierte, wie sie es getan hätte.

»Ist doch wahr«, sagte ich. »Ich kann nur Dinge vorschlagen. Doch das reicht Karen nicht. Sie denkt, wenn sie drei- oder viermal pro Woche mit ihren Kindern zu ihm fährt und ihm Abendessen macht, wird es ihm besser gehen.«

»Das glaubst du nicht?«

»Zur Hölle, nein. Meine Mutter hatte ihm früher jeden Tag in der Woche Abendessen gemacht und er hatte zwei Kinder um sich herumspringen, die er weitgehend ignorierte. Er ist kein schlechter Kerl; er ist nur kaum da.«

»Liegt das in seiner Familie?«

»Nein, das glaube ich nicht. Aber er ist ein Einzelkind und seine Eltern waren bereits tot, als ich geboren wurde, also habe ich nicht viel, woran ich mich orientieren kann. Meine Mutter sagt, so sei er aus Vietnam zurückgekommen.«

»Oh, mein Vater hat auch gedient. Aber er hatte Glück. Er war in der Marine auf einem Versorgungsschiff im Südchinesischen Meer. Es war kein Picknick, aber er musste nicht kämpfen wie die Jungs in der Army und bei den Marines.« Sie berührte mich sehr sanft, während sie mir in die Augen sah. »War es schlimm für deinen Vater?«

»Ja. Zumindest sagt das meine Mutter. Er will nicht darüber reden. Er ging nur einmal aus sich raus, als Kerry für das Präsidentenamt kandidierte. Er saß da und brüllte den Fernseher an, sobald sie anfingen, diese Werbespots auszustrahlen.«

»Mein Vater denkt, ist Kerry genauso wie Jane Fonda.« Sie grinste. »Schätze, eure Familientreffen machen Spaß, oder?«

»Ja. Das sind tolle Veranstaltungen. Mein Schwager ist Republikaner. Meine Schwester scheint weder für die eine noch für die andere Seite starke Gefühle zu haben. Mein Vater ist kein politischer Mensch. Er wachte erst auf, als Kerry kandidierte. Er würde jeden, der erst kämpfte und dann protestiert, genauso unterstützen. Natürlich waren die meisten dieser Typen am Ende Demokraten.«

»Wahrscheinlich«, stimmte sie zu. »Mein Vater hat sich freiwillig gemeldet und er hält Menschen, die gegen den Krieg waren, für Verräter. Er kann sich immer noch darüber aufregen.«

»Nun, mein Vater hat nicht protestiert. Er war zu deprimiert.« Ich schenkte ihr ein Lächeln, aber ich wusste, dass es ein trauriges war. »Ich schätze, das ist ein Vorteil seiner Depression.«

»Es gibt keine Vorteile«, sagte sie. »Nicht für ihn und nicht für dich.« Sie hielt mich zärtlich fest und schaukelte mich einige Augenblicke lang hin und her. »Es muss sich angefühlt haben, als wärst du ohne Vater aufgewachsen.«

»In gewisser Weise bin ich das auch. Er verbrachte die meiste Zeit im Keller und arbeitete an Gott weiß was. Meine Mutter ließ sich von ihm scheiden, als er einen Computer anschaffte und das Internet entdeckte. Er hörte kaum auf zu spielen, um zum Abendessen zu kommen.«

»Wurde er eingezogen?«

»Ja. Er hatte gerade die Voraussetzungen für seine Doktorarbeit in Chemie erfüllt, aber seine Dissertation noch nicht beendet. Meine Mutter sagte, er habe hart gearbeitet, aber was immer er zu beweisen versuchte, funktionierte nicht. Das Dissertationskomitee ging davon aus, dass er trödelte, um der Einberufung zuvorzukommen, und so wurde seine Zurückstellung für ungültig erklärt.«

»Mist!« Gina atmete tief aus. »Das muss ein Schlag ins Gesicht gewesen sein.«

»Ja. Und meine Mutter war schwanger. Nur wenige Monate später wurde er eingezogen.«

»Und ... konnte er seine Doktorarbeit beenden? Vieles von dem, was du gesagt hast, klingt für mich chinesisch, aber ich glaube, ich habe das Wesentliche verstanden.«

»Nein. Er wollte nicht an das Institut zurückkehren, obwohl er hätte fertig werden und eine gute Anstellung bekommen können. Mein Großvater zog einige Fäden und verschaffte ihm einen Job an der Schule, an der er noch immer arbeitet.«

»Warum musste dein Großvater aktiv werden? Keiner meiner Lehrer hatte einen Doktortitel.«

»Weil er den Job nicht wollte. Er wollte überhaupt nicht arbeiten. Mein Großvater musste ihnen versichern, dass mein Vater aus seinem Trübsinn herauskommen würde ... aber das tat er nicht.«

»Der Vater deines Vaters?«

»Nein, der meiner Mutter.«

»Warum hat dein Großvater sich eingemischt?«

»Das Übliche. Geld, Macht, Prestige.« Ich lächelte. »Die Dinge, die später vieles erst möglich gemacht haben.«

»Oh, ich wusste, dass du irgendwo Geld haben musst«, sagte sie und grinste mich an. »Du hast diesen ›altes Geld‹-Blick.«

»Altes Geld, das längst wieder weg ist. Meine Mutter hat nicht viel bekommen, als mein Großvater starb. Er hinterließ ihr sein Haus, aber das war alles.«

»Ein Haus ist ein schönes Geschenk«, sagte sie. »Ist es das, in dem sie jetzt wohnt?«

»Ja. Es ist ein schönes Haus, aber er hatte Geld wie Heu. Das meiste vermachte er der Wohlfahrt. Meine Mutter und ihre Schwester bekamen alle seine persönlichen Sachen und jede ein Haus. Alles andere ging an Museen und andere Institutionen. Wenn wir das nächste Mal nach Philadelphia fahren, nehme ich dich mit auf eine Tour zu den Familiendenkmälern.«

»Jederzeit.«

»Ich freue mich nicht darauf. Es gibt mir kein gutes Gefühl.«

»Das kenne ich auch von zu Hause«, gab Gina zu. »Ich schätze, das passiert einem eben mit den Eltern.«

»Vielleicht.«

»Deine Mutter hat also reiche Verwandte, hm?«

»Ja, hat sie. Sie sieht sie aber nicht sehr oft. Nur bei Beerdigungen und gelegentlichen Hochzeiten.«

»Wirklich?« Sie runzelte ihre Stirn. »Haben sie sie verstoßen?«

»Hm, ich vermute eher, dass sie nicht viel gemeinsam hatten, als sie meinen Vater geheiratet hatte. Sie gingen nicht in denselben Country-Club oder zu denselben Benefizveranstaltungen oder Partys. Ich glaube nicht, dass sie sie nicht mögen; sie wissen nur nicht so recht, was sie von jemandem halten sollen, der unter seinem Status geheiratet hat.«

Gina legte sich auf den Rücken und begann, durch das Becken zu paddeln. Nach der zweiten Runde hielt sie an und sagte: »Bei mir war es irgendwie dasselbe.«

»Was meinst du damit? Was war dein Status?«

Gina lächelte ein trauriges, fast wehmütiges Lächeln. »Ich ging den anderen Weg. Meine Freunde riefen mich nicht mehr an, als ich nach Italien ging und Sprachunterricht nahm. Sie haben es nicht verstanden.«

»O Baby.« Ich streichelte ihre Wange und sah ihr in die Augen. »Ist das wahr?«

»Ich hing mit der Faulpelz-Party-Meute herum. Ich war nicht gut in der Schule, also war das sozusagen die passende Gruppe, bei der ich gelandet bin. Ich hatte nie so viel Spaß beim Feiern wie sie, aber sie waren trotzdem meine Freunde. Aber wir haben uns auseinandergelebt. Ich sehe sie noch ein paarmal im Jahr. Normalerweise feiern wir eine große Party am Ende des Sommers und eine um Weihnachten herum. Und das war's.« Sie zuckte mit den Schultern und sah ziemlich hilflos aus.

»Du hast keine engen Freunde? Niemanden, dem du deine Geheimnisse anvertrauen kannst?«

Sie tippte auf meine Nasenspitze. »Nur dich. Ich bin so etwas wie eine Einzelgängerin«, gab sie zu. »Ich kann mich gut allein amüsieren.«

»Ich auch«, sagte ich und lächelte sie an. »Ich habe Dana und wir stehen uns sehr nahe, aber ich sehe sie nur ein paarmal im Jahr. Ich mag es, nach Hause gehen zu können, mich auszuziehen und machen zu können was ich will. Es macht mir nichts aus, wenn ich meine Wohnung das ganze Wochenende über nicht verlasse.«

Sie legte ihre Arme um mich und zog mich hinter sich her, während sie kräftig mit den Beinen ruderte. »Das ist ein bisschen seltsam. Du brauchst etwas Sonnenschein, Baby.«

»Als ich in meiner Wohnung saß, bekam ich die Hautfarbe, die dir so gut gefällt«, sagte ich. »Die Isolation hat auch Vorteile.«

»Es macht mir nichts aus, allein zu sein, aber ich habe im letzten Monat mehr geredet als im ganzen letzten Jahr«, sagte Gina und grinste mich dabei an. »Das gefällt mir.«

»Und ich bin mehr mit dir zusammen gewesen als mit irgendjemandem seit Dana«, sagte ich. »Mir gefällt es auch.«

»Dann lass uns weitermachen«, sagte sie.

»Abgemacht!«

Der folgende Sonntagabend war kühl und regnerisch. Wir hatten den ganzen Tag mit Lesen und kleinen Snacks verbracht – ein perfekter Tag für die Arbeit an meinem Buch. Gina stand vom Sofa auf, wo wir den größten Teil des Tages verschlungen saßen.

Sie streckte sich, sah sich ziellos um und sagte: »Ich muss zu meinem Vater fahren, um ein paar Sachen abzuholen. Willst du mit mir kommen?«

Ich setzte mich auf. »Willst du das?«

»Ich hätte dich immer lieber bei mir, also ja.«

»Hm«, sagte ich und schaute sie an. »Du scheinst ein wenig zögerlich zu sein.«

Sie setzte sich auf die Armlehne des Sofas und legte ihre Hand auf meine Schulter. »Ich bin nicht zögerlich. Aber ich weiß nicht, ob du ihn kennenlernen möchtest.«

»Schatz, ich habe dir gesagt, dass ich mich für jeden Teil deines Lebens interessiere. Dein Vater ist ein großer Teil. Wenn du meinst, es ist Zeit, dass ich ihn kennenlerne, komme ich mit dir.«

Sie lächelte, aber ihr Lächeln hatte einen Hauch von Traurigkeit. »Okay. Los geht's.«

Ich stand auf und strich mit den Händen über meine faltigen Khakihosen. »Sollte ich mich nicht umziehen?«

»Nein, er würde den Aufwand nicht wertschätzen.«

Hm. Das klang nicht sehr vielversprechend. Nach all den Wochen kann ich immer noch nicht gut abschätzen, wie sie über ihre Familie denkt. Vielleicht bekomme ich heute Abend einen Hinweis.

Wir stiegen in ihren Lieferwagen und ich kurbelte das Fenster ein wenig herunter. Der Motor schnurrte so tief und kehlig, dass es mich schon wieder ein wenig anmachte. Ich war so ein Sexmonster geworden, dass ich mich selbst kaum wiedererkannte. Wer hätte gedacht, dass ein Automotor ein Aphrodisiakum sein könnte? Aber bei Gina erinnerten mich viele Dinge an Sex. Ich hoffte sehr, dass das Treffen mit ihrem Vater gut verlief, denn ich hatte Lust auf sie.

»Wohin fahren wir?«, fragte ich.

»Bay Shore.«

»Noch ein Ort, an dem ich noch nie war. Ich nehme an, es ist auf Long Island.«

Gina lächelte mich an. »*Alles* ist da.«

»Fahren wir nach Norden?«

»Westen. Er lebt etwas weiter westlich als ich. Nicht allzu weit. Vielleicht zehn Meilen.«

»Wohnt er in dem Haus, in dem du aufgewachsen bist?«

»Irgendwie ja.« Sie starrte mit der gleichen Konzentration auf die Straße, mit der sie die Fähre steuerte. »Ich war ungefähr zehn Jahre alt, als wir in das große Haus zogen.«

Ich kicherte. »Ich sollte mich wohl von der Vorstellung verabschieden, dass deine Großeltern in einer kleinen Hütte leben, die dein Vater aus Altholz gebaut hat, hm?«

Obwohl ich merkte, dass sie das gar nicht wollte, nahm sie ihre Augen von der Straße. »Warum um alles in der Welt denkst du das von mir?«

»Weil ich auch dachte, du steuerst nur eine Fähre.«

»Hayden«, sagte sie und schüttelte den Kopf. »Ich weiß nicht, wie viel du verdienst, aber ich wäre überrascht, wenn es sehr viel mehr als das Gehalt eines Fährschiffkapitäns wäre. Du hast komische Vorstellungen von Menschen, die für ihren Lebensunterhalt arbeiten.«

Ich betrachtete ihr Gesicht von der Seite. Sie hatte dieses selbstgefällige Grinsen auf den Lippen liegen, das ich gerne vertreiben wollte. »Ich verdiene etwa achtzigtausend.«

Sie blickte mich kurz an. »Ist das dein Grundgehalt?«

»Äh … das ist mein Gehalt.«

Ihre dunklen Augenbrauen schossen nach oben. »Keine Überstunden?«

Ich konnte nicht anders als lachen. »Nein, Gina. Keine Überstunden. Das ist der Lohn für zwei Semester Arbeit. Ich bekomme mehr, wenn ich in der Sommerschule unterrichte.«

»Scheiße«, murmelte sie. »Ich hatte keine Ahnung.«

Ha! Endlich hatte ich sie! »Wie viel verdient ein Kapitän?«

Wir fuhren auf eine rote Ampel zu und sie wartete, bis wir vollständig zum Stillstand gekommen waren, bevor sie antwortete. »Es hängt davon ab, in welcher Gewerkschaft man ist und was die genauen Pflichten sind. Aber ein Vollzeitkapitän, der regelmäßig auf einem der Boote meiner Brüder arbeitet, würde wahrscheinlich auf etwa einhundertfünfundzwanzigtausend Dollar kommen.«

»Du verarschst mich!«

»Nein.« Sie sah völlig ernst aus und ein wenig … traurig. »Ich kann nicht glauben, dass du so lange zur Schule gegangen bist und sie dir so wenig bezahlen. Verdammt!« Sie schüttelte den Kopf. »Das ist einfach nicht fair.«

»Case verdient mehr als ich?«

»O ja«, sagte sie und nickte bedauernd mit dem Kopf.

»Wie alt ist er?«

»Neunzehn. Bitter, nicht wahr?«

»Verdammt noch mal! Das gibts doch nicht! Kaum dass er die Highschool abgeschlossen hat.«

»Ich weiß. Aber habe dir gesagt, dass wir gut bezahlt werden.«

»Ich dachte, du meinst fünfundzwanzig Dollar pro Stunde oder so.«

»Wer könnte sich davon ein Haus leisten?«

»Deshalb lebe ich in einem Apartment in einer fragwürdigen Nachbarschaft. Ich wohne nicht deshalb auf engstem Raum, weil ich gerne beide Wände berühre, während ich auf meinem Sofa sitze.«

Sie sah mich an und zuckte die Achseln. »Du must in eine bessere Gewerkschaft, Schatz.«

Wir näherten uns dem Haus von Ginas Familie. Ich wusste das, weil sie auf einen dunklen, baumbestandenen Park zeigte und sagte: »Auf diesem Golfplatz habe ich zum ersten Mal ein Mädchen geküsst.«

»Wirklich?« Ich starrte aus dem Fenster und wusste nicht, was ich suchte. »War das ein ernstfhafter Kuss oder wolltest du nur spielen?«

»Ernsthaft. Alle Kinder in der Nachbarschaft kletterten über den Zaun und alberten dort drüben herum.«

»Wie alt warst du?«

Ich konnte sehen, wie sie angestrengt nachdachte. »Ungefähr fünfzehn, glaube ich.«

»Wow! Du hast früh angefangen. Weißt du, du hast mir nie von deinem ersten Mal erzählt.«

»Du hast mir auch nie von deinem erzählt.«

»Wir werden noch viele Geschichten austauschen müssen.«

»Ach … lieber nicht. Nicht, dass ich etwas zu verbergen hätte. Ich halte es nur nicht für klug, über die Vergangenheit zu sprechen.« Sie fing meinen Blick ein. »Ist das in Ordnung?«

»Ja. Das ist es.« Ich dachte an die kluge Bemerkung, die sie darüber gemacht hatte, dass Elaine und ich einmal miteinander geschlafen hatten, und ich verstand sofort ihre Zurückhaltung. Außerdem wollte ich die Details über sie und Lacey gar nicht wissen. Ich konnte an ihrem Gesichtsausdruck erkennen, wie sehr Lacey sie verletzt hatte.

Gina bog in eine Einfahrt ein, die von diesen hohen Büschen gesäumt war, die wie grüne Säulen aussehen. Ich habe keine Ahnung, wie sie heißen, aber sie bildeten eine schöne, hohe Hecke. Zwischen den Büschen gab es Strahler, die kleine Lichtkegel auf den Boden warfen, die die Einfahrt aussehen ließ, als ginge sie ewig weiter. Wir fuhren vor ein Haus, das man palastartig nennen könnte. Es sah aus wie ein traditionelles Ferienhaus am Meer, wirkte aber, als habe es jede Menge Anabolika geschluckt. Es war zwei Stockwerke hoch und dahinter gab es offensichtlich noch weitere Gebäude, denn ich sah graue Schindeln.

»Was für ein Haus«, brachte ich heraus.

»Es ist nicht das, was mein Vater wollte, aber es gibt eine Art Genehmigungsverfahren, bevor man hier bauen darf.«

»Und was wollte er?«

»Etwas Größeres«, sagte sie, als sie aus dem Wagen stieg.

Gina ging auf meine Seite und hielt meine Hand, als ich ausstieg. »Ich will nicht lange bleiben, okay?«

»Von mir aus.«

Wir gingen zur Haustür und zu meiner Überraschung öffnete Gina die Tür einfach und ging hinein. »Dad?«, rief sie.

»Hier drin«, antwortete eine kräftige männliche Stimme.

Gina ließ meine Hand los, als wir durch ein großes, klassisch eingerichtetes Wohnzimmer gingen und dann an einem beeindruckenden Esszimmer vorbeikamen, in dem der Tisch für zwölf Personen so gedeckt war, als würden Gäste zum Abendessen erwartet. Die nächste Tür führte in eine Art Spielzimmer. Ein Flachbildfernseher von der Größe eines Autos sprang mir ins Auge und fesselte mich. Ich brauchte eine

Sekunde, um meinen Blick vom Spiel der Mets loszureißen und den kräftigen Mann zu erkennen, der in einem Lehnstuhl saß.

Gina ging zu ihm hinüber, beugte sich vor und küsste ihn auf die Wange. »Hi. Ich bin vorbeigekommen, um die Sachen für den Buchhalter zu holen. Ich habe meine Freundin Hayden mitgebracht.«

Der Mann drehte sich um und schaute in meine Richtung, aber er stand nicht auf. »Hey«, sagte er ohne viel Enthusiasmus.

»Hallo.« Ich stand unbeholfen da und wartete auf eine genauere Vorstellung, aber die war wohl nicht vorgesehen.

Gina schaute auf den Fernseher und fragte: »Die Mets führen?«

»Nein.«

Sie schaute ein paar Sekunden zu und sagte dann: »Wo ist das Zeug?«

»Schreibtisch.«

»Ich gehe es holen. Hayden, setz dich. Ich bin gleich wieder da.«

Wenn Blicke töten könnten, hätte ich Gina schwer verwundet. Aber sie schien es nicht zu bemerken und verschwand, bevor ich reagieren und ihr anbieten oder verlangen konnte, mit ihr zu gehen. Ich ging um einen großen Tisch herum, auf dem eine große Lampe, eine große Schüssel mit Brezeln und eine Flasche Bier standen. Das Bier hatte eine normale Größe und sah gut aus. Ich fragte mich, ob es wohl Portwein gab, der mir helfen würde, nicht mehr zu zittern.

Es war nicht so, dass Mr Scognamiglio besonders imposant aussah – auch wenn er es war. Er wirkte groß und mürrisch. Ich weiß, das ist ein Vorurteil, aber er sah aus, als wolle er mit jedem, der in Reichweite kam, einen Streit anfangen. Sein Haar war dicht, schwarz und lockig, mit nur ein wenig Grau an den Seiten. Seine getönte Haut wirkte durch die schwarzen Bartstoppeln an Kinn und Wangen noch dunkler. Er hatte eine ausgeprägte Stirn und buschige Augenbrauen, und obwohl ich wusste, dass auch Männer einen gewissen Östrogenhaushalt haben, schien er davon ausgenommen.

Gina musste nach ihrer Mutter kommen, denn dieser Kerl sah aus, als hätte er ein Hemd aus Haaren an. Sein Unterhemd machte einen Blick auf seine Schultern möglich, die breit und pelzig waren wie die eines Schimpansen.

Ich setzte mich auf ein Sofa, das im rechten Winkel zu ihm stand. Er nahm keine Notiz von mir und daher beschloss ich zur Abwechslung, mir auch keine Mühe zu geben. Üblicherweise begann ich in Situationen wie dieser zu plappern, aber der Typ schaute nicht einmal in meine Richtung. Da ich wusste, dass er nicht besonders nett zu Gina war, konnte er mich am Arsch lecken.

Nach einer gefühlten Ewigkeit sagte er: »Woher kennst du Gina?«

Es schien kaum eine Frage zu sein, aber ich habe trotzdem geantwortet. »Von Fire Island. Ich hab ein Haus für den Sommer gemietet.«

»Wo lebst du sonst?«

»New York … City«, fügte ich hinzu, nur um das klarzustellen.

»Was für ein Höllenloch«, grunzte er.

Ich weiß nicht, was über mich gekommen ist. »Es ist das Höllenloch, das ich mein Zuhause nenne«, sagte ich. Eine blödere Antwort hätte ich dem Vater meiner Geliebten kaum geben können.

Er schaute in meine Richtung, aber als seine dunklen Augen sich auf mich gerichtet hatten, wünschte ich mir, er würde mich wieder ignorieren. »Hast du Ginas Haus gesehen?«

»Ja. Es ist schön.«

»Ha!« Er nahm einen langen Schluck von seinem Bier und setzte es wieder ab. »Für jemanden, der in einer Wohnung lebt, vielleicht. Das tust du doch, oder?«

»Ähm … richtig. Ich wohne in einer Einzimmerwohnung.«

»Lass dir sagen, das ist kein Haus, das Gina da hat. Sie hat mein Geld für eine Keksdose verschwendet, und wenn ihre Mutter nicht Ginas Namen auf das Konto, auf dem wir das Geld aufbewahrt haben, gesetzt hätte, hätte sie nie einen Cent von mir bekommen.« Er kratzte sich an der Brust und ich sah, wie das große, goldene Kruzifix, von dem Gina einmal gesprochen hatte, aus seinem Unterhemd herausrutschte. Seine Hände waren so groß wie Fanghandschuhe beim Baseball und ich schauderte bei dem Gedanken daran, von so großen Dingern festgehalten zu werden. Gott sei Dank ist Gina ein Mädchen!

Ich wusste, das war nicht sehr politisch gedacht, aber ich musste meine Freundin verteidigen. »Ich liebe Ginas Haus. Es ist eines der schönsten, in dem ich je gewesen bin.«

Er hob seine Bierflasche und wedelte damit herum. »*Das* ist ein Haus. Nick und Tony haben Häuser. Gina hat eine kleine Schachtel. Ich könnte ihr Haus in meine Garage stellen.«

»Aber das ist alles, was sie braucht«, sagte ich. »Warum haben Sie Platz, den Sie nicht brauchen?«

»Du hast keine Ahnung von Immobilien.« Nun, zumindest hat er keine vorschnellen Urteile gefällt. »Großes verkauft sich. Besonders am Wasser. Niemand will heutzutage ein Zwei-Zimmer-Haus am Wasser. Sie wird es nie loswerden.«

»Vielleicht gibt es jemanden, der es so sehr liebt wie sie.«

Er wollte gerade antworten, als Gina den Raum wieder betrat. »Ich habe überall gesucht und konnte nur die Sachen für zwei der Boote finden. Hast du noch einen Ordner oder so?«

Er stand auf und seufzte dabei dramatisch. Er schob sich an Gina vorbei und ging aus dem Zimmer. Gina setzte sich neben mich. »Möchtest du einen Drink?«

»Nein, danke. Du sagtest, du wolltest nicht lange bleiben. Gilt das noch?«

Sie gähnte, streckte sich und sagte: »Ja. Willst du den Rest des Hauses sehen?«

»Wenn du es mir zeigen willst.«

Sie streckte ihre Hand aus, ich nahm sie und stand auf. Gina führte mich zu einer Reihe von Glastüren im hinteren Teil des Raums. Wir öffneten sie, gingen nach draußen und wurden von einem salzigen Windstoß getroffen und ich hörte, wie Wasser gegen etwas klatschte, von dem ich annahm, es sei eine Anlegestelle. »Ich wusste nicht, dass du so nahe am Meer aufgewachsen bist.«

»Ja. Ich weiß nicht, was ich tun würde, wenn ich im Landesinneren leben müsste.«

Ich sah ein langes, flaches Gebäude in Ufernähe. »Wohnen dort deine Großeltern?«

»Ja. Sieht aus, als wären sie unterwegs oder im Bett.«

»Ich kann sie ein anderes Mal treffen.« Ich nahm ihre Hand und küsste sie. »Alles in Ordnung?«

Sie starrte auf das Meer und ich konnte Gewitterwolken über ihr Gesicht ziehen sehen.

»Ich frage nur zur Kontrolle.«

Sie drehte sich um und schenkte mir ein Lächeln voller Traurigkeit. »Es ist immer schwer, hier zu sein. Ich vermisse meine Mutter. Ohne sie ist es kein Zuhause mehr.«

Verdammt, daran hatte ich gar nicht gedacht. Ich ging davon aus, dass sie sich durch den erschütternden Mangel an Manieren ihres Vaters beleidigt fühlte. »Lass uns zurückgehen.«

Wir drehten uns um und ich erkannte die zweistöckige Garage, in die Ginas Haus wahrscheinlich wirklich gepasst hätte.

Mr Scognamiglio hatte einige Papiere auf den Tisch neben seinem Stuhl gestapelt. »Das sind sie«, sagte er und nickte in ihre Richtung.

Gina hob sie auf und blätterte sie durch. »Alles beisammen?«

»Ja.«

»Okay. Danke.« Sie beugte sich vor und küsste wieder seine stoppelige Wange. »Bis dann.«

»Ja. Man sieht sich.« Er sah mich kurz an und ich nickte.

»Schön, Sie kennenzulernen.«

»Ebenso.«

Damit gingen wir zurück durch das Haus und hinaus in die kühle, nasse Nacht.

Gina sagte lange Zeit nichts, also brach ich schließlich das Schweigen: »Danke, dass du mich mitgenommen hast, Schatz.«

Sie sah mich mit einem zärtlichen Blick an. »Danke fürs Mitkommen. Das hat es für mich einfacher gemacht.«

»Jederzeit.« Ich legte meine Hand auf ihr Bein und fühlte mich ein wenig benebelt. Ich wünschte, ich hätte ihre Mutter kennenlernen können, offensichtlich die Person, mit der Gina verwandt ist. Ich hatte das Gefühl, Mr Scognamiglio würde mir nur die negativen Eigenschaften von Gina vor Augen führen, die ich so gerne auslöschen wollte.

Ein paar Tage später lag ich draußen im Garten auf dem Bauch, als Gina nach Hause kam.

»Hey! Verbrenn dir nicht deine hübsche Haut.«

Ich stützte mich auf meine Ellbogen und strahlte sie an. »Meine Freundin hat eine tolle Sonnencreme aus Italien mitgebracht. Die ist so cool, dass man sie in den USA überhaupt nicht bekommt.«

Sie hockte sich neben mich und küsste mich sanft. Ihre warme, schwielige Hand strich an meinen nackten Oberschenkeln auf und ab. »Bist du sicher, dass du gut eingeschmiert bist?«

»Ja. Ich kam nicht an meinen Rücken ran, also hab ich dieses Tanktop angezogen. Aber jede andere Stelle ist eingecremt.«

Sie begann, mit meinen Haaren zu spielen, nahm ein paar Strähnen hoch und verglich sie mit anderen. »Dein Haar wird blond.«

»Es fängt an ausbleichen. Das ist einer der Gründe, warum ich gerne in der Sonne liege. Es wird diesen Sommer noch viel heller.«

»Sieht gut aus«, sagte sie, während sie nachdenklich darauf blickte. »Wirklich gut.«

»Aber sie machen mich wahnsinnig«, sagte ich. »Ich muss mir die Haare schneiden lassen.«

Sie sah aus, als wolle sie etwas sagen, tat es aber dann doch nicht. Ich wartete ein paar Sekunden, aber sie wollte nicht damit herausrücken, was sie auf dem Herzen hatte.

»Gibt es hier irgendwo einen günstigen Friseur?«, fragte ich. »So was wie einen Cut-and-go oder so?«

Ich bin sicher, dass ihr Blick Abneigung signalisierte, aber sie sagte nichts. Ich konnte sehen, wie sie eine Sekunde lang nachdachte. Dann sagte sie: »Ich wäre auch mal wieder fällig. Gehen wir zusammen.«

Ich setzte mich auf. »Ist er teuer?«

»Ich lade dich ein.«

»Gina …«

Sie setzte sich neben mich und nahm meine Hand. »Ich würde gerne zusammen mit dir gehen. Es wird Spaß machen. Wir können einen Schönheitstag einlegen.«

»Ich kann meinen Haarschnitt selbst bezahlen, selbst mit meinem mageren Gehalt.«

»Ich weiß, dass du es kannst. Aber ich würde dir gerne eine Freude machen. Außerdem brauchst du dein Geld noch, um dir etwas Schönes zum Anziehen zu kaufen.«

»Okay, haben wir was vor?«

»Die Mutter meines Cousins Case, Linda, und ihr Mann Norm feiern am kommenden Samstagabend ihren fünfundzwanzigsten Hochzeitstag. Ich möchte dich mitnehmen und mit dir angeben.«

»Wirklich?« Ich weiß nicht, warum ich schockiert war, aber ich war es.

Sie lächelte mich an und ich konnte spüren, wie die Schmetterlinge in meinem Magen zu flattern begannen. Ich weiß nicht, warum sie das immer noch jedes Mal taten, wenn Gina mir dieses strahlende Lächeln schenkte, aber von mir aus brauchte es nie aufzuhören.

»Ja. Auf jeden Fall. Die ganze Sippe wird da sein und das ist besser, als jeden von ihnen einzeln treffen zu müssen. Wir können sie alle auf einen Schlag erledigen.«

»Okay«, sagte ich. Meine Nervosität zeigte sich bereits. »Aber nur, wenn du mir hilfst, etwas zum Anziehen auszusuchen.«

»Abgemacht.« Sie beugte sich vor und küsste mich. Dann küsste ich ihren Rücken. Dann trug ich mein Tanktop nicht mehr. Dann hatte sie mir meine Bikinihose ausgezogen und meine Beine baumelten über ihren Schultern. Das Abendessen wurde sehr spät an diesem Abend serviert.

An jenem Freitag gingen Gina und ich in einen Friseursalon auf der Main Street, um uns die Haare schneiden zu lassen. Es war knapp eine Meile zu laufen, eine Strecke, die ich in New York mehrmals am Tag zurücklegte. Aber ein paar Wochen Sitzen auf meinem Hintern hatten offensichtlich Auswirkungen auf mein Durchhaltevermögen gehabt. Zum Glück hatte ich trotz meiner Trägheit nicht zugenommen. Gina als Köchin half mir in dieser Hinsicht. Sie kochte nach traditioneller mediterraner Art, mit viel Salat und großzügigen Portionen leicht zubereitetem Gemüse, das kleine Portionen Fisch oder Huhn begleitete. Sie sparte nicht mit Öl oder Butter, aber sie übertrieb es auch nicht. Während wir liefen, schwor ich mir, jeden Tag eine Pause einzulegen und einen langen Spaziergang zu machen. Wo könnte ich hingehen? Ich könnte z.B. zum Fährhafen gehen, um mit Gina zu Mittag zu essen! Verdammt, ich weiß nicht, ob sie den ganzen Tag an mich denkt, aber ich wäre reich, wenn ich für jeden Gedanken an sie einen Dollar bekäme.

»Da sind wir«, sagte sie und riss mich aus meinen Träumereien. Ich drehte mich um und betrachtete den Laden. Er sah sehr gut aus, aber ich wäre in der Stadt nie in ein schickes Geschäft wie dieses gegangen. Zum einen kostet ein Haarschnitt wahrscheinlich 150 Dollar. Zum anderen fühle ich mich nicht wohl an einem Ort, an dem sich alle so sehr darauf konzentrieren, wie sie aussehen. Sicher, ich möchte für Gina gut aussehen, aber die Frauen hier schienen die meiste Zeit des Tages damit zu verbringen, gut auszusehen. Ich kann das nicht nachvollziehen. Aber Gina hatte offensichtlich keine solchen Skrupel, denn sie öffnete die Tür und begrüßte eine sehr trendig aussehende Frau mit Küsschen auf beide Wangen. Nun gut!

»Hayden, das ist Gabrielle.« Sie legte ihren Arm um mich und zog mich zu sich heran. »Wir gehen nächsten Samstag auf eine Party und Hayden wird unter dem Mikroskop liegen. Die ganze Familie wird da sein und die meisten hat sie noch nie getroffen.«

Gabrielle betrachtete mich wie die meisten Stilisten. Sie sah mir kaum in die Augen, sondern fuhr mit beiden Händen durch mein Haar und untersuchte es auf eine Art und Weise, die nur Stylisten verstanden. »Hast du etwas Bestimmtes im Sinn?«, fragte sie, und drehte immer noch mein Haar in ihren Händen.

»Ich wollte nur einen Schnitt.«

Gabrielle warf Gina einen kurzen Blick zu und zog dann ihre Augenbrauen zusammen. »Was willst du dann damit machen?«

»Machen?«

Sie nahm ihre Hände von meinem Kopf und schaute mir endlich in die Augen. »Wenn ich es nur abschneide, kannst du es nicht mehr hochstecken. Deshalb hast du es doch wachsen lassen, oder?«

»Nein«, sagte ich und fing an, mich zu ärgern, »es ist schon seit Jahren so lang. Ich brauche nur einen Schnitt.«

Wortlos führte sie mich zu einem Stuhl und stellte sich hinter mich. Sie sprach mehr Gina an als mich und sagte: »Das ist keine gute Länge.« Sanft zog sie ihren Finger über meine Kieferpartie. »Dein Gesicht ist ein wenig schmal und diese Länge lässt es länger aussehen, als es ist. Du hast einen guten Kiefer, zart, aber definiert. Wenn wir ungefähr so viel wegnehmen würden …« Sie nahm mein Haar und hob es bis zur Mitte des Ohres. »Es würde deine Konturen gut zur Geltung bringen.«

»Aber mein Haar ist so leblos«, sagte ich. »Es wird einfach herunterhängen.«

»Nein, ist es nicht. Es ist einfach zu lang. Und zu trocken. Du brauchst eine Haarkur.«

Ich drehte mich um und sah Gina an, die nachdenklich nickte.

»Was ist das?«, fragte ich.

»Eine Tiefenpflege«, sagte Gabrielle. »Ich könnte dir eine Haarkur mit etwas Farbe drin geben und dein Haar wird fantastisch aussehen. Glänzend und federnd und frisch.«

»Oh, ich wollte es nie färben. Ich will kein Peroxid …«

»Semi-permanent«, sagte sie, als ob ich wüsste, was das bedeutet. »Das wäscht sich in einem Monat aus. Es wird deinem Haar nicht schaden; es wird ihm helfen. Es ist eine Haarspülung.«

Ich betrachtete Ginas Spiegelbild. Ich versuchte, nicht das Gesicht zu verziehen, aber ich konnte nicht anders. »Ich hasse Veränderungen«, sagte ich und schmollte ein wenig.

Gina legte ihre Hände auf meine Schultern. Gabrielle verschwand und Gina beugte sich vor und sprach mir ins Ohr. »Du musst nichts tun, was du nicht tun willst. Wenn sie nur ein wenig nachschneiden soll, wird Gabrielle das tun.«

»Was meinst du?«, fragte ich und versuchte in ihren manchmal schwer lesbaren Augen zu erraten, was sie wirklich dachte.

»Ich lasse Gabrielle das tun, was sie vorschlägt. Sie ist ein Profi und ich stelle nur Profis ein, denen ich vertraue.«

»Glaubst du, ich sähe besser aus, wenn meine Haare kürzer wären?«

Gina überraschte mich, indem sie mein Ohr küsste. »Es ist nicht möglich, dass du noch besser aussiehst. Die Skala geht nur bis zehn.«

Ich grinste wie eine Närrin, als Gabrielle mit einer kleinen Tasse zurückkam. »Dein Espresso«, sagte sie und reichte ihn Gina. »Was möchtest du, Hayden?«

»Was immer du vorschlägst«, sagte ich und übergab die Kontrolle einer Fremden und meiner wortkargen Liebhaberin.

Gina kommentierte meinen neuen Look weniger als erwartet. Offensichtlich gefiel es ihr. Sie beglückwünschte Gabrielle zu ihren Vorschlägen und sagte mir, dass ich wunderschön aussehe. Ich hatte ein bisschen mehr Begeisterung erwartet und ein Wort darüber, wie sehr sie die Veränderung liebte. Denn *ich* tat es. Völlig unbescheiden dachte ich, ich sähe so gut aus, wie ich in meinem ganzen Erwachsenenleben noch nie ausgesehen hatte. Aber dass Gina meine Frisur nicht ständig ansprach, nahm der Erfahrung etwas von ihrem Glanz.

Wir gingen zu dem Diner, in dem wir vor ein paar Wochen schon einmal gewesen waren, und unsere Kellnerin von damals hatte von diesem Tag an wieder Dienst. Sie winkte und sah dann ein zweites Mal hin. Dann kam sie auf uns zu gerannt, starrte mich an und sagte: »Du siehst nicht aus wie das Mädchen von neulich!« Sie umkreiste mich langsam. »Mein Gott. Ein Haarschnitt hat dein ganzes Gesicht verändert.«

Als ich mich zu Gina umdrehte, hatte sie einen sehr zufriedenen Gesichtsausdruck. Sie sagte nichts, aber ihr Grinsen ließ während des ganzen Essens nicht nach.

An diesem Abend lag Gina bereits im Bett, als ich aus dem Badezimmer kam. Ich beugte mich über sie, um die Nachttischlampe auszuschalten, als sie sagte: »Bleib eine Sekunde so.«

Ich hielt pflichtbewusst still.

Ihre dunklen Augen musterten mich und studierten mein Gesicht und meine Haare. Die Intensität ihres Blicks hielt mich in Atem und ich bemerkte kaum, dass mein Rücken langsam steif wurde. »Küss mich«, sagte sie, rollte sich auf den Rücken und schloss die Augen.

Ich schaltete das Licht aus und sie öffnete die Augen wieder und sagte: »Nein, nein, lass das Licht an.« Ich folgte ihrem Wunsch, schaltete es wieder an und setzte mich auf die Bettkante. Ich beugte mich vor, stützte mich auf meine Unterarme und küsste sie sanft. Sie blickte mich die ganze Zeit an und hielt mich, ohne ein Wort zu sagen. Sie hob ihre Hände und fuhr mir zärtlich durchs Haar. Dann ließ sie ihre Finger an meinen Wangen entlang gleiten. »Du bist so schön, Hayden. Du bist so bemerkenswert schön.« Sie lächelte – jenes halbe Lächeln, das dafür sorgte, dass ich sie lebendig auffressen wollte. »Ich weiß nicht, warum tausend andere Frauen dich nicht längst an sich gerissen haben, bevor ich kam, aber ich bin so froh, dass sie es nicht getan haben.«

Ich küsste sie und leckte ihre zarten Lippen, als wären sie Bonbons.

Dann schlang sie ihre Arme um meine Taille und warf mich auf das Bett, wo sie mir zeigte, dass sie jeden Teil von mir liebte. Ich hatte irgendwie vergessen, dass sie keine große Sache aus meinem neuen Haarschnitt gemacht hatte. Tatsächlich war es schön, dass sie es nicht getan hatte. Hätte sie mir immer wieder gesagt, wie nett ich aussehe, hätte ich mich wahrscheinlich so gefühlt, als würde sie mich gerne verändern, und das hätte meinen misstrauischen kleinen Verstand annehmen lassen, dass sie mich vorher nicht attraktiv fand. Nun fragte ich mich, ob ihr das klar gewesen war. Aber wen interessierte das schon? Ich bin glücklicher, wenn ich weniger analysiere und stattdessen einfach erlebe, wie es sich anfühlt, in ihren Armen zu liegen.

Ich stehe vor dem Spiegel und betrachte mich selbst in einer ozeanblauen, seidenen Hülle, die mich so richtig scharf aussehen lässt. Das Make-up, das Gina mir aufgetragen hatte, hat dem Anblick nicht geschadet, ganz im Gegenteil. Ich hatte keine Ahnung, dass ich nach nur fünf Minuten Mühe so viel besser aussehe. Ich schwöre, länger hat das alles nicht gedauert.

Ich gebe zu, dass ich mich unwohl fühle, denn ich hatte mich im Leben noch nie so herausgeputzt. Ich glaube nicht, dass ich ein Kleid getragen habe, seit … ich weiß nicht einmal mehr, wie lange es her ist. War es beim Highschool-Abschluss? Ja, vielleicht. Das war das letzte Mal, dass meine Mutter mich nach ihren Vorstellungen formen konnte.

Mit Gina ist es nicht so. Als wir einkaufen waren, analysierte sie die Kleider, die ich anprobierte, mit dem scharfen Blick einer Designerin. Und sie war brutal! Ich musste mindestens zehn Kleider wieder ausziehen, bevor ich nur den Reißverschluss zugezogen hatte. Aber wenn ihr etwas gefiel, sagte sie mir sofort, warum. Sie machte keine große Sache daraus; sie sagte nur, dass ein bestimmtes Kleid mich größer oder eleganter aussehen lässt oder die Farbe meiner Augen hervorhebt. Dann prüfte sie noch einmal die Passform und nickte. Nachdem wir drei Kleider gefunden hatten, die passten und die uns beiden gefielen, stieg sie aus dem Spiel aus. Egal, wie sehr ich auch bettelte, sie wollte mir nicht raten, welches ich kaufen sollte. Ich muss gestehen, dass ich weniger diplomatisch war als sie. Sobald sie das Outfit angezogen hatte, das sie schließlich auch kaufte, nahm ich all die anderen Sachen aus ihrer Garderobe. Aber sie spielte mit und kaufte das Kleid ohne einen Moment des Zögerns. Das ist eine weitere Sache, die ich sehr an ihr mag. Sie hat nichts dagegen, dass ich über sie bestimme. Das ist ein sehr guter Charakterzug einer Frau.

»Richtest du bitte meine Träger?«

Verdammt! Mich hätte fast der Schlag getroffen. Sie geht so leise! »Klar, sobald mein Herz wieder anfängt zu schlagen. Kannst du bitte etwas mehr Krach machen? Du schleichst dich immer so an.«

»Entschuldigung«, sagte sie und zeigte mir mit einem Grinsen, dass sie nicht die Absicht hatte, das zu tun.

Ich stellte sicher, dass ihre Träger gerade waren und legte dann meine Hände auf ihre Hüften, um sie umzudrehen. »Es ist unmöglich, dass eine Frau jemals besser aussieht als du jetzt«, sagte ich und meinte es genau so. Sie trug ein einfaches, cremefarbenes Mieder und einen kurzen Rock aus demselben glänzenden, verführerischen Stoff. Das hört sich vielleicht nicht nach viel an, aber wenn man den Streifen ihres nackten, gebräunten Bauches, der sich beim Gehen zeigte, und das verführerische Dekolleté, das ihr BH aufs Vorteilhafteste hervorhob, hinzufügt, dann hätte jede andere Frau der Welt alles nur Mögliche getan, um an sie heranzukommen.

Ich war ein wenig überrascht, dass sie sich bereit erklärt hatte, das Outfit zu kaufen. Es war schrecklich sexy, und niemand in meiner Familie würde zu einer Familienfeier in einem so freizügigen Top gehen, aber Gina hatte keine Bedenken geäußert, also fragte ich nicht nach.

Sie ging zu ihrer Kommode und holte eine winzige Flasche Parfüm heraus, nahm den Stöpsel und tupfte etwas davon zwischen ihre Brüste und hinter jedes Ohrläppchen. »Willst du riechen wie ich?«, fragte sie.

»Nein. Ich möchte nicht, dass sich meine Nase an den Geruch gewöhnt. Dann rieche ich ihn nicht mehr so gut an dir.«

»Gutes Argument.« Sie stellte das Parfüm zur Seite und streckte ihre Hand aus. »Bereit?«

»Ich schätze, das bin ich.«

Gina nahm eine kleine Handtasche, die perfekt zu ihren Schuhen passte, und mir wurde klar, dass ich außer meinem Rucksack nichts hatte. »Kannst du mir eine Handtasche leihen? Es sieht blöd aus, wenn ich ohne gehe, oder?«

Sie zuckte die Achseln. »Sicher kann ich dir eine leihen, aber du brauchst keine, wenn du nicht willst. Ich habe meine Brieftasche und die Autoschlüssel. Das ist alles, was wir brauchen.«

»Wirklich?«

»Hayden«, sagte sie und legte ihre Hände auf meine Hüften. »Es gibt keine Regeln zu befolgen, wenn du nicht möchtest. Ich ziehe mich gerne schick an. Das ist der einzige Grund, warum ich es tue. Wenn ich nicht wollte, würde ich es nicht tun. Also, wenn du eine Handtasche mitnehmen möchtest, gebe ich dir eine. Wenn nicht, lass es.«

Ich lächelte sie an und küsste sie zärtlich. »Dann lasse ich es.«

»Gut. Außerdem wirst du beide Hände brauchen, um die Jungs aus der Familie von dir fernzuhalten. Du siehst fantastisch aus.«

Es muss die Kombination aus ihrem Lächeln und der Aufrichtigkeit in ihren Augen gewesen sein, aber ich habe ihr geglaubt. Tatsächlich stimmte ich zum ersten Mal in meinem Leben mit ihr überein. Ich sah fantastisch aus. Unheimlich.

Ich hätte mir keine Sorgen darüber machen müssen, ob Gina deplatziert aussieht. Ihre Familie und Freunde waren ein wenig – okay, waren sehr viel – lockerer als meine. Ich sah viele auffällige Autos, viel auffälligen Schmuck, viele auffällig große Brüste – einige echt und einige gekauft – und viele auffällige Frisuren. Frisuren, von denen ich nicht dachte, dass es sie nördlich von Texas gibt.

Ich war etwa dreißig Leuten vorgestellt worden und hatte noch niemanden aus Ginas unmittelbarer Familie kennengelernt. Aber ich hatte jede Menge von diesem wunderschönen Long Island-Akzent zu hören bekommen.

Wenn in meiner Familie eine Feier stattfindet, sprechen wir alle ziemlich leise miteinander und küssen uns gegenseitig auf die Wange, ohne dabei Hautkontakt herzustellen. Ginas Familie begrüßte einander ausgelassen, enthusiastisch und mit körperlichem Einsatz. Ich wurde an Busen gedrückt, wie eine Melone gequetscht, und mehr als eine kleine, runde, uralte Frau kniff mir in die Backen. Gina zog mich von einem Herrn weg, der mich mit zu sich nach Hause nehmen wollte, und lenkte mich zur Bar.

»Onkel Nico war nicht zu übergriffig, oder?«

»Äh …« Ich zog eine Grimasse und wollte keinen Ärger machen, aber ich wollte auch nicht lügen.

»Lacey flüchtete immer, wenn sie ihn kommen sah. Sie schwor, er habe versucht, ihr Bein zu bumsen.«

Ich musste laut lachen. »Stört es dich nicht, dass dein Onkel so … dreist ist?«

»Oh, er ist nicht mein richtiger Onkel. Er ist nur ein Freund der Familie. Er ist ein Kumpel meines Großvaters. Mein Großvater quatscht wahrscheinlich auch alle jungen Mädchen an, wenn er bei Nicos Familie eingeladen ist.« Sie lachte, offensichtlich störten sie solche Dinge nicht. »Wenn du es nicht magst, betatscht zu werden, halte ich dich von den üblichen Verdächtigen fern.«

»Nein, das ist in Ordnung. Ich bin es wohl einfach nicht gewohnt.« Wer will schon befummelt werden? Wir haben auch ein paar schmutzige alte Männer in unserer Familie, aber sie sind diskret. Die Frau von Onkel Nico stand genau daneben, als er seine Hand auf meinen Hintern legte!

Gina legte ihre Hand auf meine Schulter und ließ sie dann nach oben gleiten, um meinen Nacken zu streicheln. Das beruhigte mich so schnell wie eine ganze Umarmung. Sie schaute mir tief in die Augen und sagte: »Du musst dich an nichts gewöhnen. Wenn du nicht berührt werden willst, willst du es nicht. Punkt.«

Verdammt, sie wusste genau, was sie sagen musste. »Ich … mag es nicht, von Leuten berührt zu werden, die ich nicht kenne. Es ist nur …« Sie legte ihren Finger auf meine Lippen.

»Keine Erklärungen erforderlich. Wenn du dich unbehaglich fühlst, ist das alles, was zählt.«

Ich küsste ihre Handfläche. »Du bist eine sehr aufmerksame Freundin.«

Ihre Mundwinkel zogen sich nach oben und ihre Augen funkelten. »Ich lerne. Du bringst mir eine Menge bei.«

Das war natürlich Unsinn, aber ich war mehr als bereit, ihr zu glauben. »Spendierst du mir einen Drink?«

»Alles frei, Baby«, sagte sie ein wenig lüstern. »Ich kann dich kostenlos betrunken machen. Was möchtest du?«

»Überrasch mich.« Ich wandte der Bar den Rücken zu und beobachtete, wie sich die Gäste mischten. Es waren viele, sehr viel mehr, als ich erwartet hatte. Ich dachte, es würden nur die Familie und ein paar Freunde kommen.

Ich dachte kurz zurück an den Moment, als Gina sich selbst als Spaghettifresserin bezeichnet hatte und über Goldkettchen und Marienstatuen auf dem Rasen sprach. Jetzt verstand ich, was sie meinte. Sie war nicht so – im Großen und Ganzen –, aber ihre Freunde und ihre Familie neigten in ihrer Kleidung und ihrem Benehmen eindeutig zur Überschwänglichkeit. Ich überlegte gerade, wie sie in diese Mischung aus Exzess passte, als sie sich vorbeugte und sagte: »Da kommt mein Bruder.«

Ich schaute nach links und sah einen mittelmäßig attraktiven, etwas übergewichtigen Mann auf mich zukommen. Er lächelte, aber sein Lächeln kam nicht von Herzen und ich verkrampfte mich ein wenig. »Hallo«, sagte Gina.

»Was gibt's?«, fragte der Mann.

»Nichts.« Sie legte ihre Hand auf meinen Rücken und sagte: »Das ist Hayden Chandler. Hayden, das ist mein Bruder Anthony.«

Er zwinkerte, streckte aber seine Hand aus. »Hallo. Wie geht's?«

»Mir geht es gut«, sagte ich und wusste nicht, was ich sonst noch sagen sollte. Es war ziemlich klar, dass er noch nicht von mir gehört hatte, und so wollte ich nicht verraten, dass Gina von ihm gesprochen hatte, zumal sie es nur beiläufig getan hatte. »Schöne Party.«

»Ja. Sie ist gut.« Er drehte sich um und bestellte ein paar Drinks. Gina reichte mir mein Glas. Ich nahm einen Schluck und nickte zustimmend, zufrieden mit dem, was nach Wodka, Orangensaft und Preiselbeersaft schmeckte.

Anthony lehnte sich an die Theke und wartete darauf, dass seine Getränke eingeschenkt wurden. »Woher kennen Sie Gina?«

»Wir trafen uns auf Fire Island.«

Er nickte und sah aus, als wolle er noch etwas sagen. Aber das tat er nicht. Er nahm die Drinks, die ihm der Barkeeper reichte, lächelte wieder seltsam und sagte: »Ich muss gehen. Man sieht sich.«

»Schön, Sie kennenzulernen«, sagte ich zu seinem Rücken, als er sich durch die Menge drängte.

Ginas Grinsen verriet nicht viel, aber ich konnte sehen, dass sie sich nicht ganz wohl fühlte. »Lass uns nach draußen gehen. Die Musik ist ein wenig laut.«

Das war eine glatte Untertreibung, deshalb folgte ich ihr dankbar auf die Veranda des Country Clubs. Ich musste der Familie für die Wahl dieses schönen Platzes Respekt zollen. Alles war überaus opulent, der Raum groß und üppig dekoriert, und es gab viele Flügeltüren, die zu einer Steinveranda mit Blick auf den Golfplatz führten. Gina zog zwei Stühle für uns heran und wir stellten unsere Getränke auf den kleinen Tisch dazwischen.

Wir setzten uns und sprachen einige Minuten lang nicht, ließen den Lärm hinter uns etwas zurück, während wir auf die hügelige grüne Landschaft blickten.

»Amüsierst du dich?«, fragte sie schließlich.

»Sicher. Es ist eine nette Party. Ich hab schon den Turm mit den Austern bewundert.«

»Hast du Hunger? Ich gehe etwas holen.«

»Keine Eile. Es ist schön, hier draußen allein mit dir zu sein.« Ich nahm ihre Hand und bemerkte, dass sie sich etwas steif anfühlte. »Was ist mit dir? Amüsierst du dich?«

Sie zuckte ein wenig die Schultern und machte einen Gesichtsausdruck, den ich schon öfter an ihr gesehen hatte. Auch wenn er mir vertraut war, war ich mir nicht ganz sicher, was er bedeutete. Sie presste ihre Lippen leicht aufeinander und zog eine Augenbraue nach oben. Das war alles. Es konnte so etwas wie »Kann mich nicht beklagen« bedeuten, genauso gut aber auch »Nicht besonders«. Ich würde sie weiter beobachten müssen.

»Dein Bruder schien nett zu sein.« Ja, ich weiß, ein lahmer Versuch, aber hatte ich eine Wahl? »Ist er der Älteste?«

»Nein, das ist Nick. Anthony ist zehn Jahre älter als ich und Nick zwölf.«

»Wirklich? Du hast nie erwähnt, dass es einen so großen Altersunterschied gibt.«

Sie nahm einen Schluck und nickte. »Ja. Ich war die kleine Überraschung. Meine Mutter wollte immer noch ein Mädchen, aber ich glaube, mein Vater war mit zwei Kindern glücklich.«

Sie sagte dies mit einer solchen Leichtigkeit, dass man nicht den Stachel heraushörte, der darin hätte stecken sollen.

»Ich hole dir ein paar Austern.« Sie lächelte mich an und ließ mich schwach werden. »Du siehst hungrig aus.«

Ich nahm ihre Hand, bevor sie aufstehen konnte, und führte sie an meinen Mund. »Das bin ich. Nach dir.« Ich nahm ihren Zeigefinger neckisch in meinen Mund und umspielte ihn mit meiner Zunge. »Lass uns nicht zu lange bleiben. Ich will dir zeigen, wie gut du heute Abend aussiehst.«

»Wir können jetzt gleich gehen«, sagte sie und lächelte so liebevoll, dass ich fast aufgestanden und zum Auto gerannt wäre.

»Wir können nicht weg, bevor ich deine Familie kennengelernt habe, Schatz.«

Unsere Blicke trafen sich und ich konnte sehen, dass sie den eindeutigen Wunsch hatte, sofort zu verschwinden. Ich wollte ihr gerade sagen, dass wir sofort fahren könnten, wenn sie wollte, als eine ziemlich raue Frauenstimme ertönte: »Da ist das Baby der Familie! Wo bist du gewesen, Gina? Ich habe dich überall gesucht!«

Plötzlich zeigte Gina das falsche Lächeln, das auch ihr Bruder im Gesicht gehabt hatte. Was zum Teufel hatte es damit auf sich? Gina stand auf und ich drehte mich um, um zu sehen, wie sie ihre Arme um eine kleine, vertrocknet aussehende Frau schlang. »Ich habe nur versucht, der lauten Musik zu entkommen, Oma.«

»Laut! Mein Gott, hast du jemals etwas so Lautes gehört? Ich hab zu Linda gesagt, sie soll ihnen sagen, dass sie sie leiser stellen, sonst würde sie nicht dafür bezahlen. Und hast du die Klamotten gesehen, die dieses kleine Flittchen anhat, das Case mitgebracht hat? Sie sieht aus, als würde sie dafür bezahlt.«

O Mann! Das wird ein Spaß!

»Oma«, sagte Gina und versuchte die Aufmerksamkeit der Frau auf mich zu lenken, »das ist Hayden Chandler. Hayden, das ist meine Großmutter, Rosalie.«

»Es ist schön, Sie kennenzulernen«, sagte ich.

Rosalie sah aus, als hätte sie an einer Zitrone gelutscht, aber sie schaffte es zu antworten: »Ja. Schön. Woher kennen Sie Gina?«

»Wir haben uns in diesem Frühjahr auf Fire Island getroffen.«

Sie drehte sich wieder zu Gina um und sagte: »Du lässt die Jungs doch nicht allein mit dem Boot rausfahren, oder?«

»Nein, natürlich nicht. Case ist der Einzige mit einem Kapitänspatent.«

»Und du lässt ihn fahren?« Rosalie hätte mit ihrer Stimme ein Glas blind ätzen können, aber ich hielt es für klug, das nicht zu erwähnen.

»Ja, Oma«, sagte Gina geduldig. »Er ist voll zertifiziert und er hat Hunderte von Stunden absolviert, während ich direkt neben ihm saß. Er weiß, was er tut.«

»Warum hat er dieses Flittchen bei sich? Er wird sie schwängern, so wie es sein Vater mit seiner Mutter getan hat.«

»Ich habe seine Freundin heute noch nicht gesehen«, sagte Gina und blieb dabei bemerkenswert ruhig. »Aber er weiß, wie man das Boot steuert, und das ist es, was mich interessiert.«

»Er wird dieses Mädchen schwängern und dann muss er die Schule abbrechen.«

»Er ist mit der Schule fertig, Oma. Er hat die Schule letztes Jahr abgeschlossen.«

Die alte Frau hielt eine Sekunde inne und fragte dann: »Wer ist in der Schule?«

»Die Kinder von Nick und Anthony.«

»Oh. Nun, die Freundin von Chris sieht aus, als könnte sie in der 3rd Avenue in Bay Shore arbeiten.«

Gina sah verärgert aus, aber sie behielt ihren ruhigen Tonfall bei. »Lindsay ist ein nettes Mädchen. Sie arbeitet diesen Sommer für mich am Ticketschalter.«

»Und nachts in der 3rd Avenue«, höhnte die alte Frau. Gott, ich hoffte, Gina wäre adoptiert.

Gina entschied sich für einen Themenwechsel: »Ist Opa auch da?«

Rosalie machte eine vage Geste mit der Hand. »Ja. Er ist irgendwo. Ich sehe besser nach ihm. Er ist innerhalb von zehn Minuten betrunken, jetzt, wo er die neuen Herztabletten nimmt.« Damit drehte sie sich um und ging, wobei sie sich weder von Gina noch von mir verabschiedete.

Gina zuckte die Achseln, offensichtlich ein wenig verlegen. »Die Seite meiner Mutter in der Familie ist … ähm … leichter zu ertragen.«

»Sind sie hier?«

»Nein. Willst du gehen?«

»Nur wenn du möchtest, Schatz.« Ich umarmte sie keusch. »Ich denke, wir sollten uns noch die liederlichen Mädchen ansehen, bevor wir gehen.«

Sie lachte und küsste mich auf die Stirn. »Ich hole dir ein paar Austern. Es ist Unsinn zu gehen, wenn es doch gutes Essen gibt.«

»Haben die auch Hummerbrötchen?«

Sie zwinkerte mir zu. »Nein, aber ich entführe dich morgen Abend nach Montauk. Du bist fällig.« Ich sah zu, wie der zarte Stoff über ihre Beine glitt und starrte auf ihre wiegenden Hüften, als sie zum Büfett ging. Nichts war erotischer als der winzige

Streifen nackter Haut, der sich bei jedem Schritt zeigte. Was war ich froh, dass wir auf die Veranda gegangen waren, denn mein Puls raste!

Gina hatte recht. Es wäre dumm gewesen, wegzugehen und das tolle Essen zu verpassen. Es muss ein Vermögen gekostet haben, aber ich habe dafür gesorgt, dass sich meine Portion rentiert hat. Nachdem wir genug Muscheln, Austern und Garnelen für vier Personen gegessen hatten, machten wir uns auf die Suche nach dem Rest der Familie. Gina schien gehen zu wollen, ohne dass ich ihren Großvater und ihren anderen Bruder kennengelernt hatte, aber das schien mir albern. Ich hatte nicht vor, mich öfters so herauszuputzen, und ich fand, dass es das Beste war, mich auf meinem optischen Höhepunkt sehen zu lassen.

Wir gingen wieder in den Festsaal hinein und auf eine große Gruppe von Menschen zu. Ich sah ihre Neffen, Chris und Dominick, in der Menge sowie Anthony, den Bruder, den wir zuvor getroffen hatten. Sie hatten mehrere kleine Tische zusammengeschoben und Ginas Vater saß genau in der Mitte, war offensichtlich das Familienoberhaupt. Selbst wenn ich ihn nicht vorher getroffen hätte, ich hätte sofort gewusst, dass er ihr Vater ist, und nicht nur, weil sie seine Nase und sein Kinn hatte. Er sah sie mit der gleichen Mischung aus Vertrautheit und Unverständnis an, das ich schon oft von meiner Mutter abbekommen habe.

»Hallo, Papa«, sagte sie und ging direkt auf ihn zu.

»Sieh an, sieh an, sieh an«, antwortete er. »Die Leute haben mir gesagt, dass du hier bist, aber ich konnte dich nicht entdecken.«

»Ich bin hier«, sagte sie und ging nicht auf den Köder ein. »Du erinnerst dich an Hayden?«

»Schön, Sie wiederzusehen, Mr Scognamiglio«, sagte ich und freute mich, dass meine Aussprache so viel besser geworden war.

Er blickte mich böse an und sagte kurz angebunden: »Das ist nicht mein Name.«

Ich machte große Augen und war mir nicht sicher, wie ich reagieren sollte. Aber Gina rettete mich. »Ich änderte meinen Namen, nachdem ich die Highschool abgeschlossen hatte. Ich dachte, das hätte ich dir schon gesagt.«

»Nein, hast du nicht«, sagte ich und versuchte zu lächeln.

»*Unser* Name ist Scoggins«, sagte ihr Vater. »Aber für Gina war er nicht gut genug. Nicht italienisch genug.«

O Mann. Wir hätten doch besser nach den Austern gehen sollen.

»Ich war früher ein Scognamiglio«, sagte der ältere Mann, der neben Ginas Vater saß.

»Das ist mein Opa«, sagte Gina mit etwas mehr Wärme in der Stimme. »Vincenzo Scognamiglio.«

Er winkte ab. »So wurde ich nicht mehr genannt, seit ich feste Schuhe trage. Seit der Depression bin ich Vincent Scoggins. Wie heißt du, Schatz?«

»Hayden«, sagte ich.

»Hayden? Klingt wie der Name eines Mannes.«

»Kann es auch sein. Aber es ist ein Familienname. Meine Mutter war eine Hayden.«

»Nun, du bist viel hübscher als dein Name.« Er zwinkerte in Richtung Gina, dass seine buschigen Augenbrauen nur so wackelten. »Sie ist ein hübsches Mädchen.«

»Ich weiß«, sagte sie ruhig.

Wir standen immer noch und es sah nicht so aus, als würden wir uns setzen. Gina schien sich nach meiner Vorstellung gleich aus dem Staub machen zu wollen, und ich war bereit, ihr sofort zu folgen.

»Was machst du, Schatz?«, fragte Vincent.

»Ich unterrichte.«

»Wo?«

»In der Stadt.« Ich hatte gelernt, dass die Long Islanders Manhattan gemeinhin als die Stadt bezeichneten, und ich wollte mich einfügen.

»Wohnst du dort?«

»Ja. In Greenwich Village.« Genau genommen lebte ich im East Village, aber die Leute hier draußen schienen den Unterschied nicht zu verstehen.

»Ich bin in der Bowery aufgewachsen, gleich nördlich der Kreuzung mit der Broome.«

»Wirklich? Ich lebe in der Alphabet City. Avenue D und East 4th.«

Er wirkte verblüfft. »Ein süßes Mädchen wie du? Als ich ein Kind war, war das ein guter Ort, um eine Leiche abzuladen.«

»Jetzt ist es ein bisschen besser. Aber Sie könnten wahrscheinlich immer noch damit durchkommen, ein oder zwei Leichen zu entsorgen.«

Er lachte und ich konnte etwas von Gina in seinem Lächeln und seinen funkelnden Augen wiedererkennen. Bisher ging er als Sieger aus dem ganzen Haufen hervor und er sah aus, als wollte er, dass ich mich auf seinen Schoß setze, damit er mich befummeln kann. »Du unterrichtest in einer dieser beschissenen Schulen in der Stadt?«

Bezaubernd. Einfach bezaubernd. »Nein, ich lehre an der NYU.«

Beide Scogna … Scoggins Männer sahen mich an. Der Jüngere fragte: »Die Universität?«

»Ja. Ich unterrichte Geschichte.«

Ginas Vater griff neben sich und packte einen jüngeren Mann an der Schulter. Es handelte sich offensichtlich um Ginas anderen Bruder und er ähnelte ihr mehr als jeder andere am Tisch. »Nick! Hast du das gehört? Dieses Mädchen ist Lehrerin an der Universität.«

Der Mann starrte mich an. »Wirklich? Warum hängst du mit Gina rum? Dad musste ihre Lehrer bestechen, nur um sie durch die Highschool zu bekommen.«

Ich hätte ihn am liebsten ins Gesicht geschlagen. Es war mir egal, ob ich ihm die Nase ruinieren würde, die bei Gina so schön aussah. »Ich war noch nie übermäßig beeindruckt von der Korrelation zwischen akademischem Erfolg und Intelligenz. Vor allem, wenn man es mit einer Lernbehinderung zu tun hat.« Ich wusste, dass mein Gesicht gerötet war, aber ich war noch nicht bereit aufzuhören. »Gina ist einer der klügsten Menschen, die ich kenne, und ich bin ständig von Leuten mit Abschlüssen von allen guten Schulen des Landes umgeben.«

Nicks dümmliches Grinsen verblasste ein wenig, aber er war nicht bereit nachzugeben. Ginas Hand lag auf meinem Rücken, aber es schien ihr nichts auszumachen, dass ich ihren Bruder herunterputzte, also starrte ich ihn weiter an.

Ihr Vater übernahm. »Sie kann nicht allzu schlau sein, wenn sie mit der Route nach Fire Island zufrieden ist. Damit gibt es kein Geld zu verdienen. Und wer würde eine Geldquelle wie eine Bar schließen? Das war einfach dumm.«

Gina wollte etwas sagen, aber ich war schneller und sie hielt den Mund. »Vielleicht ist Geld nicht das Wichtigste auf der Welt für sie. Wenn sie weiß, was ihr wichtig ist, und sie bereit ist, alles dafür zu tun, um ihre Ziele zu erreichen, klingt das für mich verdammt schlau. Und sie ist eindeutig nicht dumm. Sie hat gute Gründe, die Bar nicht selbst zu leiten, und die haben nichts mit Unwissenheit oder Uninformiertheit zu tun.«

»Sie ist faul. Das war sie schon immer«, sagte er abweisend. »Sie will lange Ferien machen und so tun, als sei sie Italienerin. Sie war nie glücklich damit, nur ein weiterer Itaker von der Insel zu sein.«

Ginas Großvater unterbrach ihn. »Ach, lass sie in Ruhe, Vin. Sie ist doch nur ein Mädchen. Und für ein Mädchen hat sie sich verdammt gut gemacht. Sie macht keinen Ärger.«

Wow! Er war ein echter Verteidiger!

»Sie nimmt, was ihr die Jungen übrig lassen«, sagte ihr Vater. »Das ist schwach.«

»Ich bin glücklich«, sagte Gina, ohne verärgert auszusehen oder zu klingen. »Ich verdiene ein gutes Gehalt und ich habe ein gutes Leben. Warum sollte ich mich totarbeiten?«

Ihr Großvater streckte seine Hand aus und sie ergriff sie. »Du bist eine echte Italienerin«, sagte er liebevoll. »Du bist glücklich mit einer guten Flasche Wein und einem Korb voll Melonen. Du bist wie mein Vater, Gott segne dich.« Er machte das Kreuzzeichen und Ginas Vater tat es ihm nach, wenn auch mit weniger Elan.

Ich stellte fest, dass Vincent keinen Long Island-Akzent hatte. Da er in Italien geboren und in der Stadt aufgewachsen war, sprach er einen eigenen und recht angenehmen Akzent. Er war immer noch mein Favorit, auch wenn er mehr auf meine Titten als in mein Gesicht schaute.

»Dein Vater wurde wegen eines Bootes ermordet, das keine hundert Dollar gekostet hat«, sagte Ginas Vater. »Wie schlau war das?«

»Er war vielleicht nicht klug, aber er hatte Mumm«, sagte Vincent. »Und du hast ihn nicht gekannt, also tu nicht so, als wüsstest du Bescheid. Er sagte mir immer: *Diejenigen, die sich zu Schafen machen, werden von den Wölfen gefressen.*«

»Er hat sich vielleicht nicht zum Schaf gemacht, aber die Wölfe haben ihn trotzdem erwischt, nicht wahr?« Ginas Vater sah sehr selbstzufrieden aus. Ich konnte ihn einfach nicht leiden.

Vincent machte mit der Hand eine Bewegung, als ob er etwas wegschieben wollte. Ich hatte die gleiche Geste schon bei Gina gesehen, aber nie daran gedacht zu fragen, was sie bedeutete. Dem Kontext und seinem Gesichtsausdruck nach zu urteilen gab Vincent seinem Sohn zu verstehen, dass das Gespräch beendet war.

Ich musste richtig geraten haben, denn der ältere Mann stand auf, sammelte sich für einen Moment und sagte dann: »Gina, begleite mich an die Bar.«

Rosalie fauchte: »Wage es ja nicht, Gina! Er hat genug.«

Vincent kratzte sich mit den Fingern an der Stelle unter seinem Kinn, was ziemlich deutlich machte, dass er nicht auf ihren Rat hörte. Gina und ich führten Vincent an die Bar, wo er sie anlächelte und ihre Wange tätschelte. »Dein alter Herr ist manchmal eine ganz schöne Nervensäge, was?«

Gina lächelte ihn an und zuckte die Achseln. »Er bleibt sich treu.«

»Scheiß auf ihn«, sagte er. »Er kann sich glücklich schätzen, dich zu haben. Versprich mir, dass du dir das nicht zu Herzen nimmst.«

Sie kreuzte ihre Zeigefinger zu einem »X« und sagte: »Giuro.«

»Das ist mein Mädchen.« Er machte dem Kellner ein Zeichen und sagte: »Selters mit Limette.« Als der Kellner wegging, sagte er: »Ich mag es, deine Oma glauben zu lassen, ich würde trinken.«

»Tust du nicht?«, fragte Gina.

»Die verdammten Herztabletten machen mich krank, wenn ich trinke. Die Ärzte wollen einem alten Mann nur den Spaß nehmen. Gott sei Dank kann ich noch auf die Rennbahn gehen.«

Gina schlang ihren Arm um ihn und küsste seine Wange. »Ich liebe dich, Opa.«

Er schob sie sanft weg. »Genug! Wenn ich zulasse, dass du mich küsst, werden alle Mädchen es wollen.« Er schaute in meine Richtung. »Oder etwa nicht?« Seine Augen leuchteten wie die von Gina, wenn sie mich neckte. Ich konnte nicht widerstehen und gab ihm je einen Kuss auf seine leicht stoppeligen Wangen. »Siehst du?«, sagte er und strahlte meine Freundin an.

»Ich glaube, wir werden aufbrechen«, sagte Gina. »Ich muss um fünf aufstehen.«

»Faul, hm?«, kicherte der alte Mann. »Jeder in der Firma sollte so faul sein.« Er küsste ihre Wange und drückte ihre Schulter. »Sei stark.«

»Das werde ich.«

»Es war schön, Sie kennenzulernen, Mr Scoggins«, sagte ich.

»Ich habe deinen Namen schon wieder vergessen, Schatz, aber ich werde mich daran erinnern, wie hübsch du bist.«

»Danke.« Was soll's. Es gibt schlimmere Dinge, um in Erinnerung zu bleiben. »Ich hoffe, Sie einmal wiederzusehen.«

»Komm und hol dir Tomaten«, sagte er, als wir gingen.

Wir bahnten uns einen Weg durch die Menschenmenge, die sich um den Desserttisch versammelt hatten, und flüchteten in die relative Ruhe des riesigen Flurs. »Gott sei Dank ist das vorbei«, seufzte Gina. »Anfangs möchte ich immer zu den Familienfeiern gehen, aber dann wünschte ich mir fast jedes Mal, ich hätte es nicht getan.«

Ich nahm ihre Hand und drückte sie. »Was ist mit heute Abend?«

»Heute Abend war gar nicht so schlecht. Es tut mir leid, dass ich dir die meisten meiner Verwandten nicht vorgestellt habe, aber sie werden beim nächsten Mal wieder dabei sein.«

»Okay«, sagte ich und beschloss, auf den nächsten Zeitpunkt zu warten, um tiefer in die Geheimnisse der Familie Scognamiglio einzutauchen.

12

Als Gina am nächsten Tag von der Arbeit nach Hause kam, legte sie sich auf die Liege in die Sonne und schlief ein. Es war selten, dass sie ein Nickerchen machte, aber wir waren noch spät unterwegs gewesen und ich hatte sie lange damit wachgehalten, dass ich jeden Teil von ihr küsste, den ich erreichen konnte.

Ich weiß nicht, wie das überhaupt möglich war, aber ich habe mich gestern Abend noch ein bisschen mehr in sie verliebt. Vielleicht lag es daran, dass ich ein besseres Gefühl dafür bekam, welche Widerstände sie überwinden musste, um das zu bekommen, was sie vom Leben wollte. Oder es lag daran, dass ich sah, wie widerstandsfähig sie war, als ihre Familie sie so schlecht behandelte. Sie war so gutherzig. Die meisten Menschen hätten ihrem Vater gesagt, er solle sich verpissen und wären rausgestürmt. Aber Gina ließ ihn meckern und seine Kommentare an sich abgleiten. Das finde ich bewundernswert. Es ist einfach, sich zu prügeln, aber die wenigsten Leute können Verletzungen hinnehmen, ohne dass es ihnen den Abend ruiniert.

Warum verliert sie nur bei mir immer so schnell die Beherrschung? Wenn sie auch nur das kleinste bisschen Unehrlichkeit oder Respektlosigkeit entdeckt – rums! Wie passt das damit zusammen, dass sie sich von ihrer Familie das Leben schwer machen lässt?

»Hallo«, sagte eine schläfrige Stimme und riss mich aus meinen Gedanken.

Ich stand vom Tisch auf und setzte mich auf die Kante ihrer Liege. »Fühlst du dich besser?«

»Ja. Ein kleines Nickerchen war genau das, was ich brauchte.«

»Bist du hungrig?«

»Ich bin am Verhungern. Willst du das Hummerbrötchen, das ich dir versprochen habe?«

»Ja, es sei denn, du willst nicht so weit fahren.«

»Hm … ich kenne einen anderen Ort, wo sie fast genauso gut sind. Und wir könnten in der Hälfte der Zeit dort sein.«

»Klingt gut. Aber ich darf wieder fahren?«

Wir fuhren nach Ocean Beach und gingen zu einer kleine Hütte, wo es nicht einmal Stühle gab. Also kauften wir unsere Hummerbrötchen und ein paar Bier und gingen zum Strand.

Es schien, als ob Gina diesen Strand so gut kannte wie ich die Forschungsbibliothek der NYU. Sie führte mich etwa 30 Meter weit und gab mir zu verstehen, dass ich mich setzen sollte. Ich merkte, dass der Wind genau richtig wehte, um mir die Haare aus dem Gesicht zu blasen. Ich wusste, dass sie diese Stelle mit Absicht gewählt hatte. Verdammt, sie ist cool!

Ich hatte noch viele Fragen zu ihrer Familie, aber ich wollte sie nicht verhören. Also versuchte ich, etwas subtiler vorzugehen. »Du schienst vorhin sehr müde zu sein. War die letzte Nacht so anstrengend?«

»Eigentlich nicht«, sagte Gina. »Es war nur, weil ich die ganze Zeit so früh aufstehen musste.«

Das habe ich ihr keine Minute lang geglaubt. Gina steht jeden Tag früh auf. Und so lange waren wir letzte Nacht auch nicht weggeblieben. Aber ich konnte sehen, dass sie entweder nicht merkte, dass die letzte Nacht sie geschwächt hatte, oder dass sie nicht darüber reden wollte.

Ich hätte direkter sein müssen. »Wie haben du und deine Brüder eigentlich entschieden, wer welche Fährverbindung bekommt?« Das war ziemlich direkt.

Sie hob den Kopf, aber sie antwortete sofort. »Meine Brüder hatten meinem Vater jahrelang in den Ohren gelegen, dass er sie die Linien selbstständig betreiben lässt. Wir arbeiten alle nicht sehr gut zusammen und wir bekamen sozusagen unsere eigenen kleinen Lehen, aber es wurde nichts formell festgelegt. Kurz vor meinem fünfundzwanzigsten Geburtstag sagte mein Vater, er sei bereit, uns die Fährlinien aufteilen zu lassen.«

»Glaubst du, er hat gewartet, bis er dachte, du seist alt genug?«

»Ja.« Gina schien eine Minute lang darüber nachzudenken und lächelte schwach. »Ich sollte ihm dafür danken. Meine Brüder hätten mich bei lebendigem Leib aufgefressen, wenn mein Vater ihnen in dem Moment nachgegeben hätte, als sie anfingen zu betteln.«

»Warum?«, fragte ich fassungslos über diese Offenbarung. Meine Schwester hat auch ihre Fehler, aber sie hält mir immer den Rücken frei.

Gina zuckte mit den Schultern. »So sind sie eben.«

»Sie würden dich übervorteilen?«

Gina kicherte. »Sie nutzen jede und jeden aus. Sie sind sehr wettbewerbsfähig. Richtig brutal.«

»Wie hast du dich davor geschützt?«

Gina warf mir einen Seitenblick zu, und zum ersten Mal musste ich sagen, dass sie nicht nur sexy, sondern sogar gerissen aussah. »Letzten Endes war ich klug genug, sie auszutricksen, indem ich ihre vorgefassten Meinungen über mich bestärkte.«

»Und die wären?«

»Dass ich dumm und faul bin. Ihr bevorzugtes Opfer.«

»Gina! Warum hast du sie das denken lassen?«

»Es war der einfachste Weg, das zu bekommen, was ich wollte.«

»Du hast dich freiwillig von ihnen ausnutzen lassen?«

»Das dachten sie.« Sie kicherte schelmisch. »Das zeigt nur, wie dumm sie sind.«

»Was hast du gemacht?«

»Es war wirklich einfach. Ich schlug vor, dass wir die Linien in der Reihenfolge unserer Geburt wählen. Das hat Nick glücklich gemacht und Anthony verärgert. Also sagte Anthony, es sei nur fair, wenn wir Strohhalme ziehen würden.«

»Das hat Nick wütend gemacht?«

»O ja.« Gina lachte.

»Deine Brüder gegeneinander auszuspielen hat dir geholfen?«

»Ja. Mein Vater beschloss, uns Strohhalme ziehen zu lassen. Er dachte, das sei am fairsten. Ich habe den längsten Strohhalm gezogen, also durfte ich zuerst wählen.«

»Ah. Also konntest du dich für die Linie entscheiden, die du wolltest.«

»Nein. Nicht so einfach. Ich sagte, dass es nur fair sei, in der Reihenfolge der Geburt zu wählen, also verzichtete ich, um Nick den Vortritt zu lassen.«

»Aber …«

Gina legte ihre Hand auf meinen Arm und grinste immer noch verschmitzt. »Warte. Nick ist der Mächtigere der beiden. Er ist auch der Fiesere. Dadurch ließ ich ihn glauben, ich respektiere ihn und seinen Platz in der Familie.«

»Aber das tust du nicht?«

»Scheiße, nein!« Sie lachte herzlich. »Er ist noch dümmer als Anthony, und das ist nicht einfach!«

»Für mich ergibt das keinen Sinn.«

»Sicher tut es das. Ich habe es mit Schlangen zu tun, Hayden. Es ist das Beste, sie denken zu lassen, was sie wollen, um trotzdem das zu bekommen, was man möchte. Nick nahm die größte Fährverbindung und dann verlangte Anthony, als Zweiter zu wählen. Mein Vater wollte, dass ich mit ihm darum kämpfe, aber ich gab kleinmütig nach.«

Mein Mund stand offensichtlich offen, denn Gina schloss ihn zärtlich.

»Anthony nahm die Zweitgrößte, genau wie ich vorhergesehen hatte. Die Einnahmen für Fire Island sind nur etwas geringer als die der beiden übrig gebliebenen Linien, sodass es nicht völlig abwegig schien, als ich mich dafür entschied. Ich sagte, dass ich in der Nähe meines Zuhauses bleiben wollte, und sie schluckten es.«

»Was ist mit den anderen beiden Linien passiert?«

»Mein Vater sagte, da ich die erste Wahlmöglichkeit weggeben hatte, müsste ich auch die vierte und die fünfte abgeben. Nick nahm eine der kleinen Linien dazu,

Anthony bekam die andere.« Sie wirkte zufrieden mit sich selbst, aber ich verstand immer noch nichts.

»Also hat jeder von ihnen zwei Unternehmen und du hast eines. Aber es ist das, was du wolltest, also bist du glücklich, richtig?«

»Ja. Ich wollte nur diese eine Linie. Aber das konnte ich vor meinem Vater nicht zugeben. Er hätte mir vielleicht in den Hintern getreten und gar nichts gegeben. Indem ich so tat, als ob ich meinen Bruder respektierte, gewann ich ein wenig Ansehen in seinen Augen, aber er dachte immer noch, er würde mich bestrafen, indem er die Jungs ein zweites Mal auswählen ließ und mich ausschloss.«

»Wow. Und deshalb hält er dich für faul?«

»Nein. Er denkt, ich bin faul, weil ich nicht versucht habe, meinen Brüdern in den Rücken zu fallen oder einem Konkurrenten eine weitere Linie abzukaufen. Er kann nicht verstehen, dass ich mit dem zufrieden bin, was ich habe. Außerdem nimmt er den ganzen Schulkram als Beweis dafür, dass ich nicht hart arbeite.«

»Verdammt, Gina, tut es nicht weh, dass er dich nicht respektiert?« Ich hasste es, das zu sagen, aber die Frage musste gestellt werden.

»Ich verlor seinen Respekt, als ich in der fünften Klasse war. Wenn du meinen Vater enttäuschst, kommt er nie darüber hinweg. Ich wusste, dass es für immer vorbei war. Seitdem …« Sie lächelte, ihre hübschen Zähne glänzten: »Ich bin frei. Ich streite nicht, ich werde nicht wütend und ich lasse nicht zu, dass meine Gefühle verletzt werden. Ich akzeptiere ihn so, wie er ist, und ich danke ihm dafür, dass er mir ein Leben ermöglicht, das ich liebe.«

Ich war fassungslos. »Du bist nicht verbittert?«

»Nein. Er ist nicht der unterstützende Typ. Ich wünschte, er wäre es, aber er ist es nicht.« Sie zuckte die Schultern. »Ich bin darüber hinweg. Jetzt geht es uns allen gut. Ich sehe meine Familie, wenn ich will, und ich gehe, wenn sie mich nerven. Ich habe es sehr viel besser als die meisten Menschen.«

Verdammt, ich gebe das nur ungern zu, aber ich glaube, ich habe viel Zeit und Geld für eine Therapie verschwendet. Gina hat alles, was ich von drei Therapeuten gelernt habe, herausgefunden, ohne einen Cent zu bezahlen.

Der Samstag war so schön, dass ich nach Cherry Grove rüberfuhr, um mich in die Sonne zu legen. Gina versuchte scherzhaft, mich festzuhalten, sodass ich nicht von der Fähre gehen konnte, aber dann gab sie nach und versprach vorbeizukommen, sobald sie für den Tag fertig war.

Ich ging zum Haus und sah überall Taschen und Koffer herumliegen, also war das Haus voller Menschen. Ich ärgerte mich darüber, dass jemand anderes mein Zimmer übernommen hatte, wollte aber deswegen keinen Streit vom Zaun brechen. Ich hatte ziemlich deutlich gemacht, dass ich es vorzog, bei Gina zu wohnen, und meine Mitbewohnerinnen hatten mich offensichtlich beim Wort genommen.

Die gute alte Elaine saß am Strand direkt vor unserem Haus. Ich wollte freundlich sein, also ging ich zu ihr. »Hallo«, sagte ich.

»Hayden!« Sie blickte sich um, vermutlich um zu sehen, ob ich allein war. »Setz dich zu mir.«

Ich hatte zwar zu arbeiten, war aber nicht sehr in Eile. Ich setzte mich neben sie.

»Bist du heute allein?«

»Nur bis Gina Feierabend hat. Wieso fragst du?«

Elaine schaute ... ich bin nicht ganz sicher, wie ich es beschreiben soll. Interessiert? Fasziniert? Vielleicht fasziniert. Aber es gab keinen Zweifel, dass sie etwas loswerden wollte. »Diese Geschichte mit Gina – willst du den ganzen Sommer so weitermachen?«

»Nicht nur den Sommer«, sagte ich.

»Du planst, sie auch noch zu treffen, wenn das Semester beginnt?«

»Ja. Wir glauben beide nicht, dass es nur ein Sommerflirt ist. Gina ist eine unglaubliche Frau, und auch wenn du ihre beste Seite noch nicht gesehen hast, es gibt sie.«

»Was ist so besonders an ihr?«

»Das ist nicht leicht schwer zu beantworten. Ich bin besser darin, Dinge zu beschreiben, die in der fernen Vergangenheit stattgefunden haben. Meine Gefühle in Worte zu fassen fällt mir schwer.«

Elaine sah nachdenklich aus und starrte einige Minuten lang auf das Meer. Ich hatte kein Interesse, das Thema zu vertiefen, also schwieg ich.

»Ich werde nicht klug aus ihr«, sagte Elaine. »Als ich sie zum ersten Mal auf der Fähre sah, wirkte sie wie ein toughes Mädchen aus Long Island. Sie erinnerte mich an meinen Cousin in New Jersey.«

»Ich wusste nicht, dass du Familie in New Jersey hast. Ich dachte, du kommst aus Michigan.«

»Tu ich auch. Aber ich hab dir gesagt, dass meine Mutter Italienerin ist. Sie wurde in Secaucus geboren und ihr Bruder lebt immer noch dort. Ich habe einen Cousin, der etwas älter ist als ich, und der so tut, als würde er in einem Mafia-Film mitspielen.«

»Ist er ein Krimineller?«

Elaine lachte. »Er arbeitet bei der Post. Aber er liebt die Rolle des harten Kerls. Ich verstehe nicht, warum er das tut, aber ich habe das schon häufiger bei Leuten beobachtet, vor allem in der Gegend von New York. Als wäre es ein Gütesiegel, sich wie ein Ganove aufzuführen. Warst du schon einmal beim San-Gennaro-Festival in Little Italy?«

»Nein. Ich hab noch nie davon gehört.«

»Da solltest du dieses Jahr mal hingehen. Ich glaube, es ist im September. Früher war es ein Jahrmarkt mit einem religiösen Hintergrund, aber jetzt kann man dort Mafia-CDs und T-Shirts und Nummernschilder mit der Aufschrift ›Fuggedaboudit‹ und solche Dinge kaufen.«

»Klingt lustig«, sagte ich. »Man kann nie genug Mafia-CDs haben.«

Schmunzelnd sagte Elaine: »Ich wollte damit nicht andeuten, dass du welche kaufen sollst. Aber es ist ein perfekter Ort, um eine anthropologische Studie über Menschen wie meinen Cousin durchzuführen. Als ich Gina zum ersten Mal sah, dachte ich, sie sei wie er. Aber nachdem ich sie im Umgang mit Lorna und Sheila gesehen habe, denke ich das überhaupt nicht mehr. Sie scheint intelligent zu sein. Sie tut mir leid, weil sie offensichtlich einer Klasse angehört, die ihr nicht viele Möglichkeiten ließ. Es muss schwer sein für jemanden wie sie, der intelligent ist, aber nicht die nötige Unterstützung bekommen hat, um etwas aus sich zu machen.«

Ich hatte nicht das Bedürfnis, Elaine Gina zu erklären. Aber ich wollte auch nicht, dass sie einen so offensichtlich falschen Eindruck von meiner Freundin bekommt. »Gina hat alle Möglichkeiten, Elaine. Ihre Familie ist recht wohlhabend und ihr selbst gehört die Fire Island Fährgesellschaft.«

»Was?«

»Es ist wahr. Sie hat Geld und sie hätte studieren können. Sie hat allerdings eine Lernbehinderung, die es ihr schwer macht, Dinge schriftlich zusammenzufassen. Ihre

Lehrer entdeckten es erst, als sie die Grundschule fast abgeschlossen hatte, und bis dahin hatte sie gelernt, die Schule zu hassen. Wenn man einmal so gründlich mit etwas abgeschlossen hat, ist es schwer, wieder damit anzufangen.«

»Das ist ja schrecklich!«

»Ja. Es war schwer für sie. Sie könnte also eine bessere Schulbildung haben, aber das würde sie nicht klüger machen. Sie ist mir intellektuell eindeutig ebenbürtig und übertrifft mich in fast jeder praktischen Hinsicht. Ich bin einfach froh, dass sie etwas tut, das sie liebt, und Zeit für die Dinge hat, die ihr viel bedeuten. Ich weiß nicht, ob das auch so gewesen wäre, wenn sie aufs College gegangen wäre und das Gefühl gehabt hätte, sich einen anderen Beruf suchen zu müssen.«

»Das kann nicht dein Ernst sein«, sagte Elaine.

»Was genau?«

Sie schlug frustriert die Hände über dem Kopf zusammen. »Alles! Warum sollte die Eigentümerin eines Unternehmens selbst die Fähre fahren?«

Selbstgefällig sagte ich: »Sie ist Kapitänin und nicht der Fahrer. Und sie tut es, weil es ihr gefällt und sie damit einen weiteren Angestellten einspart. Ich habe gelernt, dass Gina genau das tut, was sie tun will, nachdem sie es alles gründlich durchdacht hat. Wenn sie also sagt, dass es für sie in Ordnung ist, selbst eine Fähre zu steuern, dann nehme ich ihr das ab.«

»Ich glaube, ich war noch nie so überrascht wie jetzt.«

»Ich gebe das nur ungern zu, aber ich war auch überrascht. Ich habe diesen Sommer viel gelernt, und eine der wichtigsten Erkenntnisse war, dass ich viel zu ignorant bin wenn es darum geht, Menschen nach ihren akademischen Leistungen zu beurteilen. Es gibt einen Grund, warum man sagt, dass wir in einem Elfenbeinturm sitzen, Elaine.«

Jetzt hatte Elaine ein argwöhnisches Funkeln in den Augen. »Du hast aber nicht vor, deine Karriere aufzugeben, um Schiffsjunge zu werden, oder, Hayden?«

»Nein, wirklich nicht. Ich will immer noch Professorin werden und Bücher schreiben. Gina und ich müssen nur einen Weg finden, wie wir zusammen sein können, während wir das tun, was wir lieben.«

Misstrauisch sagte Elaine: »Ich kann mir nicht vorstellen, dass du jeden Morgen zwei Stunden auf dem Highway verbringen möchtest.«

»Das sehe ich auch nicht, aber wir werden uns etwas einfallen lassen. Ich bin flexibler als sie, da sie die Fire Island-Fähre nicht nach Manhattan verlegen kann.«

»Es überrascht mich nicht, dass du dich hier draußen mit jemandem zusammengetan hast, aber Gina wäre die letzte Person gewesen, die ich für dich ausgesucht hätte. Ich weiß, ich habe nicht das Recht, über sie zu urteilen, als würde ich sie kennen, aber sie scheint aus zwei verschiedenen Welten zu kommen.«

Jetzt war ich neugierig. »Wie meinst du das?«

»Wie ich es vorhin gesagt habe. Es gibt einen Teil von ihr, der – ich hasse es, zu verallgemeinern – aber es gibt einen Teil von ihr, der lässt sie wie ein Mädchen aus der Unterschicht von Long Island wirken. Du kennst das Klischee: harter Akzent, auffälliger Schmuck, lange Fingernägel und jede Menge ›Proshute‹ und ›Mozzarell‹.«

»Ich war mir dieses Stereotyps gar nicht bewusst. Deshalb war ich überrascht, als wir kürzlich zu einem Familienfest gegangen sind und ich genau die Leute gesehen habe, von denen du gerade sprichst. Gina scheint ganz anders zu sein als diese Menschen, aber sie ist auch ein Teil von ihnen. Seit dieser Party bin ich selbst etwas verwirrt.«

»Eines meiner Interessengebiete ist die Erforschung solcher Menschen. Es wurde nicht viel darüber veröffentlicht, wahrscheinlich, weil es fast unmöglich ist, Mittel für die Forschung zu bekommen. Aber mich interessiert es.«

»Warum? Weil deine Mutter Italienerin ist?«

»Nein, mehr wegen meines Cousins. Sein Verhalten und das, was er ausstrahlt, scheinen weit verbreitet zu sein, und ich frage mich, ob die Menschen so etwas bewusst machen oder ob es Teil ihrer Erziehung ist. Es war nicht Teil der Erziehung meines Cousins, deshalb weiß ich, dass er es von sich aus tut.«

»Seine Eltern haben also nicht so getan, als gehörten sie zur Mafia?«

»Gott, nein! Meine Großeltern mütterlicherseits distanzierten sich so weit wie möglich von diesen Stereotypen. Sie erkannten, dass Bildung in den Vereinigten Staaten der Schlüssel zum Erfolg ist. Sie hatten zwar selbst nur die Highschool abgeschlossen, aber sie waren wild entschlossen, ihre Kinder College-Absolventen werden zu lassen. Mein Onkel beendete die Schule nicht und er arbeitete schließlich in einer Fabrik in New Jersey. Aber meine Mutter hat ihren Abschluss gemacht, und obwohl sie stolz auf ihr italienisches Erbe ist, hisst sie keine rot-weiß-grüne Flagge auf der Veranda, wenn du verstehst, was ich meine.«

»Ich bin mir nicht sicher«, sagte ich. »Setzt du den Stolz auf ihr Erbe mit dieser Subkultur der Mafia-Hommage gleich?«

»Nein, natürlich nicht. Es scheint mir, dass die meisten italienischen Einwanderer, die während der großen Auswanderungswelle in dieses Land kamen, aus Sizilien stammen. Mit Sizilien ist alles in Ordnung, aber es ist seit Hunderten, wenn nicht Tausenden von Jahren eine arme Region. Noch immer versuchen die Menschen im reichen Norditalien alle paar Jahre einen Plan zu entwerfen, um sich vom Süden abzuspalten.«

»Das wusste ich nicht.«

»Die meisten Einwanderer kamen nicht, weil es in Italien so gut für sie lief. Sie waren die Ärmsten der Armen, und sie hatten nur die Wahl, das Geld für die Auswanderung zusammenzukratzen oder möglicherweise zu verhungern. Viele der Einwanderer waren Analphabeten, die überwiegende Mehrheit von ihnen war ungebildet und fast alle waren arm. Wie in jeder Gemeinschaft gab es einige, die in der Vergangenheit verwurzelt bleiben wollten, nur in einem neuen Land. Viele andere, wahrscheinlich die Mehrheit, versuchten, amerikanische Sitten und Werte zu übernehmen und erfolgreich zu sein. Die Familie meiner Mutter war so. Aber irgendwie scheint mein Cousin mehr zu denen zu tendieren, die so tun, als stünden sie zumindest noch mit einem Bein in Sizilien und nur mit einem in den Vereinigten Staaten. Sie haben sich auch einen falschen sizilianischen Dialekt angewöhnt für die wenigen italienischen Vokabeln, die sie kennen.«

»Ist es das, was du mit ›Proshute‹ meinst? Auf der Party, auf der wir waren, hörte ich Leute das sagen. Ich weiß, dass Gina das nicht so sagt, und sie spricht wunderschön fließend Italienisch.«

»Die meisten Leute, wie auch mein Cousin, können kein Italienisch. Sie waren noch nie in Italien, sie scheinen auch kein Interesse daran zu haben. Es scheint, als haben sie hier diese kleine, sizilianische Unterschicht geschaffen und erfreuen sich an der Tatsache, dass sie eine Unterschicht sind.«

»Ich gebe es nur ungern zu, aber ich hörte, wie Ginas Vater die Familie als einen Haufen dummer Itaker bezeichnete. Ich war erstaunt.«

»Ich bin keine Soziologin, daher bin ich nicht die richtige Person, um eine abschließende Bewertung abzugeben. Aber es hat definitiv eine Zunahme von Italo-

Amerikanern gegeben, die stolz auf ihre mangelnde Bildung und ihr unangepasstes Sozialverhalten sind. Vielleicht hat es mit den Paten-Filmen angefangen. Vielleicht aber auch schon mit der Auswanderung der ersten Sizilianer. Aber es gibt einen großen Unterschied zwischen Menschen wie meiner Mutter und möglicherweise Ginas Vater.«

»Das ist faszinierend«, sagte ich. »Manchmal wirkt Gina, als stecke sie mittendrin. Als erwarte sie, dass die Leute sie für dumm halten oder dass sie etwas mit der Mafia zu tun hat. Aber nichts dergleichen trifft zu. Sie ist elegant und geschmackvoll und kultiviert, und obwohl sie Italien sehr liebt, gibt sie damit nicht an. Ich bin sicher, dass sie niemals die rot-weiß-grüne Flagge hissen würde. Vor allem würde sie nicht zu ihrer Einrichtung passen.« Ich fand den bloßen Gedanken daran sehr lustig, war mir aber sicher, dass Elaine den Witz nicht begriff, da sie Ginas Haus nicht kannte.

Als Gina nach Hause kam, verbrachte sie wie immer ein paar Minuten damit, ihre Post durchzusehen. Ich beobachtete sie aus den Augenwinkeln, um zu sehen, was sie mit dem Brief tat, der für mich wie eine Einladung aussah. Sie hielt den Umschlag einige Augenblicke lang in der Hand, legte ihn dann aber beiseite. Ich versuchte, meiner Stimme einen beiläufigen Klang zu geben, und fragte: »Irgendetwas Interessantes?«

Sie zögerte einige Augenblicke und antwortete dann. »Ich weiß nicht, ob es interessant ist, ich möchte das Kuvert nicht öffnen.«

»Was ist los, Schatz?«

»Es ist von Lacey. Wahrscheinlich eine Einladung zu ihrer Party.« Gina warf den Umschlag auf den Tisch. »Normalerweise feiert sie mit Freunden immer um den Labour Day herum. Ich frage mich, warum der Brief diesmal so früh kommt?«

Ich wollte mir am liebsten den Umschlag schnappen, ihn aufreißen und sehen, was drin stand, aber ich konnte mich zurückhalten. »Du siehst aus, als ob du Angst davor hättest.«

Gina nickte langsam. »Ich weiß selbst nicht warum. Ich habe so lange nichts von ihr gehört …«

»Hatte Lacey dich letztes Jahr nicht eingeladen?«

»Nein, und es macht mich ein wenig nervös, dass sie mich jetzt wieder kontaktiert.«

Ich ging zu Gina hinüber, legte meinen Kopf auf ihre Schulter, und wie üblich schlang sie ihre Arme locker um meine Taille. Wir hielten uns einige Minuten lang fest. Das taten wir mehrmals am Tag. Ich weiß gar nicht mehr, wann es anfing, aber wenn sie mich nicht mehrmals am Tag umarmte, war mein Tag nicht vollständig. Wie so oft konnte ich auch jetzt spüren, dass die Spannung aus ihrem Körper wich. Ich muss zugeben, dass ich mehr als nur ein wenig stolz auf meine Fähigkeit war, Gina zu beruhigen. Nach ein paar Minuten nahm sie den Umschlag, riss ihn auf und atmete tief durch. Sie sagte: »Ja. Sie feiern eine Party. Ich frage mich nur, warum sie mich eingeladen hat.«

»Das lässt sich leicht herauszufinden, Schatz.«

»Ich könnte Lacey anrufen, aber das will ich eigentlich nicht.«

»Oder wir könnten zu der Party gehen, dann erfahren wir den Grund.«

»Was?«

»Ich würde gerne deine Freunde kennenlernen. Findest du das so abwegig?«

»Nein, ganz und gar nicht. Ich bin mir nur nicht sicher, ob das meine Freunde sind.«

»Alle? Oder nur Lacey?«

Gina ging zum Kühlschrank, goss sich ein Glas Wasser ein und lehnte sich an die Theke, während sie langsam trank. Ich hatte gelernt, sie nicht zu hetzen, wenn sie nachdachte, aber es fiel mir schwer. Manchmal hätte ich ihr gerne etwas Feuer unter dem Hintern gemacht. Sie leerte das Glas und stellte es auf die Spüle. »Alle, aber vor allem Lacey.«

»Wie lange kennst du die Frauen schon?«

»Ziemlich lang. Mit mehr als der Hälfte von ihnen war ich befreundet, bevor ich Lacey kennenlernte. Aber ich hatte dir doch schon davon erzählt, dass einige von ihnen anfingen, mich komisch zu behandeln, als ich nach Italien fuhr und Italienisch lernte und meinen Nachnamen änderte, oder? Die meisten Leute, mit denen ich in der Highschool rumhing, waren Faulpelze, und sie glaubten wohl, ich wollte ihnen die Schau stehlen oder besser sein als sie oder was zum Teufel auch immer sie dachten.«

»War Lacey nie mit nach Italien gekommen?«

Gina machte ein Schmollgesicht. »Nein. Das wollte sie nie. Sie bekam nur zwei Wochen Urlaub, und den nahm sie gern als verlängerte Wochenenden über das ganze Jahr verteilt. Außerdem fand sie mein Interesse an Italien ziemlich merkwürdig.«

»Ich kann verstehen, dass dich die Einladung verwundert«, sagte ich. »Lacey und du, ihr seid seit ein paar Jahren getrennt und du hast deine alten Freunde seitdem nicht mehr gesehen. Es ist schon komisch, dass sie dich jetzt einlädt.«

Gina schaute nachdenklich auf das Kuvert. »Möchtest du mit mir hingehen?«

Mir schlug das Herz bis zum Hals, aber ich nahm all meinen Mut zusammen und sagte: »Ja.«

Es ist nicht immer klug, mutig zu sein. Gina kam die Treppe herunter, bereits für die Party angezogen. Es war ausgerechnet einer der wenigen Sommertage, an dem keine kühle, feuchte Luft vom Atlantik herüberwehte. Nein, im Gegenteil, es war heiß und schwül und es gab keine einzige Wolke am Himmel.

Gina war entsprechend angezogen. Abgesehen davon, dass ihr Outfit zu einer Strandparty passte, hätte sie auch als Model für Victoria's Secret auftreten können. Ich liebe es, ihre gebräunte Haut zu sehen, aber ich hatte nicht gedacht, dass auch Lacey dieses kleine Stückchen Paradies wieder einmal erblicken würde. Ich war also wenig begeistert, denn ich bin mir noch lange nicht sicher, ob Gina wirklich fest bei mir bleibt. Auch wenn es keinen Anlass für Zweifel gibt, meinen Neurosen ist das egal.

Gina hatte im Vorfeld nicht viel über die Partei gesprochen, deshalb konnte ich all meinen Unsicherheiten freien Lauf lassen. Warum hat Lacey wieder Kontakt zu Gina aufgenommen? Ich knabbere schon seit Tagen an dieser Frage herum. Aber der Grund, warum ich heute so nervös bin, ist nicht Lacey, sondern Gina. Warum zeigt Gina wieder ein Interesse an Lacey? Das ist die große Frage und sie treibt mich in den Wahnsinn.

Ich mache mir Sorgen, dass Gina bereits die Zukunft plant und davon ausgeht, dass wir uns am Ende des Sommers trennen werden. Sollte das so kommen, warum also nicht in Erfahrung bringen, was Lacey vorhat? Es ist nie verkehrt, einen Plan B zu haben. Ich hatte es ja selbst versucht, es hatte nur nicht geklappt, weil mich niemand als Professorin für klassisches Altertum haben wollte.

Wenn Gina vorausschauend handelt, kann ich ihr sicherlich keinen Vorwurf machen. Aber es muss mir auch nicht gefallen. Ich werde mein Bestes tun, um das Bestmögliche anzunehmen – dass Gina lediglich eine Einladung von einigen alten

Freunden bekommen hat und sie wieder einmal sehen will. Manchmal ist eine Zigarre nur eine Zigarre – hat Sigmund Freud das wirklich gesagt?

Nicht viele Frauen würden sich darüber beklagen, an einem schönen Tag an einem schönen Strand mit einer schönen Frau zusammen zu sein. Ich auf jeden Fall nicht. Ich werde mich heute amüsieren. Vorher werde ich ein paar Drinks nehmen, um meine zitternden Hände zu beruhigen. Es ist zwar heiß, aber nicht so heiß, dass meine Hände so nass sein sollten wie sie sind. Gott sei Dank sieht es ganz danach aus, als wüssten sie, wie man eine gute Party schmeißt. Ich sehe drei riesige Plastikfässer, die mit Bier und Wein gefüllt sind. Gina sagte, dass jeder fünfundzwanzig Dollar für Essen und Trinken beisteuern muss, also können wir genauso gut auf unsere Kosten kommen.

All meine Befürchtungen waren zum Glück unbegründet. Die Frauen, die Gina mir vorstellte, waren alle nett und freundlich. Die meisten von ihnen gaben mir einen Eindruck davon, wie Gina wohl wäre, wenn sie selbst nicht so einen Wissensdurst an den Tag legen würde. Kurz gesagt, sie schienen ein netter Haufen zu sein. Mir fiel jedoch auf, dass die Frauen, mit denen wir sprachen, alle für eine Strandparty angezogen waren. Sie trugen Badeanzüge oder Shorts und T-Shirts und Flip-Flops. Aber es gab daneben noch eine andere Gruppe, die auffallen wollten.

Um ehrlich zu sein, traf das auch auf Gina zu. Sie hatte einige Zeit vor dem Spiegel verbracht, bevor wir das Haus verließen. Ihr Haar hatte sie lässig hochgesteckt, aber ich habe beobachtet, wie sie es frisiert hat, und es war mehr, als nur ein Band darum zu legen. Und ihr weißes Tanktop und ihre karierten Madras-Shorts passten, als wären sie maßgeschneidert, auch wenn ich weiß, dass sie es nicht sind. Sie sieht stilvoller aus als die Frauen, die sie mir vorgestellt hat, aber das ist sie nicht. Sie gingen auf dieselbe Schule, in dieselbe Kirche – ich hatte mir Gedanken darüber gemacht, ob Gina Mitglied einer Kirchengemeinde ist, aber sie versicherte mir, dass alle Italiener eine Heimatgemeinde haben – und sie sprechen eine Sprache, die mir fremd ist.

Aber diese andere Gruppe, die mit den leicht snobistisch aussehenden Menschen, scheint einer höheren sozialen Schicht anzugehören. Wieder einmal kann ich mir nicht ganz erklären, wozu Gina gehört. Aber die Tatsache, dass wir eine Gruppe zu meiden scheinen, gibt mir einen Anhaltspunkt.

Ich hatte noch nicht das Vergnügen, Lacey kennenzulernen. Gina versichert mir, dass sie immer als Letzte ankommt. Sie sollte sich besser beeilen, sonst bekommt sie nichts zu essen. Die Leute haben stundenlang Volleyball gespielt und sind geschwommen und das sieht nach einer hungrigen Gruppe aus.

Dann bemerkte ich eine Bewegung unter den Mädchen, und selbst wenn ich keine Ahnung gehabt hätte, wie Lacey aussah, hätte ich sie erkannt. Gina hatte mir nur gesagt, dass Lacey schön ist, dunkelhaarig und dunkle Augen hat. Diese Frau, die nun allein herangeschlendert kam, hatte alle diese drei Eigenschaften – und noch viele mehr.

Es gab keinen Zweifel daran, dass Gina eine ungewöhnlich schöne Frau war. Aber zweifellos war Lacey noch wesentlich hübscher als Gina. Wie sich das wohl anfühlen muss? Es muss seltsam für eine Frau sein, wenn sie weiß, wie hübsch sie ist, ihre Partnerin aber noch besser aussieht. Irgendwie lässt das Gina in meiner Achtung steigen. Mir gefällt die Tatsache, dass sie nicht nach einer Frau gesucht hat, die sie in den Schatten stellen kann. Aber hey! Vielleicht tut sie das jetzt gerade!

Okay, Hayden. Denk nach. Gina und Lacey sind seit vier Jahren getrennt. Wenn sie sie zurückgewollt hätte, hätte sie sie wohl bekommen können. Gina hatte gesagt, dass Lacey mehrmals versucht habe, wieder mit ihr zusammenzukommen, und Gina hatte sich offensichtlich geweigert. Lass nicht zu, dass deine Paranoia und deine Eifersucht diesen schönen Tag ruinieren!

Mindestens fünfzig Frauen feierten am Strand und Gina hatte es nicht eilig, Lacey zu begrüßen. Stattdessen drückte sie meine Hand und sagte: »Bist du genauso hungrig wie ich?«

»Keine Ahnung, wie hungrig du bist – genug, um ins Meer zu springen und zu versuchen, mit bloßen Händen Fische zu fangen?«

Gina lachte und küsste meine Hand. »Du hast noch nie geangelt, wenn du glaubst, du könntest sie mit bloßen Händen fangen. Es ist mit der richtigen Ausrüstung noch schwer genug. Komm, lass uns gehen, bevor diese Küken uns nichts mehr übrig lassen.«

Ich nagte gerade an einem Spareribs-Knochen wie ein hungriger Hund, als Lacey zu uns kam und mich dabei erwischte, wie ich meine Finger ablutschte. Bestimmt freute sie sich auch darüber, dass mein ganzes Gesicht mit knallroter, klebriger Barbecue-Soße bespritzt war. Die Rippchen waren verdammt gut, aber es wäre nicht nötig gewesen, dass mich Ginas Freunde und ihre ehemalige Liebhaberin in dem Moment ertappten, als ich wie ein Straßenjunge aussah. Es muss schlimm gewesen sein, denn als Gina sich zu mir umdrehte, um mich vorzustellen, kicherte sie, nahm ihre Serviette und wischte mir gründlich das Gesicht ab. Gott sei Dank war das nicht peinlich!

Lacey war absolut charmant, sie fiel Gina nicht in die Arme, küsste sie nicht ab oder tat in irgendeiner Weise so, als würde sie sie für sich selbst beanspruchen. Gina benahm sich wie immer und das beruhigte mich. »Hayden, das ist Lacey Cha-cho. Lacey, Hayden Chandler.«

Ich würde Gina fragen müssen, wie man Laceys Nachnamen schreibt, da ich ziemlich sicher war, dass niemand außerhalb einer lateinisch-chinesischen Bande Cha-cho heißt.

»Schön, dich kennenzulernen«, sagten wir fast unisono. Sie lächelte und ich hatte einen Moment lang den Wunsch, sie in meine Arme zu nehmen und zu küssen. Hey! Kein vorschnelles Urteil bitte, ihr wart nicht dabei.

Lacey schien diesen Drang nicht zu haben, oder sie verbarg ihn gut. Sie war höflich und freundlich, schien aber nicht sehr interessiert an mir zu sein. Es war nicht mehr als die übliche schnelle Begrüßung, wenn man Leute auf einer Party trifft. Wenn Lacey eifersüchtig war, hätte sie mir das sicher nicht gezeigt. Tatsächlich beruhigte mich ihr Verhalten, denn sie schien weder an mir, noch an Gina übermäßig großes Interesse zu haben.

»Es ist lange her, nicht wahr?«

Gina nickte. »Ja, das ist es. Man sollte meinen, wir würden uns öfter über den Weg laufen.«

»Würden wir, wenn du normale Arbeitszeiten hättest. Arbeitest du immer noch vierzehn Stunden am Tag?«

»Nein«, lächelte Gina und schüttelte dabei den Kopf. »Ich habe jetzt nur noch 10-Stunden-Tage. Erinnerst du dich an meinen Cousin Case?« Lacey nickte kurz. »Er hat dieses Jahr seinen Bootsführerschein gemacht und fährt die Spätschicht.«

»Verdammt, er war noch ein Kind, als ich ihn das letzte Mal gesehen habe.«

»Ist er immer noch. Er ist erst seit einem Jahr aus der Highschool, aber ich vertraue ihm.« Gina lachte wieder und bekam ganz süße Fältchen um die Augen. »Ich vertraue ihm mehr als meinen schwachköpfigen Neffen.«

Lacey machte große Augen. »Sag nicht, dass diese Idioten auch ihre Lizenzen haben!«

»Nein, sie wollen, aber ich glaube nicht, dass auch nur einer von beiden die Prüfung bestehen wird. Aber sie arbeiten trotzdem diesen Sommer für mich. Wie auch die Freundin von Chris, ein nettes Mädchen, aber laaaaangsaaaaam. Meine Oma sagt, sie sehe aus wie eine Wasserpfeife«, sagte Gina und ahmte ihre Großmutter perfekt nach.

Lacey legte den Kopf in den Nacken und lachte herzlich. Kaum zu glauben, jetzt sie war noch hübscher. Wenn es einen gerechten Gott gäbe, hätte Lacey einen behaarten Rücken oder unkontrollierbare Blähungen oder Körpergeruch wie ein verängstigtes Stinktier.

»Deiner Oma geht es sicher gut, wenn sie wieder gemein sein kann. Ich glaube, ich habe sie noch nie ein nettes Wort über jemanden sagen hören.«

Lächelnd sagte Gina: »Gib ihr Zeit. Sie ist erst achtzig.«

Es schien eine unbewusste Bewegung zu sein, aber Lacey streckte die Hand aus, griff nach ein paar von Ginas verirrten Haarsträhnen und zog sanft an ihnen. »Dein Haar sieht toll aus. Ich habe mich wohl geirrt, als ich sagte, du solltest es nicht schneiden lassen.«

»Ich kann jetzt mehr damit anfangen. Als es länger war, musste ich es entweder zusammenbinden oder aufwendig hochstecken. Jetzt sehe ich nicht mehr gleich so aus, als würde ich zum Abschlussball gehen.«

»Nun, es ist toll. Ich bin wirklich froh, dass ihr kommen konntet«, sagte sie und schaute uns beide an.

»Ich bin auch froh, dass wir gekommen sind«, sagte Gina. »Es war höchste Zeit.«

»Ja, das war es.« Lacey musste jemand anderes aufgefallen sein, denn sie winkte uns kurz zu und ging weg.

»Das war doch gar nicht so schlimm, oder?«

»Nein, sie scheint nett zu sein.«

»O ja, Lacey ist eine wirklich tolle Frau. Ich gehe nicht mit Frauen aus, die nicht nett sind.«

»Sie hat nicht zufällig einen behaarten Arsch oder sechs Fußzehen?«

Gina lachte, aber es war klar, dass sie verwirrt war. »Das ist die seltsamste Frage, die du mir je gestellt hast. Wo kommt das denn her?«

»Frauen, die so schön sind, sollten einen ernsthaften Makel haben. Es ist einfach nicht fair, wenn sie perfekt sind. Ich habe mir also vorgestellt, dass sie einen Hintern hat, der so pelzig ist, dass selbst Hunde darüber lachen.«

Gina legte ihren Arm um mich und drückte mich ganz fest. »Du bist vielleicht eine, Hayden Chandler. Ich weißt nicht, was du für eine bist, aber es gefällt mir sehr gut.«

In den nächsten paar Stunden behielt ich Lacey im Auge. Natürlich heimlich. Ich wollte nicht, dass Gina etwas von meiner Faszination über ihre Ex-Freundin mitbekam. Gina hatte mir erzählt, Lacey habe eine neue Partnerin, aber wenn, dann war sie heute nicht anwesend. Nein, für mich sah Lacey völlig ungebunden aus.

Gina wollte nicht schwimmen gehen, aber es war ein so heißer Tag, dass ich mehrmals ins Wasser ging. Kurz bevor es dämmerte spielte ich noch einmal mit ein paar Freunden von Gina im Wasser herum, als ich einen Pfiff hörte und sah, dass Gina in Richtung Stadt zeigte. Ich nahm an, dass sie auf die Toilette musste. Gina war nicht die Art Mädchen, die sich in die Büsche hocken würde. Sie war in vielerlei Hinsicht sehr geerdet, aber ich konnte mir nicht vorstellen, dass sie es riskieren würde, ihre Kleidung zu zerknittern, geschweige denn ihre Shorts zu beflecken.

Wir blieben noch eine Weile im Wasser und gingen erst raus, als es zu dunkel wurde. Ginas Freunde hatten für das Wochenende ein Motelzimmer gemietet und luden mich ein, bei ihnen zu duschen. Ich wollte aber nicht so lange weg sein, also lehnte ich ab. Der Wind nahm etwas zu, und obwohl es noch warm war, wurde mir etwas kühl. Also legte ich mein Handtuch neben einer Wand aus Bierkästen in den warmen Sand. Die Kästen hielten den Wind ab und ich lag da und genoss die Wärme.

Ich bin mir nicht sicher, ob ich eingeschlafen war, aber Stimmen in meiner Nähe erregten meine Aufmerksamkeit. Ich konnte nicht sehen, wer sprach, weil sie auf der anderen Seite meiner kleinen Mauer saßen, in der Nähe des Lagerfeuers, das jemand entfacht hatte. Aber sie müssen sehr nahe gewesen sein, denn ich konnte sie sehr gut hören. Sie hatten beide einen starken Long Island-Akzent, eine Frau näselte besonders stark. Sie sprach als erste.

»Sie hat mir zwar nicht gesagt, dass ich fragen soll, aber ich werde Lacey sagen, dass Gina bestimmt ledig ist.«

»Ja, das denke ich auch. Vielleicht ist das Mädchen ihre Cousine oder so. Auf keinen Fall ist Gina mit ihr zusammen.«

»Bestimmt nicht! Gina könnte jede auf der Insel kriegen. Auf keinen Fall würde sie sich für dieses blasse Mädchen entscheiden.«

»Vielleicht läuft es diesen Sommer anders? Vielleicht ist sie die Beste, die Gina finden konnte.«

»Man geht nicht von einer Zehn auf eine Vier runter, egal wie die Dinge liegen. Außerdem muss es nicht ein Mädchen von Fire Island sein, ich kenne ein Dutzend Frauen auf der Insel, die sich eine Titte abschneiden würden, um mit ihr auszugehen.«

»Gina hat nur eine große Schwäche. Man muss ihre schlechte Laune hinnehmen. Außerdem scheint sie jetzt glücklicher zu sein. Sie ist wahrscheinlich über die beschissenen Gefühle wegen ihrer Mutter hinweg. Das war das Einzige, was sie von Lacey weggebracht hat.«

»Ich schätze, wenn man wie Gina aussieht, kann man Perfektion verlangen. Ich muss mich mit einer Sieben abfinden, die mich betrügt.« Sie lachte kläglich.

»Meine betrügt mich nicht, aber sie würde es wahrscheinlich tun, wenn sie dadurch zwanzig Kilo abnehmen könnte. Zum Glück ist sie dafür zu faul.«

»Ich wusste, dass Lacey niemals mit Jenny glücklich werden würde. Sie war ein nettes Mädchen, aber sie war keine Gina.«

»Es gibt nicht viele Ginas hier. Wenn es sie gäbe, hätte ich eine!«

Ich glaube, es war windig genug, dass keine der Frauen mich weinen hörte. Zumindest hoffe ich, dass es so war. Es fühlt sich einfach nicht gut an, nur eine Vier auf einer Zehnerskala zu sein und von den Freundinnen deiner Liebhaberin nur für ein Begleithündchen gehalten zu werden. Ich frage mich, wo auf der Skala ich vor meinem Friseurbesuch gelegen hätte. Ich sehe 100 Prozent besser aus als vorher, aber ich bin mir nicht sicher, ob mich das zu einer Drei oder einer Null gemacht hätte. So oder so, ich fühle mich wie eine Null.

Es war dunkel genug, sodass ich sichergehen konnte, dass niemand meine Tränen bemerkte. Ich lief mit etwas Anstand zum Lagerfeuer herum und suchte meine Freundin, aber sie war nirgends zu sehen. Bedauerlicherweise war auch Lacey nicht da. Die Frauen, mit denen ich geschwommen war, kamen zurück, und ich fragte sie, ob sie Gina gesehen hätten. Eine von ihnen meinte, Gina und Lacey würden auf einer Bank bei der nächsten Bademeisterstation sitzen. Ich bedankte mich bei ihr, holte mir ein Bier und machte einen Spaziergang in die entgegengesetzte Richtung.

Ich bin nicht sehr weit gegangen, hauptsächlich weil ich in der Nähe sein wollte, wenn Gina zurückkommt. Ich wusste, dass es meine Paranoia war, aber mir schossen die verrücktesten Gedanken durch den Kopf. Ich hasste es zuzugeben, aber ich fühlte mich ganz schnell wieder wie das unattraktive kleine Mädchen, das ich war. Oder gewesen war. Das kleine Mädchen mit der blassen Haut, den farblosen Haaren, einer Schuluniform, die nie richtig passte, den orthopädischen Schuhen, um eine Fehlstellung der Füße zu korrigieren. Verdammt, selbst jetzt klingt das noch schrecklich. Aber es war mehr als nur das Aussehen, durch das ich mich wie eine Ausgestoßene fühlte. Ich durfte auf die besten Schulen gehen, aber nicht, weil ich mich gesellschaftlich dazugehörte. Die Haydens waren in Philadelphia sehr bekannt, und als ich in die Mittelschule kam, wussten die anderen Mädchen zwar, dass ich den Namen hatte, aber wir hatten nicht das Geld, um mitzuspielen. Ich bin mir immer noch nicht sicher, ob ich ein Bücherwurm wurde, weil ich keine Freunde hatte, oder ob ich keine Freunde hatte, weil ich ein Bücherwurm war. Wie dem auch sei, es war sehr schmerzhaft, in diesen prägenden Jahren außen vor zu bleiben. Ich wünschte, ich könnte das alles Vergangenheit sein lassen, aber die Gefühle kommen sehr schnell wieder zurück.

Ich war auf einer Party, also trank ich noch ein Bier. Ich traf die Frauen, mit denen ich geschwommen war, und sie schlugen vor, sich mit ein paar Runden Jägermeister aufzuwärmen. Ich machte mit – teils, um mich anzupassen, und teils, um mich abzulenken. Ich weiß nicht, ob ich das schon einmal erwähnt habe, aber ich habe keine besonders hohe Toleranz gegenüber Alkohol. Ich bin mir nicht sicher, wie viele Shots wir getrunken haben, und ich brauchte dazwischen immer wieder einen Schluck Bier, um den Geschmack aus dem Mund zu bekommen, aber nach einer Weile musste ich mich hinlegen, um nicht umzufallen. Ginas Freunde fanden mein Handtuch und ich legte mich hin, um ein kleines Nickerchen zu machen.

13

Soweit ich das beurteilen kann, bin ich am Leben.

Ich liege in Ginas Bett, aber ich habe keine Ahnung, wie ich hierher gekommen bin. Ihr glänzender Badezimmermülleimer steht neben dem Bett, er ist mit einem Müllbeutel ausgekleidet. Das ist kein gutes Zeichen. Gina ist immer vorbereitet, aber sie hätte den Eimer nicht dorthin gestellt, wenn ich ihr nicht einen überzeugenden Beweis dafür geliefert hätte, dass ich ihn brauche.

Ich drehte mich um und fühlte Papier unter mir knistern. Ich bin sicher, das Geräusch war sehr leise, aber in meinem Gehirn kam es an wie eine Boeing 767, die über meinem Kopf startete. Es dauerte eine Weile, bis ich schließlich ich in der Lage war, das Papier unter meiner Schulter herauszuziehen und zu erkennen, dass es sich um einen Notizzettel handelte. Na toll. Ich liebe Nachrichten, nachdem ich so betrunken war, dass ich fast an Amnesie leide. Ich bin sicher, sie schildert, wie kultiviert ich auf eigenen Beinen nach Hause gekommen bin.

Endlich konnte ich mich konzentrieren und die Notiz lesen, die Gina mir hinterlassen hatte. Sie war netter als eine andere, die ich vor vielen Wochen bekommen hatte, aber ich konnte nicht wirklich viel verstehen. Vielleicht lag das daran, dass ich gestern Abend die Hälfte meiner Gehirnzellen zerstört habe. Ich hatte nie eine dieser Phasen im College, wo man in eine Bar geht und trinkt, bis man seinen Namen vergisst. Warum fange ich jetzt mit dreißig Jahren damit an?

Ich werde diese rhetorische Frage beantworten. Ja, ich weiß, es ist ein Zeichen von Schwäche, wenn man sich rhetorische Fragen stellt und sie beantwortet, aber ich denke, es ist klar, dass ich in Schwierigkeiten bin. Ich benehme mich wie eine College-Studentin, weil ich mich so fühle. Ich fühle mich jung und unsicher und ängstlich. Die Beziehung zu Gina bedeutet mir so viel, dass ich das Gefühl habe, der Boden schwankt unter uns. Nun, vielleicht nicht unter uns, aber auf jeden Fall unter mir.

In Ginas Notiz stand nur, dass sie hofft, es gehe mir gut und dass sie nach Hause kommen und mir Kaffee kochen möchte. Die meisten Menschen würden nicht versuchen, viel hineinzuinterpretieren, aber ich bin nicht wie die meisten Leute. Ich denke ständig, dass sie unbeschwerter klingen müsste oder dass sie sich sogar über mich lustig machen würde, wenn die Dinge zwischen uns gut liefen. Aber ich weiß nicht, wie die Dinge zwischen uns stehen, weil ich so stinkbesoffen war, dass ich nicht mehr viele Erinnerungen an den Abend habe, als sie mit Lacey verschwunden war.

Die meisten Erwachsenen würden nicht gleich panisch reagieren, wenn ihre Freundin ein wenig Zeit mit einer Ex-Liebhaberin auf einer Party verbringt. Gina hätte Lacey haben können, bevor sie mich kennenlernte. Ich habe nie erlebt, dass sie mit Bedauern darüber gesprochen hat, dass Lacey nicht mehr in ihrem Leben war. Warum kann ich mich also nicht wie eine Erwachsene verhalten? Warum kann ich nicht glauben, dass ich die Frau bin, die Gina will? Ich weiß, es ist unwahrscheinlich, besonders nachdem ich Lacey gesehen habe, aber Gina hat offensichtlich im Lauf der Jahre etwas von ihrem Sehvermögen verloren und findet mich attraktiv. Warum sollte ich versuchen, sie von dieser verrückten Vorstellung abzubringen?

Ich sollte mich wie ein großes Mädchen verhalten und sie anrufen. Aber ich fühle mich so dumm, so unglaublich dumm. Ich will ihr einfach nicht gegenübertreten. Also werde ich das Koffein weglassen, ein paar Paracetamol nehmen und mich im Bett verstecken, in der Hoffnung, dass sie im Laufe des Tages das Lustige der Situation erkennt und nicht die Dummheit.

Ich stand auf und schlich ein paar Stunden lang durchs Haus, schaute mir im Fernsehen Heimwerkersendungen an und blätterte einige von Ginas Zeitschriften durch. Aber ich konnte mich nicht dazu durchringen, etwas Produktives zu tun, und ich traute mich nicht, sie anzurufen. Also blieb ich in der Nähe des Schlafzimmers und rannte zum Bett, sobald ich ihren Schlüssel im Türschloss hörte. Ich bin mir nicht sicher, ob ich sie getäuscht habe, da es mir manchmal immer noch so schwerfällt, ihre Gedanken zu lesen. Sie sah ein wenig zögerlich und etwas verärgert aus, als sie ins Schlafzimmer kam.

»Wie fühlst du dich?«, fragte sie. Sie umarmte mich nicht. Sie setzte sich ans Fußende des Betts und schaute mich aufmerksam an.

»Ungefähr so, wie ich sollte. Wenn man sich nicht scheiße fühlt, nachdem man sich wie eine Idiotin verhalten hat, was würde uns davon abhalten, es täglich zu tun?«

Sie schenkte mir ein kurzes Lächeln und nickte. »Kann ich dir irgendwie helfen?«

Ich bin nicht sicher, was der Auslöser war. Vielleicht war es die Distanz, die ich zwischen uns fühlte. Vielleicht lag es daran, dass ich mich noch immer schrecklich fühlte von der Nacht zuvor. Was auch immer die Kombination der Faktoren war, ich fing an zu weinen wie ein Kind. Gina zögerte nur einen Moment lang. Dann stand sie auf, kam zu mir herüber, setzte sich neben mich und hielt mich in ihren Armen. Ich weinte lange und fühlte mich völlig hilflos.

»Was ist los? Warum bist du so traurig?«

»Ich weiß nicht«, schluchzte ich. »Ich fühle mich einfach schrecklich.«

»Ist dir übel? Hast du Kopfschmerzen?«

»Ja, aber das ist es nicht. Ich fühle mich einfach wie eine Idiotin. Als hätte ich mich selbst zum Narren gemacht und dich dumm aussehen lassen, weil du mit mir zusammen bist.«

»Oh. Ja, ich sehe schon, dass du so denkst.«

Das war im Großen und Ganzen nicht die richtige Antwort. Ich weinte heftiger, weinte so sehr, dass mir die Bauchmuskeln schmerzten.

»Baby, Baby, komm schon. Sag mir, was in deinem Kopf vorgeht.«

»Ich habe es gerade gesagt. Ich schäme mich. Und du verhältst dich nicht normal. Du benimmst dich, als wärst du sauer auf mich.«

Sie seufzte und brauchte viel zu lange, um zu antworten. Aber schließlich tat sie es doch und sagte: »Ich bin mir nicht sicher, wie ich mich wegen gestern Abend fühle. Ich bin sicher, dass du mich nicht hast dumm aussehen lassen. Aber ich will ehrlich sein. Du hast dich nicht von deiner besten Seite gezeigt.«

»Wenn das meine beste Seite wäre, würde ich sie wegoperieren lassen.« Das brachte ein Lächeln auf ihre Lippen zurück.

»Aber wenn man deine beste Seite entfernt hätte, wüsstest du, was übrig ist.«

Dass sie mich ein bisschen hänselte half mir, mit dem Weinen aufzuhören. »Vielleicht ist meine schlechte Seite wirklich meine gute Seite.«

Gina beugte sich vor und küsste mich auf den Kopf. »Ich mag alle deine Seiten. Es dauert nur immer eine Weile, bis ich mich an eine weitere Neue gewöhnt habe.«

»Welche hast du gestern Abend neu entdeckt? Ich war eine Weile abwesend.«

Sie rutschte hoch und lehnte sich gegen das Kopfteil. Dann kickte sie ihre Schuhe von den Füßen, legte sich ganz auf das Bett und hielt mich etwas lockerer. »Ich bin mir nicht ganz sicher, was ich gesehen habe. Du hattest eine Art … Verwandlung, während ich weg war. Ich bin mir nicht sicher, ob du eifersüchtig oder wütend warst oder dich unsicher oder nur wahnsinnig betrunken gefühlt hast.«

»Das trifft es ungefähr. Einige dieser Dinge waren sequenziell, andere gleichzeitig.«

»Warum sagst du mir nicht einfach, was passiert ist, Schatz? Ich kann dir erzählen, was war, nachdem du … einen Blackout hattest.«

»Eines möchte ich klarstellen: Wenn das gestern einer war, hatte ich noch nie einen Blackout gehabt. Ich betrinke mich nicht gerne. Das war noch nie mein Ding. Und ich hoffe, die letzte Nacht hat mich gelehrt, dass es weder für mich noch für die Menschen um mich herum lustig ist.«

»Das ist gut zu wissen. Darüber wollte ich auch mit dir sprechen.«

»Nicht nötig. Ich werde einen anderen Weg finden, mit meinen Gefühlen umzugehen. Alkohol funktioniert bei mir wirklich nicht gut. Also, ich war mit deinen Freundinnen schwimmen und dann sah ich dich signalisieren, dass du auf die Toilette gehen möchtest. Zumindest dachte ich, dass du das angedeutet hast.«

»Das ist richtig. Ich musste und jemand sagte mir, dass einige der Frauen ein Zimmer gemietet hatten. Also gingen Lacey und ich hinunter zum Motel direkt am Kai.«

»Warum bist du nicht zu mir nach Hause gegangen?«

»Weil ich keinen Schlüssel hatte. Ich war nicht sicher, wer zu Hause ist, und ich wollte dich nicht aus dem Wasser rufen, da du aussahst, als hättest du Spaß. Ich wollte keine große Sache daraus machen. Ich musste pinkeln und Lacey hatte eine Toilette.«

»Okay, du hast recht. Du brauchst wirklich nicht meine Genehmigung, um aufs Klo zu gehen. Während du weg warst, ging ich aus dem Wasser und legte mich hinter diese Bierkästen, damit ich vorm Wind geschützt ein kleines Nickerchen machen konnte. Ein paar Frauen saßen auf der anderen Seite der Kästen und fingen an, über dich zu reden. Über dich und Lacey.«

Ich konnte spüren, wie Gina sich anspannte. Ihre Stimme klang scharf, als sie fragte: »Was ist mit mir und Lacey?«

»Der Kern des Gesprächs war, dass du und ich unmöglich zusammen sein können, weil ich zu hässlich für dich bin …« Gott sei Dank verkrampfte sich Ginas Körper noch mehr. Ich konnte spüren, wie die Wut in ihr hochstieg.

»Was um Himmels willen! Wer war das? Beschreib sie mir.« Sie saß starr da und schaute mich mit ihrer ganzen Aufmerksamkeit an.

Ich streichelte ihre Arme und fühlte die harten Muskeln. »Das kann ich nicht sagen. Ich bin still liegen geblieben, sie wussten gar nicht, dass ich da war. Sie sprachen nur darüber, wie hübsch du bist und wie hübsch Lacey ist. Sie schienen zu glauben, dass Lacey dich zurückhaben will und dass du dumm wärst, nicht zu ihr zurückzugehen. Der Tenor war, du bist ein toller Fang, Lacey ist ein toller Fang und ich bin ein nettes Schoßhündchen.«

»Verdammt, das kotzt mich an! Wie kann man nur so unverschämt sein?« Sie rutschte vom Bett und ging zu einem niedrigen Sideboard hinüber. Ich dachte, sie würde gegen das Möbelstück treten, aber sie atmete tief durch, schüttelte eine Minute lang ihre Arme aus und setzte sich dann auf den Rand des Boards. »Ich … ich verstehe einfach nicht, wie man so etwas über eine Frau sagen kann. Besonders nicht über jemanden, den man nicht kennt. Ich meine, ich habe selbst schon gemeine Dinge über Menschen gesagt, aber immer nur, weil ich auf jemanden wütend war oder er mich verletzt hatte. Ich kann beim besten Willen nicht verstehen, warum man anhand des Aussehens einer Person darüber urteilt, mit wem sie zusammen sein sollte.« Sie schüttelte den Kopf. »Das ist einfach … ignorant.«

Ich hatte irgendwie gehofft, dass sie etwas über das Hündchen sagen würde, aber ihre Reaktion tat mir gut und bestätigte meine Meinung von ihr. »Ja, aber das haben sie gesagt und das hat mich verletzt. Und zwar sehr.«

»Verdammt, ja, das war sehr verletzend.«

»Ich habe dich also gesucht und deine Freunde aus der Bar sagten, du seiest bei Lacey.« Ich atmete tief durch, aber Gina nutzte die Pause nicht, um meinen letzten Satz zu kommentieren. »Ich fühlte mich unsicher und niedergeschlagen. Und dann kamen die Mädels mit den Shots …«

Sie schlug die Hände vor dem Gesicht zusammen. »O nein. Hayden, diese Mädchen können tagelang trinken!«

»Ja, das weiß ich jetzt auch. Ich wollte nicht zugeben, dass ich ein Weichei bin, also versuchte ich mitzuhalten. Ich konnte es aber nicht.«

»Verdammt.« Sie sah wütend aus, aber ich merkte, dass sie nicht wütend auf mich war. »Was dann?«

»Daran kann ich mich nicht mehr richtig erinnern. Es ist alles verschwommen, und dann wache ich mit ein paar hundert Kilo Druck im Kopf wieder auf.«

»Du hast nichts Gutes verpasst.«

»Und was habe ich verpasst? Wenn es nicht gut war, wie schlecht war es?«

Sie sah aus, als wolle sie das Thema wechseln, aber sie sprach weiter. »Du warst bewusstlos, aber ich wollte dich nicht dort liegen lassen, bis du wieder nüchtern bist. Also haben Lacey und ich dich irgendwie zum Kai geschleppt.«

»Ich habe geredet, nicht wahr?«, fragte ich und hatte Angst vor der Wahrheit.

»Ja.«

»Komm schon, Gina. Sag mir, was ich gesagt habe.«

»Es ist nicht wichtig. Du hast nur davon geredet, dass ich eine Zehn bin und du eine Vier. Lacey und ich wussten nicht einmal, wovon du sprichst.«

»War das alles?«, sagte ich und ich war mir sicher, dass es noch mehr gab. Gina vermied den Blickkontakt, etwas, das sie sonst nie tat.

»Nicht viel. Nichts Wichtiges.« Sie ging zurück zum Bett. »Was wichtig ist«, sagte sie, als sie neben mir saß, »ist, dich auf etwas hinzuweisen.« Sie nahm mein Gesicht mit beiden Händen und starrte mir in die blutunterlaufenen Augen. »Was diese Frauen sagten, war Blödsinn. Du bist eine wunderschöne Frau, Hayden. Manchmal scheinst du das selbst nicht so zu sehen, aber ich tue es.«

Errötend blickte ich auf das Bett. »Gina, ich glaube dir. Aber nur ein Dummkopf würde denken, dass ich hübscher bin als Lacey. Sie ist ... wow.« Ich schüttelte den Kopf. »Sie ist umwerfend schön.«

Gina kicherte. »Ja, das ist sie. Und sie kümmert sich gut um sich. Sie wird noch dreißig Jahre lang toll aussehen.«

»Ich weiß, dass ich nicht das beste Selbstbild habe, aber es ist wirklich schwer, mit jemandem zu konkurrieren, der wie die hübsche Schwester von Angelina Jolie aussieht.«

»Sie sieht Angelina Jolie überhaupt nicht ähnlich«, höhnte sie. »Sie sieht viel besser aus.«

»Genau das ist mein Punkt! Eine nur gut aussehende Frau würde neben Lacey schlicht wirken.«

»Verdammt, Hayden, du bist eine gut aussehende Frau! Und es gibt keine Konkurrenz. Ich bin über Lacey hinweg. Ich stehe auf dich. Ich stehe sehr auf dich.«

»Es hat mich einfach eingeschüchtert, dass du so lange mit ihr zusammen warst. Ich wurde unsicher.« Ich lehnte meinen Kopf an sie und murmelte: »Entschuldigung.«

Sie hielt mich ein paar Minuten lang fest und streichelte meinen Rücken, während ich mich an sie schmiegte. »Willst du wissen, was ich für Lacey und für dich empfinde?«

Ich murmelte ein »Ja«.

»Das ist jetzt nicht redigiert, Schatz. Aber wenn ich es dich anhören lasse, wirst du wissen, was ich wirklich fühle. Ich hatte nicht die Absicht, dir das vorzuspielen, aber ich riskiere es, um dich ein für alle Mal davon zu überzeugen, dass du mir am Herzen liegst.«

»Äh … wovon sprichst du? Was anhören?«

Sie stand auf, ging zu ihrem Nachttisch und zog einen Mikrokassettenrecorder aus der Schublade. »Ich zeichne meine Gedanken dazu auf. Es ist wie ein Tagebuch, aber ich kann mich besser ausdrücken, wenn ich spreche. Ich habe gestern Abend lange geredet, und einiges davon könnte … ich bin mir nicht sicher … angepisst oder verwirrt oder so klingen. Ich habe es mir nicht mehr angehört, einiges davon könnte dich verletzen.«

»Es ist okay«, sagte ich. »Ich möchte hören, was du fühlst. Ich muss es hören, Gina.«

»In Ordnung.« Sie setzte sich auf das Bett und legte einen Arm um meine Schultern. »Und los geht's.« Sie schaltete das Tonbandgerät ein und wir hörten beide gebannt zu.

Ich glaube, ich werde mit Hayden über das Trinken sprechen müssen. Ich verstehe, dass sie hin und wieder einen Drink braucht, aber es scheint, dass sie zu viel trinkt, wenn sie nervös oder besorgt ist oder sich unsicher fühlt. Das ist keine gute Angewohnheit, und ich würde es ungern sehen, wenn sie dadurch in Schwierigkeiten gerät.

Es ist zwar schon ein paar Monate her, aber sie tut ständig Dinge, die mich überraschen. So wie heute Abend. Ich war überrascht, leider nicht positiv. Ich verstehe einfach nicht, was ihr durch den Kopf geht, wenn sie Dinge sagt, wie heute Abend.

Ich griff nach Ginas Hand und stellte den Rekorder aus. »Sag mir, was ich gesagt habe«, flehte ich.

Aber sie wollte nicht. »Ich habe es gesagt, Hayden, es ist nichts, was wiederholt zu werden braucht. Es hat mich weder verletzt noch dazu gebracht, anders für dich zu empfinden. Lass es jetzt gut sein. Es ist vorbei.« Sie hatte noch nie so energisch geklungen. Ich wusste, ich würde sie zum Reden bringen können, aber da sie partout nicht wollte, gab ich auf. Ich lehnte mich an sie und sagte kein Wort, als sie wieder auf die Play-Taste drückte.

Ich möchte Hayden gegenüber nicht respektlos sein, aber aus einer rein unparteiischen Perspektive heraus betrachtet kann jeder sehen, dass Lacey eine hinreißend schöne Frau ist. Wenn ich diese Listen der schönsten Menschen der Welt in den Zeitschriften sehe, muss ich immer lachen und daran denken, wie dumm die Auswahl jedes Mal ist. Einige der Menschen, die angeblich schön sein sollen, sehen geradezu albern aus. Ich denke, dass man nicht wirklich hinreißend aussehen muss, um im Fernsehen oder im Kino aufzutreten. Es ist mehr eine Sache der Persönlichkeit. Es gibt viele schöne Menschen, die durchschnittliche, alltägliche Jobs haben. Lacey ist eine von ihnen. Sie hat eine natürliche Schönheit, die einem wirklich den Atem rauben kann. Und es schadet ganz sicher nicht, dass sie ein großes Herz hat. Sie ist eine verdammt nette Frau. Das habe ich heute Abend wieder gesehen. Es war wahrscheinlich dumm von mir, mit ihr Schluss zu machen. Ich glaube, ich war damals einfach unreif und hatte noch nicht verstanden, dass es in jeder Beziehung Zeiten gibt, in denen der Partner einen nicht so unterstützt, wie man unterstützt werden möchte.

Mein Gesichtsausdruck sprach wohl Bände, denn sie drückte die Stopp-Taste. »Das ist ein Teil dessen, von dem ich dachte, dass er dir wehtun würde, Baby, aber es wird besser.« Bevor ich ein Wort sagen konnte, schaltete sie den Rekorder wieder ein.

Diesen Fehler werde ich bei Hayden nicht machen. Ich weiß, dass sie in einigen Dingen unsicher ist, und ich werde mein Bestes tun, um sie zu beruhigen. Das ist kein großes Problem, aber ich habe das Gefühl, dass es lange dauern wird. Aber wir werden es durchstehen, so wie wir auch die anderen Probleme, die auftauchen, durchstehen werden.

Jetzt weiß ich, welchen Gesichtsausdruck ich hatte. Es war ein breites, albernes Lächeln. Gina beugte sich vor und küsste mich ganz sanft. Ihre Lippen waren so nah an meinen, dass ich ihre Wärme spüren konnte. »Ich habe dir gesagt, es wird besser«, flüsterte sie. »Ich will nicht mit Lacey zusammen sein«, flüsterte sie. »Es ist vorbei zwischen uns und das schon seit Jahren. Ich will mit dir zusammen sein.« Als ich sie küsste, hörte ich wieder ihre Stimme aus dem Aufnahmegerät kommen. Verdammt, ich dachte, es wäre schon zu Ende!

Nachdem ich heute Abend eine Weile mit Lacey gesprochen hatte, wurde mir klar, was ich an Hayden so sehr liebe. Lacey und ich haben uns sehr gut verstanden und wir haben uns sehr wohl miteinander gefühlt. Wir kamen aus dem gleichen Umfeld und hatten ganz ähnliche Familien. Sie war fantastisch im Bett und wir haben nie das Feuer verloren. Aber Lacey war selbstgefällig. Sie war selbstgefällig in Bezug auf sich selbst und sie war selbstgefällig in Bezug auf mich. Sie dachte, ich hätte einen wunderbaren Job, und sie verstand nicht, warum ich nicht allein mit ihr, meinem Job und unseren Freunden glücklich war. Sie verstand nie, warum ich lesen wollte, statt fernzusehen. Sie verstand nicht, warum ich so viel Zeit damit verbrachte, Italienisch zu lernen. Und sie zeigte nie auch nur einen Hauch von Verständnis für meine Liebe zur Geschichte. Lacey lebt in der Gegenwart, und sie hat kein Interesse an der Vergangenheit.

Aber Hayden … Hayden versteht mich. Sie will mehr für mich; sie will mehr von mir. Sie will mehr von sich selbst. Sie hat Ziele und sie ist sehr darauf bedacht, sie zu erreichen. Aber bei ihren Zielen geht es nicht um Geld und Macht. Sie versucht, in eine Position zu kommen, in der sie die Dinge tun kann, die ihre Seele erfüllen. Ich kann gar nicht richtig ausdrücken, wie sehr ich sie dafür respektiere. Hayden ist die erste Person, der ich je begegnet bin, die glaubt, dass ich mehr sein kann, als ich bereits bin. Sie ist die erste Person, die mein Potenzial erkannt hat. Sie ist die erste Person, die mir das Gefühl gibt, dass ich klug bin. Wenn ich mit ihr zusammen bin, sehe ich die Zukunft, und sie ist verdammt hell.

Es war mir egal, dass dieses Band noch lief. Ich musste meine Arme um meine wunderbare Freundin schlingen und sie küssen. Und in unsere Küsse hinein sprach Gina weiter.

Mein armes kleines Lämmchen liegt neben mir, entweder schlafend oder bewusstlos. Ich habe keine Ahnung, wie viel sie getrunken hat, aber es muss eine ordentliche Ladung gewesen sein. Sie wird morgen früh einen schrecklichen Kater haben und ich werde nicht hier sein. Ich werde ihr eine Nachricht hinterlassen, dass sie mich anrufen soll, wenn sie aufwacht, damit ich kommen und ihr einen Espresso machen kann.

Es fällt mir schwer zu schlafen, weil mir so viele Dinge durch den Kopf gehen. Ich blättere in diesem Fotobuch über Sizilien, aber ich denke immer wieder an Hayden.

Lacey ist so, als würde man an der Amalfiküste entlangfahren und um die nächste Kurve biegen. Man wird schier erschlagen von einer Aussicht, die so schön ist, dass man sie kaum begreifen kann. Aber nach ein paar Stunden gewöhnt man sich daran. Es braucht etwas Einzigartiges, um wieder die Aufmerksamkeit zu erregen. Man stumpft leicht ab, wenn die körperliche Schönheit die Hauptattraktion ist. Bei Hayden ist das nicht so. Hayden erinnert mich an Sizilien. Man fährt mit dem Fahrrad eine Straße hoch. Es ist staubig, trocken, fast einfarbig. Es ist einfach eine Straße wie jede andere Straße. Man wird ein wenig eingelullt, bis man um eine Ecke biegt und einen Blick aufs Meer erhascht. Fünfzehn verschiedene Blautöne springen einem entgegen und jeder einzelne von ihnen ist ein Juwel. So ist es, wenn Hayden mich anlächelt. Ich kann mir nicht vorstellen, mich jemals satt daran zu sehen. Ihre Schönheit ist nicht so auffällig wie die von Lacey, aber sie geht so viel tiefer. Verdammt, ich weiß nicht mehr, wann ich das letzte Mal beim Diktieren zu weinen anfing, aber das macht Hayden mit mir. Ich hoffe nur, dass sie mich so liebt, wie ich sie liebe.

Schließlich schaltete sie das Band aus und für ein paar Sekunden war es totenstill im Raum. Gina sah mich nicht an. Sie saß einfach nur da und blickte auf ihre Hände. Ich berührte ihr Gesicht mit meiner Hand und fühlte die Spur von ein paar Tränen. Noch nie zuvor hatte ich so viele Gefühle auf einmal gespürt, sie zerrissen mich fast. Ich wollte mit ihr reden, ihr sagen, was ich für sie empfand. Ich wollte sie festhalten, um ihr zu zeigen, was ihre Worte mit mir gemacht haben. Und ich wollte sie lieben, sie mit Küssen bedecken, bis ich zu erschöpft dazu war. Aber ich konnte nicht alles gleichzeitig tun, also begann ich mit dem Wichtigsten. Ich schaute in ihre schönen braunen Augen und sagte: »Ich liebe dich, Gina. Ich liebe dich von ganzem Herzen.«

»Küss mich«, murmelte sie, die Glut in ihren Augen verbrannte meine Seele.

Ich küsste sie und küsste sie und küsste sie und küsste sie. Und nachdem wir uns geliebt hatten – und es beim Namen nannten, nämlich Liebe – schliefen wir ein und keine von uns wachte vor dem nächsten Morgen auf. Der Wecker ließ uns beide aufschrecken, als hätte man uns geohrfeigt. Wir starrten uns einige Sekunden lang an und fingen dann an zu lachen. »Es dämmert schon!«, sagte ich.

»Wie zum Teufel konnte das passieren?«

»Verliebt sein muss schläfrig machen.« Voller Energie sprang ich aus dem Bett. »Ich weiß, dass die Küstenwache es nicht genehmigt«, sagte ich und ging ins Badezimmer, um die Dusche anzustellen, »aber ich werde heute neben dir sitzen. Ich kann den Gedanken nicht ertragen, dich gehen zu lassen.«

Sie lächelte so strahlend, dass sie die Morgendämmerung in den Schatten stellte. »Ich wollte gerade fragen, ob du mit mir kommen möchtest. Ich werde uns ein paar doppelte Espressi machen.«

»Und was zu essen«, rief ich ihr nach. »Irgendwas zu essen. Alles, was ich gestern hatte, warst du!«

Wir fuhren gemeinsam zur Fähre. Es war wohl das erste Mal, dass Gina mit dem Auto kam, denn ihre beiden Neffen starrten sie mit offenem Mund an.

Sie warf ihre Schlüssel Chris zu und sagte: »Mach dich nützlich. Hinter dem Sitz gibt es eine Abdeckung. Zieh sie drüber, damit das Salzwasser keinen Schaden anrichtet.«

»Okay«, sagte er und schob dann seinen Bruder in Richtung des Lieferwagens.

Gina schaute einen Moment lang zu. Dann nahm sie meine Hand und führte mich in das Büro. Ihre Sekretärin, Marge, sah glücklich aus, mich wiederzusehen. Zumindest interpretierte ich ihren finsteren Blick und ihr mürrisches Knurren als einen Ausdruck ihres Glücks. Nach Gina-Zeit waren wir etwas spät dran, was bedeutete, dass wir noch zehn Minuten hatten, bevor die ersten Passagiere an Bord gehen mussten. »Da draußen waren nur etwa fünf Leute«, sagte Gina nachdenklich. »Ich denke, wir kommen mit der kleinsten Fähre aus.«

»Es könnten noch mehr hinter dem Gebäude warten«, sagte Marge. »Viele Leute kommen am Montagmorgen zurück.«

»Ich weiß«, sagte Gina und ihre Stimme klang emotionslos. Sie nahm den Hörer ab und wählte, wartete dann eine Sekunde und sagte schließlich: »Hey, Ruby. Gina hier. Wie viele haben wir für die Rückreise?« Sie nickte. »Genau wie ich dachte. Hayden und ich haben zehn Minuten Zeit nachher. Besteht die Möglichkeit, dass du zwei Blinis für uns bereithältst?« Sie lächelte süß und blinzelte ein paar Mal. Ruby muss sie gehänselt oder mit ihr geflirtet haben. »Ja, es ist schön. Bis gleich.« Sie drehte sich zu mir um und sagte: »Ruby sagt, es sind etwa zehn Leute da. Es könnten doppelt so viele werden, aber ich bezweifle, dass es dreimal so viele werden. Also nehmen wir das kleinste Boot.«

Marge stieß ein unzufriedenes Grunzen aus, aber Gina tat so, als hätte sie nichts gehört. Sie ging zu einer Stecktafel und nahm einen großen Schlüsselbund mit einem Schwimmanhänger. »Bin in einer Stunde zurück.« Sie griff meine Hand und wir gingen zusammen zum Boot.

Die Leute, die sich an das Gebäude gelehnt oder auf der Bank gesessen hatten, wurden aufmerksam, als sie Gina sahen. Genau so ging es mir auch immer.

Ich war noch nicht auf diesem Boot gewesen. Es war klein, aber es bot auf dem Hauptdeck immer noch Platz für etwa fünfundzwanzig Personen. Es gab auch Bänke auf dem Oberdeck, aber der Tag war windig und neblig, sodass nur die Verkatertsten dort sitzen konnten. Es hieß »La ragazza dell'isola« und Gina sah, wie ich den Namen anstarrte.

»*Das Mädchen von der Insel*«, sagte sie. »Es ist mein kleines Mädchen.«

»Es sieht wirklich wie ein Mädchen aus. Besonders im Vergleich zu den großen Jungs.«

»Ach, das sind doch alles Mädchen. Ich wollte sie erst ›La bambina dell'isola‹ nennen, aber ich dachte, die Leute würden sich komisch fühlen, wenn sie in ein Boot steigen, das Baby heißt.«

»Ragazza heißt Mädchen?«

»Ja.«

»Bin ich deine ragazza amica?«

»Nein. Im Italienischen gibt es kein schönes Wort für Freundin. Man sagt einfach ragazza.«

»Okay. Also bin ich dein Mädchen. Nicht schlecht. Irgendwie gefällt mir das.«

Sie legte ihren Arm um mich und zog mich an ihre Seite und ignorierte die fassungslosen Blicke, die sie von Dominick und Christopher bekam. »Du bist definitiv mein Mädchen.«

Es gab nicht viel Platz für mich auf dem Mädchen von der Insel, aber ich würde mich nie darüber beklagen, ganz eng neben Gina zu stehen. Sie trug eine sehr kurze Khakihose und ich schob immer wieder meine Hand unter ihr Hosenbein und zupfte am Gummizug ihres Höschens. Sie kicherte und schlug meine Hand weg, als wir noch am Anlegesteg waren, aber sobald wir losfuhren, reagierte sie nicht mehr auf meine Berührungen. Ich beschloss, mich zu benehmen, da ich wusste, dass Gina die Sicherheit sehr, sehr ernst nahm.

Wir überquerten gerade die Bucht, als sie sagte: »Willst du wissen, was ich in dem längeren Gespräch mit Lacey erfahren habe?«

»Äh … sicher.« Mein Herz begann schneller zu schlagen.

»Wie vermutet versuchte sie herauszufinden, ob ich single bin.«

»Oh«, sagte ich. »Ich ruiniere nicht gern so ein hübsches Gesicht, aber wenn es sein muss …« Ich ballte eine Faust und gab mir Mühe, bedrohlich auszusehen.

Sie lächelte, aber sie nahm ihre Augen nicht vom Wasser. »Ja, ich kann mir vorstellen, wie du sie vermöbelst. Du bist genau der Typ dafür.«

»Ich nehme an, du hast ihr gesagt, dass du anderweitig vergeben bist.«

»Nein, ich habe ihr gesagt, dass ich verliebt bin.« Sie grinste und ich konnte die kleinen Fältchen in den Augenwinkeln hinter ihrer Sonnenbrille hervorschauen sehen.

»Gina! Du hast es Lacey gesagt, bevor du es mir gesagt hast!«

»Ich will es dir seit einem Monat sagen. Es ist nicht meine Schuld, dass du dich nicht so verhalten hast, als wolltest du dich binden.«

Ich grunzte unmutig. Ich hasste es, wenn sie bei etwas so Wichtigem recht hatte. »Trotzdem …«

»Ich wünschte, ich hätte es zuerst dir gesagt. Ich hätte mehr Mumm haben sollen. Aber ich hatte Angst, dass du dir deine Optionen immer noch offen halten möchtest.«

»Ja, du hast Glück, dass du mich damals erwischt hast. Mädchen wie dich gibt es wie Sand am Meer.«

»Das meine ich nicht und das weißt du. Ich habe mir nur Sorgen gemacht, weil du versucht hast, aus New York herauszukommen.«

Ich wollte diese Diskussion nicht wieder von vorne beginnen, daher antwortete ich leichtfertig. »Wir hängen zusammen, Baby. Und was hat Lacey zu deinem Geständnis gesagt?«

»Sie war nicht überrascht. Sie war davon ausgegangen, dass du mir wichtig bist, weil ich dich zur Party mitgenommen habe.«

»Aber sie war nicht glücklich.«

»Nein. Sie sagte, sie habe darüber nachgedacht, was zwischen uns falsch gelaufen sei, und sie sei bereit, alles zu tun, damit es funktioniert. Sie tat mir leid.«

»Oh … das ist hart. Es ist mir selbst noch nie passiert, aber ich kann mir vorstellen, dass es hart ist. Ich muss Dana fragen.«

Sie schenkte mir ein schiefes Grinsen, sagte aber nichts weiter.

»Ist das alles, über das du mit Lacey gesprochen hast?«

»Nein. Ich habe etwas erfahren, das mich so verdammt traurig gemacht hat, dass ich mir schier die Augen aus dem Kopf geheult habe.«

»O Schatz, was ist passiert?« Ich begann unbewusst ihr Bein zu streicheln.

»Es war eigenartig, dass ich Lacey nicht sagen konnte, warum ich nach unserer Trennung so verärgert war. Aber während wir uns unterhielten, wurde mir klar, dass nicht Lacey mich nach dem Tod meiner Mutter im Stich gelassen hatte. Ich habe sie im Stich gelassen.«

»Was? Wie konntest du das falsch gedeutet haben?«

»Ganz einfach. Wir drifteten auseinander und es schien mir, als sei sie diejenige, die sich zurückzog. Aber wenn ich es richtig betrachte, war ich diejenige. Nach dem

Tod meiner Mutter ging ich für drei Monate nach Italien. Ich nahm an zwei Abenden in der Woche Sprachunterricht. Ich wollte nicht viel ausgehen. Ich unternahm immer weniger mit ihr zusammen und wurde dann wütend, als ich das Gefühl hatte, dass sie sich zurückzog. Ich habe es ihr wirklich schwer gemacht, Hayden.«

»Das klingt kompliziert. Warum, glaubst du, hast du dich zurückgezogen?«

»Weil ich mich leer fühlte. Nach dem Tod meiner Mutter und erneut nach 9/11 wurde mir klar, wie wenig Zeit uns bleibt. Ich wollte mehr machen, mehr lernen, mehr erleben … aber Lacey war mit den Dingen, wie sie waren, sehr glücklich. Als ich sah, dass sie mir nicht folgen wollte, bin ich alleine losgezogen.« Sie warf mir einen schnellen Blick zu. »Ich möchte nie wieder in diese Falle tappen. Wenn wir anfangen, unterschiedliche Ziele oder Wünsche zu haben, müssen wir darüber reden. Es ist einfach nicht fair, sich zurückzuziehen, besonders dann nicht, wenn dein Gegenüber keine Ahnung hat, warum du auf Distanz gehst.«

»Aber wären die Dinge zwischen dir und Lacey anders gelaufen, wenn ihr darüber gesprochen hättet?«

»Wahrscheinlich nicht. Sie hätte vielleicht etwas versucht, aber so ist sie nicht. Es wäre besser gewesen, ich hätte mir mein Bedürfnis eingestanden und wäre weitergezogen. Es war wirklich unfair von mir, ihr die ganze Zeit Vorwürfe gemacht zu haben. Sie hat nichts falsch gemacht.«

»Hast du ihr das gesagt?«

Ihr Kinn begann zu zittern und ich wünschte, ich könnte sie in den Arm nehmen. Aber ich wusste, dass das jetzt nicht ging. Also lehnte ich mich einfach an ihr Bein und streichelte sie, während wir über die Great South Bay schaukelten.

14

Ich weiß nicht, wo der Sommer geblieben ist. Abgesehen davon, dass ich ihn mit Gina verbracht habe, natürlich. Wie auch immer, er ist halb vorbei und ich wünschte, ich könnte die Uhr anhalten und jeden Tag mit ihr verbringen.

Sobald Gina von der Arbeit nach Hause kam, riss ich ihr die Kleider vom Leib, und wir planschten über eine Stunde lang im Pool. Ich habe mich noch nie so jung gefühlt. Sie hat es geschafft, wieder das Kind in mir hervorzuholen, das ich vor zwanzig

Jahren verlassen hatte – viel zu früh, wie ich jetzt lerne. Sie hat mir gezeigt, dass man gleichzeitig ein anspruchsvoller Erwachsener und ein albernes Kind sein kann. Oder zumindest nacheinander.

Wir lagen neben dem Pool auf den Kissen der Gartenstühle. Wir würden Sex haben. Das stand außer Frage. Die Frage war nur, wer den ersten Schritt machen würde. Gina war müde, ich sah, wie sie langsam blinzelte. Aber sie war auch erregt. Jedes Mal, wenn ich eine Stelle ihres Körpers berühre, bewegt sie sich auf die reizvollste Art und Weise, die man sich vorstellen kann. Sie ist so sexy!

Ich kratzte leicht mit meinen Fingernägeln über die breite Fläche ihrer Schultern und lächle, als sich eine Gänsehaut bildet. »Woher hast du diese tollen Schultern, Scognamiglio?«

»Gene«, sagte sie faul. »Und Arbeit.«

»Ich wünschte, ich hätte ein paar Muskeln. Ich schätze, ich muss mir beim nächsten Mal andere Eltern und einen anderen Job suchen.«

Sie drehte ihren Kopf und begutachtete mich eine Minute lang. Sie berührte meine schlaffen Oberarme und sagte: »Du *hast* doch Muskeln, Schatz. Du hast nur noch nichts getan, damit sie sich zeigen. Aber du siehst wunderbar aus, so wie du bist. Denk nicht mehr daran.«

Wie immer musste ich natürlich weiter darüber nachdenken. »Was meinst damit, wenn du sagst, es sind die Gene und dein Job?«

»Genau das. Aber du kannst deine Muskeln auch so definieren. In der Stadt gibt es Fitnessstudios, nicht wahr?«

»Ja, Klugscheißerin, die gibt es. Aber ich hasse Fitnessstudios. Ich habe noch nie etwas Dümmeres gehört, als seine Zeit damit zu verbringen, so zu tun, als würde man einen Muskel beanspruchen.«

»Ich bin noch nie in einem gewesen. Aber ich würde es sicher auch nicht mögen. Zum Glück kannst du auch Muskeln aufbauen, indem du etwas tust, was Spaß macht.«

Ich drehte sie auf den Rücken und setzte mich rittlings auf ihre Hüften, eine meiner Lieblingspositionen. »Was zum Beispiel?«

»Oh, Fahrrad fahren oder Kajak fahren. Solche Sachen eben.«

»Hab ich beides nicht«, sagte ich und streckte die Zunge raus.

»Na, bist du nicht ein Glückspilz? Ich habe beides und du kannst dir gerne alles ausleihen.«

»Aber du fährst mit dem Fahrrad zur Arbeit.«

»Ich habe noch eines«, sagte sie. »Das kannst du gerne nach Belieben benutzen. Und wenn du mein Kajak fährst, hättest du bald einen Bizeps, der die anderen Dozenten eifersüchtig machen würde.«

»Wo ist dieses mysteriöse Boot? Ich habe es noch nie gesehen.«

»Draußen am Ende des Piers liegt ein Haufen von ihnen. Meins ist –«

»Das Gelbe«, sagte ich und runzelte die Nase.

Sie berührte meine Nasenspitze. »Korrekt. Weißt du, wie man paddelt?«

»Ein wenig. Ich hab es mal auf dem Schuylkill getan.«

»Ist das ein Meer?«, fragte sie.

»Nein, Häschen. Es ist ein Fluss.«

»Dann brauchst du eine Anleitung. Interessiert?«

»Sicher. Es gibt nur eine Kleinigkeit, um die ich mich erst noch kümmern muss.«

»Und das wäre?«

»Ich muss diese Beine ein wenig spreizen«, sagte ich und tat genau das. »Dann muss ich deiner bezaubernden kleinen Klitoris eine ausführliche, ganz gemächliche Trainingseinheit verpassen.« Ich rutschte zwischen ihre Beine und begann, sie zu streicheln und an ihren unendlich zarten Schenkeln zu knabbern und zu saugen.

Gina griff in meine Haare und begann, mich zu führen, wobei sie die süßesten Geräusche machte, die ich mir in diesem Moment vorstellen konnte.

Als Gina und ich wieder zu Atem gekommen waren und einen Happen gegessen hatten, war es fast dunkel. Die einbrechende Nacht hielt sie jedoch nicht ab, und sie führte mich für unsere erste Kajakstunde zum Pier hinunter. Sie war, ganz wie ich vermutet hatte, eine sehr gute, geduldige Lehrerin. Obwohl ich schon einmal Kajak gefahren war, war ich nur in großen Touringkajaks unterwegs gewesen. Ich lernte schnell, dass ein Ocean Kajak eine ganz andere Sache ist. Man sitzt zum Beispiel viel höher. Aber mit Hilfe von Gina, die auf dem Pier saß, mich in der Paddeltechnik unterwies und mir Dutzende und Aberdutzende von Hinweisen gab, kam ich ziemlich gut zurecht.

Als es zu dunkel war, um weiter zu üben, fühlte ich mich gut genug eingewiesen, um allein loszufahren. Aber Gina wollte davon nichts hören. »Es ist viel zu gefährlich, auch nur daran zu denken. Wir werden erst noch ein paar Mal zusammen rausfahren, damit ich dich im Auge behalten kann.«

Ich lachte über ihre Besorgnis. »Es ist süß, wie du dich um mich kümmerst, Schatz, aber ich kann auf mich selbst aufpassen.«

Ich wusste, dass ich meinen Atem verschwendet hatte, als sie langsam ihren Kopf schüttelte. »Der Ozean ist kein See oder Fluss. Man kann sehr schnell in Schwierigkeiten geraten. Wir haben hier kein großes Schutzgebiet und einige Leute fahren viel zu schnell mit ihren Motorbooten herum. Man muss sein Kajak wieder umdrehen können, wenn es kippt – und es wird umkippen –, und man muss in der Lage sein, wieder einzusteigen. Es ist nicht so einfach, wie es aussieht.«

Bei den meisten Leuten hätte ich mich gewehrt. Ich hasse es, wenn man mir sagt, was ich tun soll. Besonders hasse ich es, wenn ich sehr zuversichtlich bin, dass ich bereits weiß, was zu tun ist. Aber bei Gina war ich nicht so. Zum einen musste sie nicht die ganze Zeit recht haben. Sie hat sich nur durchgesetzt, wenn sie sich sicher war, recht zu haben. Und dann nahm ich sie ernst.

In den nächsten zwei Wochen arbeiteten wir stundenlang an meinen Kajak-Fähigkeiten. Und ich schäme mich nicht zu sagen, dass Gina zu 100 Prozent recht hatte. Hätte sie nicht so geduldig mit mir gearbeitet, würde ich jetzt wahrscheinlich schon auf dem Grund der Great South Bay liegen. Meine Arme taten höllisch weh, aber ich hatte das Gefühl, dass ich wusste, was ich tat. Gina hatte ein Flaschenzugsystem, mit dem ich das Kajak mühelos ins Wasser lassen konnte. Ich brauchte nur das Paddel zu nehmen und zum Pier zu laufen. Ich verbrachte jeden Tag zwischen einer und zwei Stunden damit, Kajak zu fahren. An manchen Tagen bevor ich mich an meine Arbeit setzte, an anderen Tagen am Ende des Tages, und manchmal machte ich zwei Pausen, eine am Vormittag und eine am Nachmittag.

Ich war selbst überrascht, wie viel ich jeden Tag erledigen konnte, zumal ich fast täglich zu Gina ins Büro ging, um mit ihr zu Mittag zu essen. Sie hatte sich angewöhnt, abends großzügige Portionen zuzubereiten, und ich nahm unsere Reste mit zur Fähre, nur um ein paar zusätzliche Minuten mit ihr zu verbringen.

Wenn ich in meiner Wohnung in der Stadt oder in einer der Bibliotheken der NYU arbeitete, wanderten meine Gedanken häufig umher. Aber obwohl ich mir jeden Tag zwei oder drei großzügige Pausen gönnte, habe ich bei Gina mehr geschafft als jemals zuvor. Vielleicht lag es daran, dass ich meine Pausen einplante und in ihrem ruhigen Haus so wenige Unterbrechungen hatte – vielleicht, lag es aber auch daran, dass ich so verdammt glücklich war.

Ich hasste den August. Ich weiß, das klingt hart, vor allem, weil er mir nie etwas getan hat, aber der erste August signalisierte den Beginn des letzten Monats, den Gina und ich zusammen hatten, bevor ich wieder anfangen musste zu unterrichten.

Wir hatten bislang kaum Gedanken darauf verschwendet oder darüber gesprochen, was wir tun werden, wenn das Semester beginnt. Ich glaube, wir beide ignorierten es bewusst und taten so, als hätten wir alle Zeit der Welt. Aber langsam ließen mich meine Kräfte im Stich und ich konnte die Tatsachen nicht länger verleugnen. Wir mussten einige Entscheidungen treffen und nicht eine der Optionen, die ich mir vorstellen konnte, war für uns beide ideal. Einer der wenigen Nachteile, wenn man in die fabelhafte Frau Scognamiglio verliebt ist.

Der August brachte eine schöne Überraschung. Dana wollte endlich zu Besuch kommen und ihre Familie mitbringen. Ich konnte es kaum erwarten, Maya zu sehen. Es würde viel Spaß machen, der Kleinen dabei zuzusehen, wie sie zum ersten Mal in den eiskalten Ozean springt. Ich hoffte, sie ist zäher als ihre Mutter, denn Dana ist ein großes Baby.

Gina und ich diskutierten darüber, wie wir mit der Familie Little umgehen sollten. In vielerlei Hinsicht wäre es schön, wenn wir bei Gina zu Hause wären, aber da sie wegen des Stranderlebnisses kommen ist es sinnvoller, ins Haus in Cherry Grove zu gehen. Lorna wird an diesem Wochenende nicht auf der Insel sein, also gibt es Platz für Dana und ihre beiden Lieben. Gina und ich werden in Lornas Zimmer schlafen und Dana kann mein Zimmer nehmen. Ich habe Gina noch nie in der Nähe eines kleinen Kindes gesehen, aber ich wette, sie kann gut mit der Kleinen umgehen. Ich hoffe nur, dass Dana sich dieses Mal benimmt. Ich habe ihr klar gemacht, was ich für Gina empfinde, und obwohl sie darüber nicht sehr glücklich schien, hat sie die Neuigkeit ziemlich gut aufgenommen. Gina ihrerseits scheint mit dem ganzen Arrangement völlig zufrieden zu sein. Zum ersten Mal, seit ich sie kenne, nimmt sie sich den Sonntag frei. Es ist so schön zu sehen, wie bereitwillig sie versucht, mir Gutes zu tun. Das ist eines der vielen Dinge, die ich an ihr liebe.

Wir haben richtig Glück. An diesem Wochenende soll es nicht nur sonnig, sondern auch warm sein. Da der Atlantik nun einige Monate Zeit hatte, sich aufzuheizen, wird Maya vielleicht nicht gleich blau vor Kälte werden, wenn sie baden will. Gina weiß besser als ich, was eine gute Gastgeberin ist, denn sie nimmt mich mit in den Laden und wir kauften Snacks für die Erwachsenen und jede Menge Leckereien für die Kleine. Sie sagt, dass man den Gästen sofort etwas zu essen anbieten sollte, und wer bin ich, dass ich das bestreiten will? Gina stellte so viele Fragen über Danas und Renées Lieblingsspeisen, dass man meinen könnte, wir würden sie bei uns einziehen lassen. Aber zum ersten Mal bin ich wirklich bereit für Gäste. Elaine wird am Wochenende hier sein und Sheila kommt morgen. Ich habe genug eingekauft, um für uns alle, einschließlich Elaine, Abendessen zu machen, also sind wir bereit.

Wie ich vermutete, ging Gina fantastisch mit dem Baby um. Eigentlich sollte ich die gute Fee sein, aber Maya verfolgte wie hypnotisiert mit den Augen, wie Gina durch das Haus ging. Ich hätte mich nicht wundern sollen, da ich selbst von ihr bezaubert bin, aber Gina gehört mir, also sollte Maya besser die Finger von ihr lassen.

Dana benahm sich gut, ebenso wie Renée, aber das hat mich nicht überrascht, da Renée sehr gut erzogen ist. Elaine tauchte erst ziemlich spät auf, aber sie war freundlich und plauderte nett mit den anderen. Es ist sehr schön, nicht mehr das Gefühl haben zu müssen, dass sie die Ausgeburt des Teufels ist. Ich habe nicht einmal Angst davor, sie dieses Jahr in der Uni zu sehen.

Habe ich schon erwähnt, wie fürsorglich Gina ist? Nur für den Fall, dass nicht, hier noch ein weiteres Beispiel. Als wir ins Bett gingen, machte sie mir sehr subtil deutlich, dass sie gerne Sex hätte. Wenn ich sie nicht so gut kennen würde, hätte ich gedacht, sie gibt mir einen Gutenachtkuss. Aber ich kenne sie und ich wusste, dass sie bereit und willens war, wenn ich weiter gehen wollte. Wären wir zu Hause gewesen, wäre sie deutlicher gewesen. Ich zweifle nie an ihren Absichten, wenn wir allein sind.

Aber weil andere Leuten im Haus waren, war sie ganz dezent. Ich spürte ihre Erregung und flüsterte ich ihr zu, dass wir leise sein müssten. Sie bekam glänzende Augen und wir hatten eine sehr schöne Zeit miteinander, in der wir leise Liebe machten. Ich weiß nicht, ob ich will, dass das zu unserer normalen Routine wird, aber es hat Spaß gemacht. Es ist sehr schön, in eine Frau verliebt zu sein, die nicht nur eine großartige Partnerin ist, sondern auch sehr rücksichtsvoll gegenüber ihren Freunden. Das ist eine seltene Kombination. Gott sei Dank habe ich sie gefunden.

Wir hatten am nächsten Tag eine tolle Zeit am Strand, auch wenn ich Gina vermisst habe. Aber ich konnte nicht erwarten, dass sie sich zwei Tage freinimmt. Nicht, dass es nicht möglich gewesen wäre, aber es hätte bedeutet, dass Case zwei Tage hintereinander Doppelschichten arbeiten müsste, und das ist zu viel verlangt von einem so jungen Kerl. Dana und Maya machten ein langes Nickerchen, und als sie aufwachten, war Gina da und machte Maya sehr glücklich. Wir wollen nach Montauk fahren, um Hummerbrötchen zu essen. Ich frage mich, ob ich auf Ginas Schoß sitzen und fahren kann.

Entweder macht es mir inzwischen weniger aus, in der Öffentlichkeit meine Zuneigung zu zeigen, oder ich lasse mein Unbehagen außer Acht, wenn Gina meine Nähe sucht. Ich denke, es ist Letzteres. Als wir heute Abend ins Boot gestiegen sind, setzte sich Gina, wie ich erwartet hatte, ans Steuer. Ich blieb auf dem Pier, bis alle anderen im Boot waren, und als ich hineinsprang, lächelte Gina mich an und tippte auf ihr Bein. Ohne zu zögern oder daran zu denken, wie es aussehen könnte oder wie sich Dana dabei fühlen würde, schmiegte mich zwischen Ginas Beine und küsste sie auf ihre Wange.

Es dauerte ein paar Sekunden, bis Dana sagte: »Ist es eine gute Idee, sie fahren zu lassen?«

Gina antwortete ganz ruhig: »Oh, Hayden macht das sehr gut. Sie ist den ganzen Sommer lang gefahren.«

»Warum sitzt du dann daneben?«

»Das bräuchte ich nicht«, sagte Gina. »Ich will es aber. Das ist eine gute Ausrede, um sie auf meinen Schoß zu bekommen.«

»Als ob es eine Ausrede bräuchte«, sagte ich lachend.

»Auch bei uns ist es noch gar nicht so lange her, Schatz«, sagte Renée. »Du weißt doch, wie es war, als wir frisch verliebt waren.« Nach einer Pause von ein paar Sekunden fügte Renée hinzu: »Das war jetzt nicht anmaßend von mir, oder?«

»Nicht ein bisschen.« Ich drückte meine Schultern an Ginas Brüste und richtete mich auf eine schöne lange Fahrt mit meiner Liebsten ein.

Es war noch ziemlich früh, als wir von unserem Ausflug nach Montauk zurück nach Hause kamen. Nachdem Dana Maya für die Nacht versorgt hatte, schlug Gina vor, am Strand spazieren zu gehen. Elaine wollte nicht mit, also meldete sie sich freiwillig, um auf Maya aufzupassen. Die jungen Eltern schienen ein wenig zurückhaltend zu sein, aber Elaine sagte, sie würde anrufen, wenn Maya aufwacht.

Also machten wir vier einen langen Spaziergang am Strand. Gina war sehr redselig. Renée schien sich wirklich für das Fährgeschäft zu interessieren, und sie stellte viele aufschlussreiche Fragen. Es dauerte nicht lange, da ging Renée neben Gina und die beiden führten eine intensive Diskussion über den öffentlichen Verkehr und den Nutzen von Fähren für Städte wie New York. Dana und ich bummelten hinterher und sie überraschte mich, indem sie ihren Arm um meine Schultern legte. »Du hast dich wirklich in sie verliebt, nicht wahr?«

»Ja, es schlug ein wie ein Blitz. Und du solltest besser auf Renée aufpassen«, neckte ich. »Gina ist wie ein verdeckter Virus. Sie gelangt in dein Blut, bevor du überhaupt merkst, dass sie da ist.«

Dana lachte, aber es klang nicht wie ihr übliches Lachen. Es lag ein Hauch von Wut darin, der mir nicht gefiel. »Ich glaube nicht, dass ich mir Sorgen machen muss, Renée an jemanden wie Gina zu verlieren.«

Ich trat einen Schritt weg von Dana und sie ließ ihren Arm fallen. Ich habe mich sehr bemüht, nicht wütend zu klingen, aber ich war mir nicht sicher, ob mir das gelungen ist. »Versuch dich mal daran zu erinnern, wie ich Renée behandelt habe, als ihr frisch zusammen wart. Und vergiss nicht die Kleinigkeit, dass du mit mir Schluss gemacht hast, damit du den besten aller möglichen Jobs annehmen konntest. Vergiss auch nicht, dass dir deine Arbeit wichtiger war als unsere Beziehung. Nun füg all diese

Fakten zusammen und denk darüber nach, wie anständig ich Renée gegenüber war. Und dann tu eines der Dinge, bei denen du wahrlich nicht gut bist, Dr. Little, und mach eine kleine Selbstanalyse. Vielleicht siehst du dann, dass eine wahre Freundin sich nicht nur für mich freuen würde, sondern auch alles dafür tun würde, dass Gina sich willkommen fühlt. Renée verhält sich großartig; warum sollte man es ihr nicht einfach nachmachen?« Ich stürmte davon, aber Dana hielt mich an meiner Hose fest.

»He! Ich meinte nur, dass Renée unsere Beziehung für niemanden aufgeben würde. Wir haben uns gegenseitig versprochen, dass wir zusammenbleiben werden, um das Baby großzuziehen, auch wenn es zwischen uns schwierig wird. Das ist alles.«

Ich scannte im Mondlicht ihren Gesichtsdruck und fragte mich, ob ich ihr diesen Blödsinn früher abgekauft habe, als wir noch zusammen waren. Wahrscheinlich war es so. »Wenn du das gemeint hättest, hättest du gesagt: ›Ich muss mir keine Sorgen machen, Renée zu verlieren.‹ Es hätte keinen Grund gegeben, ›bei jemandem wie Gina‹ hinzuzufügen. So geht das nicht, Dana.«

Glücklicherweise hasste es Dana immer noch, Ärger zu bekommen. Sie ruderte so schnell zurück, dass sie fast wieder in Boston gelandet wäre. »Ich meinte wie Gina oder irgendjemand anderen. Wirklich.«

Sie sah mich mit ihren großen braunen Augen an. Aber der Welpenblick funktionierte bei mir nicht mehr. Ich hatte Mitgefühl mir ihr. Es ist schwer zu sehen, wie glücklich die Ex ist, selbst wenn man zuerst ein neues Glück gefunden hat. »Lassen wir das. Wir haben ein schönes Wochenende und ich möchte es nicht durch einen Streit verderben.«

In gewisser Weise war das Zusammensein mit Dana wie das Zusammensein mit einem Mann gewesen. Sie hasste es, über unsere Beziehung zu sprechen, sie hasste es, über ihre Gefühle zu sprechen, und nachdem wir uns gestritten hatten, egal wie schlimm es war, erwähnte sie es nie wieder. Es tat höllisch weh, als sie mit mir Schluss machte, aber ich glaube, es war gut für uns beide. Sie scheint mit Renée glücklich zu sein und sie sind sehr gute Eltern für Maya. Und wenn ich mit Gina noch glücklicher wäre, könnte ich tatsächlich platzen.

Auf dem Heimweg nahm ich Ginas Hand und ließ sie nicht mehr los. Sie warf mir immer wieder die bezauberndsten Blicke zu und ich wusste, wenn wir keine Gäste hätten, würde sie mir einen unsittlichen Antrag machen. Aber sie war sehr wohlerzogen und sehr dezent. Ich hatte sie in den letzten Monaten sehr gut kennengelernt und ich wusste, dass sie in der Woche vor ihrer Periode immer sehr scharf war. Unsere Zyklen hatten sich synchronisiert, wir würden beide nächste Woche fällig sein. Ich glaube, ich war in der Woche davor auch besonders heiß, aber so genau lässt sich das nicht sagen, da ich sie fast jede Minute wollte.

Gina ging duschen, während sich der Rest von uns langsam bettfertig machte. Alle hatten sich bereits zurückgezogen, als Gina in Lornas Zimmer kam. Ich hatte im Bett gelegen und darüber nachgedacht, wie ich sie verführen könnte. Ich hasste die Tatsache, dass wir nicht allein waren, denn das bedeutete, dass wir uns respektvoll gegenüber den anderen zu verhalten hatten, aber ich hatte gestern Abend entdeckt, dass es heiß war, Liebe zu machen, wenn die Gefahr bestand, dabei ertappt zu werden.

Ich dachte noch darüber nach, wie ich meine Bereitschaft signalisieren könnte, als Gina den Raum betrat. Ihr feuchtes Haar war streng nach hinten gekämmt, aber eine große Strähne hatte sich gelöst und verlieh ihr ein verwegenes Aussehen. Sie hatte fast keine Kleidung bei mir im Haus liegen, also trug sie nur ein Badetuch. Nur wenige Menschen sehen in einem Handtuch gut aus; zu meinem großen Glück war Gina eine von ihnen.

»Lass das an«, sagte ich und überraschte sie damit ein wenig. Sie stand vor mir und hielt das Handtuch vor ihren Brüsten zusammen. »Du siehst so heiß aus.«

Sie grinste mich mit ihrem sexy »ich werde dich haben«- Grinsen an. »Würde ich ohne dieses Handtuch nicht noch heißer aussehen?«

Ich rollte mich auf die Seite und neigte meinen Kopf, damit ich sie gut sehen konnte. »Nein, im Moment ist das sehr gut so. Ich habe gerade darüber nachgedacht, wie ich dich heute Abend vernaschen will.«

»So, du willst mich heute Abend, ja?« Sie sah verdammt zufrieden aus. Sie ließ ihren Blick über meinen Körper wandern. Sie machte das oft und es gab mir das gute Gefühl, dass schon allein der Anblick meines Körpers sie erregte. Und das wiederum erregte mich. »Möchtest du wissen, was für mich heiß aussieht?«

»Unbedingt, ja!«

Gina lachte und ich freute mich, dass ich sie so leicht zum Lachen bringen konnte. Sie ging durch den Raum, nahm sich Lornas Schreibtischstuhl und setzte sich darauf. »Zieh dein Tanktop aus«, sagte sie, und das Lächeln verschwand und wurde von einem flammenden Blick abgelöst. Ich tat, worum sie mich bat, lag nackt da, starrte sie an und wartete auf Anweisungen. Ja, mein Plan, sie zu verführen, war nicht sehr weit gekommen. Aber sie konnte das so viel besser als ich. Ihre Stimme wurde weicher. »Bleib auf der Seite liegen und streck deinen rechten Arm aus. Jetzt beuge den Arm und leg den Kopf auf deine Hand. Sehr schön.« Ihr sexy Lächeln war wieder da, und ich bin sicher, dass ich es erwiderte. »Jetzt stell dein linkes Bein auf. Ja, so ist es gut. Das Knie noch etwas höher. Ah … das ist perfekt.«

Sie rollte mit dem Stuhl um das Bett herum und betrachtete mich von allen Seiten. Als sie hinter meinem Rücken war sagte sie leise: »Weißt du, warum du so heiß aussiehst?« Ich schüttelte den Kopf. »Du hast so schöne, weibliche Konturen. In dieser Lage sehen deine Brüste so voll aus. Und ich kann die schöne Rundung deiner Hüfte sehen. Und wenn du dein Bein so anwinkelst, kann ich einen Hauch deines Geschlechts sehen. Genau die Stelle, wo deine Haut anfängt, etwas dunkler zu werden. Und ich weiß, was dort ist, es wartet auf mich, ist hungrig nach mir.«

Gina ist vielleicht besser darin, mir einen unsittlichen Antrag zu machen, aber ich bin eine Meisterin, darauf einzugehen. Ich drehte mich um und packte sie, zog sie und den Stuhl so nah an das Bett, dass sie fast umkippte. Ich hielt ihren Kopf in meinen Händen und begann, sie heftig zu küssen. Sie zog sich zurück und warnte: »Wir müssen leise sein, Baby.«

»Wir müssen *Sex* haben, Baby.« Habe ich schon erwähnt, dass es ziemlich einfach war, mich von meinem Vorhaben abzulenken? Zu diesem Zeitpunkt war es mir egal, ob wir das Haus zum Einsturz bringen. Aber Gina war, obwohl jünger, erwachsener als ich. Und sie hatte eine spielerische Seite. Sie stand auf, ließ ihr Handtuch fallen und nahm Lornas Steppdecke und eine Tagesdecke. Sie wickelte die Tagesdecke um sich und warf mir die Steppdecke zu. »Komm mit.«

Ich folgte ihr pflichtbewusst und hoffte, dass sie alles unter Kontrolle hatte. Sie öffnete die Schiebetür zur Veranda und schloss sie hinter mir. Ich dachte, sie würde sich auf eine der Liegen legen, aber sie hob die Decke etwas an, damit sie nicht darüber stolperte, und schlich dann auf Zehenspitzen die Treppe hinunter. »Gina«, sagte ich, jetzt, wo wir draußen und ein Stück weg vom Haus waren. »Was hast du vor?«

Sie drehte sich um und lächelte mich an. »Es ist warm, die Sterne leuchten, und wenn wir hier draußen sind, kannst du aus vollem Hals schreien, das Meer wird dich immer noch übertönen. Dies ist ein großartiger Ort, um Liebe zu machen.«

»Jeder Ort ist großartig, wenn man erst einmal dort ist«, sagte ich und grinste sie an wie die verliebte Närrin, die ich war.

Wenige Minuten später kamen wir zu einer abgelegenen Stelle mitten im Seegras. Ich dachte mir, dass Gina diesen Platz gewählt hat, weil alle, die nachts am Strand spazieren gehen, in der Nähe des Wassers bleiben. Wir waren etwa hundert Meter vom Meer entfernt und das Seegras und die Sanddünen schirmten uns von den Häusern ab.

Sie legte die Bettdecke auf den Sand und ich setzte mich darauf und streckte ihr meine Arme entgegen. Sie lächelte mich an und rollte die Tagesdecke zu einem Bündel, um zu verhindern, dass Sand auf uns herab wehte. »Wir müssen sie mit zu mir nach Hause nehmen und waschen, bevor Lorna wieder herkommt.«

»Hör auf zu denken und küss mich«, sagte ich und winkte sie zu mir. Sie gehorchte, nahm mich in ihre Arme und begann, mich zu küssen. Es dauerte nicht lange, bis ich auf dem Rücken lag und verträumt zu den Sternen hinaufblickte, während Gina mich mit ihrer talentierten Zunge wild machte. Wir konnten nach Herzenslust stöhnen und schreien und ich gebe gerne zu, dass Gina die richtige Idee hatte. Wir hätten Elaine, Dana, Renée, Maya und alle Sandflöhe, die sich ins Haus geschlichen hatten, geweckt. Es dauerte ein paar Minuten, bis ich mich erholt hatte, und ich musste zugeben, dass post-koitale Glückseligkeit ein treffender Ausdruck ist. Mein ganzer Körper schwirrte vor Gefühlen, besonders vor Liebe zu Gina. Sie war eine wunderbare Frau. Und bei ihr zu sein gab mir das Gefühl, dass auch ich ziemlich wunderbar war. Komisch, wie das funktioniert, nicht wahr?

Das Wochenende verging so verdammt schnell. Es schien, als seien sie gerade erst angekommen, aber schon mussten sie am Nachmittag wieder abreisen. Es war wirklich schön, Dana und Renée zu sehen, aber aus einer Vielzahl von Gründen bin ich froh, dass es mit Harvard nicht geklappt hat. Ich denke, wir werden bessere Freunde bleiben, wenn wir uns nur gelegentlich sehen. Wie ich schon sagte, Renée ist eine sehr höfliche Frau. Ich glaube nur nicht, dass es ihr gefallen würde, wenn ich Vollzeit in Boston wäre. Dana hat eine Art, mich und nicht Renée anzusprechen, sobald es um Geschichte geht. Und da Geschichte ihr Beruf und ihre Leidenschaft ist, kommt das Thema oft zur Sprache. Renée ist eine sehr kluge Frau, aber ihr Fachgebiet ist Englisch. Ich kann Renée nicht verübeln, dass sie sich ausgeschlossen fühlt, denn Dana ist unhöflich genug, es macht es ständig. Ich habe darauf geachtet, mit Gina an diesem Wochenende nicht den gleichen Fehler zu machen. Themen, die wir nicht alle gemeinsam diskutieren konnten, habe ich gar nicht erst angesprochen. Nun, ganz stimmt das nicht. Es gibt viele Dinge, die Maya einfach noch nicht versteht, und nur über ihr Spielzeug zu reden, wird schnell langweilig.

Ich werde ein letztes Mittagessen für alle machen und Gina wird Dana zum Laden begleiten, um noch ein paar Windeln für das Baby zu besorgen. Ich hatte Dana gesagt, sie solle nichts vergessen, und ich bin mir ziemlich sicher, dass sie ihre Lektion gelernt haben wird, nachdem sie gesehen hat, wie viel ein Paket Windeln auf Fire Island kostet.

Gina und Dana waren erst wenige Minuten wieder im Haus, als Gina sagte: »Am Pier ist etwas passiert. Ich muss rüber und nachsehen, was da los ist.« Ich starrte sie an, als sie zu Renée ging und sie umarmte, dann Dana die Hand schüttelte, dann auf die Knie ging und Maya umarmte und küsste. Sie stand auf, wischte sich die Knie ab und sagte: »Es war schön, Zeit mit euch zu verbringen. Nächstes Mal könnt ihr bei mir zu Hause übernachten und den Pool benutzen. Er ist viel wärmer als der Ozean.« Dann ging sie zur Tür, winkte zum Abschied und sagte: »Wir sprechen uns später. Ich muss jetzt los.« Noch bevor ich eine Frage stellen konnte, war sie weg.

Dana sah etwas nervös aus, also fragte ich: »War was auf eurem Spaziergang?«

»Was zum Beispiel?« Sie klang nicht nur schuldig, sie schaute auch so. »Wir gingen zum Laden. Sie ist aber nicht mit mir reingekommen, vielleicht hat sie einen Anruf bekommen, als ich drin war.«

Ich glaubte ihr nicht, aber ich wollte sie nicht unter Druck setzen, wie ich es getan hätte, wenn Renée nicht dabei gewesen wäre. Ich half den beiden, sich auf die Abreise vorzubereiten, und dann gingen wir alle zur Fähre hinunter. Wir mussten in einer ziemlich langen Schlange anstehen, und ich kannte die Schiffsbesatzung nicht. Ich hatte keine Fahrkarte und ich wollte den jungen Männern nicht erklären, dass ich die Freundin ihrer Chefin bin, sodass ich nicht an Bord gehen und Case fragen konnte, ob er wusste, was geschehen war. Ich verabschiedete mich von unseren Gästen und ging zurück ins Haus. Ich versuchte es ein paar Mal auf Ginas Handy, aber es meldete sich sofort die Mailbox. Ich ignorierte das leichte Unbehagen, das sich ausbreitete, und machte mich an die Arbeit. Ich wusste, dass Gina anrufen würde, wenn sie die Dinge in Ordnung gebracht hatte, und das sorgte dafür, dass ich mich konzentrieren konnte.

Der Nachmittag verging wie im Flug, und als ich aus meinem Forschungsdunst auftauchte, war es Essenszeit. Mein Handy funktionierte im Haus nicht gut, also ging ich zum Pier hinunter. Es blieb eine halbe Stunde Zeit bis zur nächsten Fähre, also setzte ich mich auf eine Bank hinter Berries, ein beliebter Platz, um das Kommen und Gehen an der Anlegestelle zu beobachten. Diesmal war es mir egal, ob die Jungs an Deck mich kannten oder nicht. Ich sagte ihnen, dass ich einen Moment mit Case sprechen müsse, und sie ließen mich an Bord gehen. Ich ging auf das Oberdeck und fand Case, wie er etwas in ein Notizbuch schrieb.

»Hey, Case.« Er schaute auf, sichtlich überrascht.

»Hi.« Er warf einen kurzen Blick hinter mich. »Wo ist Gina?«

Jetzt war ich überrascht. »Ich dachte, *du* wüsstest es. Sie ist vor ein paar Stunden gegangen. Sie sagte, es gäbe einen Notfall am Pier.«

Er zog seine Augenbrauen nach oben. »Wirklich? Ich war erst vor zwanzig Minuten dort, und es schien alles in Ordnung zu sein.«

Ich saß auf der Kante eines Sitzes und war verwirrt. »Könntest du sie im Büro anrufen? Sie geht nicht an ihr Handy.«

Er nahm sein Funkgerät und sagte: »Büro, bitte melden.«

»Hallo, Case. Wie geht's?«

»Ist Gina da?«

»Nein. Sie hat heute freigenommen. Hey, du übernimmst doch ihre Schicht!«

Er rollte mit den Augen. »Ja, ich weiß. Ich wollte nur mit ihr reden, wenn sie da wäre. Wir sehen uns in ein paar Minuten.«

»Wiedersehen, Case.«

Er stellte das Funkgerät ab und sah zu mir auf. »Ich werde mich umsehen, wenn ich wieder zurück bin. Soll ich dich anrufen?«

Ich brauchte nur eine Sekunde, um eine Entscheidung zu treffen. »Darf ich mitfahren? Ich habe Angst, dass ihr etwas zugestoßen ist.«

Er nickte. »Sie beantwortet Anrufe immer schnell. Irgendetwas muss los sein.«

Ich fühlte mich noch schlechter, setzte ich mich hin und ließ meiner Fantasie freien Lauf. Vor meinem geistigen Auge sah ich meine süße Freundin in allen möglichen Gefahren. Ich wusste, dass die Küstenwache benachrichtigt worden wäre, wenn sie Probleme mit Taxi! Taxi! gehabt hätte, aber ich hatte Angst, Case zu bitten, ob er sie kontaktieren könnte. Wenn ich sie nicht finden konnte, hatte ich eine Liste mit den Dingen, die ich erledigen musste, aber damit wollte ich erst anfangen, wenn es nötig wurde. Als wir am Pier angelegt hatten, ging ich zum Büro, aber es war abgeschlossen. Gina vertraute der Wochenendbesetzung den Schlüssel nicht an, also war sie offensichtlich nicht hier gewesen.

Weder ihr Fahrrad noch ihr Auto standen auf den üblichen Parkplätzen. Also musste ich mich zu Fuß auf den langen Weg zu ihrem Haus machen. Ich hätte nichts dagegen gehabt, wenn ich nicht so besorgt gewesen wäre. Aber mein Herz raste die ganze Zeit, und als ich ankam, tropfte mir der Angstschweiß von der Stirn.

Dummerweise hatte ich die Schlüssel zu ihrem Haus nicht mitgebracht. Ich läutete an der Tür. Nichts. Auch die Garage war abgeschlossen. Ich konnte den Poolbereich von der Straße aus nicht einsehen, aber ich ging zur Rückseite des Hauses und rief ein Dutzend Mal ihren Namen. Ich rief noch einmal auf ihrem Handy an und erreichte wieder nur die Mailbox. Ich wusste, dass es unsinnig war, aber ich wählte auch die Festnetznummer und hörte das Telefon hinter der Tür klingeln. Nach dem sechsten Klingelton erklang ihre Stimme, aber es war nicht die übliche Ansage. Mein Magen krampfte sich zusammen, während sie sprach:

Ich bin bis Montagmorgen nicht zu Erreichen. Im Notfall rufen Sie bitte Vince Scoggins unter 631-555-1904 an.

Ihre Stimme klang erschöpft und knapp, so wie jedes Mal, wenn sie wütend auf mich gewesen war. Und es musste ich sein, auf die sie wütend war. Alles andere ergab keinen Sinn. Bei der Arbeit war alles in Ordnung. Sie nannte ihren Vater als Ansprechpartner für den Notfall, also war er es nicht. Und sie hatte meine Anrufe nicht beantwortet. Aber was zum Teufel hatte ich getan?

Nur um sicherzugehen, dass sie nicht weggefahren war, ging ich zum Pier und sah Taxi! Taxi! genau dort liegen, wo es hingehörte. Aber sie war wohl in Eile gewesen, sie hatte das Boot nicht abgedeckt. Auch ihr Kajak war da, also war sie mit ziemlicher Sicherheit bei sich zu Hause, es sei denn, sie war mit dem Fahrrad unterwegs. Ich ging zum Haus zurück, setzte mich auf die oberste Stufe und lehnte meinen Kopf gegen die Tür. Ich wusste nicht, was ich getan haben sollte, aber ich war eindeutig verurteilt worden. »Gina«, sagte ich schließlich und kam mir etwas dumm vor, weil ich Selbstgespräche führte, »ich weiß nicht, was heute passiert ist, aber ich nehme an, Dana hat etwas gesagt oder getan, um dich wütend zu machen. Ich habe mir den Kopf darüber zerbrochen, was passiert sein könnte, aber mir fällt nichts ein. Sie sagte, es sei nichts gewesen, aber sie hat sich dabei so merkwürdig benommen, dass ich nur vermuten kann, dass da der Grund für deinen Ärger liegt.«

Ich seufzte und fühlte mich verdammt hilflos. Ich wusste, sie war auf der anderen Seite der Tür, aber ich konnte nicht zu ihr. Ach, verflixt! Mir wurde übel. Letzte Nacht hatten wir uns noch am Strand geliebt und ich habe keinen Grund, daran zu zweifeln, dass sie mich liebt. Aber warum muss sie mich so bestrafen? Ich komme mir vor wie ein Hund, der auf den Teppich gepinkelt hat und dafür mit einer zusammengerollten Zeitung auf die Nase gehauen bekommt und vor die Tür gesetzt wird.

Untröstlich ging ich zum Pier hinunter und setzte mich in ihr Boot. Ich hatte mich immer so gut gefühlt, wenn wir damit unterwegs waren, ich auf Ginas Schoß, geliebt und auf zutiefst intime Weise gehalten und umsorgt. Aber heute war es nicht mehr als ein nettes Boot, ohne jegliche Gina-Magie.

Es war heiß und die Sonne brannte auf mich herab. Ich hatte keine Sonnencreme aufgetragen, die Feuchtigkeitslotion, die ich jeden Morgen nehme, würde mich nicht mehr als eine halbe Stunde lang schützen. Ich wünschte, meine Eltern wären dunkelhäutig gewesen. Wenn wir Kinder haben, muss Gina sie bekommen. Kinder – dabei geht sie noch nicht einmal an die Tür!

Zum Schutz vor der Sonne – und weil ich müde und erschöpft war – kroch ich hinunter in die kleine Kabine, in der Gina einige Sicherheitsausrüstungen aufbewahrte. Ich machte mir noch nicht einmal die Mühe, das kleine Fenster zu öffnen. Und obwohl es sehr heiß war im Bug des kleinen Bootes und auch nicht gerade bequem, schlief ich nach wenigen Sekunden ein.

Ich hatte so fest geschlafen, dass ich weder hörte, wie Gina über den Pier lief, noch wie sie auf das Boot sprang, den Motor startete und langsam losfuhr. Erst als sie richtig Gas gab, wachte ich auf. Mir war heiß und ich war verschwitzt und mir wurde übel, weil ich in einer kleinen Koje lag und durch die Bewegungen des Bootes hin und hergeworfen wurde. Gina muss geschäumt haben vor Wut, denn sie war nie so schnell gefahren, wenn ich bei ihr war. Aber was sage ich da? Ich *bin* bei ihr. Sie weiß es nur nicht. Auch auf die Gefahr hin, mir die Seele aus dem Leib zu kotzen – ich bleibe hier, bis sie anhält. Vielleicht will sie ja nach Cherry Grove, um sich mit mir auszusprechen. Ich werde es sehen.

Ich hatte weder ein Gefühl dafür, wie schnell wir unterwegs waren, noch wohin wir fuhren. Ich stieß mir ein paar Mal den Kopf an der Decke an, obwohl ich mich mit aller Kraft gegen die Bootswände stemmte und versuchte, eine Gehirnerschütterung zu vermeiden. So ging es wohl eine gute, oder besser gesagt, eine schlechte halbe Stunde lang. Dann drosselte Gina den Motor und stellte ihn schließlich ganz ab. Ich blieb ein paar Sekunden lang liegen wo ich war und hörte, wie sie anfing zu fluchen und zu schimpfen – auf mich!

Sie schlug auf etwas ein und dann hörte ich sie toben: »Du glaubst wohl, du kannst mich wie einen Haufen Dreck behandeln! Wirfst mich weg wie ein Stück Scheiße! Das mache ich nicht mit, Hayden Fucking Chandler! Ich bin ein gottverdammter Mensch und ich werde das verdammt noch mal nicht tolerieren!«

Gina schrie mit voller Lautstärke. Ich hatte sie noch nie so erregt oder so wütend gehört. Ich bekam Angst und hatte zum ersten Mal das Gefühl, dass sie außer Kontrolle geraten und gewalttätig werden könnte – etwas, das ich nie von meinem süßen Mädchen erwartet hätte. Aber sie war ein anderer Mensch, wenn sie wütend war. Eine Person, der ich lieber aus dem Weg gehen wollte. Doch ich saß fest. Es gab keinen Ausweg, und ich war so verängstigt, dass ich anfing zu weinen.

Gina schimpfte darüber, dass ich sie nicht respektierte und dass sie mich dazu bringen würde, sie anständig zu behandeln, als sie mich gehört haben musste. »Wer ist da?«, rief sie und kam unter Deck. »Was zum Teufel …?«

Die blanke Wut in ihren Augen ließ mich laut aufschluchzen. Sie sah wie eine Besessene aus, als würde sie mir die Kehle durchbeißen wollen. Ich machte mich so klein wie möglich, falls sie anfangen würde, mich zu schlagen. Doch dann hörte ich etwas, das wie das Heulen eines verwundeten Tieres klang. Ich hob meinen Kopf gerade so weit an, dass ich sehen konnte, wie sie zu Boden sank und ihr Gesicht mit beiden Händen bedeckte.

Vorsichtig begann ich, mich aufzusetzen. Gina weinte. Ich wusste nicht, was ich tun sollte. Ich hatte immer noch solche Angst vor ihr, aber sie sah aus, als würde ihr das Herz brechen. Etwas in mir wollte am liebsten fliehen, aber mein Herz wollte nicht hören. Ich kniete neben ihr nieder und nahm sie in meine Arme. Sie riss sich los. »Lass mich in Ruhe!«, rief sie. »Lass mich einfach allein! Gibt es keinen Ort, an dem ich für zwei verdammte Sekunden allein sein kann? Was zum Teufel willst du von mir?«

Die Tränen strömten über ihr Gesicht und ihre Nase lief. Ich war machtlos. Ich kniete einfach nur da und hatte keine Ahnung, was ich tun sollte.

»Geh!«, schluchzte sie. »Geh weg!«

»Ich kann nicht!«, sagte auch ich unter Tränen. »Ich würde ertrinken!«

Sie fing an zu stöhnen und das Geräusch machte mich wahnsinnig. »Warum konntest du mich nicht in Ruhe lassen?« Sie schluchzte und schluchzte und es klang, als würde sie ihr Leben aushauchen.

Ich hätte alles dafür gegeben, vom Schiff zu kommen. Tatsächlich dachte ich kurz darüber nach, mir eine Schwimmweste zu nehmen und über Bord zu springen. Aber ich hatte keine Todessehnsucht, und an einem Sonntagnachmittag in der Great South Bay herumzuschwimmen, war alles andere als klug.

Gina machte mir die Sache etwas leichter, als sie sich in die Koje setzte und weinte, während sie leise vor sich hin murmelte. Es brach mir das Herz, ihr dabei zuzusehen, also ging ich nach draußen und atmete zum ersten Mal seit gefühlten Stunden wieder frische Luft.

Die Sonne begann unterzugehen und überall waren Boote und Jet-Skis zu sehen. Ich wusste nicht, ob wir sicher waren oder ob ich etwas tun sollte, damit andere Boote uns besser erkennen konnten. Aber dann dachte ich, dass es nicht schlimm wäre, wenn wir über den Haufen gefahren würden. Gina zu sehen tat so weh, viel mehr, als ich mir je hätte vorstellen können, was wäre dagegen schon ein Unfall?

Ich setzte mich ans Steuer und lehnte mich an die weiche, weiße Rückenlehne des Fahrersitzes. Ich versuchte, nicht mehr zu weinen, aber Ginas jämmerliche Schreie brachten mich schier um. Zum ersten Mal in meinem Leben erschien mir das nicht wie eine Metapher.

Wir saßen eine ganze Weile so auf dem Boot, versunken in unser Unglück, und es war schon fast dunkel, als Gina auftauchte und die Positionslichter vorne und hinten einschaltete. Sie sah so schlimm aus wie noch nie mit ihren geschwollenen Augen, einer roten Nase und der fleckigen Haut. Sie ließ sich auf die Bank am Heck des Bootes fallen und fragte erschöpft: »Warum kannst du mich nicht in Ruhe lassen?«

Ich drehte mich zu ihr um. Ihre Wut war verflogen, aber ich wollte sie nicht wieder wecken. Ich schaute ihr nicht in die Augen, weil ich Angst vor dem hatte, was ich vielleicht sehen würde. »Ich dachte, du wärst verletzt oder so. Ich habe mir Sorgen um dich gemacht.«

»Das ist eine Lüge«, stieß sie aus, und ich konnte sehen, wie die Glut ihrer Wut wieder ein wenig zum Leben erwachte.

»Nein, ist es nicht. Ich war krank vor Sorge um dich, Gina. Frag Case. Ich bin zu dir nach Hause gegangen, nur um zu sehen, ob das Boot da ist.«

»Und dann? Du wusstest, dass ich da war, als du es gesehen hast. Warum bist du nicht gegangen?«

»Weil ich dich liebe«, sagte ich, und merkte, dass ich wieder weinte, weil der Wind kühl über meine feuchten Wangen strich. »Ich wusste, dass du wütend bist, aber nicht warum. Ich wusste nicht, was ich sonst tun sollte.«

»Du sollst«, sagte sie und betonte jedes einzelne Wort, »mich endlich in Ruhe lassen! Verdammt, Hayden. Du kannst nicht beides haben!«

»Wie – beides?« Damit schien ich sie noch wütender zu machen.

»Du willst nicht, dass ich mich aufrege und dich anschreie! Du bist diejenige, die gesagt hat, mein Temperament mache ihr Angst! Also lass mich verdammt noch mal in Ruhe!« Sie beugte sich vor und hielt sich schluchzend die Hände vor ihr Gesicht.

Ich hatte das Gefühl, mich einem verwundeten Grizzly zu nähern, und ich wusste, dass es nicht klug war, aber was sonst sollte ich tun? Ich musste sie trösten, sie in meine Arme nehmen und alles wieder gut machen. Ich setzte mich behutsam neben sie und wartete auf ein Zeichen, sie berühren zu dürfen, ohne eine Ohrfeige dafür zu bekommen. »Ich wusste nicht einmal, *dass* du wütend warst, Schatz. Ich habe mir Sorgen um dich gemacht, Gina. Ich liebe Dich.« Ich berührte sanft ihren Rücken. Ihr Shirt war nass vom Schweiß und sie zitterte. Aber diesmal drehte sie sich nicht weg. Sie lehnte sich zwar auch nicht an mich, wie sie es sonst tat, wenn ich sie berührte, aber ich war schon beruhigt, dass sie mich nicht wegstieß.

»Man kann nicht beides haben«, wiederholte sie diesmal leise. »Ich kann mein Temperament nicht zügeln, also muss ich gehen. Aber du musst mich auch *gehen lassen.*«

»O Gina.« Es muss mein Tonfall gewesen sein. Vielleicht spürte sie, dass ich wirklich Mitgefühl für sie empfand. Was auch immer es war, sie sank auf meinen Schoß und weinte wie ein Kind. Ich streichelte ihren Rücken, ihr Haar, alles, was ich erreichen konnte. Sie weinte und weinte und schmiegte sich an mich. Ich weinte auch. Ich spürte, wie tief verletzt sie war, obwohl ich immer noch nicht wusste, was ich getan hatte. Meiner Gina wehzutun, war das Letzte, was ich wollte. »Es tut mir so leid, Schatz. Es tut mir so sehr leid.«

»Ich dachte, du weißt nicht, worum es geht«, murmelte sie, ihre Stimme durch meine Shorts gedämpft.

»Das tue ich auch nicht. Aber was immer es war, hat dich tief verletzt. Und ich will dich niemals, niemals verletzen, Baby. Ich schwöre es dir.«

Sie drehte sich zur Seite und ließ mich ihr verweintes Gesicht sehen. »Warum hast du dann versucht, eine Stelle an der Harvard zu bekommen und sie dann abgelehnt, ohne mir davon zu erzählen? Hältst du mich für so dumm, dass du mir nicht einmal davon erzählen kannst?«

»Oh, das ist es!« Jetzt war ich wütend. Wütend auf Dana. Gina zuckte zusammen und ich legte meine Hand wieder auf ihren Rücken und tätschelte ihn. »Dana hätte unsere Freundschaft ruinieren können.«

»Warum? Weil sie mir etwas gesagt hat, was du mir nicht sagen wolltest?«

»Nein«, sagte ich und ärgerte mich jetzt über Gina. »Weil sie gelogen hat. Ich würde niemals ein ernsthaftes Jobangebot ablehnen, ohne mit dir darüber zu sprechen.«

Sie setzte sich auf und rieb sich die wunden Augen. »Was zum Teufel ist dann passiert?«

Ich seufzte. »Die Geschichte ist schnell erzählt. Dana hatte für mich ein kurzes Vorstellungsgespräch während eines Mittagessens mit dem Leiter des Fachbereichs für das Altertum an der Harvard arrangiert. Ich wollte dir davon erzählen, aber ich fand nicht den richtigen Moment dafür. Du schienst dir Sorgen darüber zu machen, wie sehr ich an dir hing, und ich war mir ziemlich sicher, dass ich sein Angebot annehmen würde, wenn ich eins bekäme.«

Ich sah, wie ihr wieder die Tränen in die Augen stiegen, aber ich sprach weiter. »Ich wollte nicht, dass du dich wie auf Bewährung fühlst. Aber ich wollte es dir trotzdem sagen.«

»Doch das hast du nicht.«

»Ich habe es nicht getan, weil ich nach dem Gespräch wusste, dass ich den Quasi-Job, den er mir angeboten hatte, nicht wollte. Es gab also keinen Grund, auf das Thema zurückzukommen. Es stand nicht mehr zur Debatte.«

»Was meinst du damit?«

»Es ist vorbei. Ich will damit sagen, dass es keine Rolle mehr spielt.«

Zum ersten Mal seit einer Ewigkeit lächelte sie ein wenig. »Sag das doch gleich.«

»Ich werde gern versuchen, nicht mehr so ausschweifend um die Sachen herumzureden.«

»Erzähl mir von diesem Quasi-Job.«

»Es war eigentlich eine Frechheit«, sagte ich in Erinnerung an den Tag, an dem es geschah. »Ich glaube, das ist einer der Gründe, warum ich nicht darüber sprechen wollte. Der Kerl wollte, dass ich meinen Job kündige, nach Boston gehe und auf dem gleichen Niveau unterrichte wie ganz zu Anfang! Wenn dann alles gut läuft, könnte ich in einem Jahr vielleicht den gleichen Job bekommen, den ich jetzt habe. Wenn sie mich nicht behalten wollten, könnten sie mich natürlich jederzeit einfach wieder entlassen und ich würde ohne Arbeit dastehen.« Der Gedanke daran machte mich ganz krank.

»Was für ein Idiot!«

»Nun, zu seiner Verteidigung, er wird bei vielen damit durchkommen. Aber nicht bei mir, das mache ich nicht mit.«

»So kenne ich dich«, sagte sie, setzte sich auf und schlang einen Arm um mich. Gina roch nicht besonders gut, die Kombination aus Wut, Hitze, Emotionen und noch mehr Wut ergab kein schönes Parfüm. Aber ich war so froh, dass ich mich an sie schmiegte. »Du hast also Dana davon erzählt –«

»Falsch«, unterbrach ich. »Ich habe Dana nichts davon erzählt. Im Gegenteil, ich habe sie angelogen. Ich sagte ihr, er habe mir keinen Job angeboten, weil er das im Grunde ja auch nicht getan hat. Offensichtlich hat sie aber etwas nachgeforscht und herausgefunden, dass er mir diese Art Probestelle angeboten hatte.«

»Also wollte sie, dass ich dich überrede?«

»Ich habe keine Ahnung, Schatz. Sie hat mir gegenüber kein einziges Wort gesagt. Sie dachte offenbar, sie könnte mich dazu bringen, meine Meinung zu ändern, indem sie über dich geht.«

»Sie kennt mich nicht sehr gut«, sagte sie und lachte leise. »Ich sagte ihr, dass sie so etwas besser nie wieder versuchen solle.«

Ich beugte mich vor und küsste ihre Wange. »Gut. Ich bin wirklich froh, dass du ihr gesagt hast, sie solle damit aufhören. Und es tut mir sehr leid, dass sie es versucht hat. Das muss sehr wehgetan haben.«

»Es hätte noch mehr wehgetan, wenn sie gemerkt hätte, dass ich von nichts wusste«, sagte Gina mit einem verschmitzten Lächeln.

»Du hast dir nichts anmerken lassen?«

»Natürlich nicht!« Sie streckte ihr süßes kleines Kinn vor und warf mir ihren sexy trotzigen Blick zu. »Ich würde nie jemandem verraten, dass du etwas vor mir verheimlichst. Das bleibt unter uns.«

Ich umarmte sie so fest, bis sie stöhnte. »O Gina, ich liebe dich so sehr. Du bist einfach perfekt.«

»Nein, das bin ich nicht«, sagte sie leise. »Ich konnte sehen, dass du wieder Angst vor mir hattest.«

»Pst«, flüsterte ich. »Es war falsch, das Treffen mit dem Harvard-Menschen vor dir zu verheimlichen, und ich schwöre, ich hätte es nicht getan, wenn wir in unserer Beziehung weiter gewesen wären.«

»Aber du *hattest* Angst vor mir.«

»Ja«, sagte ich und nickte. »Die hatte ich. Und das ist etwas, woran wir arbeiten müssen. Ich war noch nie mit jemandem zusammen, der ein so unberechenbares Temperament hat, und das macht mich wahnsinnig.«

»Ich versuche mich zu beherrschen, Hayden, ich versuche es wirklich.«

»Pscht«, sagte ich noch einmal. »Wir haben einige Dinge zu klären. Das ist nur eines davon. Du wirst nicht oft wütend, Baby. Wir müssen nur daran arbeiten, wie wir damit umgehen, wenn du es tust.«

Ihre Unterlippe zitterte, als sie sagte: »Ich will dich nicht ängstigen.«

»Ich weiß, ich weiß. Und ich möchte nicht, dass du dich hintergangen fühlst. Du hast dich ausgegrenzt gefühlt und das hat dich verletzt.«

»Ja«, sagte sie, »das hat es wirklich.«

»Wir können nicht erwarten, gleich eine perfekte Beziehung zu führen, Baby. Es werden sich Probleme auftun, aber wir werden daran arbeiten. Wir werden sie so lange bearbeiten, bis keine von uns mehr sensibel und verletzt darauf reagiert.«

»Haben wir so viel Zeit?«, fragte sie und sah mich mit diesen seelenvollen Augen an.

»Alle Zeit der Welt.« Ich küsste sie und versuchte, all meine Liebe in einen Kuss zu stecken.

Sie schaute mich an und schickte mir eine geballte Ladung Liebe zurück. Wir hatten einiges an Arbeit vor uns, aber das geht jedem Paar so. Ich könnte mir keine bessere Partnerin für den Kampf mit der stürmischen See der Liebe erträumen als das fabelhafte Geschöpf, das ich in meinen Armen hielt. Ich dachte an das Lied, das ich oft sang, während ich zum Pier hinunterging, um sie zu treffen. Ich hatte den Text ein wenig umdichten müssen, um ihn passend zu machen, aber ich sang es aus vollem Herzen:

Then I'll kiss her so she'll know
And both of us will be a little dreamy-eyed
Living in our cottage by the ocean side
Where those salty breezes blow
Me and Ms Scognamiglio

Ebenfalls im Ylva Verlag erschienen

www.ylva-verlag.de

Sommergeflüster zu zweit

Harper Bliss

ISBN: 978-3-96324-287-8 (Taschenbuch)
Umfang: 231 Seiten (67.000 Wörter)

Die erfolgreiche Rechtsanwältin Alice gönnt sich eine Auszeit im Ferienhaus ihrer Freundin Miranda in Portugal. Dort lässt sich Alice mit Mirandas Tochter auf eine heiße Sommerromanze ein, bis ihr Urlaub zu Ende ist. Wird Alice vergessen können, was Joy in ihr geweckt hat? Und wie kann sie Miranda gegenübertreten, ohne sich für ihr leidenschaftliches Abenteuer schuldig zu fühlen?

Nichts als die ungeschminkte Wahrheit

Lee Winter

ISBN: 978-3-96324-229-8
Umfang: 354 Seiten (114.000 Wörter)

Maddie Gray ist Kriminalreporterin in New York und vollkommen überfordert von ihrem Leben. Zu allem Übel schwärmt sie auch noch von ihrer erfolgreichen, eiskalten Chefin Elena Bartell. Als die Arbeit beide nach Australien führt, wird sie zu einer fatalen Wette mit ihrer rätselhaften Chefin gezwungen – sie dürfen einander nur die Wahrheit sagen.

Heart's Surrender
Ein erotischer Liebesroman

Emma Weimann

ISBN: 978-3-95533-601-1
Umfang: 224 Seiten (65.000 Wörter)

Als Samantha eine Affäre mit Gillian beginnt, will eigentlich keine der beiden eine Beziehung. Bald aber wird aus der sexuellen Anziehung mehr.

Was passiert, wenn die Welt einer eher raubeinigen Handwerkerin mit der einer verwöhnten Hausfrau kollidiert? Können Nächte voller erotischer Freuden zu Liebe führen? Oder werden die zwei Frauen am Ende Wege gehen, die so verschieden sind wie sie selbst?

Eine Nacht zum Verlieben

Clare Ashton

ISBN: 978-3-96324-324-0
Umfang: 182 Seiten (61.000 Wörter)

Liebe oder Reichtum? Dem Kopf oder dem Herzen folgen?

Pia und Cate kommen definitiv aus zwei unterschiedlichen Welten. Eine hoffnungslose Romantikerin und eine elegante Materialistin. Mithilfe einer verführerischen Sommernacht will Pia ihre neue Freundin verzaubern und ihr zeigen, dass ein perfektes Date nicht teuer sein muss. Ob ihr das gelingt?

Über Susan X Meagher

Susan X Meagher lebt mittlerweile seit fast zwanzig Jahren mit ihrer Frau Carrie in New York. Ihre Karriere als Autorin begann in den späten 80er Jahren. Susans Genre sind lesbische Liebesgeschichten und sie ist eine Meisterin darin, Charaktere zu erschaffen, die einen berühren und die man fasziniert begleitet. Vor allem aber glaubt sie fest an das Happy End, das wir alle so sehr verdienen.

Bibliografische Information der Deutschen Bibliothek
Die Deutsche Bibliothek verzeichnet diese Publikation in der Deutschen Nationalbibliografie; detaillierte bibliografische Daten sind im Internet über www.dnb.de abrufbar.

1. Auflage
Taschenbuchausgabe Mai 2021 bei Ylva Verlag, e.Kfr.

ISBN: 978-3-96324-510-7

Dieser Titel ist auch als E-Book erschienen.

Übersetzung & Lektorat: Kati Krüger
Korrektorat: Katrin Hockert
Coverkonzept: Brisk Press

Kontakt:
Ylva Verlag, e.Kfr.
Inhaberin: Astrid Ohletz
Am Kirschgarten 2
65830 Kriftel
Tel: 06192/9615540
Fax: 06192/8076010
www.ylva-verlag.de
info@ylva-verlag.de
Amtsgericht Frankfurt am Main HRA 46713